古遠清臺灣文學新五書

臺灣當代文學辭典

第二冊

古遠清　編著

七 報刊

一陽週報

創刊於一九四五年九月十五日，主編楊逵。停辦於同年十一月，約出版十二號，出版地臺中市。這是戰後最早出現的由作家辦的雜誌。所刊登作品反映了臺灣同胞熱烈歡迎光復的喜悅心情，以及對建設民主均富社會的期待。該刊除登詩歌、小說外，另有評論、隨筆。最初油印，第七號後改為鉛印，中、日文並行。

政經報

由臺灣政治經濟研究會創辦於一九四五年十月二十五日，停刊於一九四六年七月二十五日，共出版十一期。出版地在臺北市延平北路三段九號，主編蘇新、陳逸松、蔣時欽。該報發表了不少文藝作品，如呂赫若的短篇小說《故鄉的戰事》，這也是他最早的中文創作。此外，鍾理和也發表了小說《逝》，賴和、王白淵發表的日記與回憶錄也很有價值。

大同

創刊於一九四五年十一月十二日，這是在臺北地區發行的文學刊物，目前只見到一期，主編劉文碩，主要作者有林茂生、陳澄波、黃得時等，其作品反映了戰後臺灣知識分子對光復新時代的期望與心境。

新風

這是戰後較早出版的文學雜誌，由昌明志社創刊於一九四五年十一月十五日，據向陽考證，該月刊可能停刊於一九四六年一月十五日，約出版三期。出版地臺北市。發表有小說、評論、詩歌、隨筆。重要作品有龍瑛宗的日文小說《青天白日旗》，吳漫沙的小說《曙光》。此刊印證了臺灣文壇和社會對臺灣光復的喜悅之情。

新新

由新新月報社創刊於一九四五年十一月十五日，停刊於一九四七年一月五日，共出版八期。出版地原在新竹市，第六期以後改在臺北市。主編黃金穗。這是戰後發行的一本重要文藝雜誌，主要作品有龍瑛宗的日文小說《從汕頭來的男人》、呂赫若的中文小說《月光光——光復以前》、吳濁流的評論〈廢止日文管見〉等。

現代週刊

由大陸赴台文人創刊於一九四五年十二月十日，停刊於一九四六年十二月十五日，共出版三十二期。主編為臺灣省立圖書館館長吳克剛。作者幾乎都是大陸文人，他們的文章主旨是傳播祖國新文化，教導臺胞如何用中文寫作。

人民導報「南虹」副刊

《人民導報》創刊於一九四六年一月一日，停刊於一九四七年三月十日，社長宋斐如。「南虹」是光復後最早出現的文藝副刊，由大陸赴台美術家黃榮燦從創刊起至停刊均擔任主編。前十期由木馬（林金波）和黃榮燦共同編輯，後十七期改為黃榮燦單獨主編，他利用這個平臺不斷向臺灣社會灌輸左翼文藝家的心聲，他在該刊發表有〈悼洗星海〉、〈關於造型藝術〉、〈給藝術家以真正的自由〉等九篇文章。該副刊共出版三十七期。

中華

由臺北市中華報社創刊於一九四六年一月二十日，停刊於一九四六年四月三十日，共出版二期。主編龍瑛宗。該刊反映了臺灣文化轉型期介紹祖國作家與中華文化的積極態度，重要文章有龍瑛宗的小說《楊貴妃之戀》、日本作家鹿地亘的回憶錄《魯迅和我》、王白淵的日文詩《站在揚子江》以及吳濁流翻譯的莫泊桑小說《淒慘》。

中華日報副刊

中國國民黨臺灣省黨部機關報《中華日報》，於一九四六年二月創刊於臺南，一九四八年二月總社移至臺北。創刊之初有日文版，並在三月十五日開闢「文藝欄」刊登文藝作品，由龍瑛宗主編，同年十月二十四日取消，十一月二十一日另辦「新文藝」副刊，由蘇任予主編，共出三十六期。一九五〇年六月十四日創辦「文藝」副刊，由「中國文藝協會」主持，一九四年五月停刊，共出一九二期。擔任過該報副刊主編的還有徐蔚忱、趙之誠、林適存、蔡文甫、任平書、羊憶玫等人。其中蔡文甫任主編時間長達二十一年。他秉承對文學的熱愛一直堅持傳統理念，使副刊成為最有文學味的媒體，屬「冷副刊」。

日月潭

由日月潭週報社創辦於一九四六年四月一日，停刊於一九四六年八月二十六日，共出版二十二期。出版地在臺北市東門南街十四號，主編周玉津。該刊是一份宣傳政府法令的大眾刊物，讀者對象為臺灣省地方行政幹部。該刊不僅發表〈加強臺灣文化建設〉、〈學習國語的狂熱〉和推廣普通話的文章，另刊登歷史故事、劇本、詩歌，重要的有馮玉祥的〈丘八詩〉、葉聖陶的〈關於看小說〉、陳儀的歌詞〈愛國歌〉、章衣萍的〈鄭成功起義〉。

和平日報「新文學」副刊

該報由臺中國防部宣傳部創刊於一九四六年五月五日，停刊於一九四九年四月。該報副刊發表了大量的大陸作家作品，如何其芳的新詩〈工作者的夜歌〉、老舍的散文〈儲蓄思想〉、茅盾的評論

〈高爾基作品在中國〉，另有本省籍作家楊逵的評論〈文學再建の前提〉。該副刊中、日文並用，停刊於一九四六年八月九日。

明台報

油印刊物，日文和中文為主，創辦於一九四六年六月十八日，停刊於同年同月二十四日，共出五期。由第二次世界大戰後日本兵陳千武、碧秋等人主編，在新加坡集中營內編印而成。後來他們還在這個基礎上成立了當地的臺灣同鄉會「明台會」。

新知識

創刊於一九四六年八月十五日，王思翔、周夢江、樓憲三人合編，由臺中中央書局出版。該書還未公開發行，就被臺中市政府查封沒收，後由印刷人員搶救才有極少部分面世。只發行一期。據秦賢次介紹，楊逵曾寫有一篇〈為此一年哭〉的短文，這是楊逵最早的一篇中文創作。曾加入「臺灣文藝聯盟」的賴明弘也在該刊發表有〈光複雜感〉。

臺灣文化

由臺灣文化協進會創辦於一九四六年九月十五日，發行人游彌堅，歷任主編有蘇新、楊雲萍、陳奇祿。作者主要為文人，內容有文學創作、文藝評論和學術論著。一九四九年七月轉為學術性刊物，以大陸的報道和文章占主要地位，製作過「魯迅逝世十周年特輯」，並由協會出版許壽裳的《魯迅的思想與生活》，為「去日本化」、「再中國化」的文化建構作出了重要貢獻。重要文學評論有杜容之的〈抗戰時期我國文學〉、楊雲萍的〈臺灣新文學運動的回顧〉、王白淵的〈臺灣演劇的過去與現在〉、黃得時的〈郁達夫先生評傳〉、臺靜農的〈古小說鈎沉〉等。於一九五〇年十二月一日停刊，共出版二十七期。

文化交流

由文化交流服務社創刊於一九四七年一月十五日，社址在臺中市民族路，主編為王思翔、楊逵，只出了一輯。重要文章有賴和的小說〈查大人過年〉、許壽裳的論文〈國父孫中山先生和章太炎先生〉、楊逵為「紀念臺灣新文學兩位拓者——林幼春、賴和」專輯寫的〈幼春不死！賴和猶在！〉、葉榮鍾的舊體詩等。

臺灣新生報「橋」副刊

一九四七年五月四日該報設「文藝」週刊，由何欣主編，共出十三期。「橋」副刊則創辦於一九四七年八月一日，三日或間日刊，主編歌雷，是戰後初期水準最高、影響力最大的刊物之一。提倡「人民的」、「生活的」、「戰鬥的」、「革命的」、「寫實的」、「人道精神」的文學，是推動新現實主義文學的重要陣地。共維持二十個月，出刊二二三期。副刊復出後歷任主編有傅紅蓼、馮放民、張明、姚朋、童常、林期文、楊濟賢、劉靜娟等。已停刊。

建國月刊

創辦於一九四七年十月一日，停刊於一九四八年九月一日，約發行十二期。社長鈕先銘，主編曾今可。該刊宗旨是探討抗戰勝利後應該如何重建臺灣社會和文化教育問題，有一定篇幅刊登散文、詩歌、劇本、翻譯作品、民間故事，另有專門培養青年作家的「青年園地」。

潮流

由銀鈴會發行於一九四八年元旦，其前身為《邊緣草》。主編張紅夢（張彥勳），出版地在臺中縣豐原區，為油印同仁刊物。這是連接「日據時代」與戰後臺灣新文學發展的重要刊物。共出版六期，於一九四九年四月停刊。

南方週報

創辦於一九四八年一月十一日，停刊於同年二月十日，共出三期，發行人為蔡人龍、社長李瑞成。出版地為臺南市中正路三號。該刊設有「語文之頁」，王詩琅、朱點人這些左翼作家均在上面發表作品。這是左翼文人在戰後弘揚理想、發表政治文化論述的園地。

創作月刊

創刊於一九四八年四月一日，由臺灣省立師範學院（今臺灣師範大學）學生毛文昌、蔡蘭枝等發起，指導教師為該校國文系黃肅秋副教授，主編為小兵即毛文昌。停刊於一九四八年九月，共出版六期，社址為臺北市廈門街九十九巷二十一號。該刊作者除師院師生外，還有臺大的外省教授臺靜農及李霽野、黎烈文等人。

臺灣文學叢刊

由臺灣文學社創辦於一九四八年八月十日，主編楊逵，社址在臺中市自由路八十五號。一九四八年十二月十五日停刊，共出三輯。該刊作品多為反映臺灣現實問題的小說，通訊及速寫等，在推動臺灣新文學的重建與現實主義文學發展中起過重要作用。主要作者有葉石濤、史民、楊逵、歐坦生等人。

臺灣詩學叢刊

由臺灣詩學研究會創辦於一九四八年十月十日，主編施梅樵，社址在臺中縣北斗鎮。內容有慶祝臺灣光復三週年的散文及祝詩、記游詩稿等，作品通過愛國懷鄉宣揚民族氣節。據許俊雅介紹，該刊只見到兩輯，停刊時間可能是一九四八年十一月三十日。

臺灣詩報

該報原附屬於《建國月刊》，一九四九年元旦作為月刊獨立發行。主編曾今可，由臺灣詩壇社主辦，出版地臺北金門街二十四巷十四號。據許俊雅介紹，該刊只見到兩期，停刊時間可能是一九四九年二月一日。作者主要是大陸赴台作家，如章士釗、梁寒操等，本省作家有林獻堂等人。

臺旅月刊

由臺灣省旅行社創辦於一九四九年二月十日，據許俊雅考證，停刊時間可能為同年十月十五日，約出版七期。主編為外省文人許君武，出版地在臺北市中正西路七十七號。該書透過「服務旅行事業」，以「宣揚祖國文化」。以刊登遊記為主，另有旅行小說、旅遊詩歌。作者有楊雲萍、覃子豪、錢歌川、謝冰瑩、黎烈文、毛文昌等。

臺灣兒童

由臺中市政府主導，創辦於一九四九年二月十五日，停刊於一九六〇年十月。共出版九十九期，主編有巫永福等人。這是戰後臺灣出現的第一本兒童雜誌，是促進臺灣兒童文學發展的火車頭。內容有兒歌、故事、兒童歌劇等。服務對象為小學生及一般適齡學童。

中央日報副刊

一九二八年二月創辦於上海。該報於一九四九年三月遷臺後，保持中國國民黨中央機關報的黨營立場。不過，它標榜的是「中正、和平、樂觀、奮鬥」。歷任主編有耿修業、薛心鎔、孫如陵、陸鐵山、王理璜、胡有瑞等。他們主持時，報刊風格穩健開朗，刊登的文章以知識性、文學性、學術性為主。一直到一九八〇年代，它走的仍是傳統路線。梅新於一九八七至一九九七年接手後作重大革新，用企劃編輯及設計專題、專欄方式，將一個素來平實穩健的副刊改造為有生氣的媒體，新點子和新作家群不斷在該刊亮相。一九九六年六月，該報又策劃了堅持一個中國立場的「百年來中國文學研討會」。梅新病逝後，該報副刊主編為林黛曼。民進黨執政期間，該報於二〇〇六年六月停刊，後改為網路版與讀者見面。

龍安文藝

由臺北市省立師範學院創辦於一九四九年四月二日，發行單位為臺北市省立師範學院臺語戲劇社，主編林曙光，只出了一期。該刊二〇〇二年被挖掘出土，後由二〇〇三年四月出版的《文學臺灣》重刊全部內容。雖是大學生創辦的刊物，但作者有著名作家及銀鈴會成員朱實等人，內容有回顧臺灣新文學運動史與反映臺灣社會現實的作品，還譯介世界名著，展現了省籍作家語言文化轉換後的具體成果。

文獻

由臺灣省文獻委員會創辦於一九四九年八月十五日，停刊於一九五四年十二月二十七日，共出版二十期。出版地在臺北市延平南路一一一號，主編為林熊祥、毛一波等。發表有關文學的論文有賴子清的〈鄭延平之詩文及其有關文藝轉輯〉、廖漢臣的〈乙未抗日在文壇上的反映〉、徐坤泉的〈臺灣早期文學史話〉、黃得時的〈臺灣歌謠之形態〉、林衡道的〈臺灣山胞傳說之研究〉、王金連的〈客家山歌輯注〉、楊雲萍的〈胡南溟的詩意其詩稿〉等。

公論報「文藝」副刊

創辦於一九四九年九月，這個副刊每周出一次，主編為何欣，內容偏重文藝理論尤其是二十世紀英美作家作品的介紹，並大量刊登本省籍作家的作品，一九五九年因《公論報》停刊而停辦。

寶島文藝

一九四九年十月由青年作家潘壘自籌經費創辦於臺北，不定期刊物，是當時唯一的大型文藝刊物。社長何定藩，由寶島文藝出版社印行。號稱月利，其實是季刊，到後來才成為雙月刊。紀弦、王藍、朱西甯、劉心皇、張秀亞等都是該刊的作者，出版第十二期後停刊。

自由中國文藝欄

此刊中之刊創刊於一九四九年十一月，發行人胡適，具體負責人雷震。該刊刊登以政治思想為主的稿件，但每期至少有一至三篇文藝作品。一九五一年文藝專欄由聶華苓任主編，共出二百多期，刊登約三百篇作品，包括三部劇本、八部長篇小說，另有短篇小說、散文、新詩、文論、書評等。一九六〇年九月該雜誌負責人雷震被捕，雜誌便停刊。

反攻

此月刊創辦於一九四九年十一月，發行人方永蒸，主編韓道誠，內容以發揚革命精神，達成「反攻大陸」的稿件為主，其中文藝作品占了極大的比重，包括長篇小說、短篇小說、劇本、詩歌、散文、雜文、文藝評論，於一九九一年十二月停刊。

大華晚報副刊

由臺北報人創辦於一九五〇年三月。設有「淡水河」副刊，歷任主編有耿修業、錢震、薛心鎔、張力耕、胡正群、吳娟瑜等人。已停辦。

暢流

由國民黨鐵路黨部創辦於一九五〇年二月，半月刊。發行人秦啟文，社址設在臺北市延平北路臺灣鐵路局管理局秘書室。創辦宗旨重在鐵路員工與一般民工交換意見，成為兩者之間聯絡感情的工具，為喚起「貨暢其流」的共識，加強鐵路運輸重要性的認知，用文藝的形式提高員工素質。內容包括史料評述、傳記文學、時事論評、民俗采風、文藝創作、文學評論、外國文學譯介、影視戲劇評介等。於一九九一年七月停刊，共發行九九三期。此外，該社附屬的暢流出版社，在一九五〇年代出版過二十多種文藝書籍。

半月文藝

創辦於一九五〇年三月，發行人為臺北師範學院附中三民主義教師程大城。內容有小說、散文、書評、資訊、評論、外國作家介紹等。主要作者有何欣、王平陵、尹雪曼、陳紀瀅、謝冰瑩、李辰冬、王藍。後來因為經費拮据，於一九五六年停刊。

每周文藝

為中國文藝協會發行的文藝創作副刊，由馮放民負責，逢週五刊於《臺灣新生報》，於一九五〇年四月一日創刊，同年十一月二十五日停刊，共出版二十六期。

自由談

此半月刊於一九五〇年四月創刊，發行人趙君豪。彭歌主編時文藝作品占篇幅多，小說和散文作者有孟瑤、郭良蕙、彭歌等。該刊在扶助新人方面作出成績，如鍾肇政就是在該刊發表的處女作。一九七〇年代後該刊逐漸走向式微，於一九八四年七月停刊。

中國一週

此週刊由張其昀創辦於一九五〇年五月，發行人史紫忱，內容以報導「自由中國」社會狀況，發揚中國傳統文化為主，還經常刊登短篇小說、獨幕劇、散文、詩歌、文藝評論、報告文學及國劇掌故，已停刊。

拾穗

此月刊創辦於一九五〇年五月，發行人張明哲，主編馮宗道，內容以介紹世界科學新知為主，但文藝篇幅占的比例極大，且全為翻譯稿件，包括長篇小說、中短篇小說、世界遊記、傳記文學、新詩、影劇及音樂評介，已停刊。

自由青年

此半月刊在一九五〇年五月十日創刊於臺北，主編吳思珩、梅遜，內容除輔導青年健康成長外，還經常刊登長篇小說、短篇小說、文學評論、散文、新詩和青年習作，一九九一年六月出至七四二期停刊。

革命文藝

一九五〇年六月創刊，開始為半月刊，一九五一年九月改為月刊。隸屬「國防部總政治部新中國出版社」，原名為《軍中文摘》，不對外發行。一九五三年十二月改為《軍中文藝》，以「開闢軍人自己的創作園地」。一九五六年四月再改名為《革命文藝》，目的是「使軍中文藝的力量和社會文藝的力量交流互助，以擴大革命事業的陣容」，並對外發行，主編為散文作家王文漪。一九六二年三月更名為《新文藝》月刊，一九八七年六月出至三二七期後停刊。

中華婦女

此月刊在一九五〇年七月一日創辦於臺北，主編許志致，內容除報道臺灣婦女配合政治運動的活動外，還經常刊登長篇小說、短篇小說，文學評論、散文、新詩及報導文學，已停刊。

大道

此半月刊在一九五〇年九月十六日創刊於臺北，發行人李慎之，主編孫守依。以刊登公路方面的文章為主，文藝方面所占比例也不少，包括長短篇小說、散文、詩歌、遊記、文論及文藝譯作。從二九一期起改為月刊，已停刊。

野風

此半月刊由「臺灣糖業公司」職員於一九五〇年十一月創刊於臺北。金文、師範、辛魚、黃揚、魯鈍五人為發行人。歷任主編田湜、綠蒂、許希哲等。該刊的使命為「創造新文藝，發掘新作家」，闢有「青年園地」，以純文學為主，輔之婦女與家庭、身心修養、國外風光等欄目。該刊作品感傷中伴有夢幻，填補了青年空虛的心靈。其浪漫軟性風格與「戰鬥文藝」不合拍，出至一九六三五年二月停刊，總計一九二期。

民族晚報副刊

民族晚報由王永濤於一九五〇年十二月獨資創辦。在二十世紀八十年代，該報副刊是武俠市場最大的集散地，五部連載之中有兩部就是武俠小說，每週六推出「武俠世界」，一次刊載一篇短篇武俠小說，後來方針有所改變，已停刊。

火炬

此半月刊一九五〇年十二月創刊於臺北，主編孫陵。該刊無論是理論還是創作均突出反共主題，不到一年本子越出越薄，內容也與文學沒有關係，成為社會內幕刊物，終至停刊。

新生月刊

由「警大」創辦於一九五〇年代，原名《日新月刊》，一九六〇年代改為《新生月刊》，由「法務部」矯正司主管，二〇〇四年改為雙月刊。在二十世紀八〇年代，雜誌的內容廢除了國父的遺教、蔣介石的遺訓及對所謂「反共聖戰」及世界大局的論述，取代它的是證嚴法師的語錄和文藝散文，但內容仍離不開懺悔、思親、勵志等。

小學生

此半月刊一九五一年三月創於臺北市，發行人吳芙荃，內容含童話、小說等，一九六六年十月出至三九四期停辦。

文藝創作

一九五一年五月四日創刊，為月刊。發行人張道藩，歷任主編有葛賢寧、胡一貫、王平陵、虞君質等。這個由國民黨中央黨部做支撐的「中國文藝協會」機關刊物，創辦目的是為「中華文藝獎金委員會」所徵集的作品提供發表園地，為推動「三民主義文藝」服務。該刊發表的作品絕大部分以「反共抗俄」為主題，但畢竟培養了像潘人木、段彩華、端木方等新人，並整理了二十世紀五〇年代許多文藝史料。後來張道藩失勢，「文獎會」停辦，該刊於一九五六年十二月終刊，共出六十八期。

西窗小品

此大眾讀物創刊於一九五一年八月，以「翻譯作品」供人茶餘飯後消遣。該刊除介紹西方世界和文藝創作外，另有趣味話題、科學新知、保健話題、婚姻問題等。從第六期起改為半月刊，第三十五期起恢復為月刊，於一九五四年十一月發行三十九期後停刊。

新詩週刊

一九五一年十一月五日創刊於臺北，是一九五〇年代最早出現的詩刊，由葛賢寧、鍾鼎文、紀弦發起，憑鍾鼎文與《自立晚報》的關係借來十欄的版面，以週刊的形式每星期一出版，主編為紀弦，三位發起人為編輯。一九五二年，三位發起人離開，自二十八期起由覃子豪、李莎負責編務。該刊不僅團結了大陸眾多赴台詩人，而且培育了像蓉子、鄭愁予、楊喚、郭楓、鄧禹平、潘壘等新秀，本省詩人騰輝、林亨泰也在該刊脫穎而出。因《自立晚報》改組，於一九五三年九月十四日停刊，共出版九十四期。

青潮

創辦於一九五一年，係臺大詩歌研究社主辦，不定期。一九五四年楊允達接任社長後改成季刊，由羅行主編，已停刊。

新文藝

此月刊創辦於一九五二年一月，發行人王文欽社長劉炯主編為流浪人，一九五二年七月停辦。

文藝論評

此週刊於一九五二年二月，由中國文藝協會借《公論報》版面每星期天刊出，主編黃公偉，於同年九月停刊，共出三十一期。

中國文藝

一九五二年三月創刊於臺北，發行人唐曉風，社長唐賢龍，主編王平陵。內容有各種文體的創作和動態報道、名著翻譯，製作有小說專號和散文專號，並發行文藝叢書，主要作者有梁實秋、謝冰瑩，尹雪曼等人，已停刊。

中國語文

此月刊創辦於一九五二年五月，由中國語文月刊社發行，發行人趙友培，主編朱嘯秋，二〇一三年發行人梁尚勇，二〇一五年發行人吳清基，社長蔡宗陽。

文壇

一九五二年六月創刊於臺北，由穆中南主辦。前五期社長王藍，主編劉枋。第二年後由穆中南包辦。原本月刊，後為季刊。一直以文學創作為中心，主要作者有陳紀瀅、謝冰瑩、王平陵、劉心皇、紀弦、林海音、鍾肇政等。該刊在提倡「戰鬥文藝」的同時也能顧及藝術性和可讀性，一次性刊發鍾肇政、葉石濤等新手的中篇小說。一九五七年二月刊出特大號後宣布停刊，一九五七年十一月又以《文壇季刊》形式復刊。從一九七八年一月第二一期後，朱嘯秋為發行人。與此同時，還有於一九五八年三月創辦的小開本《文壇》月刊，出至一九六〇年四月停刊，共出二十七期。

海島文藝

此月刊一九五二年七月創刊於臺中，該刊宗旨是實現文藝到軍中去，並實踐「文化改造運動」，內容強調革命的、戰鬥的、反極權的、爭自由的，一九五四年三月停刊。

讀書

此半月刊一九五二年七月創刊，傅紅蓼任發行人兼主編，已停刊。

綠洲

此半月刊一九五二年七月創刊，發行人兼主編金文璞。該書闡揚「反共國策」，推行「戰鬥文藝」，主要作者有朱西甯、司馬中原、師範、段彩華、蘇雪林等，已停刊。

詩誌

此月刊由紀弦於一九五二年八月獨資創辦，臺北市暴風雨社印行，僅出版一期。

會務通訊

此會刊由中國文藝協會創辦於一九五二年九月，於一九六〇年五月停刊，共發行二十五期。

青年日報副刊

《青年戰士報》由「國防政治作戰部」於一九

五二年十月創辦，一九八四年十月改為《青年日報》。從一九五二年十月開始設立副刊，歷任主編有潘壽康、吳東權、胡秀等人。該副刊一直強調政治性，顯得教條僵化，也使這個副刊被定義為「軍中刊物」。一九九〇年九月，李宜涯接任副主編後，在固守純文藝路線的同時內容多元化。二〇一五年主編為江素燕。

臺北文物

此季刊創辦於一九五二年十二月，內容含藝文、語言、風俗等。至一九六一年九月發行十卷二期，計三十三期。一九六三年六月改《臺北文獻》繼續出刊。

文藝列車

此月刊創辦於一九五三年一月，由嘉義作家陳柏卿任發行人，主編古之紅，其創辦訴求為「創造新文藝，發掘新作家」，作品內容多為反共懷鄉、青春與浪漫等。主要作者有陳其茂、古之紅、郭良蕙、羊令野、紀弦。讀者對象為青年學生，於一九五六年一月停刊，一九六三年四月復刊不久又停刊，共出版二十六期。

小說世界

此月刊一九五三年一月創刊於臺北市。《新聞觀察雜誌》社遷到臺灣後，在港澳和大陸的許多作家也隨著遷來，而《新聞觀察雜誌》無法容納文藝作品，只好另開闢《小說世界》園地。已停刊。

現代詩

此季刊一九五三年三月由紀弦獨資創辦。該刊肯定新詩反對舊詩，反對格律詩，主張新詩走自由化的道路。一九五八年十二月不再由紀弦身兼發行人、社長、總編輯，而由林宗源任社長，黃荷生任主編，後來同仁紛紛轉向「創世紀」、「藍星」詩社。一九六四年二月停刊，共出版四十五期。一九八二年六月復刊為季刊。發行人羅行，社長羊令野，執行編輯有梅新、鴻鴻、陳克華、零雨等人。復刊號一半是詩，一半是文，週年專號全是評論與回憶，其風格與當年紀弦主辦的完全不同，它只具有紀念意義。停刊後又出了具有反叛意義的《現在詩》，由鴻鴻、翁文嫻、夏宇等人輪流主編。

晨光

此月刊創刊於一九五三年三月，讀者對象為青年學生，吳愷玄為發行人兼主編，後期由吳麗婉、吳開恕接棒。該刊一直秉持「社會的晨光，人生的活力」的精神，積極提倡文藝關懷社會，雖未完全跳脫「戰鬥文藝」的束縛，但主意文藝的普及性，於一九六八年五月停刊。

商工日報副刊

一九五三年八月創辦於嘉義的《商工日報》，發行人林福地，副刊主編劉桂丹。除刊載文藝作品外，還有文化方面的稿件。歷任副刊主編有吳威克、黃煌、謝青、易水寒、蕭木春、李瑞騰等。一九八四年六月的「春秋」副刊開闢「新詩三六五」專欄，每天登一首新詩，並和《文訊》雜誌合辦首屆「現代詩學研討會」。已停刊。

聯合報副刊

《聯合報》正式創辦於一九五三年九月，一創辦就有「藝文天地版」，為綜合性副刊，林海音一九五三年十一月接沈仲豪之手時改為以純文學為主。先後擔任主編的有沈仲豪、黎文斐、平鑫濤、駱學良、馬各、瘂弦、陳義芝、宇文正等人。此副刊服膺的主要不是政權的利益而是商業現實，以致從一九七〇年代後期起成了強勢副刊。在官方文藝政策瓦解的年代，它和《中國時報》「人間」副刊一起取代了以往張道藩控制的「中國文藝協會」指導文藝運動的地位，引導著臺灣文學的走向。

瘂弦（王慶麟）一九七七年至一九九七年所執

掌的《聯合報》副刊，以「三真」作為編輯理念，探索真理，反映真相，交流真情。它不似「人間」副刊那樣前衛而顯得較為沉穩。這種「文學的、社會、新聞的」副刊，使中年人覺得《聯合報》格調高雅，有大家風範。

由瘂弦執掌的副刊，聚合了來自民間的社會力量，形成臺灣最具代表性的文化公共領域。它鼓吹極短篇小說、政治文學，使副刊守門人由此成為文化界的風雲人物，其副刊也成了文學傳播的權力磁場。到了一九九〇年代中期，由於社會政經結構的變化和電子傳媒的興起，「聯副」開始為文學獎減肥，但以文學為主導的路線未變。瘂弦退休後，由陳義芝接棒，現任主編宇文正。

新地文學

由郭楓和葉笛創刊於一九五四年元旦，社址臺南。創刊號內容有郭楓《論左拉的文藝思想》，葉笛譯芥川龍之介的小說《蜜柑》及各門類創作，英、法、德各國名著譯文等。一九五八年七月一日出版第八期後停刊。一九九〇年四月由新地文學基金會在臺北復辦，社長兼總編輯臺灣郭楓，主編為臺灣呂正惠、北京謝冕、美國許達然。該刊首創兩岸作家學者聯合辦刊的局面，一九九一年八月出至第二卷第三期即總第九期後停刊。二〇〇七年九月三度復刊，三個月一期，社長兼總編輯仍為郭楓，作家群廣及華文世界老中青作者。該書在文學界藍綠派系分明，文學刊物遭受商業市場扶持而淪落之情況下，堅定持守民族文學理念，擁抱發展嚴肅純正文學使命。二〇一六年底出至三十八期後停刊。

文藝月報

此月刊創刊於一九五四年一月，主編虞君質，由臺北市中國新聞出版公司印行，於一九五五年十二月停刊，共出二十四期。

東方少年

此月刊由東方出版社創辦於一九五四年一月，這是臺灣最早且具有深遠影響的雜誌，直至一九六一年三月停刊，共出版八十五期。

皇冠

此月刊一九五四年二月在高雄市創刊，後遷臺北，發行人兼社長為平鑫濤，主編為莊瓊花。早年以西洋小說翻譯與部分中文創作小說為主，後由小薄本書發展為雜誌與出版相結合的大型媒體。由於該刊發掘瓊瑤，並吸收了三毛、華嚴、廖輝英、張小嫻參與，還收編張愛玲的白話譯本《海上花》，使《皇冠》穩坐言情小說市場之首，擁有相當的文化資本，以至於一九六五年三月發行東南亞版，一九七六年四月再增加美國版。這個表面上去政治化、不依靠官方的通俗雜誌，其實是借「女性」做掩護宣洩某種反權威、反體制的情緒而進入大眾消費市場，成為臺灣最長壽和銷量最大的雜誌。

幼獅文藝

創辦於一九五四年三月，係中國青年寫作協會會刊。讀者對象為高中和大專學生及廣大文藝愛好者。該刊有三個方向：（一）配合青年人的工作。（二）反映青年人的生活。（三）符合青年人的興趣。有「寫給青年朋友的信」、「青青子衿」、「高中生日記」、「新銳作家作品展」、「青年問題小說」、「文壇新知」等輕鬆活潑的文學專題。早期的刊物有強烈的政治色彩，後來逐漸淡化，撥出許多篇幅用來培養文學新軍和推動閱讀風氣，例如YOUTH-SHOW和各期主題書寫，甚至連專欄都由新作者承包。該刊創辦初期由青年寫作協會理事馮放民、鄧綏寧、劉心皇、楊群奮、宣建民、王集叢等輪流主編，一九六〇年代由林適存接棒。該刊的黃金時代是一九六五年後由朱橋、瘂弦主編的時期。先後擔任過主編的還有段彩華、陳祖彥、吳鈞堯、劉淑華、馬翊航、陳信元等人，許多著名作家都是它的作者。該刊之所以成為臺灣少數壽命最長的刊物之一，原因在於其經費由蔣經國創立的「救國團」所提供。此外，該刊面向青年，使它的讀者面有廣泛的覆蓋率。

文藝春秋

此月刊創辦於一九五四年四月，社址臺北，主編王啟煦，發行人黃毅辛，社長兼總經理吳守仁。內容以文學創作為主，另有美術、音樂、攝影、舞蹈。開始為月刊，從第七期起改為半月刊，於一九五五年停刊，共出十七本。

旭日新詩

創辦於一九五四年五月，社址臺北，係校園詩刊，作者有紀弦、鄭愁予、李莎、明秋水等，此詩刊充分展現「戰鬥文藝」的風格。已停刊。

中華文藝

一九四年五月創刊於臺北，中華文藝函授學校校刊，每月一期。發行人李辰冬。該刊著重研究文藝理論、探討創作技巧，並幫助讀者提高欣賞能力，同時也發表各類文藝創作，設立有外國作家作品譯介、書評，並發表木刻和漫畫。一九六〇年出至第八卷第七期後停刊。另有同名雜誌於一九七一年三月創刊，由「國車」退除役官兵輔導委員會支持，尹雪曼主編，以發表文學作品為主，製作過短篇小說專號、詩專號、散文專號、文學批評專號。主要作者有王鼎鈞、朱西甯、朱星鶴、辛鬱、羊令野、管管、洛夫等，已停刊。

藍星

此週刊創辦於一九五四年六月，借《公論報》一角的半版篇幅刊出，於一九五八年八月停刊，共出二一一期。主編覃子豪（一至六十期）、余光中

（六一至二一一期）。本詩刊源起於《新詩週刊》停刊，而由藍星詩社成員發起，也為日後《藍星》詩刊形式之濫觴。一九五八年三月二十九日停刊。

創世紀

一九五四年十月十日創刊於高雄左營，創辦人張默、洛夫。它填補了南部詩壇的空白，和北部的「現代詩」、「藍星」形成三足鼎立的局面。第一至十期為「新民族詩型」時期，主張中國風和東方味。一九五九年四月後接過「現代派」反傳統的創作觀念，轉而強調詩的「超現實性」。一九六九年出至二十九期後曾一度停刊，一九七二年九月於臺北市改組復刊。進入一九八〇年代後，此季刊仍以詩刊外加同仁詩集、詩選和詩歌活動影響詩壇，該刊愈來愈成為海峽兩岸暨香港澳門乃至世界各地華文詩歌交流的橋梁。季刊。二〇一五年社長洛蒂，總編輯辛牧。

海洋生活

此月刊一九五四年十二月十五日創刊於臺北，主編彭品光、宋項如，內容除發揚海軍精神和傳播海洋知識外，還經常刊登長篇海洋小說和中、短篇小說，另有海洋散文、海洋詩歌、澳門冒險故事，及與海洋有關的報導文學、譯作、名作欣賞，一九六六年一月停刊。

新新文藝

一九五五年一月創刊於雲林縣，發行人兼主編秦家洪（古之紅），以月刊型式發行。刊名意為「為發掘新的作家，培養文壇的生力軍、新血液」。此刊第二、第三卷改為半月刊，第四卷後恢復為月刊，每卷有六期，總計五十四期。於一九五九年六月因經濟來源問題停刊。

現代文藝

創刊於一九五五年二月，發行人劉紹英，主編羅振民，執行主編潘壽康，編委有大荒、江應龍、彩羽等，社址桃園，已停刊。

民族詩壇

此年刊創刊於一九五五年四月，由「自由中國詩人聯誼會」編輯出版，已停刊。

文藝論壇

此週報創刊於一九五五年五月，以文藝評論為主，亦有刊載文學創作、藝文消息等。社長安紫忱，主編司徒衛，編委王平陵、尹雪曼等多人，已停刊。

中國時報「人間」副刊

此副刊為日刊，《中國時報》是臺灣最大的民營報紙之一，創辦於一九五〇年十月，原稱《徵信新聞報》，一九五五年九月創辦「人間」副刊，一九六八年該報改稱《中國時報》。《時報》「人間」副刊創立於一九七二年。前後任主編的有徐蔚忱、李葉霜、畢珍、王鼎鈞、桑品載、高信疆、陳曉林、王健壯、金恆煒、陳怡真、季季、楊澤、劉克襄、簡白、邱祖胤等人。高信疆一九七三至一九八三年執掌的「人間」，係人文精神的副刊典範，對社會發展的重大事件和文化上引人矚目的事情均積極參與。它改變了從前副刊「既與新聞無關，又與人生無涉，更談不上激動人心、傳承歷史、創造文化等等的趣旨」的呆板形象，從而開創了嶄新的「文化」天地。它扮演的是煽風點火的角色。如陳若曦反映大陸「文革」的系列小說，因其中有「毛主席萬歲」等口號和內容，各媒體均聞之變色，但「人間」副刊仍使其和讀者見面。在高信疆主持的副刊中，集結了一大批思想解放的學者、作家、畫家、音樂家，如李敖、柏楊等。一九七七年，「人間」副刊和《聯合報》副刊從正反兩方面聯手引爆在臺灣當代文學史上有重大影響的「鄉土文學大論戰」，使文學由西方化轉為鄉土化和中國化。從二〇〇九年四月起，「人間」副刊和該報的開卷週報合併為「人間新舞臺」、「開卷有書香」，後由於讀者強烈反對又恢復「人間」副刊。

文風雜誌

此月刊創辦於一九五五年十月，社長翁榮如，主編陳廣祥、陳秋分，由嘉義市文風雜誌社印行。讀者對象為青年學生，已停刊。

海鷗週刊

此詩刊創辦於一九五五年十二月，主編為陳錦標，借臺東《正氣日報》一版刊出，約出版九十期後休刊。

海風

此月刊於一九五五年十二月創刊於臺北市，發行人兼主編鄭修元，社長趙邦平。該刊標榜「不黃、不灰、不黑，求真、求善、求美」。主要作者有丁穎、上官予、王藍、王平陵、林海音、蘇雪林等人，已停刊。

今日文藝

此月刊一九五六年四月創刊於臺中，發行人劉蔭遠，社長高楓，主編李夕濤。創刊宗旨為「拓展民族文藝、戰鬥文藝」。內容除各種文體創作外，還有漫畫、木刻以及海外文壇簡訊。從第三期起增闢「青年文壇」，已停刊。

新文藝

此月刊於一九五六年四月創辦的《革命文藝》改名而來，綜合性文藝刊物，王璞接朱西甯擔任主編十年，後由隱地繼任，出至一九八七年六月與《國魂》合併，計出三二七期。

南北笛

此旬刊創刊於一九五六年四月，負責人羊令野、葉泥，借嘉義《商工日報》刊出新詩，後改為週刊、季刊形式發行，共出三十一期，至一九六八年五月停刊。

文學雜誌

此學院刊物一九五六年九月創刊於臺北，夏濟安主編，編輯顧問吳魯芹，發行人劉守宜，刊物的催生者林以亮。夏濟安於一九五九年三月赴美講學，由侯健接替主編。該刊秉承「腳踏實地，崇尚樸實、理智、冷靜」的創作理念，講究文學傳統，提倡反映時代精神，要求作品有較高的藝術性。該刊網羅了創作界與學術界精英，如聶華苓、於梨華、葉珊、瘂弦、葉維廉、陳若曦、王文興、劉紹銘、白先勇、歐陽子。它以學院色彩打破官方文藝的壟斷，樹立了嚴正的文學態度與風氣，後於一九六〇年八月停刊，共出版四十八期。

復興文藝

創刊於一九五六年十二月，發行人蘇連城，出版兼發行為復興文藝社，歷任主編有葉泥、易蘇民等。前四期除國外文學的譯介外，主要是小說和散文。第五期後刊登最多的文類為散文。

於一九五九年七月停刊，總共二十一期。

藍星宜蘭版

此月刊一九五七年一月創刊於宜蘭，以八開紙張雙面印刷，是物質貧困時期的產物，總共出版七期，其中三期依附在《宜蘭青年》月刊。主編朱家駿，執行主編覃子豪。一九五七年七月停刊。

今日新詩

此月刊一九五七年一月創刊於臺北，發行人左曙萍，社長關外柳，副社長鍾雷、紀弦，執行主編上官予，該刊主要內容為「戰鬥詩」，另外也有抒情小品。一九五七年十一月停刊，共出十一期。

文友通訊

此月刊由鍾肇政於一九五七年四月創辦，油印發行，所刊載之作品為社員輪流閱讀並評論，參加者有陳火泉、鍾理和、廖清秀、施翠峰、文心等七人，後加入許本山、楊紫江等人，一九五八年九月停刊，共出十六期。

海洋詩刊

此雙月刊由臺灣大學海洋詩社於一九五七年五月創辦，社長余祥麟，副社長張俊英。這是一本學生刊物，提倡海洋文學，一九七三年停刊。

筆匯

此半月刊一九五七年五月由「中國文藝協會」創刊，發行人任卓宣，主編王集叢，一九五九年五月四日《筆匯月刊》革新號問世，由報紙形式發展為期刊。發行人仍是任卓宣，執行主編尉天驄。革新後有明確的文藝主張，反對色情主義和形式主義，堅持作品與生活相結合。革新後共出二十四期，具有濃厚的學院派傾向，一九六六年改版為《文學季刊》。

藍星詩選

此雙月刊一九五七年八月創辦於臺中，藍星詩社印行。一九五七年十月停刊，只出了二期，每期四十八頁左右，第一期為獅子座星號，第二期為天鵝星座號。

人間世

此月刊一九五七年十一月創刊於臺北，發行人兼主編為劉濟民。標榜「幽默、風趣、諷刺、輕鬆」，內容以雜文為主。於一九六一年九月停刊，一九六二年十月復刊，一九六六年二月再停刊，一九六八年四月再復刊，後停刊。

文星

此文化月刊創刊於一九五七年十一月五日，發行人葉明勳，社長蕭孟能。該刊以「生活的、文學的、藝術的」為宗旨。一九六三年七月主編陳立峰離職，由從一九六一年起以尖銳潑辣的文章不斷在《文星》亮相的李敖掌舵，其主政四年間發表了許多思想犀利、揭露當局腐敗的文章，以致「雜誌變色，書店改觀」，成了繼雷震的《自由中國》之後，直接和國民黨產生矛盾衝突的黨外雜誌，以及不時給臺灣社會帶來強烈震盪的文化，官方於一九六五年十二月將其查封，共出十六卷八期。

小說

此月刊創刊於一九三七年十二月，由臺北市小說雜誌社印行，已停刊。

藍星詩頁

此月刊是第一份由藍星詩社成員出資發行的詩刊，一九五八年十二月創刊於臺北，主編為藍星詩頁編委會，由藍星詩社印行，一九六五年六月停刊，共出六十三期。

東方文藝

此雙月刊一九五八年十月創刊於基隆市，主編王泉峰。該刊以發揚人性之真、善、美為宗旨，主張消滅黃、黑色文藝。內容除小說、散文外，還有書評、舊詩、木刻等，已停刊。

風城文藝

此月刊於一九五八年十二月創新竹市，發行人楊梁材。宗旨為「倡導現代新文藝，開闢寫作新園地」，已停刊。

亞洲詩壇

此季刊一九五九年一月創刊於臺北市，發行人兼社長彭國棟，內容有原創詩、詩選以及詩徵、詩餘、詩譯、詩話等，包括中、日、韓、越、泰、緬、新、馬、菲等各地作家，已停刊。

曙光

此月刊一九五九年二月創刊於臺北市，主要作者有杜國清、覃子豪、周伯乃等，於一九六二年九月出完第二卷第五期後停刊。

亞洲文學

此月刊創刊於一九五九年十月，社址設在臺中市，陳永康為發行人，主編為王臨泰。創刊的目的是為了「調劑人們的生活，反映人們的生活」，力圖在文藝教育方面作出自己的貢獻。以文學創作為主，兼顧文學評論。名作家不多但創作態度嚴謹，一九七八年停刊。

文叢

一九五九年十二月創刊於嘉義市，主編劉桂枏，內容除各種文體創作外還有新書評介，稿酬每千字三十至四十元，已停刊。

自立晚報副刊

一九四七年十月創辦的《自立晚報》，標榜「無黨無派，獨立經營」。一九五〇年十一月停辦，後又復辦。從一九六〇年起副刊險責人有江石江、柏楊、司徒衛、黃驗、向陽、劉克襄、林文義、沈花末。向陽於一九八二年七月接任該報副刊主編後，辦成與《聯合報》不同的本土副刊。一九八〇年代末興盛的臺語文學及臺語研究，就首次見於該副刊，政治詩、政治小說等敏感文類，亦累見該刊。面對分眾化後的臺灣社會，推出《出版月報》、《文學月報》、《民俗月報》、《攝影月報》等四種專刊，均已停辦。

文藝週刊

一九六〇年一月創刊於臺北市，發行人兼總編輯孫陵，由中國學生報社印行，已停刊。

作品

一九六〇年一月創刊。主編章君谷、馮放民，發行人吳竹銘、潘壘，此刊是在胡適等人的鼓吹下誕生的，內容有各種文體以及評論、座談等，以小說創作分量最重。評論方面發表過蘇雪林的〈試看《紅樓夢》的真面目〉及胡適〈關於《紅樓夢》的四封信〉。從十九期起改由陳紹華任總編輯，不久又由馮放民任發行人，於一九六三年十二月因經濟問題停刊。

現代文學

此季刊一九六〇年三月創刊於臺北，發起者有臺灣大學外文系學生白先勇、陳若曦、歐陽子、王文興、葉維廉、劉紹銘、李歐梵等。其間編輯部成員出國深造，由余光中、何欣、姚一葦等「外人」負責編輯。創刊時為雙月刊，出至十五期後改為季刊。白先勇是該刊創作兼經濟來源的頂樑柱，為發行人兼主編。該刊著重介紹西方現代主義文藝思想和評介卡夫卡、勞倫斯、福克納、卡繆等西方現代派作品，同時發表白先勇、水晶、施叔青等人具有現代風的小說，另刊發陳映真、黃春明、王拓、李昂等人具有鄉土色彩的作品。一九七三年出至五十一期後停刊。一九七七年八月復刊，出版二十一期後停刊。

中國詩友

此月刊創刊於一九六〇年十月，主編黎明，由臺北市中國詩友月刊社印行，一九六四年十月停刊，共出九期。

文藝生活

此月刊創刊於一九六〇年十二月，不定期，原為中國文藝協會一九五二年九月創刊的《會務通訊》，共出二十五期。

縱橫詩刊

一九六一年三月創刊於臺北市，主編劉國全，一九六二年十月停刊，共出七期。

中國新詩

一九六一年五月創刊，主編張澍元，一九六一年八月停刊，共出二期（另有一九六四年十一月創辦的同名詩刊）。

中國詩選

於一九六一年五月創刊，同年八月停刊。

大學詩刊

此校園刊物係東吳大學一群文友於一九六一年五月創辦，中堅人物有黃永武等人，已停刊。

藍星季刊

此詩刊於一九六一年六月創刊，一九六二年十一月停刊，共出四期，主編覃子豪。一九七四年十二月由成文出版社和林白出版社贊助復刊。一九八三年十月停刊，共出十七期，歷任主編有張健、向明、羅門等人。

詩·散文·木刻

此季刊創刊於一九六一年七月，主編朱嘯秋。該刊標榜全臺灣「擁有最多名家佳作和名貴插圖的雜誌」，許多作品被各電臺選播，無論是編排還是印製，在當時均顯得非常突出，其特點是把詩人、散文家、小說家以及藝術家團結在一起，顯示濃郁的民族風貌和中華文化的陣容。第五期改為雙月刊，一九六三年四月出至第六期後停刊。

創作園地

此月刊於一九六一年八月創刊於臺北，發行人兼主編周玉銘，已停刊。

仙人掌

一九六二年四月創辦於臺南，主編林佛兒，只出了一期。

野火

此詩刊於一九六二年五月創刊，主編為綠蒂，一九六二年八月停刊。

傳記文學

此月刊一九六二年六月創刊於臺北，在具有學術性的同時兼顧文學性。所登內容多為黨政軍要人傳記。以臺灣名人為主，兼顧大陸。二〇〇九〇年創辦人劉紹唐去世後，成露茜為社長，編輯顧問有藍博洲、簡金生等人，設有本刊特稿、歷史與人物、書評書目、往事憶述、民國人物小傳，已出版近六百期。古遠清二〇〇九年在該刊發表的〈余光中的「歷史問題」〉一文，曾引起兩岸評論家的爭鳴和對話。二〇一〇年成露茜逝世後，由其二姊成嘉玲接任社長。

葡萄園

此新詩季刊由葡萄園詩社於一九六二年七月創辦，這是少數既有「主張」又有「道路」的同人詩刊，其衝刺力雖然有限，創刊以來也沒有激起過驚濤巨浪，但作為一個有相當影響力的長壽詩刊，其辦刊個性鮮明。該刊在《創刊詞》中強調：「我們希望，一切游離社會與脫離讀者的詩人們，能夠及早覺醒，勇敢地拋棄虛無、晦澀與怪誕，而回歸真實，回歸明朗，創造有血有肉的詩章。」先後任該刊主編的有文曉村、吳明興、金筑、台客、賴益成等。該刊還舉辦過兩岸詩刊、兩岸女性詩歌研討會。該刊一度設大陸特約編委，計有古繼堂、古遠清、呂進等人。

小說創作

此月刊一九六二年七月創刊於臺北，發行人唐台寧，社長兼總編輯唐賢翔，一九八四年由汪成華接棒，一九九〇年九月停刊，共發行三〇五期。

創作

此月刊一九六二年八月創刊於臺北，發行人馮放民，主編周佐民，已停刊。

海鷗詩頁

此詩刊創辦於一九六二年十月，主編陳錦標，由海鷗詩社發行，計出十五期，於一九六五年三月休刊。一九八七年五月復刊，共出二期。

臺灣新聞報「西子灣」副刊

一九四九年創刊的《臺灣新生報》南部版，於一九六一年六月改名為《臺灣新聞報》。原為臺灣「省政府」報刊，「精省」後改為「行政院新聞局」管理，後來成為「獨派」社團南社、北社成員的言論園地。因跟臺北出版的《臺灣新生報》同屬「省政府」主管，故開始維持一南一北共同開拓一個副刊的局面。一九六二年，位於高雄市中正四路的「西子灣」副刊正式獨立運作。臺灣早期的一些著名作家，都是該刊的作者。一九七六至一九八八年從林海球手中接棒任副刊主編的端木野，把「西副」辦成不分南北中的開放園地。一九八八至一九九六年鄭春源繼任，十分重視新銳作家的作品，作者比過去增加四百餘人（包括大陸作家在內）。一九九二年，「西副」從發表作品中選出年度最佳作家，分小說、散文、新詩、評論四組，和北部的《聯合報》副刊展開競爭，由此使該刊成為南部文壇重鎮。一九九六至二〇〇二年王庭俊接任，承續原先不固守南部的傳統。二〇〇一年，《臺灣新聞報》民營化後，副刊發不出稿酬而停刊。

中華雜誌

此月刊由胡秋原創辦於一九六三年八月，是臺灣宣傳中華文化的一面旗幟，從一九七一年起每年主辦「七七抗戰紀念會」，刊登過批判文化漢奸胡蘭成和梁容若的文章，在保衛釣魚島方面起了重要作用，於一九九二年八月停刊。

劇與藝

此半年刊創辦於一九六四年四月，主編許希哲，由臺北劇藝雜誌社印行，已停刊。

星座

此詩刊創辦於一九六四年四月，成員有王潤華、林綠、黃德偉、張錯、陳慧樺。由星座詩社出版，計出十三期，於一九六九年六月停刊。

臺灣文藝

此月刊由吳濁流於一九六四年四月創辦，是一份由省籍作家主辦的雜誌，所發作品均為寫實的、鄉土的，所聚集的作家正是後來本土論述的提倡者。一九八三年一月改版的《臺灣文藝》，明確地強調要「站在民間的立場，傳達出本土的、自主的、自尊的、自信的斯土斯民心聲。」從一九八七年五月起，《臺灣文藝》由臺灣筆會接辦，後又移交給前衛出版社出版。到了一九九〇年代，「新面貌新形式的《臺灣文學》，乃公開正式建構新國家模式的臺灣文學。」吳濁流之後接棒的有鍾肇政、陳永興、李敏勇、李喬、杜潘芳格、鄭邦鎮等人。二〇〇三年四月發行至一八七期後停刊。另有一同名刊物為半年刊，陳明仁為總編輯。

笠

此雙月刊於一九六四年六月創辦。它的出現，打破了大陸遷臺詩人及其反共文學壟斷詩壇的局面，扭轉了現實主義在一九六〇年代居於邊緣的地位。凝聚了族群文化勢力的笠詩社，骨幹成員有桓夫、林亨泰、錦連、詹冰、陳秀喜等人。他們一開始就如刊名那樣走得拙樸篤實，雙月刊從不脫期。《笠》一直強調鄉土和寫實，主張詩人要跟社會親和，要和普羅文化結合，要跟大眾一起奮鬥。進入一九九〇年代，《笠》適應了執政者「本土化」的需要，由創刊時的十二人發展為近百位同仁，同仁的詩集選集多達二百五十多種。民進黨執政後，《笠》以大量的詩作和論述，支持臺灣是脫離中國的「獨立民族」，應成為「獨立國家」的文學想像。除把大陸來稿放在「海外詩作」專欄外，又把大陸學者的論文放在「國際交流」專欄，並發表了眾多攻訐「紅衫軍」即倒扁群眾和支持「太陽花」學運的詩文。歷任主編有白萩、李魁賢、岩上、李敏勇、莫渝等人。二〇一八年主編為李昌憲。

作家

一九六四年十月創辦於臺中，發行人雷宗漢，社長李升如，執行編輯高楓，已停刊。

中國新詩

創辦於一九六四年十一月，負責人綠蒂、一信、宇彬，由中國青年詩人聯誼會出版，一九七一年五月停刊，共出十二期。

藍星年刊

此詩刊創辦是因為覃子豪去世及《藍星季刊》突然停辦。一九六四年出版第一期，一九七一年出版第二期，主編蓉子、羅門。已停刊。

劇場

此季刊創刊於一九六五年一月，陳夏生為發行人兼社長，先後參加編輯工作的有崔德林，陳清風、許南村、方莘、西西、郭中興等人。以翻譯外國戲劇為主，其中現代主義影劇作品的評介占了大部分。後因經濟原因於一九六八年一月停刊，共出三期。

前衛

創刊於一九六五年十二月，發行人于還素，編輯群包括秦松、辛鬱等，以提倡現代藝術為主，已停刊。

陽明

此月刊一九六六年一月創刊於臺北，發行人史銘，以雜文及批評為主，出版過專書《文化漢奸得獎案》。一九六九年三月停刊，共發行三十八期。

書目季刊

此月刊一九六六年九月創刊於臺北，由學生書局首任董事長馬全忠任發行人，後任主編有龔鵬程、林慶彰、陳仕華等。有新書提要、書評摘要、文史哲論文索引等條目。

文季

原名《文學季刊》，由陳映真與王禎和、黃春明等創辦於一九六六年十月。尉天驄作為一位組織者和主編，在該書的出版發行中起到了重要作用。他們試圖用作品改變西化的文學風氣，為後來的現實主義文學盛行打下基礎。一九七〇年三月出至第十期停刊。一九七一年一月，《文學季刊》更名為《文學》雙月刊出版，它比過去的《文季》更自覺地「把自己置身於現實生活中」，同年四月出至第二期停刊。一九七三年八月復刊，於一九七四年五月出至第三期後再度夭折。一九八三年四月仍用《文季》的名字復刊，於一九八五年六月出至二卷第五期後停刊。

純文學

一九六七年一月創刊於臺北。林海音為發行人兼主編，先後任編務的有馬各、隱地、鍾鐵民。第五十五期後，由臺灣學生書局接手，主編為劉守宜，劉國瑞為發行人。以創作為主，兼顧翻譯。從第二期起，開闢「中國近代作家與作品」專欄，引介大陸二十世紀三〇年代的作家作品。該刊培育了黃春明、林懷民、鄭清文、七等生、林文月等人。這個刊物和白先勇主編的《現代文學》、尉天驄主編的《文學季刊》形成三足鼎立的局面。鑒於白色恐怖和經濟困難，一九七二年二月停刊。一九八一年又有小開本的《純文學》季刊問世，夏祖麗為發行人，已停刊。此外，香港還有同名刊物，由王敬羲主編，一九七六年四月問世，原為月刊，後為雙月刊，出至六十七期後停刊。一九九八年五月在香港藝術發展局資助下復刊，二〇〇〇年十二月停刊，共出三十二期。

南北笛

此詩歌季刊於一九五六年四月創刊，由葉泥和羊令野合編，刊登於嘉義《商工日報》，一九六七年四月發行期刊，以季刊方式出版，其中四、五期合刊。一九六八年五月休刊，後於一九六九年一月復刊，改以週刊方式出版，至一九六九年五月停刊，共出三十一期。

中國文選

此月刊係孫如陵和幾位文友一起出資創辦於一九六七年五月。該刊從每月的副刊、雜誌、校刊及海外華文作品中選出佳作，以全文轉載的方式刊登。一九八五年十二月停刊，共出版二二四期。

青溪

由「中華民國」青溪新文藝學會於一九六七年七月創辦於臺北，為後備軍人及其家屬所辦，發行人廖祖述，原為月刊，後改為半月刊。編委有郭嗣汾、墨人、鍾肇政、司馬中原等。首任主編魏子雲，後由隱地接任四年（十一至五十八期）。

文藝評論

創刊於一九六七年十月，由臺北市文藝雜誌社印行，一九六八年十二月停刊。

草原

此雙月刊創刊於一九六七年十一月，發行人林蒼生，主編姜渝生。創辦者為成功大學工學院的學生，他們提出「緣於傳統，傲視現代」的口號，內容主要是評論及各種文體的創作，另有繪畫、木刻作品。出版三期後停刊，但其特殊的編排印製，以及充滿民族意識的宣傳在臺灣文藝雜誌史上留下了自己的痕跡。

噴泉

此半年刊由《噴泉》編委會創辦於一九六八年一月，社長秦貴修，主編藍影，臺灣師範大學噴泉詩社出版，每學期出版一期，共出二十一期。後來噴泉詩社仍推出《詩生活》等不同出版物。

大學雜誌

此月刊創辦於一九六八年一月，發行人陳達

弘，主編陳少廷，雜誌取名源於「大學之道，在明明德，在止於至善。」開始影響不大，一九七一年改由陳少廷任社長，張俊宏、許信良、陳鼓應、高準等人任編委後，以敢於抨擊時政、鼓吹民主為其特色。它雖然不是黨外雜誌，但培養了像張俊宏、許信良這樣的反對派骨幹，後因內部分裂於一九七三年停刊。

華岡詩刊

創辦於一九六八年五月，社長龔顯宗，於一九七二年五月休刊，共出四期。一九八〇年四月復刊，由焦桐主編，已停刊。

詩隊伍

此雙週刊創刊於一九六八年七月，主編羊令野，借《青年戰士報》副刊版面刊出，歷時十五年，於一九八三年底停刊。

文藝月刊

創辦於一九六九年七月，是一份軍隊參與合辦的刊物，經費來自「國防部總政部作戰部」、國民黨中央黨部第四組、「教育部」、臺灣省教育廳和臺北市教育局，由軍方主導，發行人是大陸問題專家曾敏，社長兼總編為小說家吳東權，姜穆參與策劃和編務。作為一本文學刊物，內容充實，還有社會評論，後由尼洛接棒，俞允平參與編務，由於經濟原因已於一九九九年九月停刊。

中華詩學

由「中華詩學研究所」創辦，原為月刊，後為季刊。已出版一百多期。另有二〇一五年三月由臺北新地文學發展協會等主辦的同名刊物。

詩宗

詩宗社由南北笛、創世紀等詩社合併組成，創社於一九七〇年一月，並創辦《詩宗》負責人洛夫、羊令野，總編郭震唐。採取叢書形式，由仙人掌出版社發行，季刊共出五期。

文藝復興

由張其時一九七〇年一月創辦於臺北，發行人兼社長黃國華，總編輯黃光亮，由華崗學會出版，已停刊。

水星

此詩雙月刊於一九七一年元月創辦於高雄。由張默、管管主編，共出版九期，一九七二年五月停刊。以八開報紙形式出刊，投稿者多青年詩人。

文學

此雙月刊一九七一年元月創辦，由尉素秋任發行人，何欣任社長，尉天驄任主編，共出版二期，一九七一年三月停刊。

龍族

此詩刊從一九七一年三月中到一九七六年五月終刊，共發行十六期，其中高上秦主編的《龍族評論專號》，激起臺灣詩壇對「橫的移植」的反省，另出有《龍族詩選》。

暴風雨

此詩刊一九七一年七月創辦於屏東縣，由沙穗、連水淼、張堃等人組成編委，共出版十三期，一九七三年七月停刊。

主流詩刊

一九七一年七月創辦，共出十二期，一九七六年一月停刊。

臺灣時報副刊

「時報」於一九七一年八月二十五日創刊於高

雄，其前身是《東臺日報》，後改名《中興日報》在彰化發行，一九六七年曾被《臺灣日報》收購，易名《臺灣晚報》。一九七一年由「立法委員」吳基福收購，改現名並遷高雄出版。

《臺灣時報》內容以「本土意識」為中心，於一九七一年設立副刊，主編桑品載，編輯風格有南部的鄉土味。後任主編有陳冷、傅孟麗、周寧、許仁圖、黃耀寬。青年小說家許振江在一九八五年接任後，堅持純文學路線和表現鄉土情懷，提高了副刊的知名度。一九九三年王家祥任職期間最重要的特色是多刊登報導文學，以傳達「人與土地」的聲音而獨樹一幟。後來蘇士雅執掌，隨著大環境的變化，文學副刊特色已淡出，但仍在一九九六年三月製作了「臺灣文學青壯四大家」特輯。現在版面名稱有「臺灣文學」、「臺灣青文學」兩種。

兒童文學週刊

創刊於一九七二年四月，為《國語日報》副刊，主編馬景賢，為島內第一份兒童文學刊物。

阿米巴

此詩刊創刊於一九七二年，由成立於一九六四年曾發行《阿米巴詩集》的高雄醫學院的阿米巴詩社主持，創辦人有蔡豐吉、王永哲、涂秀田、曾貴海。詩刊的命名，取義於變形蟲阿米巴，它象徵著生命的、赤裸的、原始的、多變的。出刊幾十年來，已成為高雄醫學院師生的一種精神傳統。在一九八四年詩社出版了《阿米巴詩選》，選入六十二位同仁作品。

文教通訊

一九七二年由鄭聖衡神父與耕莘青年寫作會秘書何志韶共同創辦，內容以報導耕莘文教院活動與耕莘青年寫作會消息為主。

蜩螗詩刊

由輔仁大學一九七二年六月創辦，係校園刊物，顧問有周夢蝶、張秀亞，已停刊。

中外文學

此學院派刊物一九七二年六月一日創刊於臺北市，由臺灣大學外文系主辦。早期以文學創作、學術論著、譯介外國文學三者並重。先後任發行人的有朱立民、侯健、林耀福，先後任社長的有顏元叔、彭鏡禧等人，擔任過總編輯的有胡耀恆、廖朝陽、張漢良、吳宏一、吳全成、劉毓秀、馬耀民等。初期設有編輯顧問，計有余光中、王夢鷗、姚一葦、夏志清、葉維廉、齊邦媛等人擔任。

這是一份厚重的學院派刊物，評論以中外文學史、作家及其名著和文學理論研究為主，尤其重視比較文學研究。它設立過「文學講座」專欄，並不時出版「文學理論專號」、「女性與文學專號」、「女性主義文學專號」等。「西洋文學譯介」專欄除刊登國外文壇信息外，還引進外國優秀作品。該刊從一個同仁性質的刊物轉變為嚴肅的學術刊物，新思潮新方法的引介始終是該刊鮮明的特色。它一度成為結構主義以及後結構主義等各種批評理論的大本營，以致有「臺灣新理論、新思潮風向標」之美譽。該刊成為文論領域創新的實驗園地，它所刊登的文學創作雖然也具有前衛特色，但其光芒已被理論這一重頭戲所掩蓋。從二〇〇三年十一月起，完全取消譯作和創作，使其成為臺灣最有分量的學術期刊之一。

大地詩刊

一九七二年九月創刊，共計出十九期，一九七七年一月停刊。

後浪詩刊

一九七二年九月創刊，主編蘇紹連，共計出十二期，一九四年七月停刊。

書評書目

此月刊作為國民黨遷臺以來第一本專門性書評媒體，由洪建全教育文化基金會於一九七二年九月創辦，隱地、簡靜慧等負責編務。其內容包括哲學、科學，文學占了相當大的分量，其中還開展過夏志清治學方法的討論。它以文學批評為龍頭，兼顧史料建設，先後製作過評臺灣的報紙副刊、現代傳記文學的面貌、兒童文學專題、五四專題、報導文學專題、校園精神專題、「小說改編電影」座談會、《中國時報》、《聯合報》副刊評議，兩報文學獎、如何建立嚴肅的批評制度、小說創作專號等專輯。這本廣義的文學雜誌共出版一百期，於一九八一年九月停刊。

中華民國筆會季刊

由中華民國筆會主管，創辦於一九七二年十二月。每年出版四冊，每冊約一百五十頁，已有三十多年的歷史。該刊登過不少著名作品，如鄭清文《三腳馬》中的短篇小說大部分都在該季刊發表。每期大約印二千本，讀者群大部分在海外。齊邦媛教授等譯的《城南舊事》後由香港中文大學出版，另有兩本由張蘭熙主編的英文短篇小說選集《夏照》、詩選《寒梅》也發行海外。歷任主編有張蘭熙、齊邦媛、彭鏡禧、張惠娟、高天恩等人。

出版家

由王希平等人創辦於一九七三年三月，一九七七年六月停刊，共出五十八期。

秋水

此季刊一九七四年一月創刊。創辦人古丁，發行人綠蒂，社長林齡，主編涂靜怡。《秋水》追求明朗、唯美的風格。自開展兩岸文學交流以來，《秋水》與遼寧的《詩潮》結為姐妹刊物，後來又成立了有博物館性質的「秋水詩屋」。於二〇一四年春天出至一六〇期休刊，同年十月復刊，由綠蒂主編。

愛書人

一九七五年一月創辦，一九七九年九月從《出版家》獨立出來，發行人林賢儒，於一九八二年十一月出至一七九期停刊。後由林賢儒將該刊轉型為愛書人公司運作。

草根

此詩刊一九七五年五月四日創刊於屏東，負責人羅青，成員有李男、詹澈、邱豐松、張香華、林月容等人。「草根」的命名帶有濃郁的鄉土色彩，是詩壇中少見的月刊。它一度依附於《益世雜誌》，終於因為資金不足堅持到一九七九年六月停刊，共發行四十二期。一九八五年二月又推出復刊號。羅青在〈復刊宣言〉中云：「今後《草根》本著過去的經驗，繼續向前做各種形式的探討，向後做各種角度的回顧，評估過去，預示未來。」復刊後的《草根》由羅青任社長，白靈任主編。它在刊登新詩的同時，也兼發別的文類創作，並十分注重介紹新銳詩人，一九八六年六月出版至第五十期後再度停刊。

文學評論

此半年刊創辦於一九七五年五月，書評書目社出版。編輯委員姚一葦、侯健、楊牧、葉維廉、葉慶炳等五人，柯慶明為執行編輯，只出五集。

鵝湖月刊

此學術期刊於一九七五年七月創刊，標榜人文精神和「當代新儒學」，歷任社長有高柏園、楊祖漢等，主編陳德平、林安梧等，執行長周博裕。一九八八年再創刊《鵝湖學誌》，展現臺灣文史哲學術研究成果，每半年出一刊。

天狼星

此校園詩刊於一九七五年八月創刊於臺灣大學，負責人溫瑞安、黃昏星，由天狼星詩社出版，約出版四期後休刊。

臺灣政論

此不同政見雜誌由張俊宏一九七五年八月創辦，發行人黃信介，社長康寧祥，法律顧問姚嘉文。和《自由中國》、《文星》、《大學雜誌》不同的是，該刊骨幹成員均為新崛起的本省籍精英，他們以本土集體力量對抗國民黨的獨裁統治，並首次浮現非分離主義的臺灣主體意識，出版五期後即遭停刊處分，其組織動員運作模式成為此後黨外雜誌的範例。

大海洋

此詩刊一九七五年七月創刊於高雄。創辦人朱學恕，現任社長張忠進，為半年刊。在《大海洋》創刊號發刊詞中，朱學恕揭示了海洋文學的四大宗旨和海洋人生的哲學觀，以及中國海洋雄風萬里長的歷史和展望。刊物定位為向海洋進軍，以開拓海洋文學境界為使命，為塑造海洋人生觀的品位為主旨，為海洋思路耕耘播種，創造場面雄偉、潛流激盪的海洋文學成品。至二〇二二年上半年已出一〇四期。

綠地

此詩刊創辦於一九七五年十二月，社址在屏東，編輯部在高雄，後來又遷到彰化，第九期再返回高雄。林吉郎、陌上塵等人先後任社長，主編則始終由傅文正擔任，內容以創作、翻譯、評論為主，另有詩壇信息報導，一九七八年十二月出至第三十期後停刊。

夏潮

此左翼刊物創辦於一九七六年二月，從七月號起成為思想文化刊物，文學評論和文學作品也占有一定比重。為逃避文字獄，作者們常將「社會主義」寫成「社會正義」，並以「三民主義」作掩護，於一九七九年二月被迫停刊。一九八三年二月改名《夏潮論壇》，其間雖遭查禁，但一直堅持到一九八六年才結束。

明道文藝

此校園刊物一九七六年三月創刊於臺中縣。發行人為明道中學創校校長汪廣平，先後任社長的有陳憲仁、林雯琪等，以高中和大專院校學生為主要讀者對象。該刊在尊重前輩作家的同時，大膽起用新人，設有全臺灣地區的「學生文學獎」，發掘出簡媜、張曼娟、焦桐、許俊雅等新人，還舉辦高中學生文藝營，並設有臺灣地區中學首座現代文學館。該刊重視兩岸文學交流，從一九八八年九月始採用大陸來稿，並舉辦過「兩岸文學關係座談會」。二〇一五年主編為李加尉、張毓軒。

長廊詩刊

一九七六年春天創刊，係政治大學校園刊物，半年刊，從第十一期起改為三十二開本，一九九七年出版第十八期，二〇〇〇年出版第十九期，現已停刊。

詩脈

此季刊於一九七六年七月，主編岩上，共出九期，於一九七九年三月停刊。

幼獅少年

此月刊創辦於一九七六年十月，由幼獅文化事業公司發行，二〇一五年發行人李鍾桂，總編輯劉淑華。

神州詩刊

此校園刊物創刊於一九七七年一月，原為天狼星詩社的同仁另組「神州詩社」，以溫瑞安、黃昏星、方娥真、廖雁平為主，二十四開本，於一九七六年十月出版第五期，不久遭官方壓迫而停刊。

小說新潮

創刊於一九七七年三月，發行人周浩正，社長許長仁，編輯張恆豪、曹又方、詹宏志等人，創刊後推出「七等生小說研究專輯」，於一九七八年五月停刊，共出五期。

仙人掌雜誌

創刊於一九七七年三月，發行人林秉欽，社長許長仁，主編王建壯，標榜「思想的、社會的、生活的、藝術的」《仙人掌》。第一期書名《中國的出發》，同年四月推出《鄉土與現實》專輯，引發鄉土文學大論戰的火苗。一九七八年停刊，共出版十二期。

三三集刊

這是以編入「皇冠叢書」的方式不定期出版的雜誌書，是平鑫濤為支持朱氏三姐妹完成文學理想出的系列文集，於一九七七年四月創辦，第一期為《蝴蝶記》，最後一期為《戰太平》，於一九八一年八月停刊，共出二十八期。

詩潮

此左翼詩刊創刊於一九七七年五月一日，同仁主要有丁穎、王津平、高準、郭楓等人，後又有詹澈加盟。在《詩潮》創刊號上，以顯著位置登出高準執筆的〈詩潮的方向〉：一、要發揚民族精神。二、要把握抒情本質。三、要建立民主心態。四、要關心社會民生。五、要注意表達的技巧。該刊設的專欄有新民歌、工人之詩、稻穗之歌、號角的召喚、燃燒的熾火、純情的詠唱、鄉土的旋律等。但右翼文人斷章取義，把工人之詩、稻穗之歌、號角的召喚並排在一起，然後扣上「提倡工農民文藝」的罪名將其查禁，直至一九七七年十二月才出刊第二期。一九七八年十一月出第三期，一九八〇年十二月出第四期後即休刊。不過，一九八七年二月、一九八九年三月、一九九四年十二月復刊出了三期，直至七期後休刊。二〇一七年五月復刊，出版第八集，另有《詩潮》選集。

風燈

一九七八年一月創刊，社址高雄，為報紙型的雙月刊。風燈詩社主編，一九八四年出至第三十六期後停刊。

文學思潮

此叢刊創辦於一九七八年四月，由青溪新文藝學會主辦，發行人尹雪曼，總編輯彭品光。內容包括文學論壇、文學思潮、文學論著、文學動態、新作評價，以及小說選粹、散文創作、詩歌賞析、文藝史料等。該刊帶有濃厚的官方色彩，對鄉土文學採取排斥態度，已於一九八四年四月停刊。

民眾日報副刊

於一九五〇年十二月創辦的民營媒體《民眾日報》，一九七八年從基隆南遷高雄後，同年九月十六日開始設立文學副刊。首任主編為在臺北工作的鍾肇政，他積極拓展本土文學，龍瑛宗的日文長篇《紅塵》，陳火泉有爭議的作品《道》，東方白的《奴才》，都出現在這個副刊。鍾肇政還大量採用新人的作品，使原先無法擠進「臺北文壇」的作者在這裡找到了自己的發展空間。楚卿繼任後，副刊風格突變，原有的作者群也消失了。陌上桑接手後，恢復了原有的強烈的本土色彩。吳錦發一九八八年繼任期間，除注重報導文學外，還刊發原住民作品。一九八九年由文化記者張詠雪接任，副刊變為「鄉土版」「鄉土文化版」，後因發表過激言論而改成「港都藝文月報」，由週刊變成月刊，這時的報導文學增多，純文學作品減少。一九九八年蔡幸娥接任，副刊以關愛土地及原住民文學為特色。二〇〇〇年二月，《民眾日報》鄉土版停辦。

掌門

此詩刊創辦於一九七九年一月，為一九七八年十月在高雄成立的掌門詩社同仁刊物。歷任社長簡簡、古能豪、鍾順文、陳文銓。曾停刊十年，後恢復發行，改名為《掌門詩學》，每逢二、五、八、十一月底出刊，已出五十多期。另出版了《掌門》三十年珍藏版，有小荷、汪啟疆等人的詩集二十六種。二〇一三年執行編輯為胡詩專，同年十二月出至七十一期停刊。

鹽

此文學雜誌創刊於一九七九年十月，編輯部設在高雄，沒有版權頁，也未寫明主編或創辦人。莊金國在封面寫的「鹽的文學」，表明了該刊的宗旨。同年十二月高雄發生「美麗島事件」，出了一期後旋即夭折。作者清一色是南臺灣作家如陳坤崙、林宗源、鄭烱明等。

陽光小集

此同仁詩刊由向陽、張雪映、李昌憲、楊航、陳煌、莊錫釗、陌上塵、林野八人發起，從一九七九年十二月創刊到一九八四年六月，共出十三期，成員多半為南部詩人。第二期由臺北故鄉出版社發行，陌上塵任社長，編輯部設在高雄市。第三期向陽任社長，陳煌為副社長，張雪映任主編，李昌憲任執行編輯。第四期李昌憲改任主編，苦苓任副社長。第五期改為雜誌型出版，由張雪映任總編輯，編輯部遷往臺北。第九期向陽改任發行人，張雪映任社長，苦苓任總編輯。該刊因為沒有向政府登記，遭查禁。第十一期完成登記。一九八三年九月由李昌憲任主編，編輯部遷回高雄市。

《陽光小集》前四期以同仁合集的形式問世，一九八一年三月改為雜誌出版。它承襲各新生代詩人的詩風和主張，其著力點以世代組成而不強調信條、主義，不立門派。最初他們只想辦成一份風格純淨的青年詩刊，到後來同仁擴大至四十五人。先後推出陳克華、王浩威、侯吉諒、陳喬亦等新人。創辦人向陽的《十行集》，是這一時期的力作。

美麗島

此黨外雜誌創刊於一九七九年九月，發行人黃信介，社長許信良，副社長黃天福、呂秀蓮，總經理施明德，社務委員有作家楊青矗等人，同年十二月受政治迫害而停刊，共發行四期。

大雨童詩刊

此雙月刊由小學教師林芳騰、李國耀等人於一九八〇年一月創辦，有十位同仁，一九八〇年七月出至三至四期合刊後停辦。

布穀鳥

此季刊於一九八〇年四月創辦，發行人戴萍，主編林煥彰，專登兒童詩和評論。

旦兮

一九八〇年十月，耕莘青年寫作會創辦了會刊《旦兮一週》，「旦兮」取自《尚書》「旦復旦兮」，象徵旭日東升之意。後更名為《旦兮》，經歷了週刊、雙週刊、月刊、雙月刊、網誌等各種形式。除刊登會員作品外，也報道寫作會相關信息。一九八八年一月，該刊向新聞局登記成為正式出版物，由耕莘文教院院長王敬弘神父任發行人。二〇〇四年後，該雜誌改以電子報形式發送。

自由時報副刊

《自強日報》創刊於一九七八年二月，一九八

○年十二月改為《自由日報》，後又改為《自由時報》。社址臺中市，後又遷到臺北。從一九八○年一月起，副刊歷任主編為桑品載、陳琴富、姚家遂、孫祖武、鄭羽書。張啟疆從一九九二年四月接手後，除了標榜「輕鬆、幽默、溫馨、健康」外，力求將文化和文學區分開來，一改從前純文學性和泛政治化的傾向。該報在民進黨上臺後成了「獨派」報紙，副刊在一定程度上也打上了這種烙印。二○○七年負責人為孫梓評、羅珊珊、黃麗群。二○一三年負責人為蔡素芬，二○一五年負責人為孫梓評，副刊每逢周一至周三及星期天刊出。

腳印

雙月刊，創刊於一九八一年八月，創刊號由王廷俊執編，作者多為居住在高雄的同仁。創刊一周年出至第七期，贈刊為三大張共十二頁，一九八三年七月由雙月刊改為季刊。為適應擴大篇幅的需要，採用書型三十二開本，共八十頁，出至十三期停刊。

三三雜誌

創立於一九八一年九月，主要作者有朱天文、馬叔禮、仙枝、朱天心等人，胡蘭成、朱西甯則為該集團的靈魂人物。一九八二年八月停刊，共出十二期。

中國風

一九八○年十一月創辦，主編古丁，社長涂靜怡，出兩期後停刊。另有一九八四年別人創辦的同名刊物。

文學界

此本土雜誌於一九八二年一月創刊，出資者為鄭炯明等幾位醫生文友。這個季刊總共出了二十八期，於一九八九年二月休刊。該刊出版後曾受到政治干預，「調查局」派人要該刊刪掉第五集廖清山小說《隔絕》中的一段。但該刊始終堅持在野的本土立場，創刊不久就開展了關於「臺灣文學」界定的討論，第二十一期又發表了〈臺灣筆會宣言〉。此刊最值得重視的是由葉石濤、彭瑞金定調的文學論述及臺灣文學史的編寫。曾成立撰寫臺灣文學史小組，最終成果於一九八四年在該刊連載，一九八七年由葉石濤署名的《臺灣文學史綱》正式出版。先後刊發過鄭炯明、鄭清文、趙天儀、李喬、葉石濤、李敏勇等人的專輯，發表了後來被評為臺灣文學經典的陳冠學的《田園之秋》。這是一九八〇年代臺灣文學的一個重要雜誌，後來成為「南方文學」的一面旗幟。許多本土作家正是藉助這塊陣地和「臺北文學」作較量。該刊後來之所以決定結束這七年耕耘，除稿源不足外，也是為了「另外改換參與的管道」。

漢廣

此詩刊創辦於一九八二年三月，負責人路寒袖，二十開長型，由東吳大學漢廣詩社印行，一九八四年五月出版第十三期後停刊。

臺灣文學研究會通訊

本刊係海外臺灣文學研究會會刊，創辦於一九八二年十二月，一九九三年該會解散，此會刊因而停刊。

心臟詩刊

一九八三年三月創刊，負責人朱沉冬、噴泉、王東海，二十開，共出二十多期，已停刊。

海洋兒童文學

此兒童文學研究季刊由林文寶於一九八三年四月創辦於臺東，吳當任總編，一九八七年四月出至十三期後停刊。

高山青

由一群北部大專院校原住民學生於一九八三年五月一日創辦。這是原住民文化運動的先驅。在創刊號上提出「面臨著種族滅亡的重大危機」問題。在當時條件下，編者還是使用主流文化給他們的「臺灣高山族」命名。

臺灣詩季刊

此月刊於一九八三年六月創辦，負責人林佛兒，由林白出版社印行，出版九期後停刊。

文訊

此月刊一九八三年七月創辦於臺北，是官方的文藝工作從政策指導型轉為服務型的一個重要措施。該刊創刊以來，為建設臺灣文學這門學科提供了翔實的資訊，像二十世紀八十年代出版的一九五〇至一九五九年的文學回顧「文學的再出發」以及「六十年代文學專號」，簡直就是斷代的臺灣文學史料長篇。《文訊》每期都有不同的專題，這實際上是對當代臺灣文學走向的一次判斷和發言。從一九八九年起，該刊改為文學與文化並重的刊物，不受臺北的局限，關心全臺灣的藝文風貌，並留意大陸乃至全球華文文學動態。每期刊登的〈文學記事〉，是研究臺灣文學的重要參考資料。就《文訊》提供的豐富資訊、編纂的各種大型工具書及其凝聚力來說，該雜誌社很像北部的「臺灣文學館」。從二十世紀八十年代後期以來，兩岸文學交流十分頻繁。《文訊》作為一個評論刊物，它在兩岸文學交流中起到了橋頭堡的作用。國民黨在二十一世紀成為在野黨後，該刊經費成了問題，現已改為民間的財團法人文學發展基金會資助出版。社長兼總編輯為封德屏。

新書月刊

此月刊由《傳記文學》劉紹唐支持，於一九八三年十月創辦，周浩正主編，隱地在該刊有開設「作家與書的故事」專欄。一九八五年九月停刊。

中國風

此月刊於一九八四年一月創辦，發行人何偉康，總編輯丁穎，於一九八四年七月停刊，共出五期。

散文季刊

一九八四年一月創辦，發行人陳銘磻，由號角出版社發行。一九八四年七月停刊，共出三期。

亞洲華文作家雜誌

創辦於一九八四年三月，發行人兼社長陳紀瀅，總編輯符兆祥，執行編輯林煥彰。另設有日本、韓國、馬來西亞、菲律賓、新加坡、泰國以及香港等地聯絡人。二〇〇一年九月出刊至六十四期停辦。

春風

此左翼詩刊於一九八四年四月創辦，負責人施善繼、楊渡，共出版四期，以書的方式出版，曾被查禁第一期《獄中詩專輯》，第二期《美麗的稻穗——臺灣少數民族神話與傳說》，第三期《海外詩抄》，第四期《崛起的詩群》。一九八五年七月後就沒有出刊。

藍星

此詩刊由九歌出版社贊助，創刊於一九八四年十月，於一九九二年七月停刊。羅門主編第一期，以後由向明主編，為二十五開本，每一期約一百七十多頁。

聯合文學

此月刊隸屬於《聯合報》系，創刊於一九八四年十一月，發行人張寶琴，歷任總編輯有瘂弦、高大鵬、丘彥明、馬森、鄭愁予、鄭樹森、初安民、許悔之、王聰威。這是典雅的大型純文學雜誌，作者陣容不分派別，「社務顧問」中也有不同政治派別的作者和學者。主題走的是前衛路線，稿源來自海峽兩岸暨香港、澳門乃至海外，是真正的立足臺灣，胸懷中國，放眼世界的雜誌。在一九九〇年代後期，許多有創意的作品均在該刊亮相。在世紀末，統派和獨派的代表人陳映真、陳芳明，在該刊開展如何編寫臺灣新文學史的「雙陳」大戰，給該刊增添了亮色。二〇一五年發行人為林載爵。

推理

此月刊一九八四年十一月創刊，由林佛兒獨資經營，林白出版社出版，社址設在臺南。每期二十萬字左右，以刊登介於純文學與通俗文學之間的推理小說為主，「文學、推理、趣味」為其特色，於二〇〇八年四月停刊，共計出版二八二期。

詩評家

由苦苓於一九八五年二月創辦，號稱月刊，實際上只出了一期，共三十二頁，主要內容為「席慕蓉論戰專輯」，主要評論渡也否定席慕蓉的〈有糖衣的毒藥〉一文。該期預告的「前衛版《一九八三臺灣詩選》論戰專輯」，後在一九八六年出版的《兩岸》第一集中展現。

四度空間

此詩刊創辦於一九八五年五月，主編林美玲，社長林婷，參與編輯的有江東潤、朱少甫等人。三個月為一期，第一至六期為四開本，第五期改為二十五開，社長由柯順隆擔任，同仁多達四十餘人，一九八七年停刊。一九九四年十二月復刊，後又停辦。

國文天地

此月刊創辦於一九八五年六月，首任總編輯龔鵬程。這是一本宣揚中華文化傳統和供中學、大學校老師參考的語文刊物。後任社長兼總編輯陳滿銘，主編陳欣欣，另有編輯顧問吳宏一、呂正惠、林慶彰、龔鵬程、顏崑陽、黃永武、曾永義、陳萬益等等。該刊設有思想文化、古典文學、現代文學、國文教學、語文與修辭、文章章法、作文實驗室、天地書肆、補給站等專欄。在本土化浪潮的席捲下，增加了臺灣文學欄目，但這仍無法改變發行量下滑的命運，以致無法支付稿酬。二〇二二年現任社長林慶彰，總編輯張晏瑞。

地平線

一九八五年九月創刊於臺中，主編陳朝松。一九九〇年十二月停刊，此詩刊共出版十一期。

文學家

創辦於一九八五年十月，發行人謝毓斌，總編輯黃武忠。一九八六年五月停刊，共發行七期。

人間

此報告文學雜誌一九八五年十一月創刊於臺北，社長兼主編為陳映真，其中一九八七年九月（二十三期）起至一九八八年七月（三十三期）社長為王拓。該刊提倡現實主義，主張關心社會，關懷人生，揭示社會問題。所刊文章與攝影圖片相結合，著重報導社會中下層的生活狀況和精神面貌。在將近四年的時間內，共出四十七期，停刊於一九八九年九月。後於一九九八年冬改為《人間——思想與創作叢刊》出版，社長陳映和，發行人陳映真，呂正惠、施善繼、李文吉、楊渡、陳映真、曾健民、藍博洲為編委，由人間出版社出版。陸續製作有：《一九四七至一九四九臺灣文學問題議論集》、《噤啞的論爭》、《那些年、我們在臺灣……》、《告別革命文學？》、《爪痕與文學》、《迎回尾崎秀樹》等專輯。二〇〇六年冬，呂正惠任發行人，總編輯陳映真，常務編輯范振國。編輯委員計有林哲元、施善繼、陳光興、曾健民、黃志翔、葉芸芸、趙剛、鄭鴻生、關曉榮、鍾喬、藍博洲等。二〇〇六年秋製作了《貪腐破解了臺獨政權的神話》。二〇〇八年一月的《鄉土文學論戰三十年：左翼傳統的復歸》出後即停刊，後改為《人間思想叢刊》，發行人呂正惠。

金石文化廣場月刊

此月刊由金石堂書店創於一九八五年，一九八八年五月改成十六大開本，並改名為《出版情報》，二〇〇三年改成二十五開本，二〇〇七年起改為電子版。

薪火

一九八六年，由顏艾琳等發起成立「薪火」詩社，一九八七年出版《薪火》詩季刊，每期不足百頁，一年出版三期，一九九四年八月停刊。

當代

此月刊創辦於一九八六年五月，發行人張文翊，社長杜維明，王文興等三十多位名人為編輯顧問。除文化評論外，也刊登文學創作和文論。一九九六年三月因虧損而休刊，一九九七年復刊。復刊後在介紹國外的學術理論和思想的同時，也期望國外能多認識臺灣。

臺灣文化

此係一九八〇年代島內第一個直接以「臺灣」命名的綜合性文化雜誌，創辦於一九八六年六月，季刊，社址高雄，發行人柯旗化。該刊標榜「建立落實的臺灣意識」，第五期後由「臺灣陳文成教授紀念基金會」改組的「臺美文化交流中心」接辦，因宣傳分離主義而遭查禁，一九八八年十月停刊，共出版十期。

臺灣新文化

此本土刊物由林雙不、宋澤萊、吳晟等人創辦於一九八六年九月，因言論威脅國民黨統治，臺灣主體意識過於強烈而遭查禁（第一、三至六、九、十期）。一九八八年出版的第十六期因發表林央敏諷喻蔣介石的小說，正式被逼停刊，以後改用《臺灣新文化每月叢書》名義出版，其影響一直延續到二十世紀九〇年代。

南方

創刊於一九八六年十月，社長鍾肇政，副社長呂昱。該書呼應「小眾媒體」時代的來臨、反思知識分子的實踐方向與策略，鮮明提出反帝立場的同時堅守本土立場，每期約百餘頁，一九八八年二月停刊，共出十六期。

兩岸

此左翼詩刊創刊於一九八六年十二月，主編苦苓。該刊注重現實批判性，力圖促進兩岸文學交流，還轉載了高準的〈六十年代大陸新詩選析〉，出了三期便停刊。

新陸現代詩誌

一九八七年三月創刊，創辦人王志堃，發起人兼主編楊平。出版四期後新陸詩社於一九八八年七月解散，八月出版《新陸現代詩誌》，先後製作過小詩獎特輯、王志堃紀念專輯。主要作者有楊平、張國治、唐捐、黃凡、劉菲、鍾順文、古遠清等，發行至總號第十三期停刊。

客家雜誌

此月刊創辦於一九八七年四月。原創刊於同年初的《客家風雲》，有許多時事新聞的探討和批判，對客家籍兩岸政治人物也有評論，因觀點分歧而改組成人文色彩濃厚的新刊。發行人由陳文和到陳石山，社長徐正光、林郁方到林光華，總編輯由羅肇錦、謝俊逢、楊長鎮、涂春景到黃子堯。該刊設有焦點話題、活動傳真、論壇、語言文字、客家頻道、風土民情，並連載過大陸學者古遠清介紹現代文學史上客家籍名家的文章，該刊不僅靠文字平面發行，而且還不斷舉辦客家群星會大型晚會，並承辦客家文化研討會等活動，已停刊。

臺北評論

此雙月刊一九八七年九月創刊於臺北市，由蔡源煌任總編輯，林燿德、孟樊任執行主編，設有文化現場、特別推薦、問題小說研討會、觀念對話、文化評論、文學評論、當代華文小說系列等專欄，製作過「臺灣後現代狀況」專輯和陳信元批評劉心皇主編的淪陷區文學史文章，已停刊。

曼陀羅詩刊

一九八七年九月創刊，主編楊維晨，由豪友社出版部印行，出版十期後停刊。

中時晚報副刊

創刊於一九八八年三月五日，彼時臺灣才剛開始解嚴的年代，當時，臺灣社會有一種活力，一個打開悶局的活力。設有文學副刊，由羅智成負責。該報二〇〇五年十一月一日停辦。

中國時報「開卷」週刊

創建於一九八八年四月。次年開始每期固定刊出書評。設有開卷十大好書獎。

世界論壇報「論壇」副刊

創辦於一九八八年七月的統派媒體《世界論壇報》，設有論壇副刊，以刊登文學創作為主，每星期一至星期六刊出，主編周伯乃。二〇一六年停辦。

小說族

創刊於一九八八年，偏向女性年輕讀者群，是希代出版公司將校園文學推廣到市場的一種嘗試。在報禁未開放、三大報副刊及《聯合報》、《中國時報》文學獎成為文壇守門員的情況下，該刊創辦者吳淡如、黃凡、林燿德等新生力量邁進文壇，開闢了一個新管道，以致在一九八〇年代造成一股旋風。一年後雜誌改版，在開本與包裝向《皇冠》靠攏，這標誌著《小說族》不再堅持原先的校園文化路線，使該刊在書店仍有較高的上架率。二〇〇三年一月出至一七八期後停刊。

大陸兒童文學研究會會刊

此季刊由大陸兒童文學研究會於一九八九年三月創辦於臺北，林煥彰為發行人兼總編輯，第四期起由大陸學者接手，一九九一年四月出至第六期後停刊。

美育

創立於一九八九年三月，雙月刊，發行單位為臺灣藝術教育館，發行人為鄭乃文。

新詩學報

此會刊由「中華民國」新詩學會一九八九年九月創辦於臺北，劉菲主編，除刊登論文外，大量的是詩歌活動報導，共出版七期，已停刊。

幻象

此季刊由洪範出版社與張系國出資，於一九九九

○年一月底創辦，其宗旨是希望成為聯結「藍色的海洋中國與黃色的古老中國」、老年中國與少年中國的橋樑。這是繼一九八一年《科幻文學》停刊後又一份科學幻想小說雜誌，於一九九三年停刊。

時代文學

此週刊由《中時晚報》副刊組策劃，一九九○年四月創刊於臺北。已停刊

臺灣文學觀察

此季刊一九九○年六月一日創刊於臺北，社長蕭蕭，發行人兼總編輯李瑞騰。該刊以推動臺灣文學的學術研究為宗旨。第一期內容有：八○年代臺灣文學、光復後的臺灣劇運、一首問題詩的問題詮釋、大陸臺灣文學研究十年、臺灣八○年代環境運動下的文學。後來製作過臺灣文學研究的學位論文導論、文學雜誌研究、五○年代文學專題、八○年代臺灣文學論述之質變、臺灣文學研究資料、臺灣當代文學現象等專輯。另還注意史料整理，發表過《葉石濤研究資料》、《林海音研究資料》、《陳映真生平及其作品評論資料目錄》、《新詩期刊編目》等，於一九九三年九月出至第八期停刊。

海峽評論

此統派媒體創刊於一九九一年一月，由一批主張兩岸統一、反「臺獨」的知識分子創辦，是島內統派的重要陣地，位於臺北市景興路一角的海峽評論社，人們視為臺北的「延安」。「中國統一聯盟」成員為骨幹作者，刊登過批判葉石濤、陳芳明的文章，二○二○年總編輯王曉波去世後，發行人為福蜀濤。

臺灣兒童文學

創刊於一九九一年三月，由一九七七年四月創刊於中壢市的《月光光》出至七十八期後更名而來，負責人林鍾隆，係季刊。

詩象

因詩無象不生，故名《詩象》。叢刊，二十五開本，創刊於一九九一年六月，發行人彭邦楨，發起人方思、尹玲、宋穎豪、陳寧貴等，編輯部設在美國，另有臺灣聯絡處。第一號為《詩的長城》，設有開卷創作、中譯美詩、中卷創作、中譯法詩、英譯中詩、壓卷創作。每年發行二期。一九九六年十二月出至第四號後停刊。

兒童文學家

創辦於一九九一年六月，由中國海峽兩岸兒童文學研究會發行，半年刊，發行人林煥彰，社長方素珍，主編陳玉金，二〇一五年主編為林文茜。

臺文通訊雜誌

此本土刊物一九九一年七月創辦於北美洛杉磯，後移至夏威夷又轉至多倫多，發行人鄭良光，先後任總編的有李勤岸、蘇正玄等人。稿件來源以海外作家為主，母語運動與政治議題刊登得最多。在創辦二週年時舉辦臺文比賽，共分新詩、散文兩項。從一九九七年起，在臺發行工作由「李江卻文教基金會」擔任並設有網站。

蕃薯詩刊

此「臺語」刊物由林宗源於一九九一年八月創辦，係詩社同仁所出版的書本型詩人集刊，刊期不定，至一九九六年六月共出版七輯後停刊。第一本書為《鹹酸甜的世界》，內容分為理論篇、詩篇、散文篇，橫排，少數有音無字的「臺語」，採用羅馬拼音。

世界詩葉

此雙週刊一九九一年十月創刊於臺北，附屬於《世界論壇》，主編劉菲。劉菲去世後，於二〇〇一年五月十四日停刊，共出版三四八期。後於二

○○二年九月十二日改名為《世界詩壇》，由王幻等人主編，二○一六年停辦。

島嶼邊緣

此為前衛型文化評論雜誌，以一種極其另類的形式，表述激進民主的左翼文化立場，一九九一年十月創刊，出版了十四期，於一九九五年停刊。

文學臺灣

此季刊於一九九一年十二月創辦，發行人鄭烱明，社長陳崑崙，主編彭瑞金。該刊與《文學界》略有不同的是作者群新增加了一些學術界人士。創辦目的仍是建立臺灣文學的主體性，以便讓臺灣本土論述從邊緣走向主流。一九九四年七月出版的該刊發表了〈把臺灣人的文學主權找回來——臺灣文學主體性座談會紀要〉。然而對本土論述過分強調，以致一九九二年在臺北舉行創刊紀念會不久，「警總」派人找該社副社長談話，但該刊仍維持一貫風格。為了更好地建構臺灣文學的主體性，該刊第十五至十八期集中討論了建立「臺灣文學系」的問題，並把論述範圍擴大到多種族、多語言與多元化價值的文學中，先後製作過原住民文學、女性文學、皇民文學、母語文學等專輯，另還譯介有日本學者論述臺灣文學的文章。該刊創作分量雖然沒有評論突出，但小說也有佳構。李喬在該刊連載的《臺灣文化概論》，還出了單行本。

誠品閱讀

創辦於一九九一年十二月，為雙月刊，發行人吳清友。於一九九六年二月停刊，總共出版了二十五期。

讀書人

一九九二年四月創刊，係《中國時報》副刊之一種，由蘇偉貞主編，刊名為臺靜農題字。二○○九年四月二十六日停刊。

世界華文作家

此週刊由世界華文作家協會秘書長符兆祥與《中央日報》國際版總編輯共同策劃，於一九九二年五月創辦，借《中央日報》版面刊出，內容除有各類創作外，另注重報道海外文化界的信息，首任主編江兒，已停刊。

臺灣詩學季刊

此季刊創辦於一九九二年十二月，歷任社長有向明、李瑞騰、蕭蕭。創辦宗旨為「挖深織廣，詩寫臺灣經驗，剖情析採，論說現代詩學」。該書創辦三十年來，連續不斷地向海內外讀者提供臺灣詩的最新資訊。從白靈、蕭蕭、鄭慧如到現任主編林於弘，均注意專輯與專題的製作，其中「大陸的臺灣詩學」、「大陸的臺灣詩學再檢驗」、「詩社詩選檢驗」、「年度詩選觀察」反響尤大。該刊還闢有「詩戰場」、「詩教室」、「詩賞析」、「新詩教學經驗談」等專欄，所走的是精英取向的傳播路線。從二〇〇三年起，該刊改為半年刊，並以學刊名義出版。由於出版週期長，且學院色彩強化，導致其現實性與參與性弱化。二〇〇五年九月出的《臺灣詩學吹鼓吹詩論壇》雜誌，其光亮度已遠不如從前。

中國詩刊

創刊於一九九三年一月，發行人周伯乃，社長王幻，副社長逸峰，總編輯一信。一九九三年七月曾舉辦過「向明新詩作品座談會」，已停刊。

小白屋

此季刊含《幼兒詩苑》和《少兒詩苑》，創刊於一九九三年一月，發行人薛林，社長龔華。除定期出刊外，還設有幼兒詩獎基金委員會。二〇〇二年十月出至三十六期停刊。

山海文化

此文化雜誌由「中華民國」原住民文化發展學會於一九九三年十一月創辦，雙月出版。這是臺灣第一份以報導原住民文化為宗旨的雜誌，也是一塊完全屬於原住民作者的園地。該刊除記錄原住民各族古老的風俗習慣和文化瑰寶外，還鼓勵原住民作者用文字或影像的形式記錄族群的生活面貌。另有島內外學者、文化工作者對原住民各項觀察研究的譯介。該刊製作過「原住民圖像的重構」等專題，體現了原住民豐富多彩的文化面貌。

臺灣鄉土雜誌

此文化刊物一九九四年一月創辦於屏東，該刊注意鄉土文學教育和各縣市母語教學報導，以及三字經、歌謠及詩詞之欣賞。

臺灣新文學

此本土季刊於一九九五年四月創辦，主編宋澤萊，以中文作品為主，「臺語」作品也不少。該刊提倡臺灣文學的本土性和自主性，後因長期虧損於一九九九年底停刊，共出版十六期。

雙子星

此詩刊創辦於一九九五年六月，由楊平等人集資創辦，已停刊。

中國現代文學理論

此季刊創刊於一九九六年三月，發行人劉真，主編方祖燊，執行編輯陳大為。該刊內容駁雜，設有文學史專題、寫作技巧探討、作家及作品研究、文學理論、教學實驗等專欄。二〇〇〇年十二月出至二十期後停刊。

國家文化藝術基金會會訊

創刊於一九九六年七月，內容為記錄該基金會的籌備經過，並說明相關補助申請辦法以及著作權所屬等資訊。

詩歌藝術

由中國詩歌藝術學會創辦於一九九六年八月，半年刊，發行人文曉村，主編麥穗，社址新北市，已停刊。

水筆仔：臺灣文學研究通訊

此校園刊物由臺灣清華大學碩士研究生游勝冠等人創辦於一九九六年十二月，該刊以臺灣清華大學的學生為中心，試圖增進臺灣文學研究的交流。由於經費限制，未能做到預定的季刊。設定兩項專欄：「潮間帶」為論文發表評論的天地；「季節風」則設有書訊、書評、研究概況、研究會議側記、大學相關課程簡介等，已停刊。

臺灣文學英譯叢刊

創刊於一九九六年，由美國加州大學聖塔芭芭拉分校跨學科人文中心和所屬世界華文文學研究中心負責選稿、翻譯和出版，主持人杜國清，以創作翻譯為主，另包括評論和研究。原為年刊，一九九七年後改為半年刊。至二〇二〇年上半年已出四十八集。

臺灣美學文件

此季刊一九九七年一月十日創刊，發行人李疾，該刊期待臺灣成為一個可以明確辨識，可以創造積累的文化實體。

人間福報副刊

由星雲大師一九九六年創辦於臺北的《人間福報》，周二刊，報名取「人間有福報，福報滿人間」之意。二〇〇〇年四月改為日報。《益世副刊》每星期一至五刊出，有小說、散文、詩歌和專欄。星期六為「覺世閱讀」，星期天為「藝文走廊」，後改為「閱讀咖啡館」。主編李時雍。

乾坤

此詩季刊由藍雲一九九七年一月創辦於臺北，除刊登新詩外，還刊登舊體詩詞。二〇〇二年發行人洪淑珍，總編輯為葉莎，社長為林茵。從八十二期起由葉莎、曾期星、季閒負責編務。

菅芒花詩刊

由臺南市菅芒花臺語文學學會創辦於一九九七年六月，發行三期後，於二〇〇〇年九月出版革新號，主要文類是詩，其次是散文。另出版有「林宗源專號」、「莊柏林專號」等。

高手

一九九七年十二月創辦，武俠小說雜誌，創刊號推出新人女作家張麟《無岸海》中篇小說。

新文壇

此地方刊物由高雄市文藝會創辦於一九九八年九月，季刊。革新版第九期出刊後由內刊改為對外發行。社長兼主編楊濤，先後任發行人的有蕭颯、康景文。設有社評、文壇采風錄、煮字舒心、詩聯集趣、譯奇說怪、民俗文學等專欄。

島鄉臺語文學

陳金順於一九九八年十二月在板橋成立「島鄉臺文工作室」，次年三月創辦《島鄉臺語文學》，陳氏自任主編。該刊曾製作過「鄭南榕自焚十周年紀念專輯」、「情詩專輯」。

淡水牛津文藝

此校園刊物由張良澤創辦於一九九八年十月，於二〇〇〇年七月停刊，後在真理大學校長的支持下，於二〇〇一年七月改組為《臺灣文學評論》出版，二〇一二年十月十五日停刊，共出版十二卷。

全國新書資訊月刊

創辦於一九九九年一月，由「國家圖書館」發行，發行人曾淑賢，主編吳英美。

蓮蕉花臺文雜誌

創辦於一九九九年一月，為季刊，發行人張光裕，社址大里市，於二〇一七年停刊，共出四十六期。

臺文網報

此本土刊物創辦於一九九九年一月，係從《臺文通訊》延伸而來，成為建構臺語文學運動的重要刊物。發起人陳明仁、陳豐惠，社長呂子銘，強調「專業、文學、活潑」，經常刊出「臺語小說」，另有網站和電子版。

菅芒花臺語文學

由臺南市菅芒花臺語文學學會創辦於一九九九年二月，在刊登「臺語」作品的同時，還主辦講座，推廣「臺語文學」。二〇〇一年十月停刊，共出版四期。歷任主編有方耀乾、周定邦。

藍星詩學

此季刊一九九九年三月創刊於淡水鎮。由淡江大學中文系主編，發行人余光中，社長周彥文，總編輯趙衛民，二〇〇六年出版至二十四期後停刊。

詩報

此季刊創辦於一九九九年五月，由綠蒂任發行人，「中華民國新詩學會」主辦，曾一度停刊，後於二〇〇五年十一月復刊。

原住民文學

此季刊創辦於一九九九年七月，由臺北市立師範學院語教系副教授浦忠成，作家夏曼．藍波安、瓦歷斯．諾幹等人發起。該刊強調站在原住民立場開展原住民文學批評和創作，每期安排專人對原住民作家的作品進行批評賞析。

誠品好讀

此月刊由誠品書店創辦於二〇〇〇年七月，是為書店會員打造的刊物，因它閱讀成為一種時尚，廣受歡迎，二〇〇七年更進駐7-ELEVEN通路。但因廣告收入不佳，只好於二〇〇八年四月吹熄燈號，共出八十九期。二〇〇九年二月復刊，共出九期後停刊，又於二〇一二年四月再度復刊。

臺灣文學學報

此半年刊由政治大學中文系創辦於二〇〇〇年六月，專登有關研究臺灣文學的論文，以二萬字為限，不設稿酬。陳芳明為編審委員會召集人，委員多為外聘如許俊雅、梅家玲等。主編為《臺灣文學學報》編委會，早期執行主編為黃美娥，責編蔡明順、賴奕倫。此刊有明顯的本土傾向，極少研究大陸赴台作家的作品和刊登大陸學者的稿件。製作有「二十世紀男性書寫的再閱讀——完全女性觀點學術研討會」論文等專輯。

海翁臺語文學

此月刊由蔡金安創辦於二〇〇一年二月，先後任發行人的有蔡東安、蔡藹如，總編輯黃勁連。已出版七十多期。除頭條為宣揚分離主義的評論外（如胡祥民的〈臺語文學誠是臺灣「民族國家」的活路〉），另有現代詩、散文、小說、鄉土傳奇、臺灣國風欣賞、囝仔劇、囝仔詩、母語教學交流等欄目。

臺灣文學評論

此季刊創刊於二〇〇一年七月，由真理大學提供經費，主編兼發行人張良澤。此刊以具有特殊含義的「臺灣文學」為目標，分析評價本土派作家作品，並力圖為其做文學史上的定位。從創刊號看，有名家真跡、作家手稿和文獻史料，學院色彩躍然紙上，從內容上看，有作家論、作品評述、專題研究，另還有作家回憶錄、傳記、翻譯、隨筆穿插其間。從二〇〇二年出的第四期開始，不再以評論和研究為主，而改為創作與評論並重，其中值得注意的是葉石濤的〈臺灣文學導論〉，並有陳火泉的日文作品重新出土，和日本學者岡崎郁子的長篇連載〈戰後臺灣的日文文學研究〉。該刊幾乎不發大陸學者的文章，也極少發評論大陸去臺作家的文章，個別大陸學者發的文章評論對象為省籍詩人，並由評論者轉去刊發。於二〇一二年十月出至第十二卷第四期後停刊。

臺灣e文藝

此本土刊物創辦於二〇〇一年，這是一九九九年停刊的《臺灣新文學》的再出發，該刊以新一代的本土作家為骨幹，試圖主導臺灣本土新的文學潮流，創刊後發表有十五項的〈臺灣新本土主義宣言〉，二〇〇五年六月三十日停刊。

中華詩壇

此雙月刊創辦於二〇〇二年一月，由「中華民國」傳統詩學會發行，二〇一三年發行人謝清淵，二〇一五年發行人簡華祥，總編輯張儷美，社址新北市。

客家文化

創刊於二〇〇二年九月，季刊，發行單位為臺北市政府客家事務委員會，發行人劉桂均，編輯統籌劉春香。

臺灣語文研究

二〇〇二年創辦，由臺灣語文學會主辦，每年三月及九月出刊，刊登所謂「臺灣語言」（包括閩南語、客語、海島語、華語或在臺灣之其他語言）研究相關之學術論文，也刊登與語言相關的文字、文學、文化等論文或書評。

文學人

此季刊創辦於二〇〇三年五月四日，為中國文藝協會機關刊物，出版至十三期後停刊。二〇〇八年五月四日出版革新號，由愚溪任發行人，落蒂任執行主編，將原本二十五開八十頁改為十六開，一期約一九二頁。設有編輯室報告、社論、作家群像、懷念追思作家、藝文諾貝爾——中國文藝獎章得獎人介紹、人物專訪、新詩史料鉤沉、一步一腳印專欄。愚溪離任後停刊，後又復刊。

書香遠傳

創刊於二〇〇三年六月，雙月刊，發行單位臺灣公共資訊圖書館，發行人呂春嬌，總編輯曾伯堯。採報導形式出版之圖書館類連續性出版品，以主動採訪、發掘圖書館界或藝文界活動。

壹詩歌

創辦於二〇〇三年六月，總編可樂王，主編木焱，該刊由海峽兩岸「六年級」世代詩人組成，以全民寫作為號召，創刊詞云：「《壹詩歌》將是一個開始，我們真切期待的，在那些平時庸庸碌碌過活的人，壹覺醒來，便知道自己也是個詩人。」該刊大量採用新人作品，無論是選詩、專訪和評論都在切中世代差異及傳統與現代的變和不變，諷古顛覆的企圖昭然若揭。第二期以前衛、獨立文學雜誌為標題，努力突破禁區，突顯狂放不羈的姿態。在封面設計上，運用大量塗鴉、自拍照等圖像作品，顯現出濃烈的生猛姿勢，為創造「有血有肉壹詩歌」而努力。

INK印刻文學生活誌

二〇〇三年八月創刊於臺北，由二〇〇二年五月成立的印刻文學生活雜誌出版公司出版，創辦人張坤山，發行人張書銘，社長鄭樹森，總編輯係原《聯合文學》的負責人初安民，副總編輯為二〇〇五年與諾貝爾文學獎評委馬悅然結婚的陳文芬。該刊挑戰臺灣文壇流行風尚，向中國古典小說致敬，自許為「華文世界核心作家的創作平臺」。INK與中文「印刻」發音相同，也都是構寫人類理想，留下墨跡的意思，不分地域種族差異，將深刻的內涵思想視為人類共同的生活態度。選稿標準只問好壞，不分中外、新舊、男女、臺灣與大陸，希望通過出版品改變時代的氣質，改善社會風氣。該刊每期都有主打主題，如分別製作過駱以軍、朱天文、張國榮、王家衛、張愛玲《色・戒》專輯。二〇〇七年三月該刊召開「兩岸文學高峰會」，邀請十多位大陸作家參加。

臺灣詩學學刊

此半年刊創刊於二〇〇三年五月，係由《臺灣詩學季刊》發行十年後的改版轉型。採用學術論文式的審稿制，主編方群，半年刊，每年五月、十一月出刊，已經出版三十多期。

野葡萄文學誌

由小知堂文化事業公司創辦於二〇〇三年九月，發行人孫宏夫，以「全民寫作，全民閱讀」為訴求，企圖開創融合流行作品與嚴肅文學的新時代。從創刊號起，一個重要單元為「張國立愛讀書」。第一期的內容除了以網路寫作的咖啡因、銀色快手等作家的作品為主外，還包括名人的閱讀訪談、優秀圖書推薦、大專院校流行的主題、電影及唱片資訊等類別。這個標榜年輕取向的「野葡萄」，創刊之初曾引起不小震撼，包括模仿日本《達文西》雜誌，以當紅藝人為封面，採用時尚流行雜誌的編輯手法，給傳統的文學刊物圈帶來一股青春活力，後來由於不堪虧損，於二〇〇七年一月停刊。

臺灣文學館通訊

此季刊由臺灣文學館二〇〇三年十月創辦，社址臺南。二〇一五年發行人翁志聰，二〇一七年發行人廖振富，二〇一八年發行人蘇碩斌，總編輯蕭淑貞，執行主編覃子君。該刊主要報導臺灣文學館的活動以及文物捐贈名錄，設有現場直播、特展專題、重回現場、深入報導、採訪老作家、回聲紀事、跨界觀點、特別專題、典藏八寶箱等欄目。該刊有雄厚的資金支持，採用大開本，印刷精美，圖文並茂，有很強的資料性。

中國現代文學

此學術雜誌由中國現代文學學會創辦於二〇〇四年三月，發行人金榮華，主編宋如珊、劉秀美，二〇〇六年起由季刊改為半年刊，每年六、十二月出刊。先後製作過「當代馬華文學論壇」、「文革文學、文革書寫」專輯。作者除本地教授外，另有大陸學者洪子誠等多人。

臺美文藝

由旅居美國的臺灣寫作者創辦，二〇〇四年三月在洛杉磯出刊，內容為小說、散文、詩歌、評論。創刊號作者有杜國清、許達然、廖清山、黃娟等，文計四十多篇，厚達三百多頁。

金門文藝

此地方刊物由金門縣文化局於二〇〇四年七月創辦，雙月刊，發行人李錫隆。另有一九七三年由古月出版社創辦的同名刊物，半年刊，發行人李臺山，二〇一五年主編為洪玉芬。

通用出發　母語起飛

由董峰政等人發起，於二〇〇四年七月在臺南創刊，係臺南市臺灣語通用協會機關報，由該會會長許正勳主編。

臺灣現代詩

此本土刊物，創辦於二〇〇五年三月，由臺灣現代詩人協會發行，季刊，先後任發行人的有吳麗櫻、賴義雄，二〇一五年總編輯為蔡秀菊，社址臺中。

九彎十八拐

此雙月刊創刊於二〇〇五年五月，是小而美、精而實的純文學雜誌。為宜蘭作家耕耘的園地，發行單位為黃大魚兒童劇團，社址宜蘭，發行人黃春明是主要作者，僅二〇〇六年第五期就有他的〈銀鬚上的春天〉、〈城仔落車〉等三篇作品。每期有世界文學名著、轉載文章、原創作品、少年創作、漫畫等。

新活水

創辦於二〇〇五年七月，雙月刊，由中華文化總會發行，二〇一三年發行人為楊渡，主編蕭仁豪。主要探討臺灣與亞洲社會重要文化議題、現象和趨勢。

臺灣文學研究學報

此半年刊二〇〇五年十月創刊，由臺灣文學館發行，每年四、十月出版。截至二〇〇八年六月已出版七期。內容分為專題論文、一般論文及文學評論（含文獻評介、研究動態、書評），論文以三萬字為度，評介以五千字為限。除中、英文撰稿外，還提倡所謂「母語」撰稿。第七期專題為「臺灣女性文學研究」，該刊清一色刊登研究本土作家的稿件，評論外省作家的稿件微乎其微。

鹽分地帶文學

「鹽分地帶」係指臺南六個沿海鄉鎮，該地從日據時期起便是臺灣鄉土文學的發源地之一。一九七九年當地文藝人士發起「鹽分地帶文藝營」，關懷本土文學，設立南瀛文學獎。後來在臺南縣將軍鄉興建「鹽分地帶文學館」，保留了許多重要文學史料。在此基礎上，於二〇〇五年十一月二十六日創刊了《鹽分地帶文學》雙月刊，這是臺灣第一本由地方政府即臺南縣文化局發行的純文學雜誌，總編輯為本土派的林佛兒。在創刊號發布會上，葉石濤、張良澤等人均到會祝賀。

該刊以「文學的、人文的、本土的」為宗旨，設有「小說地帶」、「散文空間」、「評論陣地」等欄目，還出版過「臺語」版。主要作者幾乎都是綠派人士，如葉石濤、鍾肇政、楊青矗、羊子喬等人，另有同情本土派的許達然、郭楓等。二〇一〇年十二月停刊，共出三十一期。後又於二〇一六年復刊為雙月刊，總編輯林佛兒，二〇一九年總編輯為葉麗晴。

臺文戰線

此季刊於二〇〇五年十二月，由臺文戰線雜誌社發行，社長林央敏，先後任總編輯的有胡長松、陳金順，社址原為臺北縣板橋市，後遷高雄。創刊號內容有創作和評論：「胡民祥文學專輯」、「新詩光景」、「散文花園」、「小說森林」等。

當代詩學

此年刊創刊於二〇〇五年，為臺北教育大學臺灣文學研究所主辦，發行人翁聖峰，總編輯孟樊，主編楊宗翰。創刊號為《兩岸詩學專號》，第二期為《臺灣當代十大詩人》專號，第三期為《臺灣學院詩人專號》，第四期為《兩岸女性詩人專號》。

第八期總編輯為何義麟。

臺灣文學研究集刊

臺灣大學臺灣文學研究所創設於二〇〇四年，二〇〇六年創辦登載有關臺灣文學及語言研究之學術論文及書評的《臺灣文學研究集刊》，每年兩期，分別於二月及八月出版，二〇〇六年二月創刊，已出版二十多期。

滿天星

創刊於二〇〇六年六月，季刊，為臺灣兒童文學學會發行，發行人嚴振興，總編輯岩上。

雙河灣

此月刊創辦於二〇〇六年十二月，由泰電電業公司發行，總編輯王郁燕。

歪仔歪詩刊

創辦於二〇〇七年三月，半年刊，寶田出版社發行，主編詹明傑。

國藝會線上誌

創刊於二〇〇七年，月刊，發行單位「國家文化藝術基金會」，發行人施政榮，主編吳品萱。

愛小說

創辦於二〇〇七年，主編為以日文諧音為筆名的男作家敷米漿，在創刊宣言裡，主編希望每一個青春生命擁抱過幻想、自由、浪漫，一切記憶會燃燒出美好的圖案。

海人

此地方刊物由花蓮黑潮文教基金會創辦於二〇〇七年，該刊希望以海人故事、親海方法、記憶海岸、影像文、海洋保育等專欄而成為一個關懷自然生態的平臺。

青溪論壇

此綜合性刊物由臺北市青溪新文藝學會創辦於二〇〇八年一月，創刊號發行時公布「華人青年新詩創作獎」徵稿，已停刊。

衛生紙

此詩刊由黑眼睛文化事業公司創辦於二〇〇八年十月，二〇一六年停刊，季刊，主編鴻鴻。

兩岸犇報

創刊於二〇〇九年四月，以面向臺灣青年學生，專事報導兩岸經貿、教育、文化交流現況，探討當代中國發展經驗和前景，梳理兩岸近代化過程之異同的報紙。為雙週刊，每期十六版，發行一萬五千份，在臺灣全島大小藝文場所設有八十幾個索取點。該報有「文化潮間帶」、「文學野草集」與「毒蘋果札記」等藝文版面，報導與介紹兩岸的文藝訊息，提供有現實性的藝文作品發表的園地。每年該報也面向大學校園舉辦「創意中國研習營」徵文比賽。

藝文論壇

此季刊創刊於二〇〇九年五月四日，由中國詩歌藝術學會與青溪新文藝學會共同主辦。鑒於《青溪論壇》帶有軍方色彩，為適應新的形勢，便改為純文學的《藝文論壇》。發行人兼總編輯林靜助。孫健吾為綜合評論欄主編，陳福成為文化評論欄主編。內容有針對新作品的評論，以及各種詩刊詩社的評介、當代臺灣地區文化現象評論、各縣市青溪新文藝團體報道。作者有向明、落蒂、陳福成、林明理、林靜助、龔華、麥穗、林芙蓉等人。林靜助去世後已停辦。

首都詩報

此雙月刊由潘景新等人於二〇〇九年十一月十五日創辦，號稱是全臺灣「純度最高的臺語詩刊」。內容除「臺語詩」外，另有「臺語」文壇新聞、新聞評論、臺語文學活動簡訊。已停辦。

紫丁香詩刊

此季刊由中國詩歌藝術學會紫丁香社於二〇〇九年十二月二十五日創辦，總編輯林靜助。該刊一度附屬在《藝文論壇》後半部分。

風球

此校園刊物由十四位大學生集資於二〇〇九年創辦，不定期刊，社長廖亮羽。

文學客家

創辦於二〇一〇年一月，二〇一二年由先前的半年刊改為季刊。二〇一五年社長為黃恆秋，主編邱一帆。

海星詩刊

創辦於二〇一一年九月，內容有「海星詩話」等。「詩創作」以發表臺灣詩人作品為主。「海外詩作」發表臺灣地區以外的詩歌作品。主編莫雲。

臺江臺語文學

這是臺南市政府文化局繼《鹽分地帶文學》雙月刊之後，於二〇一二年所推出的第二本文學專門刊物，季刊，其文字有漢字，漢羅。發行宗旨在於保存臺灣語文的多樣性，鼓勵臺語文書寫，增加臺語文學閱讀人口，讓社會大眾重新認識臺語文價值併發揚臺江文化。由臺灣歌仔冊學會理事長，成大退休教授施炳華擔任總編輯，臺語文學家黃勁連和藍淑貞分別擔任編輯總監與主編。二〇一五年陳正雄任總編輯。

臺文通訊BONG報

創辦於二〇一二年二月，由《臺文通訊》和《臺文BONG報》合併而成，月刊，由李江卻臺語文教基金會發行，發行人兼總編輯廖瑞銘，社長陳明仁。

短篇小說

創辦於二〇一二年六月，由INK印刻文學生活誌出版公司發行，發行人張書銘，主編初安民。

野薑花詩集

創辦於二〇一二年六月，季刊，二〇一五年三月已出刊到第十一期，社長許勝奇，總編千朔。

提案

二〇一三年四月創刊，這是誠品書店繼《誠品閱讀》、《好讀》之後，再次推出的店內刊物，顧問黃威融，主編倪玼瑜。

更生日報副刊

《更生日報》簡稱KSDN，為臺灣花蓮、臺東的地區性報紙。由謝膺毅創刊於一九四七年九月，總部設在花蓮市。除國際性要聞、國內重大新聞財經新聞之外，其他的主要版面內容以貼近花蓮、臺東當地的地區新聞、社會寫實等為主要重點。設有《更生》副刊和《四方文學》週刊，二〇一五年負責人為林玉雲。

國語日報副刊

該報設有周一至周日刊出的《故事》副刊，另有周一至周五刊出的《文藝》副刊，二〇一五年負責人為陳素真。

兩岸詩

創辦於二〇一五年十二月，發行人方明，主編林德俊、黃梵，社址臺北市松山區，截至二〇一七年共出三期。

八　獎　勵

先後舉辦文藝獎十七次，共七十三項，得獎作家一百二十人。另創辦有發表得獎作品為主的《文藝創作》月刊，並成立文藝創作出版社，出版「中華文藝獎金委員會叢書」，於一九五六年十一月停辦。

中華文藝獎

一九五〇年代最重要的文藝獎，由中華文藝獎金委員會主辦，創設於一九五〇年三月一日。委員由張道藩、程天放、陳雪屏、狄膺、羅家倫、張其昀，胡建中，陳紀瀅、李曼瑰等九人組成，張道藩任主任委員。該獎著重獎勵「激勵民心士氣、發揮反共抗俄精神力量」的作品，經費由國民黨中央宣傳部第四組提供，每年新臺幣二十一萬八千元，其中十二萬元為獎勵文藝創作，餘款則補助文藝團體活動。每年公開徵求文藝作品，評審後除發給高額獎金外，還出版部分作品。徵集的對象為各種文學創作，外加戲曲、電影、繪畫、文藝理論等十一大項。成立七年間投稿作家約千餘人，作品近萬件，

中國文藝協會文藝獎章

由中國文藝協會創設於一九五〇年，其目的是表揚「成績優異之文藝工作者，借以促進文化建設」。評審標準為：從事文藝工作滿十年以上，其作品具有影響力和有特殊貢獻者，年齡在四十五歲以下，品學兼優，為多數人欽佩者。該獎只頒獎章不發獎金，分為小說創作獎、散文創作獎、新詩創作獎、文學翻譯獎、海外文藝獎、海外文藝工作獎、文學史料獎。另設榮譽文藝獎章，分別為文化建設獎、文藝教育獎。徵選辦法：由該會及各分會理監事、榮譽理事、評審委員推薦。這個獎項在一九五〇至一九六〇年代一度主導臺灣文壇風潮，得獎者有一百多人。後來鄉土文學思潮興起，這個帶

有官方色彩的獎章不再具有權威性，現已變成民間獎，已舉辦近六十屆。

教育部學術文藝獎

創設於一九五五年，由「教育部」提供資金，在一九六七年以前由該部直接辦理，後來由該部文化局接辦，並改名為文藝獎。獲得文藝類獎的有于右任、尹雪曼等人，獲得音樂類獎的有李永剛等人，獲得美術類獎的有郎靜山等人，獲得戲劇類獎的有王平陵、李曼瑰等人。一九八二年更名為「教育部」文藝創作獎。一九九〇年起，「教育部」社教司委託臺灣藝術館辦理徵選等事宜。獎項包括短篇小說、散文、兒童文學、新詩以及國劇劇本、舞臺劇本、國樂、國畫、書法、攝影、油畫、水彩。

《亞洲畫報》短篇小說徵文比賽

一九五三年五月由美國新聞處出資在香港的《亞洲畫報》，從一九五五年二月起每年舉辦《亞洲畫報》短篇小說徵文比賽，共舉辦過八屆，獲獎者中臺灣作家占了多數，如首屆由彭歌〈黑色的淚〉獲社會組第一名。陸續參與和得獎者有郭良蕙、鍾理和、王晶心、郭嗣汾等人，得獎的作品均由亞洲出版社編輯出版。這說明美援文藝體制的存在和力量——《亞洲畫報》已成為當年臺灣作家獲獎和發表作品的重要渠道。其重要性決不亞於後來的兩大報獎。

嘉新水泥公司優良著作獎

由嘉新水泥公司文化基金會董事會於一九六三年六月創立，分設文學創作獎、文藝論著獎，另還有新聞獎。截至一九七五年已舉辦八屆。獲得文學創作獎的有田原、於梨華、孟瑤、鍾肇政、鍾梅音、墨人等。獲得文藝論著獎的有上官予、劉中和、李安等。後來停辦。

中山文藝創作獎

由成立於一九六五年九月的中山學術文化基金會董事會於一九六六年創設，包括文藝理論、文藝批評、小說、散文、新詩、傳記文學、報導文學等。各獎發獎金四十萬元，獎牌一座。徵選辦法：由全島文藝學術團體或公私立大專院校系所負責人推薦。獲得文藝理論獎的曾有王夢鷗、王集叢等，獲得新舊詩詞獎的曾有鍾鼎文等，獲得散文獎的曾有王鼎鈞、張曉風等，獲得小說獎的曾有趙滋藩、李明等。後改由「中華民國」中山學術文化基金會主辦，更名為「中山文藝獎」，分學術著作獎與文藝創作獎兩種。

青年文藝獎

由「中國青年反共救國團」創於一九六五年，到一九六七年併入社會優秀青年文藝獎，先後得獎者有十一人，其中詩歌獎有瘂弦、鄭愁予、葉珊等，散文獎有許達然等，小說獎有司馬中原、段彩華等，另設有音樂獎、戲劇獎。

國軍文藝金像獎

由「國防部」軍管區司令部於一九六五年創設，其宗旨是為「反共文學」推波助瀾。文字類，短篇小說必須有五千至一萬兩千字，散文三千至五千字，新詩一百至一百二十行，廣播劇本為五十分鐘單元劇，電視劇本為五十分鐘單元劇，相聲十五至二十五分鐘。金像獎獲得者除獎金十萬元外，另有獎牌一個，銀像獎獲得者獎金六萬元，獎牌一個，銅像獎獲得者獎金四萬元，獎牌一個，佳作獎獲得者獎金一萬元，另有當選證書。參選者為現役軍人、軍事院校在校師生、軍中聘雇人員、退除役官兵、眷屬（現役軍人之主眷、直系親屬，尚在撫恤中之國軍遺族）。現役軍人及其眷屬、軍中聘雇人員、軍校學生，得由各隸屬軍事單位推薦，退除役官兵、後備軍人等由軍管部推薦，撫恤中之「國軍」遺族由聯勤總部推薦。

吳濁流文學獎

原為「臺灣文學獎」，舉辦四屆後改為「吳濁流文學獎」，由一九六九年七月設立的吳濁流文學獎基金會於一九七〇年創辦。小說正獎八萬元，佳作獎三萬元。新詩正獎五萬元，佳作獎兩萬元。得獎者除獎金外另有獎牌一個。參選者須由各報紙雜誌編輯推薦一年內發表之具本土色彩的作品。

海軍文藝金錨獎

由海軍司令部於一九七〇年一月創辦，分中篇小說和新詩兩項，已停辦。

空軍文藝金鷹獎

由空軍司令部於一九七〇年一月創辦，分短篇小說和散文兩項，各項又分銀鷹獎、銅鷹獎，銀雛鷹獎，已停辦。

青溪文藝金環獎

由「臺灣警備總司令部軍管區」於一九七一年五月創辦，其中小說獎分金環、銀環、銅環、佳作等獎項。散文獎和詩歌獎也同樣分上述幾項，每年舉辦一次，獎金從八千元到兩千元不等。已停辦。

陸軍文藝金獅獎

由陸軍司令部於一九七二年五月創辦，分短篇小說、散文、報導文學三項，各項另分銀獅獎、銅獅獎。已停辦。

文藝金筆獎及主編獎

由「中華文化復興運動推行委員會文藝研究促進會」於一九七四年三月創辦。金筆獎分文藝理論、小說、散文、新詩等項，已停辦。

國家文藝獎

由國家文化藝術基金會於一九七五年一月創辦。基金會下設行政處、財務處、獎助處以及服務室、推廣室。獎項類別：文學類、戲劇類、美術類、舞蹈類、音樂類、演藝類等十二項。國家文化藝術基金會開始由中國國民黨文化工作委員會管理，後為減弱黨派色彩改為「教育部」辦理，至一九八四年為貫徹「憲政」轉交新成立的「文建會」辦理。預算由原先的新臺幣一億元增至兩億元，但年利息只不過一千多萬。一九九七年再交由民間「財團法人國家文化藝術基金會」辦理。現改名為「國家文化藝術基金會文藝獎」，簡稱「國家文藝獎」。基金不少於二十二億，每年利息為新臺幣一點五多億元。得獎者各頒發四十萬元獎金，另有獎章和獎狀。每年從十二類中酌選六至八類辦理，每類獎勵最優秀的創作各一到兩種。參選作品為近五年內完成出版，並未獲其他獎項。以文字發表者和已出版之同類單行本為限。徵選辦法，由各級文教單位、文藝學術團體、出版社發行人，各級學校系所負責人，國軍新文文藝運動輔導委員會主持人和該會委員以及華僑文藝團體負責人推薦。得獎者有周夢蝶、黃春明、白先勇、鍾肇政、陳若曦等人，並出版有部分得獎者的傳記。

《聯合報》文學獎

由《聯合報》於一九七六年三月創辦。短篇小說獎第一名獎金十六萬元，第二名十二萬元，第三名十萬元，佳作獎五萬元。中篇小說首獎二十六萬元，散文和新詩第一名各八萬元，報導文學第一名十五萬元。該獎以公開評審的方式和優厚的獎金主導了臺灣文學風潮：文學獎設立後不久即興起鄉土文學論戰，致使得獎主題皆與鄉土有關。第六屆推薦獎則開政治文學先河。倡導極短篇也是該報文學獎的特色。

該獎辦了九屆後停辦三年，再於一九八八年恢復。一九八八年至一九九一年還專門設置「大陸地區短篇小說推薦獎」。臺灣文壇的主力軍，無不在這個年輕人嶄露頭角的競技場大顯身手，得過此獎者在自己出版的著作個人簡歷上，常常專門寫上得獎經歷和級別，如同名片上的頭銜。至於這些得獎作家所創造的風格，也影響了文學創作的走向，從現代主義小說、鄉土文學到都市小說、後設小說、魔幻寫實小說。它和時報文學獎一樣，成為臺灣最重要、堅持最久和最具權威性的民辦文學獎。柯慶明曾說：「文學獎出現導致文學期刊陣亡，並且塑造出一系列得獎作家，也讓作家明星化。」二〇一四年改為《聯合報》文學獎大獎，王德威等人為評審委員。

金鼎獎

由「行政院新聞局」於一九七六年創辦。分特別貢獻獎、雜誌類出版獎、雜誌類個人獎、一般圖書類出版獎、一般圖書類個人獎、兒童及少年圖書出版獎、兒童及少年圖書類個人獎。二〇〇七年獲獎者有劉振強以及《INK印刻文學生活誌》、《我的第一本臺灣文化地圖》等。

全國優良文藝雜誌獎

由「中華文藝復興運動推行委員會」於一九七七年一月創辦。分榮譽獎、獎助金、特別獎三項。第一項為雜誌社及主編人獎牌各一面，第二項獎金從十萬到四萬元不等，另有獎牌一面。第三項無獎金只有獎牌一面，已停辦。

中興文藝獎章

由臺灣省文藝作家協會於一九七八年創辦。計有散文、小說、戲劇、報導文學、遊記文學、文學研究、文學批評、文藝理論、國畫、水墨畫、陶藝、雕塑、書法、舞蹈、音樂、攝影及特殊貢獻獎等項，得獎者頒發獎牌一面。徵選辦法，由大專院校、文藝社團負責人、作協理事長、作協會員三人聯名推薦。

吳三連獎

由吳三連獎基金會於一九七八年創辦。分文學類（小說、新詩）、藝術獎、人文社會科學類、數理生物科學獎，得獎者有四十萬元獎金。徵選辦法：參選者交作品一式三份，西洋畫只交一份。

《中國時報》文學獎

由《中國時報》於一九七八年五月創辦。甄選獎：短篇小說要求六千至一萬兩千字，首獎十八萬元，評審獎十二萬元。散文要求四千至六千字，首獎十萬元，評審獎六萬元。新詩要求五十行以內，首獎八萬元，評審獎六萬元。報導文學是該報副刊主編高信疆積極倡導的文體，要求五千至一萬兩千字，首獎十六萬元，評審獎十二萬元，另設推薦獎三十萬元。每項得獎者除獎金外還有獎牌，「人間副刊」同仁不得參選。參選甄選獎的作品不能在任何報紙雜誌發表或出版過，推薦獎作品可由全臺內外各中文文藝團體、時報文學獎決審委員及「人間副刊」、作者個人推薦。以已發表之作品為主，均須送兩年內發表之作品，其中短篇小說六篇以上，散文三篇以上，新詩十首以上，報導文學六篇以上。該獎有「胸懷中國，熱愛臺灣，放眼天下」氣魄，多次主動把獎項頒發給大陸作家、香港或海外華人，如報導文學特別獎頒給北京的一位作家，小說推薦特別獎頒給香港北斗學社冬冬，散文特別獎頒給新加坡王潤華。該獎雖然比《聯合報》文學獎起步晚了兩年，但卻年年舉辦，它不僅建造了一種時代的文學標準，也在未來的文學與新聞史上，打造了相當重要的里程碑。

巫永福獎

由巫永福獎基金會於一九七九年創辦，有文學、文學評論、文化評論三項，各頒發十萬元獎金，所有參選作品均結集成冊。該獎由資深詩人巫永福命名，獲得者多為本土作家。一九九五年正式分為「巫永福文學評論獎」、「巫永福文化評論獎」。

高雄市文藝獎

由高雄市立中正文化中心於一九八一年創辦，文學部含舊體詩詞、散文、小說、報導文學，美術部含水彩畫、版畫、攝影，另有音樂部、舞蹈部、戲劇部。首獎二十萬元外加獎牌一面、證書一張，佳作獎只有獎狀沒有獎金。徵集範圍為近五年內完成且未獲其他獎者。文學各類應為已出版之作品，美術各類須原作且未接受任何酬勞之作品。

全國學生文藝獎

由《中央日報》和《明道文藝》創立於一九八一年五月。分大專組和高中組，各組另優選若干名，其中大專組小說首獎八萬元，散文首獎四萬元，五行詩首獎三萬元。高中組散文首獎三萬元，佳作獎七千元。作品發表時致贈每千字八百元稿酬，獲得者除獎金外，另有獎牌一座。該獎針對就讀全島各類大專院校及高中、高職學生舉辦，獲選作品須為未曾在校外發表之創作。

《自立晚報》百萬元長篇小說徵文

創辦於一九八二年九月，第一、二、三屆得主從缺，一九九〇年第四屆得獎作品為《失聲畫眉》，其中所再現出的鄉下酷兒，有其底層位置的世界觀。深刻的情感想像、對生命深層的認識，人們可從中讀出底層人民的生活邏輯、生命策略與能動性。舉辦四屆後停辦。

臺美基金會人才成就獎

由旅美華僑王桂榮、王賽美夫婦於一九八二年在美國南加州大學創辦。歷年選出五十多位在科技工程、人文科學及社會服務方面對臺灣有特殊貢獻的本地人。歷屆得獎者除李遠哲外，其餘多為文學界人士如陳永興、鍾肇政、葉石濤等，獎金之高（兩萬美元），以至於被譽為「臺灣人的諾貝爾獎」。

吳魯芹散文獎

創立於一九八三年，由《聯合報》和《中國時報》輪流主辦，已舉辦二十多屆。

巡迴文藝營創作獎

由《聯合文學》雜誌社創辦於一九八五年，另有徐元智先生紀念基金會參與。分小說獎、散文獎、詩獎、新聞報導獎。小說要求一萬字以內，首獎一萬八千元，佳作八千元，散文要求五千字以內，首獎一萬兩千元，佳作六千元，詩歌要求一百行以內，首獎一萬二千元，佳作六千元，新聞報導要求一千字以內，獎金五千元。該獎針對每屆巡迴文藝營學員所設，學員可跨組參選，但每人每文類只能報一篇。

耕莘文學獎

一九八五年，耕莘文教基金會為配合耕莘青年寫作會永久會員制度的推行，而舉辦了耕莘文學獎，分別對小說、新詩、散文及戲劇四類文體徵稿，以宣傳會員為主，一度也曾對外徵稿，已舉辦近四十屆。

《聯合報》小說新人獎

由《聯合報》、《聯合文學》於一九八七年創辦。徵文要求短篇小說五千至一萬五千字，首獎十萬元外加獎牌。評審委員會推薦的佳作贈送該報社最高稿酬及代訂一年《聯合文學》，對中篇小說要求三萬至萬字，首獎二十萬元加獎牌。參選者多為未獲省級以上社會性各重要文學獎首獎，或小說作品不曾結集出版者。得獎者除臺灣作家外，還有大陸作家及海外作家。該獎也為「同志文學」的興起推波助瀾，第十屆小說新人獎就有三篇女同志小說。該獎和其他獎相配合讓「同志文學」成為強勢文類，以致一窩蜂地書寫，造成高同質性，難免淪為類型小說，使文學獎逐漸地退潮。此獎於二〇〇一四年停辦。

信誼幼兒文學獎

由信誼基金會於一九八七年創辦，分兩類，（一）出版作品首獎十萬元，入選三萬元。（二）文字創作，首獎五萬元，入選三萬元。以上得獎者除獎金外還有獎牌。此外，各類首獎另可獲補助參加意大利波隆納的文學比賽。

中華兒童文學獎

由鄭彥棻文教基金會、「中華民國」兒童文學學會於一九八八年八月創立，設文學、美術兩類，於二〇〇一年舉辦十四屆後停辦。

梁實秋文學獎

這是第一個以作家命名的單獨獎項，是臺灣鼓勵散文及翻譯的重要獎項，由《中華日報》「中華民國」筆會於一九八八年創辦。散文要求三千至五千字，首獎新臺幣十五萬元，第二名十二萬元，第三名十萬元，佳作獎四萬元。翻譯類包括譯詩和譯文，首獎五萬元，第二名四萬元，第三名三萬元，佳作獎兩萬元。得獎者除獎金外另有獎牌一個。徵選辦法：譯詩譯文之原件由單位提供。參加翻譯獎評送者，譯詩或譯文須兩類均譯，若同時獲獎，擇優選取其中一項。獲翻譯獎前三名者，其後兩屆不得應徵同一性質獎項。從二〇〇〇年第十屆起，由標價較低之「臺灣文學會」得標，第十四屆復由《中華日報》繼續辦理，到二十一屆改由九歌文教基金會接辦，得獎者有兩岸和馬來西亞不同地區的作家。

楊喚兒童文學獎

由楊喚兒童獎管理委員會於一九八九年創辦。得獎者除獎金三萬元外，另有獎牌一個。參選作品以近一年出版者為限，已獲其他文學獎者，不在此限。作品可由文藝團體或出版社、該會委員、作者本人推薦。

《中央日報》文學獎

由《中央日報》社於一九八九年創辦。中篇小說要求三萬五千至七萬字，特等獎十五萬元，評審獎致贈該報副刊最高稿酬。短篇小說要求八千至一萬五千字，第一名新臺幣十二萬元，第二名八萬元，第三名六萬元，評審獎致贈該報副刊最高稿酬。散文要求三千至五千字，第一名獎六萬元，第二名四萬元，第三名三萬元，評審獎致贈該報副刊最高稿酬。該報副刊年度推薦新人獎獎金兩萬元——「新人」係指個人作品未曾結集出版者。新人獎之甄選，以該年在「中副」發表的新人作品，由副刊編輯室推薦，決審委員開會討論決議選出，已停辦。

榮後臺灣詩人獎

由莊柏林為感念其父於一九九一年創辦。第六屆頒獎典禮在臺南縣舉行，得獎者為蔡秀菊。

陳秀喜詩獎

為紀念已故女詩人陳秀喜而由其家屬創辦於一九九二年五月，其宗旨在於鼓勵臺灣詩人豐富人類的大愛，提升善美寫真摯情懷，為充實臺灣文化而努力。每年頒給一名本土詩人，首屆詩獎由杜潘芳格的《遠千湖》獲得。

山胞藝文創作獎

由「文建會」策劃、中華文化復興運動總會主辦，山胞行政局、《臺灣新生報》承辦。創立於一九九二年六月，分小說、散文、詩歌三類。

九歌年度文學獎

由一九九二年六月創辦的九歌文教基金會和九歌出版社主辦，蔡文甫為創立人。分小說、散文、現代少兒文學等項。

賴和文學獎

由賴和文教基金會於一九九二年創辦，不分文類，取若干名，得獎者除獎金外另有獎牌。獎金數量不固定，逐年由該會董事會決定。徵選辦法：每年由董事會授權一位公正人士為評審會召集人，再由召集人加四名學者或作家組成評審委員會。每一位評審委員本其所了解的情況或廣泛徵求各界意見後，正式推薦一名候選人。

現代兒童文學獎

由九歌文教基金會於一九九三年三月創辦。兒童文學界定為適合九至十四歲兒童及少年閱讀的作品，要求四萬至四萬五千字。第一名獎金二十萬元，第二名十五萬元，第三名十萬元，佳作獎五萬元，另有獎牌。得獎作品由該單位出版，初版四千冊不另付稿酬，再版時則支付百分之八的版稅。徵選辦法：獲臺灣重要兒童獎頭名者，不得參選。作品要求為原創，未發表或出版過。

陳國政兒童文學獎

由「中華民國」兒童文學學會於一九九三年創辦，共分兩項：圖書故事，首獎十萬元，優選五萬元，新人獎兩萬元；兒童散文，首獎十萬元，優選五萬元，新人獎兩萬元。

南瀛文學獎及南瀛文學新人獎

由臺南縣文化基金會於一九九三年創辦。分兩項（一）文學獎十五萬元。（二）新人獎分詩、散文、小說、兒童文學四項，各頒發十萬元。參選資格：須入籍臺南縣五年以上，目前還仍居住本地；曾獲縣市以上文學獎項，未曾獲選過本獎項。

「西子灣」副刊年度最佳作家獎

由臺灣新聞報社於一九九三年創辦。分四項：（一）小說第一名獎金十萬元，第二名六萬元，第三名四萬元，佳作獎獎牌一個。（二）散文第一名獎金八萬元，第二名五萬元，第三名三萬元，佳作獎獎牌一個。（三）新詩第一名獎金五萬元，第二名三萬元，第三名一萬元，佳作獎獎牌一個。（四）評論第一名獎金八萬元，第二名五萬元，第三名三萬元，佳作獎獎牌一個。徵選辦法為：參選者須為前一年整年在該報副刊發表相當數量文章之作者，由該報副刊編輯部推薦或作家本人自薦。已停辦。

《中國時報》百萬小說獎

由中國時報社於一九九三年十月創辦，分兩項，（一）科幻、武俠、推理、愛情各文類均可，要求五萬至二十萬字。（二）甄選一名，獎金一百萬元外加獎牌一個，入圍兩名，不發獎金但以文章在該報連載得最高稿酬及版稅的百分之十五，該報副刊同人不得參選。這是該報文學獎首次設立的長篇小說獎，力圖以豐厚的獎金鼓勵長篇小說創作。「尋找今天的《紅樓夢》」，改變臺灣文學給人輕、短、薄的印象，結果反響熱烈，有一百一十五部長篇小說參賽，其中朱天文《荒人日記》獲該獎首獎。

皇冠大眾小說獎

由皇冠雜誌社、皇冠文學出版公司於一九九四年創辦。投稿作品類型不拘，科幻、推理、戰爭、愛情等均可，要求八至十五萬字。首獎一百萬元，並可與該社簽約，為期三年。入圍作品得獎金五萬元，作品由該社出版，印五千冊，付作者百分之十五版稅。

府城文學獎

由臺南市立文化中心一九九五年創辦，分三項：（一）文學創作獎（單篇），含新詩、散文、小說、評論，首獎六萬元，第二名四萬元，佳作獎兩萬元。（二）文學創作獎（書籍），獎金十二萬元，特殊貢獻獎十八萬元。得獎作品由市立文化中心出版，不發稿酬，只贈樣書二十冊。

兒童文學牧笛獎

由國語日報社於一九九六年創辦。（一）童話創作（適合八至十二歲兒童閱讀）首獎十五萬元，優等十萬元，佳作三萬元。（二）圖畫故事創作（適合學齡前至小學三年級小朋友閱讀），首獎十五萬元，優等十萬元，佳作三萬元。參選者須年滿十八歲，該獎兩年舉辦一次。

中國婦女寫作協會文藝獎

由中國婦女寫作協會於一九九六年創辦，首屆資深作家獎由蘇雪林獲得，資深編輯獎由潘人木獲得，文壇中堅獎由廖輝英獲得，文壇新秀獎由楊蔚齡獲得，海外作家獎由林婷婷獲得，文藝工作貢獻獎由邱七七獲得，均不發獎金只發獎牌。

小太陽獎

由「行政院新聞局」於一九九六年創辦。分為最佳創作獎、最佳編輯獎、最佳插圖獎、最佳翻譯獎、最佳美術設計獎，不發獎金只發獎牌。

臺灣人文研究學術獎

由臺灣師範大學人文教育研究中心主任莊萬壽於一九九六年創辦，分研究所文學、史地、藝術、文化類，以及大學部史地類等獎項。

山海文學獎

由「中華民國」臺灣原住民文化發展協會、《山海》文化雜誌社於一九九六年創辦。（一）文學創作獎，短篇小說首獎三萬元，外加陶壺，第二名兩萬元，外加陶壺，第三名一萬元，外加陶壺，佳作五千元。（二）散文首獎一點五萬元，外加陶壺，第二名兩萬元，外加陶壺，第三名八千元，外加陶壺，佳作三千元。（三）詩歌首獎一萬元，外加陶壺，第二名八千元，外加陶壺，第三名五千元，外加陶壺，佳作兩千元。另還有報導文學類、傳記文學類、部落史、族語創作獎等項。

羅貫中歷史小說創作獎

由實學社出版公司於一九九六年創辦，要求十五萬至四十萬字，創作獎一百萬元，外加獎牌。兩屆首獎分別由大陸作家楊書案、胡曉明和胡曉暉獲得。得獎作品由該出版社出版，創作獎不再支付版稅，佳作獎則支付一次性版稅。

臺灣文學獎

一九六五年吳濁流以「臺灣文學獎」命名舉辦徵文比賽，後改為吳濁流文學獎。另有由文學臺灣基金會、民眾日報社於一九九七年的同名獎。長篇小說要求十二萬至二十萬字，獎金一百萬元。中篇小說要求十二萬字，獎金十二萬元。新詩十首或一百五十行，長詩不受首數限制，獎金十二萬元。每年分這三類文項輪流辦理。臺灣文學館亦有同名文學獎，分長篇小說、新詩、散文等項。一九九七年還有「臺灣文學百萬元獎」，舉辦四屆後停辦。

桃園縣散文創作獎

由桃園縣縣立文化中心一九九六年創辦。散文要求兩千至五千字，首獎四萬元，第二名三萬元，第三名兩萬元，佳作獎一萬元。參選者須桃園人或在桃園居住和工作。

詩歌藝術獎

由中國詩歌藝術學會於一九九六年創辦，共分三項：（一）詩歌創作獎，要求從事詩歌創作三年以上，並有傑出表現。（二）詩歌貢獻獎，要求從事詩教、詩評和推動詩歌運動有卓越貢獻者。（三）詩歌編輯獎，要求從事詩刊編輯工作三年以上，有突出表現者。不設獎金，只有獎牌一面。徵選辦法：由該會理監事、各文藝團體及各大學文學院所系負責人推薦。已停辦。

「文建會」文學翻譯獎

由「行政院文建會」主辦，承辦單位為臺灣文學協會。獎項類別包括中譯英、中譯日、中譯法的譯詩，以及中譯英、中譯日、中譯法的譯文。

華航旅行文學獎

由中華航空公司與《中國時報》「人間副刊」聯合於一九九七年六月創辦，分首獎、優等、佳作三項。

全國大專學生文學獎

由「文建會」策劃，臺灣大學等校輪流主辦。徵文類別為新詩、散文、小說、劇本及現代文學評論。在此之前，臺灣大學，成功大學，淡江大學、東吳大學等校均有自己的文學獎，這個獎範圍更大，於一九九八年五月舉行的第一屆活動全程由學生負責，顯示了新世代大學生的才能與熱忱。

全球華文同志文學獎

由臺北市熱愛雜誌社於一九九八年創辦，分短篇小說獎、報導文學獎等項，首獎均為十萬元。短篇小說要求六千至一萬字，報導文學要求八千至一萬五千字。

磺溪文學獎

彰化古稱「磺溪」，該獎由彰化縣文化局一九九八年主辦，徵文類別為新詩、散文、小說、報導文學等。首屆還評出兩位特別貢獻獎，分別由林亨泰、吳晟獲得。該獎力圖打造「文學的彰化，彰化的文學」。經過多年的徵集，出版了十多套《磺溪文學──彰化縣作家作品集》，總數近一百冊。

臺北文學獎

由臺北市文化局於一九九八年創辦，分「市民組」現代詩、古典詩、散文，以及「青春組」現代詩、故事寫作等項。

臺灣省文學獎

由臺灣省文化處於一九九八年創辦。後來隨著「精省」「廢省」，該獎辦理到第二屆即停止。二○○一年由「文建會」續辦，改名為「第三屆臺灣文學獎」，承辦單位為文學臺灣基金會，分短篇小說、新詩、童話、報導文學等。

林佛兒推理小說獎

由林佛兒於一九九八年創辦，葉石濤、鍾肇政等人擔任評審。首獎三萬元，二等獎兩萬元，三等獎一萬元，佳作獎贈稿酬，另有獎牌。

五四獎

由國民黨「文工會」於一九九八年創辦，《文訊》雜誌社承辦，宗旨為表彰常年在幕後默默奉獻付出心力的文化工作者。設六項：文學編輯獎、文學教育獎、文學評論獎、文學活動獎、文學交流獎、青年文學獎。後因經費不足，舉辦四年後停辦。

臺灣俳句文學獎

由臺北俳句會於一九九九年四月創辦，作品用中、日兩種文字寫作均可，首屆得獎作品為用日文寫作的《臺灣優游俳句集》。

姜龍昭戲劇獎

由戲劇家姜龍昭於一九九九年十月創辦，第一屆只取一名，獎金五萬元，另有姜龍昭雕像一座。

《中國時報》開卷好書獎

《中國時報》「開卷好書獎」於一九九九年創辦。其中「十大好書．中文創作類」為最重要之獎項。該評選被譽為「華文世界最富聲望的年度選書」。

中華汽車原住民文學獎

由中華汽車原住民文教基金會等單位於二○○○年創辦，設立短篇小說、散文、詩歌三種獎項，後又增加了報導文學及文藝貢獻獎。

余光中散文獎

由中華語文教育促進協會於二○○○年創辦，臺北市立中山女高、國文學科中心協辦，宗旨為親近中華文學，推動閱讀風氣，提升中文表達能力。參與對象以就讀臺灣公私立高中、中職學生為主。

總統文化獎

由中華文化復興運動總會於二○○一年創辦。獎項類別：表彰社會服務的太陽獎、獎勵扎根社區文化工作的玉山獎、發揚和平精神的菩提獎、表彰環境保育工作的鳳蝶獎，針對文化藝術範疇的百合獎。其中百合獎相當於終身成就獎，第二屆由鍾肇政獲得。

宗教文學獎

由財團法人靈鷲山佛教基金會、《聯合報》副刊等單位於二○○二年創辦，分為短篇小說、散文、新詩三項，每項設有首獎、二獎、三獎、佳作獎等四類。

世界華文文學獎

由世界華文作家協會創辦於二〇〇三年，分小說、散文、詩歌、報導文學四項。已停辦。

玉山文學獎

由臺南縣政府創辦於二〇〇二年，分新詩、散文、短篇小說三項，另有文學貢獻獎。

法律文學創作獎

由社團法人臺北律師公會於二〇〇三年創辦，設中篇小說獎，分首獎、評審獎、特別獎、佳作獎四項。

打狗鳳邑文學獎

高雄的本名「打狗」，該獎由高雄市文化局於二〇〇三年創辦。獎項分長篇小說、短篇小說、散文、新詩四項。二〇一一年高雄縣市合併，該獎也與高雄縣鳳邑文學獎合併，更名為打狗鳳邑文學獎。

全國臺灣文學營創作獎

由勇源基金會與《INK印刻文學生活誌》於二〇〇三年創辦，《中國時報》「人間」副刊、淡江大學中文系協辦。分散文、新詩兩種。

彭邦楨詩獎

由《詩象》同仁發起、彭邦楨詩獎執委會於二〇〇四年三月創辦，分紀念獎，創作獎、評審獎，評審委員有張默、辛鬱等人。第三屆首獎為甘子建的〈我有四個父親〉，二獎章安君的〈清明〉，三獎獲得者王勝南。已停辦。

海翁臺語文學獎

由海翁基金會於二〇〇四年創辦，分小說、散文、兒童文學等三項，設正獎、佳作獎、評審獎各一名。

X19全球華文詩獎

由風球詩社二〇〇五年創辦，這是一個針對未滿十九歲年輕詩人舉辦的文學獎。對象為華文現代詩，繁簡體不限。以完整呈現為原則，形式不拘，題材不限。作品三首以上，十首以下。

溫世仁武俠小說百萬大賞徵文

由已故企業家溫世仁後人和明日工作室於二〇〇五年創辦，分長篇小說，短篇小說兩種獎項。第一屆首獎獲得者為吳龍川的《找死掌法》，第二屆入圍者有施達樂的《小貓》、陳晶的《回光》等。第三屆大獎移師大陸。

林榮三文學獎

由林榮三文學公益基金會於二〇〇五年創辦，《自由時報》協辦。分短篇小說獎、散文獎、新詩獎。

臺灣文學研究論文獎助

由臺灣文學館於二〇〇五年創辦，凡與臺灣文學相關之研究主題、作家作品研究之各項學位論文均在獎勵範圍之內，對象為研究所博士班三年級以上學生及應屆畢業碩士班學生，獎勵金額分別為十二萬元和八萬元。

臺北旅行文學獎

由臺北市政府新聞處、臺北捷運公司、《聯合報》於二〇〇六年聯合創辦，陳大為等為複審委員，陳義芝等為決審委員，第一屆得獎者有侯季然等人。

葉紅女性詩獎

由耕莘文教基金會為紀念去世女詩人葉紅而於二〇〇六年創辦，同年首獎為王姿雯的〈寶貝》〉，優等獎為林佳儀的〈性的可能〉等。

臺灣文學部落格獎

由臺灣文學館指導、東華大學數位文化中心於二〇〇七年創辦，在茫茫的網路中，為讀者大眾挑選具有代表性的文學「優格」。所謂臺灣文學部落格，指以研究、評論與創作為主，形成一種眾聲喧嘩的文學論述場域，其中政治大學臺灣文學研究所的「落格」最為豐富。它也邀請臺灣文學研究者開站，在短時間內從單純的教學平臺發展成眾多名家參與的臺灣文學論述場域，個別文章點擊率超過六千人次。

林語堂文學創作獎

該獎由林語堂故居、東吳大學二〇〇七年創辦，東吳大學中文系、遠景出版社、喜菡文學網協辦，宗旨為紀念林語堂先生對於文學創作之貢獻，並鼓勵世界各地的中文創作人才。獎勵設置：首獎一名，獎金兩萬五千元，二獎一名，獎金一萬五千元，三獎一名，獎金一萬元，佳作兩名，獎金各五千元。作品字數及徵文資格：（一）五千字以內之小說，限用正體中文書寫（含標點符號）。（二）作品須為個人之獨立創作，並以未在海內外報紙、雜誌、網路以及各類媒體發表為限。

風起雲湧青年文學獎

創辦於二〇〇七年，由國際佛光會青年總團主辦，香海文化事業有限公司承辦。分小說、散文、新詩三項。

九歌兩百萬長篇小說徵文

二〇〇八年九歌出版社為慶祝創社三十週年，舉辦的全球性的徵文活動。

臺北國際書展大獎

由臺北書展基金會於二〇〇八年創辦。在翻譯眾多的臺灣出版市場，以鼓勵華文創作為宗旨的書展大獎，不但致力於結合創作者及出版社共同倡導全民閱讀好書，也透過獎項的頒發與宣傳，向全球推廣華文出版品，積極協助國際版權的銷售。臺北國際書展大獎分為「小說類」和「非小說類」。

臺灣閩客語文學獎

由「教育部」於二〇〇九年創辦，徵文母語種類分為臺灣閩南語、臺灣客家語，又分為社會組、教師組、學生組，類別分為現代詩、短篇小說，散文，各取三名。

臺灣詩學散文詩獎

由臺灣詩學社於二〇〇九年創辦，要求散文詩三首，每首三百字以內，可以分段，但不得分行。

臺灣詩學研究獎

由臺灣詩學社於二〇〇九年創辦，首屆臺灣詩學研究獎暨《吹鼓吹詩人叢書》發表會於同年十二月二十七日舉行，得獎論文為佛光大學和中央大學的兩位研究生，有獎金另加獎牌一個。

桐花文學獎

為弘揚客家文化及鼓勵文學創作，「行政院客家委員會」於二〇〇九年十一月創辦桐花文學獎，分小說、散文、新詩、小品文四項。二〇一三年已邁入第四屆，來自海峽兩岸以及美國、澳洲及東南亞等國家和地區的參賽者投稿作品共計七百八十八件。

中正文學獎

由中正大學於二〇一〇年十一月主辦，分現代詩、小說、散文三類，由季季等人擔任評委。

臺灣原住民文學獎

由「行政院原住民族委員會」創辦於二〇一〇年，分小說、散文、新詩、報導文學等幾大類。

紐曼華語文學獎

由美國奧克拉荷馬大學美中關係所主辦，創辦於二〇一一年。

臺大文學翻譯獎

為促進國內外中國古典文學與世界華語文學翻譯並獎勵優秀譯者，臺灣大學外國語文學系於二〇一一年創辦「臺大文學翻譯獎」。分「大專院校組」與「社會人士組」，得獎人將頒發獎金及獎狀，得獎作品會正式發表。

臺南文學獎

由臺南市文化局於二〇一一年創辦。因臺南是「臺語文學」的發展重鎮，故該獎把「臺語文學」列為首要徵選類別。各類首獎可獲得獎金十萬元，優等獎金六萬元，佳作獎金一萬元。

華文世界電影小說獎

由臺灣明基友達基金會、《中國時報》二〇一一年，大陸《南方週末》、香港《明報·世紀版》協辦，首獎獎金六十萬元新臺幣。大陸「八〇後」作者雙雪濤的電影小說〈飛〉獲得了首屆「華文世界電影小說獎」首獎。

臺中文學獎

由臺中市政府文化局二〇一一年創辦、佳宣廣告有限公司執行。分文學貢獻類、文學創作獎。須同時具備下列條件，本籍為臺中市（含縣市合併前的臺中縣籍），或設籍臺中市（含縣市合併前的臺中縣籍）五年（含）以上者。

新北市文學獎

由新北市政府二〇一一年創辦、文化局承辦。宗旨：推動文學創作風氣，獎勵優秀文學人才，培育文學閱讀與寫作人口。分成人組、青春組兩類，主題需與新北市有關。

兩岸交流紀實文學獎

由「行政院陸委會」於二〇一一年創辦、《INK印刻文學生活誌》承辦的「兩岸交流紀實文學獎」，對象為記敘兩岸民間交流感人故事的作品，分為「紀實文學」及「紀實圖文」兩類獎項。

島田莊司推理小說獎

創辦於二〇一一年，由皇冠文化出版公司主辦，日本株式會社文藝春秋等單位協辦。

林語堂文學翻譯獎

由臺灣林語堂故居二〇一二年創辦，面向全世界華人，旨在紀念林語堂對於文學創作之貢獻，鼓勵中文翻譯人才。大賽設文學創作獎和文學翻譯獎。獎額：短文翻譯優選獎五名，獎金各五千元，佳作十五名，獎金各一千五百元。作品字數及徵文資格：（一）短文翻譯限用繁體中文書寫。（二）就主辦單位公布三篇林語堂英文著作節選中譯，譯文以未曾在海內外報紙、雜誌、網路以及各類媒體發表者為限。

秀威青少年文學獎

由秀威資訊科技公司於二〇一二年創辦，旨在培養海內外華文地區青年文學創作人才，鼓勵適合青少年之青春小說創作，推動青少年小說閱讀風氣。徵選類別，適合十一至十八歲兒童青少年閱讀的中篇小說，以原創作品為限。題材不拘，主題正面，具啟發性，形式創新，文字生動，富藝術性和可讀性。作品篇幅以五至六萬字為宜，不得超過六萬字。獎勵辦法：首獎一名，獎牌一個，獎金新臺幣二十萬元。評審獎一名，獎牌一個，獎金新臺幣十萬元。佳作若干名，獎牌一個，獎金新臺幣五萬元。參選限制：一、限以中文寫作。二、海內外華人均可參加，參加作品每人以一篇為限。三、參選作品以尚未發表（含網路）或出版者為限。

臺灣推理大獎

本獎項創立於二〇一三年，由臺灣推理作家協會主辦。

瀛海奔騰——全國大專校院學生海洋文學獎

由臺灣海洋大學主辦，分新詩、散文兩組，創辦於二〇一三年。

《臺文戰線》文學獎

《臺文戰線》雜誌社主辦，創辦於二〇一三年。得獎對象主要是用臺語寫成的文學作品，評審委員有方耀乾、李敏勇等人。

九 出版

臺灣商務印書館

商務印書館一八九七年創立於上海，該館臺灣分館於一九四八年一月在臺北成立，以「傳承文化，輔助教育」為已任，出版有普及知識的「人人文庫」和「古籍今注今譯」系列。二〇一五年發行人王春申，社址新北市新店區復興路四三號八樓。

世界書局

一九一七年成立於上海福州路，一九四九年隨著國民黨兵敗大陸，該書局也將總公司遷至臺灣。不同於此前走綜合出版路線，而是以古籍為主要出版方向。一九七〇年代以後著重推廣古典小說與文史哲書籍。已出版過數千種圖書，正走向年輕化，二〇〇五年開始銷售簡體字書。

正中書局

一九三一年創辦，二〇一三年發行人蔡繼興，社址新北市新店區復興路四十三號四樓。出版有《中華民國文藝史》、《當代臺灣文學評論大系》等。這類官辦出版社在一九五〇年代還有復興書局、中央文物供應社等。

東方出版社

創辦於一九四五年十二月，由曾任臺北市長的游彌堅邀請黃得時、林柏壽等人集資成立，是臺灣本省歷史最悠久的出版社，所出「東方少年文庫」，均附加注音符號，成為此後臺灣兒童讀物編輯的一種範式。一九五四年一月，另創辦影響力極大的少年讀物《東方少年》雜誌，共出八十五期。二〇一五年負責人為黃長發，社址臺北市。

慶芳書局

一九四六年創辦，發行人李慶雲。這是高雄市第一家出版漢文書的書店。內容以佛教方面為主，也有小說類作品。地址在高雄市鹽埕區五福四路。

文藝創作出版社

為配合一九五〇年三月成立的「中華文藝獎金委員會」徵集作品的出版問題，官方除創辦《文藝創作》月刊外，另於一九五一年成立了文藝創作出版社。出版有上官予等人的詩集，潘人木等人的小說，齊如山等人的劇本，以及眾多的反共歌曲。社址在臺北市中山南路十一號，一年後改為臺北市重慶南路八十三號，於一九五〇年代後期停辦。這類官辦出版社另有現已停止運作的「國防部」新中國出版社。

重光文藝出版社

由陳紀瀅於一九五〇年十一月創立，社名含有「國土重光」的政治色彩。發起人還有趙友培、耿修業等人，已於一九八〇年代註銷。這類黨政關係良好的反共作家於一九五〇年代創辦的還有：馮放民的群力出版社，葛賢寧的中興出版社，王藍的紅藍出版社，尹雪曼的新創作出版社，林適存的中國文學出版社等。

藝文印書館

由嚴一萍於一九五二年四月創辦，董作賓為發行人，出版經史子集各部近三萬冊，辦有《中國文字》專業期刊。是臺灣本土書局典範，地址在臺北市羅斯福路。

文星書店

由蕭孟能於一九五二年四月創辦，它早期專賣西文書籍，經銷外國雜誌。《文星雜誌》創刊後，出版有「青年叢書」、「讀者文摘叢書」、「古今圖書集成」、「文星叢刊」，並出版了梁實秋、余光中、李敖、林海音，聶華苓，於梨華等眾多作家的作品，共出版近三百種書，每年平均出版六十種，於一九六八年四月被官方查封。

三民書局

創辦於一九五三年七月。「三民」即三位小民之意，發行人劉振強，地址在臺北市中山區復興北路三百八十六號。二〇一七年劉振強去世後，由其公子劉仲傑接棒。在網路衝擊下，許多書店從重慶南路撤退時，該書局仍在堅守陣地。

大業書店

由陳暉創辦於一九五三年七月，為南臺灣文藝重鎮，地址高雄市大勇路七十二號，後遷至五福四路，於一九六九年停業。該社出版有《今日文叢》三輯，另有「長篇小說叢刊」、「當代中國小說叢刊」、「大業現代文學叢書」，還有年代詩選。

明華書局

由劉守宜創辦於一九五三年，早期出書以英譯世界名著為主，《文學雜誌》創刊後開始大批出版作家的文學創作，一九六一年停辦。

皇冠文化出版公司

由平鑫濤創辦於一九六五年，實行「皇冠基本作家制」，瓊瑤等是該出版社的主要作者，出版有《三毛全集》、《張愛玲典藏全集》，另出版有堅持多年的《皇冠》雜誌，地址在臺北市松山區敦化北路一百二十巷五十號，負責人平雲。二〇一九年平鑫濤去世後，該出版公司仍屹立在台灣出版界。

光啟出版社

一九五七年創辦於臺中，除出版宗教圖書外，另出版有張秀亞、蘇雪林，林海音等文學作品。一九八七年從臺中遷至臺北敦化南路，社長鮑立德，並更名為光啟文化事業公司。

幼獅文化事業公司

創辦於一九五八年，由「中國青年反共救國團」主管，出版有《幼獅文藝》等系列刊物。早期每年出書約八十種，近年約三十種，員工一百人左右。發行人李鐘桂，地址臺北市中正區重慶南路。

第一出版社

由本土作家柯旗化創辦於一九五八年，一九七六年柯旗化出獄後，在社內附設「臺灣文化圖書服務部」，並創辦《臺灣文化》季刊，歷經查禁和停刊。社址高雄市八德二路老舊西北戲院前，是家庭式出版社，已停辦。

臺灣學生書局

由劉國瑞等三人於一九五九年創辦，以出版學術著作為主，已出書千餘種，兩千五百多冊，現已走下坡路。發行人為楊雲龍，地址臺北市大安區和平東路一段七十五巷十一號。

廣文書局

由王道榮創辦於一九五九年。出版國學為主，其中有線裝書《水滸傳》二十冊，地址新北市中和區華新街。

國語日報出版社

創辦於一九六〇年。發行人馮季眉，社址臺北市中正區福州街二號。

道聲出版社

由信義宗教會聯合文字部於一九六二年創辦，

負責人陳敬智，以出版各項福音書著稱，「百合文庫」則開啟了與非教徒的接觸之路，作者有林語堂、趙滋藩、張曉風、張秀亞等。

平原出版社

由柏楊於一九六二年創辦，因柏楊入獄於一九六八年停辦。「平原」是柏楊故鄉河南的代稱，出版有金邊文學叢書二十種、方塊文學叢書多種、《中國文藝年鑒》二種。

大江出版社

由梅遜於一九六三年創辦，一九七二年四月停辦。出版有《作家群像》及大江叢書，多為自費出版，另還開創有年度小說選。

成文出版社

一九六四年創辦，為漢學研究打造史料寶庫，曾發行《出版與研究》月刊，發行人馮五鋒，社址臺北市大安區羅斯福路三段兩百七十七號三樓。

東華書局

光復後的一九四六年以出版大陸作家作品著稱的東華書局，後停辦。此「東華」與前者無繼承關係。於一九六六年創辦，發行人卓鑫淼，地址臺北市中山區峨嵋街一〇五號。

水牛文化事業公司

一九六六年創辦，發行人羅文嘉，地址臺北市瑞安街兩百二十二巷二號一樓。

志文出版社

一九六七年，由張清吉結合三家舊書店而成立。發行人張清吉，社址臺北市士林區中山北路七段八十二巷十弄二號。

仙人掌出版社

由「和《現代文學》結婚」的單身貴族白先勇投資，於一九六八年創辦。余光中負責編務，《現代文學》雜誌從此有了新的寄居地，於一九七一年夏秋之際因經濟來源受到侷限而倒閉。

水晶出版社

由趙承厚、楓紅夫婦於一九六八年創辦，出版過《諾貝爾獎小說》，發行人趙承厚，社址臺北市羅斯福路六段，一九七二年停辦。

十月出版社

一九六八年由辛鬱等人創辦，出版方向為純文學，總共出版三批書，社址臺北。一九七〇年八月停辦。

林白出版社

一九六八年創立，發行人林竺霓，社址臺北市中山區龍江路七十一巷十五號一樓。

純文學出版社

創辦於一九六八年，發行人林海音。每年僅出十多本書，力求做到每本都有較高的水準。像紀剛的《滾滾遼河》，重印五十多次。余光中《青青邊愁》、《聽聽那冷雨》以及黃維樑編《火浴的鳳凰》、王藍《藍與黑》、張系國《地》，夏志清的論文集《文學的前途》和彭歌《愛書的人》，包括林海音自己的《城南舊事》，都在臺灣文壇產生了強烈的反響。林海音七十六歲時（一九九五年）停辦。原社址是臺北市重慶南路三段三十號。

文津出版公司

由邱鎮京於一九七〇年創辦，一九九三年四月增資改組為有限公司後，正式成為每月定量發行新書的出版機構。其服務的宗旨以闡揚中華文化、論述臺灣特色的學術專著為目標。書籍特色以《中國文化史叢書》、《中華傳統文化文庫》、《佛、道系列》等為主流。分類如「文史哲大系」、「大專院校教師著作」、「大陸地區博士論文叢刊」、「儒林選萃」、「臺灣地區博士論文精選」、「學術會議論集」、「大專用書」、「東方人文學志」等。每月以出版四至五種學術著作及大專教材為原則。為適應市場需求，將朝二十萬字以內文史哲類學術著作、十六萬字左右文法商科大專通識教材為優先出版項目。發行人為邱家敬，地址臺北市大安區建國南路二段兩百九十四巷一號。

星光出版社

由曾在文星書店任經理的林紫耀創辦，在此之前，林紫耀創辦過「星光書報社」。柏楊的《異域》在此出版社再版後造成風潮。現已停辦。

晨鐘出版社

由白先勇投資，於一九七〇年八月創辦。經理白先境，編務郭震唐。出版有向日葵文叢、向日葵譯叢、向日葵學術叢書，其中詩作占十分之一，已停辦。

文史哲出版社

由彭正雄於一九七一年創辦，以家庭手工業方式出版宣揚中華文化的學術著作，兼出版文藝創作和代印研究生論文，多為自費。像龔鵬程、黃永武這些知名學者，早年博士論文均由「文史哲」助印。出版社與門市部合二為一，為臺灣古籍文化傳播的主要陣地，至二〇一一年止約印了兩千六百餘種書，其中「文史哲學集成」六百多種，另有「文史哲學術叢書」、「臺灣近百年研究叢刊」、「南洋研究史料叢刊」、「藝術叢刊」、「現代文學研究叢書」等。即使在網路及電子書的衝擊下，每年仍出書六十多種，出版有《文革文學大系》。發行人彭雅雲，社址臺北市中正區羅斯福路一段七十二巷四號。

希代出版公司

於一九七一年創辦，二〇〇五年發行人朱寶龍，地址臺北市內湖區新明路一百七十四巷十五號十樓。

三信出版社

創辦於一九七一年，發行人林瓊瑤（男），社址高雄私立三信家商學校。一九七〇年代出版有「現代詩叢」。當一九八〇年代轉向更具文學性的出版社之際，該社的業務也走向尾聲。

黎明文化事業公司

於一九七一年十月十日，首任總經理為「總政作戰部」田原，二〇一五年發行人吳應平，地址臺北市中正區重慶南路一段四十九號三樓。該社出版過大型的「中國新文學叢刊」，有一百六十多部，主要是臺灣著名作家的自選集，另還出版有「中華文化百科全集」。

大地出版社

由姚宜瑛創辦於一九七二年十月。該社出版過席慕蓉的《七里香》、《無怨的青春》，余光中詩集《白玉苦瓜》，畫家吳冠中的《畫外畫》，以及水晶研究專著《張愛玲的小說藝術》。一九九九年，由吳錫清接辦。社址臺北市內湖區瑞光路三百五十八巷三十八弄三十六號四樓。

水芙蓉出版社

創立於一九七二年，負責人莊牧心，以出版小品與散文集為主，其所編的《一頁一小品》曾造成流行風，後來該出版社因莊牧心蓄意倒賬捲款潛至美國，突然在臺灣消失。

巨流圖書公司

創立於一九七三年二月，由熊嶺和梅遜合辦，以後改由熊嶺獨資經營，曾出版八十萬字的《西洋文學導讀》，另有社會科學及文學研究方面的書。開始時地址設在臺北中華路的中華商場二樓，後來該公司由高雄復文圖書出版社併購，在政治大學校區內營業。「復文」現改名為麗文文化事業機構，由楊麗華負責經營。

東大圖書公司

由三民書局於一九七四年創辦，出版學術著作為主，發行人劉仲杰，地址臺北市中山區復興北路三百八十六號。

遠景出版公司

一九七四年三月創辦，二〇〇四年原發行人沈登思去世後，改為葉麗晴任發行人，該社「遠景」從此不再輝煌。地址新北市板橋區松柏街六十五號五樓。

聯經出版公司

創立於一九七四年五月，以出版學術著作為主，為《聯合報》系第三事業體，致力於古籍書刊和史料整理，二〇〇四年成立簡體字書專賣門市部「上海書店」，與大陸合作出書近三百種，發行人林載爵，負責人王文杉，地址臺北市信義區基隆路一段一七八號四樓。

桂冠圖書公司

一九七五年創辦，二〇一二年發行人賴阿勝，地址新北市新店區北新路三段四十六號二樓。

五南圖書公司

一九七五年創辦，二〇一五年發行人為楊榮川，地址臺北市大安區和平東路二段三百三十九號四樓。該社以出教科書和學術著作為主。另於一九七八年成立「書泉出版社」，出版法律、養生、休閒類書。

遠流出版事業公司

由原在遠景出版公司工作的王榮文於一九七五年創辦，二〇一五年發行人王榮文，擁有一百八十名員工，出版柏楊版《資治通鑑》七十二冊、《胡適作品集》三十七冊，一九八八年創設小說館。地址臺北市中正區南昌路二段八十一號六樓。

時報文化出版公司

一九七五年創辦，二〇一三年發行人為孫思照，總經理莫昭平，二〇一五年負責人趙政岷。出版類型多元：文學、人文、社科、商業、勵志、生活、科普、流行、漫畫等，有出版業界領導品牌之美譽，地址臺北市萬華區和平西路三段兩百四十號五樓。

爾雅出版社

創辦於一九七五年七月，發行人作家隱地，員工不到十人，該社每年出書二十多種，另編有《爾雅人》書報。「純文學」停止後，「爾雅」便成了「五小」（指專出版純文學作品的五家小型出版社：純文學出版社、洪範書店、大地出版社、爾雅出版社、九歌出版社）出版業最活躍的一支勁旅。它先後出版的優秀作品有王鼎鈞《開放的人生》、琦君《三更有夢書當枕》、白先勇《臺北人》、歐陽子《王謝堂前的燕子》、龍應台《龍應台評小說》、嚴歌苓《少女小魚》、余秋雨《文化苦旅》，此外還出版了在文壇上頗具影響力的「年度小說選」、「年度詩選」、「年度評論選」，另出版有《臺灣現代詩編目》、《當代臺灣作家編目》等工具書。社址臺北市中正區廈門街一百一十三巷三十三之一號一樓。

洪範書店

創立於一九七六年八月，由瘂弦、楊牧、沈燕士、葉步榮等人發起。該店以出版臺灣作家作品和高雅的嚴肅文學為己任，如余光中、鄭愁予、王文興、楊牧、蘇偉貞等作家的作品，另有香港作家西西、大陸作家莫言的作品。洪範很少出版暢銷書，但不乏經典之作和常銷書，像《鄭愁予詩集》、《香蕉船》、《亭午之鷹》、《哀悼乳房》、《紅高粱家族》。發行人葉步榮，地址臺北市中正區廈門街一百一十三巷三十三單元一號二樓。

南天書局

由魏德文於一九七六年創辦，致力於臺灣文獻史料收集、整理、出版、推廣，出版有日據時代「新文學雜誌叢刊」十七冊，發行人魏德文。

德馨室出版社

由洪宜勇於一九七七年在高雄創辦。是一九七〇年代末期大力支持現代詩發展的少數出版社之一。其中最有分量的是一九七九年六月出版張良澤主編的《王詩琅全集》共十一冊，另發行過綜合雜誌《大高雄》，維持不久即停刊，該社於一九九〇年底停業。

書林出版公司

於一九七七年創辦，發行人蘇正隆，地址臺北市大安區新生南路三段八十八號二樓之五。

九歌出版社

創辦於一九七八年三月，發行人蔡文甫。「九歌」出版的書中極具文學史料價值的是余光中任總編輯的《中華現代文學大系》「臺灣一九七〇—一九八九」、「臺灣一九八九—二〇〇三」，此外還有多卷本「臺灣文學二十年集」。該社於二十世紀九〇年代成立了「九歌文教基金會」，另出版有《臺灣文學三十年菁英選》，分文類（詩、散文、小說、評論）精選光復後出生的臺灣作家各三十位的作品，向廣大讀者展示該社奮鬥不息的人文風姿。社址臺北市松山區八德路三段十二巷五十七弄四十號一樓。

三三書坊

「三三文學社」為出版胡蘭成《禪是一支花》等禁書而專門成立的「三三書坊」，於一九七九年開始運營，後期發行人朱天文。至一九八九年與遠流出版公司合併，共出書二十本。

里仁書局

一九七九年，發行人徐秀榮，地址臺北市仁愛路二段。已出版文史類書籍六百餘種，分為中國哲學思想、經學、戲曲、古典小說、臺灣文學、藝術、宗教等二十二個書系。

愛華出版社

一九七九年創辦，發行人江明樹，社址高雄市。為一九八〇年代出版插花書之專門店，也出版有小說和散文等文藝書。已停辦。

春暉出版社

一九八〇年創辦，發行人陳坤倉，社址高雄市苓雅區正義路三巷八號。近年出了許多本土文學作品。

晨星出版社

一九八〇年創辦，總發行人為陳銘民，社址臺中市。有晨星文學館和原住民書系、自然文學書系等。一九九七年創辦太雅、大田、好讀出版社，成為晨星事業群。

前衛出版社

一九八二年一月創辦，發行人林文欽，社址臺北市中山區農安街一百五十三號四樓。出版有關臺灣歷史、政治、社會、文化、自然生態方面的書超過一千兩百種，另還出版過王育德以及民進黨主席施明德、許信良等的書籍。一直被視為臺灣學出版重鎮和反對運動著述的大本營。二〇〇八年經營走入低谷，只好清倉賣書，現仍在苦撐。

允晨文化圖書公司

一九八二年創辦，發行人廖志峰，地址臺北市南京東路三段二十一號六樓。

唐山出版社

一九八二年創辦，發行人陳隆昊，社址臺北市大安區羅斯福路三段三百三十三巷九號B1。

天下遠見文化公司

一九八二年創辦，發行人高希均，地址臺北市中山區松江路九十三巷一號二樓。

小魯文化事業公司

創辦於一九八三年，負責人陳衛平，地址臺北市大安區安居街六號十二樓。

號角出版社

一九八三年創辦，發行人陳銘磻，以文學為主的綜合性出版社，社址臺北羅斯福路二段九十一號八樓之三。

業強出版社

一九八四年創辦，發行人陳春雄，社址臺北縣新店市民權路一百三十巷四號五樓。已停業。

駱駝出版社

一九八四年創辦，一九九九年被麗文文化事業公司收購。發行人陳巨擘，社址臺北市大安區溫州街四十八巷五號一樓。

聯合文學出版社

一九八七年創辦，以出版純文學作品為主，規模較大。發行人張寶琴，社址臺北市信義區基隆路一段一百八十號十樓。

圓神出版社

一九八五年創辦，發行人簡志忠，社址臺北市松山區南京東路四段五十號六樓。

漢藝色研出版公司

一九八五年創辦，發行人程顯灝，地址臺北市仁愛路四段一百二十二巷六十三號九樓。

人間出版社

由陳映真創辦於一九八六年，並任發行人。發行人後改由呂正惠擔任，社址臺北市長泰路五十九巷七號。

大安出版社

一九八六年創辦，發行人蕭淑卿，社址臺北市汀州路三段一百五十一號二樓。

風雲時代出版公司

一九八六年創辦，發行人陳曉林，地址臺北市民生東路五段一百七十八號七樓。

天衛文化圖書公司

由陳衛平一九八六年創辦於臺北市，出版有「兒童成長小說書系」等。

躍升文化公司

創立於一九八七年，發行人吳貴仁，地址臺北市仁愛路四段一百二十二巷六十三號九樓。

稻香出版社

一九八八年創辦，發行人吳秀美，社址新北市板橋區漢生東路五十三巷二十八號。

大雁出版社

由作家簡媜、陳幸蕙、陳義芝、張錯於一九八八年創辦，有經典大系和當代叢書，於一九九三年停業。

派色出版社

創立於一九八九年，發行人許振江。一九九三年後連年虧損難於經營。社址高雄市前鎮區武慶二路十五號。

富春文化事業公司

於一九八九年創辦，發行人邱各容，地址臺北縣永和市環河西路二段兩百二十三號五樓。

詩之華出版社

由詩人楊平（楊濟平）於一九九〇年創辦，主要是自費出版詩集。社址臺北市內湖路二段三〇〇號五樓之一，已停業。

知己圖書公司

一九九〇年成立，負責人陳銘華，地址臺中市西屯區協和里工業區三十路一號。

知書房出版社

一九九〇年創辦，下分雲龍出版、昭明出版、胡桃木出版、牛奶出版、米娜貝爾出版等分部。發行人謝俊龍，社址為臺北市新生南路三段五十八號六樓。

萬卷樓圖書公司

一九九〇年創辦，以出版學術著作為主，創辦人為林慶彰，地址現為臺北市大安區羅斯福路二段四一號之三。出版有「古遠清臺灣文學五書」及「古遠清臺灣文學新五書」。

麥田出版公司

由詹宏志、蘇拾平、陳雨航等人集資，於一九九二年創辦，以出版高質量的學術著作為主，發行人涂玉雲，社址臺北市中正區信義路二段兩百一十三號十一樓。

女書文化公司

一九九四年四月創辦，發行人鄭至慧，員工六人，每月出一至兩本書，出版過《女性詩學》等有關女性主義的著作。

青林國際出版公司

一九九四年創辦，負責人林訓民，地址臺北市內湖區內湖路一段三百一十四號七樓之一。

探索出版公司

一九九五年一月創辦，發行人徐華谷，員工十人，每年出版文化的書六十至一百本，出版過陳若曦、鍾文音等人的作品。

玉山社出版公司

一九九五年一月創辦，出版的書籍多有分離主義傾向，發行人魏淑貞，每年出書約三十本，地址臺北市大安區仁愛路四段一百四十五號三樓之二。

詩藝文出版社

一九九五年創辦，分經典書坊、文化書坊、休閒書坊、詩情書坊、詩歌書坊等書系類，以自費出版臺灣詩人的詩集和詩論集為主，發行人賴益成，社址新北市新店區三民路七十五巷二弄三號一樓。

立緒文化事業公司

一九九五年創辦，二〇一五年發行人郝碧蓮，總編輯鍾惠民，社址新北市新店區中央六街六十二號一樓。

大塊文化出版公司

一九九六年創立，發行人郝明義，地址臺北市松山區南京東路四段二十五號十一樓。該公司不追求暢銷書，而做一些有趣的書，不將單一公司做大，反而發展小而美的品牌。

城邦文化事業公司

創辦於一九九七年，二〇一五年負責人何飛鵬，地址臺北市中山區民生東路二段一百四十一號十一樓。

大田出版社

一九九七年三月創辦，發行人吳怡芬，員工三人，以評論、創作的「智慧田」和生活勵志的「美麗田」為主要書系，每月約出三本書。

河童出版社

一九九七年創辦，發行人楊友信，社址新北市新店區達觀路十四巷五號十六樓。

海峽學術出版社

一九九七年創辦，該社出版的書以反「獨」促統為主。二〇一四年發行人黃溪南，總編輯王曉波，社址一一六臺北市文山區景興路一百九十三號四樓。

世界華文作家出版社

成立於一九九七年，由世界華文作家協會主

管，發行人符兆祥，社址臺北市中正區重慶南路二段二十一號二樓之三。

紅色文化事業公司

一九九八年三月創辦，發行人蘇拾平，員工五人，每月出四本書，其中《第一次的親密接觸》最為暢銷。

行人文化實驗室

一九九八年創辦，負責人廖美立，地址臺北市中正區北平東路二十號十樓。

和英文化事業公司

一九九八年創辦，負責人周逸芬，地址新竹市區建中路一百四十號。

文學街出版社

一九九八年創辦，作家秦嶽生前曾在該社擔任多年總編輯。發行人馬水金，社址臺中市西屯區甘州四街一號。已停業。

秀威資訊科技公司

創立於二〇〇〇年，發行人宋政坤，地址臺北市內湖區瑞光路五百八十三巷二十五號一樓。它是臺灣同時擁有POD（隨需印刷技術）與BOD（隨需出版機制）的公司。秀威公司全力研發數字化出版管理系統，將計算機網路技術廣泛運用於出版管理、編輯、印刷、銷售等，積極推動數字出版，以新型態「大量訂做」（mass customization）出版模式，達到出版品的專業化、訂制化和數字化，透過信息網路實現全系統的動態管理。

天培文化公司

創立於二〇〇〇年，係九歌出版社分支機構，發行人蔡澤松，地址臺北市八德路三段十二巷五十七弄四十號二樓。

心靈工坊文化事業公司

二〇〇〇年創辦，負責人王浩威，地址臺北市大安區信義路四段五十三巷八號二樓。

遠足文化事業公司

二〇〇〇年創辦，負責人郭重興，地址新北市新店區民權路一〇八號之二號九樓。

寶瓶文化公司

由張寶琴於二〇〇一年創辦，係綜合型出版社，發行人兼總編輯朱亞君。社址臺北市基隆路一段一百八十號八樓。

二魚文化公司

由詩人焦桐於二〇〇一年創辦，以出版文化類書籍為主，每月出四至六本書，員工六人。社址臺北市和平東路一段一百二十一號三樓。

一方出版社

二〇〇二年一月創辦，發行人陳雨航，員工七人，每月出書四至六本，出版過王安憶、蘇童、李昂等人的作品。

共和國文化公司

二〇〇二年一月創辦，發行人郭重興，員工三十四人，每年出書一百五十本。共分五個子公司，其中「西遊記」品牌主要是出版給中國人看的旅遊書，標榜「中國人玩，中國人寫」。「繆思」品牌走奇幻文學路線。

小兵出版社

二〇〇二年創辦，負責人柯作青，總編輯可白，負責人張心寧，係培養臺灣本土兒童文學、繪本創作人才的平臺。社址在臺北市中正區牯嶺街一百四十八號四樓。

蓋亞出版社

二〇〇二年成立，以奇幻小說及其相關產品為出版主軸，網羅了華人世界重量級奇幻作家，及日本、韓國、美國重要奇幻作品，在大眾文學的領域交出亮眼的成績單。作者包括：九把刀、星子、冬天、莫仁、DIV（臺灣），喬靖夫（香港），燕壘生、今何在、可蕊（中國大陸）及水野良（日）的全民熙（韓），賽門·葛林（美）等。

INK印刻文學生活雜誌社出版公司

二〇〇二年五月創辦，員工九人，每月出書八至十本。朱天心、藍博洲、平路等人均是該社的骨幹作者，發行人張書銘。社址新北市中和區中正路八〇〇號十三樓。

金安出版事業公司

創辦於二〇〇三年，負責人蔡金安，地址臺南市安南區府安路七段十巷十二號。

臺灣數位出版聯盟

創立於二〇〇八年七月，由臺灣出版業者、數位內容業者、智庫團體、圖書館、資訊通訊服務業者共同組成。首屆理事長由巨思文化發行人何飛鵬擔任，常務理事為遠流出版社王榮文董事長、遠見天下公司王力行董事長，大塊文化公司郝明義發行人等。其宗旨是協助臺灣傳統出版業將創作內容以多元化的模式呈現、販售，進而轉型成高附加價值的內容產業，以提升臺灣整體數位內容產業的競爭能力。

集書人文化事業有限公司

創立於二〇〇八年十一月，由八家獨立書店組成，臺北的唐山書店、小小書房、有河book，新竹的水木書苑和草葉集概念書店，臺中的東海書苑，嘉義的洪雅書房，還有花蓮的凱風卡瑪兒童書店，由此結成的聯絡網。這是獨立書店的結盟，該出版社每季推出獨創商品，以及相關課本、刊物、地圖等。

基本書坊

創立於二〇〇八年，臺灣的同志文化、相關議題的發展，占了相當大的比重。郭正偉為副總編輯，地址在臺北南昌路。

有鹿文化公司

由詩人許悔之於二〇〇九年二月創辦，負責人林明燕，同時經營「出版」與「藝術禮品網站」。首批推出的新書作者有蔣勳、林文月、張小虹等。

典藏文創公司

二〇〇九年創辦，負責人江復正，地址新北市新店區環河路四十二號二十七樓。

也是文創公司

二〇一〇年創辦，負責人郭冠群，地址臺北市文山區興隆路二段兩百七十五巷一弄二號。

逗點文創結社

二〇一〇年創辦，負責人陳夏民，地址桃園市桃園區中央街十一巷四之一號。

臺灣人民出版社

創辦於二〇一〇年，是INK印刻文學生活雜誌出版公司的副牌。出版有藍博洲的《尋找祖國三千里》和《臺共黨人悲歌》，發行人張書銘。社址新北市中和區中正路八〇〇號十三樓。

新經典文化出版社

創辦於二〇一〇年，總編輯系作家張大春的妻子葉美瑤。該公司的大陸資本背景是大陸最大的民營出版公司之一的北京新經典。這實際上也是大陸出版企業首次在臺灣地區投資成立的出版公司。以翻譯文學與華文創作為主，尤其著重後者的開發與養成。臺灣新經典出版的第一部作品是大陸暢銷書《山楂樹之戀》。

文水出版社

二〇一一年創辦，負責人蔡開謀，社址臺北市中山區南京東路二段十一號七樓。

時獵文化公司

二〇一一年創辦，負責人拉娃·尤勞，地址宜蘭縣羅東鎮大新里站前路站四十六巷一之三樓。

鏡文學

是一個以臺灣為基地、放眼國際的小說與劇本平臺，成立於二〇一七年四月，屬於「鏡傳媒」旗下，扶植有志從事文學創作的人才，規劃完善的作家經紀制度，以作家全版權開發為目標，讓更多創作者的作品得以正式出版、授權與改編成影視作品、電玩遊戲、漫畫，衍生周邊商品等。

十 教研

（一）中國文學相關系所

「中央研究院」中國文哲研究所

公立系所。該院一九二八年在南京成立，一九五七年在臺灣恢復重建，是臺灣最高的學術機構。該院設有中國文哲研究所籌備處，先後任籌備處主任的有吳宏一、林慶彰、戴璉璋、鐘彩鈞。經過十三年努力，於二〇〇二年七月正式成立，首任所長楊牧，繼任者先後有王瑷玲、鐘彩鈞、胡曉真等。

臺灣大學中國文學系所

公立系所。學士班創立於一九四六年，碩士班創立於一九五六年，博士班創立於一九六七年，國際學生學士班創立於二〇〇八年。地址：臺北市大安區羅斯福路四段一號。專任教師五十二人，單位主管李隆獻。出版有《臺大中文學報》和《中國文學研究》。

臺灣師範大學國文學系所

公立系所。學士班創立於一九四六年，碩士班創立於一九五六年，博士班創立於一九五七年。地址：臺北市大安區和平東路一段一百六十二號。專任教師四十八人，單位主管鍾宗憲。

東海大學中國文學系所

私立系所。學士班創立於一九五五年，碩士班創立於一九七〇年，博士班創立於一九八九年。地址：臺中市西屯區臺灣大道四段一千七百二十七號。專任教師十五人，單位主管顏美慧。

成功大學中國文學系所

公立系所。學士班創立於一九五六年，碩士班創立於一九九一年，博士班創立於一九九五年，碩專班創立於二〇〇一年（已停辦）。地址：臺南市東區大學路一號。專任教師三十一人，單位主管葉海煙。二〇〇六年成立全臺灣第一個中國現代文學研究所。出版有《文心》和《雲漢學刊》。

東吳大學中國文學系所

私立系所。學士班創立於一九五六年，碩士班創立於一九七四年，碩專班創立於二〇〇〇年，博士班創立於一九七七年。地址：臺北市士林區臨溪路七十號。專任教師十八人，單位主管侯淑娟。

政治大學中國文學系所

公立系所。學士班創立於一九五六年，碩士班創立於一九六四年，博士班創立一九六九年。地址：臺北市文山區指南路二段六十四號。專任教師三十三人，單位主管曾守正。

淡江大學中國文學系所

私立系所。學士班創立於一九五六年，碩士班創立於一九八八年，碩專班創立於二〇〇三年，進學班創立於二〇〇一年，博士班創立於一九九九年。地址：新北市淡水區英專路一百五十一號。專任教師二十七人，單位主管殷善培。

靜宜大學中國文學系所

私立系所。原名靜宜學院。學士班創立於一九六三年，碩士班創立於一九九六年，碩專班創立於二〇〇六年。地址：臺中市沙鹿區臺灣大道七段兩〇〇號。專任教師十四人，單位主管張繼光。

中國文化大學中國文學系所

私立系所。原名中國文化學院，創辦之初只有研究班而無本科，碩士班創立於一九六二年，學士班創立於一九六三年，博士班創立於一九六八年。地址：臺北市士林區華岡路五十五號。專任教師二十二人，單位主管王俊彥。

輔仁大學中國文學系所

私立系所。學士班創立於一九六三年，進學班創立於一九六九年，碩士班創立於一九六六年，博士班創立於一九九一年。地址：新北市新莊區中正路五百一十號。專任教師十九人，單位主管許朝陽。

中興大學中國文學系所

公立系所。原名中興農學院。學士班創立於一九六五年，碩士班創立於一九九二年，博士班創立於二〇〇一年。地址：臺中市南區興大路兩百五十號。專任教師二十一人，單位主管林淑貞。

高雄師範大學國文學系所

公立系所。原名高雄師範學院。學士班創立於一九六七年，碩士班創立於一九七四年，博士班創立於一九九〇年。地址：高雄市苓雅區和平一路一百一十六號。專任教師十八人，單位主管林晉士。

中央大學中國文學系所

公立系所。學士班創立於一九六九年，碩士班創立於一九八七年，戲曲碩士班創立於二〇〇九年，博士班創立一九九四年。地址：桃園市中壢區中大路三〇〇號。專任教師有十六人，單位主管李瑞騰。

（臺灣）清華大學中國文學系所

公立系所。學士班創立於一九八〇年，碩士班創立於一九八九年，博士班創立於一九九四年。地址：新竹市光復路二段一〇一號。專任教師十七人，單位主管劉承慧。

（臺灣）中山大學中國文學系所

公立系所。學士班創立於一九八〇年，碩士班創立於一九九〇年，博士班創立於一九九三年。地址：高雄市鼓山區蓮海路七十號。二〇一七年專任教師十八人，單位主管蔡振念。

空中大學人文學系

公立系所。創立於一九八六年，相當於大陸的廣播電視大學，沈謙曾任多年的中文系系主任，二〇一三年單位主管鄭基良。地址：新北市蘆洲區中正路一百七十二號。

臺中教育大學語文教育學系所

公立系所。學士班創立於一九八七年，碩士班創立於二〇〇一年，博士班創立於二〇〇四年。地址：臺中市西區民生路一四〇號。專任教師十五人，單位主管楊裕寶。

花蓮教育大學中國語文學系所

公立系所。學士班創立於一九九六年，碩士班和博士班創立於一九九九年。地址：花蓮市華西路一百二十三號。二〇〇七年專任教師十三人，單位主管林明珠。該校另設有民間文學所，單位主管李進益，專任教師五人，後與東華大學中國語文學系合併。

臺北市立大學中國語文學系所

公立系所。學士班創立於一九八七年，碩士班創立於一九九八年，博士班創立於二〇〇四年。地址：臺北市中正區愛國西路一號。專任教師十五人，單位主管吳肇嘉。

臺北教育大學語文與創作學系

公立系所。學士班創立於一九八七年，碩士班創立於二〇〇四年，暑期碩士班創立於二〇〇二年。地址：臺北市大安區和平東路二段一百三十四號。專任教師二十三人，單位主管周美慧。

臺東大學語文教育學系所

公立系所。原名臺東師範學院，學士班創立於一九八七年，碩士班創立於二〇〇二年。地址：臺東市中華路一段六百八十四號。二〇〇七年專任教師十人，單位主管吳淑美。該校另設有華語文學系，學士班創立於二〇〇六年，地址：臺東市西康路二段三百六十九號。專任教師九人，單位主管傅濟功。

臺南大學中國語文學系所

公立系所。學士班創立於一九八七年，碩士班創立於二〇〇三年。地址：臺南市中西區樹林街二段三十三號。專任教師十五人，單位主管張惠貞。

屏東教育大學中國語文學系所

公立系所。學士班創立於一九八七年，碩士班創立於二〇〇一年，語文教學碩士班創立於二〇〇四年。碩專班創立於二〇一一年。地址：屏東縣屏東市民生路四之十八號。專任教師十六人，單位主管柯明杰、劉明宗。

新竹教育大學中國語文學系所

公立系所。學士班創立於一九八七年，碩士班創立於二〇〇五年。地址：新竹市東區南大路五百二十一號。專任教師十二人，單位主管陳淑娟。

逢甲大學中國文學系所

私立系所。碩士班創立於一九八八年（該校先有碩士後有本科），學士班創立於一九九〇年，碩專班創立於二〇〇三年，博士班創立於二〇〇二年。地址：臺中市西屯區文華路一〇〇號。專任教師十七人，單位主管朱文光。

彰化師範大學國文學系所

公立系所。學士班創立於一九九一年，碩士班創立於一九九九年，博士班創立於二〇〇一年。地址：彰化市進德路一號。專任教師十六人，單位主管王年雙。

中正大學中國文學系所

公立系所，碩士班創立於一九九〇年，學士班創立於一九九二年，博士班創立於一九九四年。地址：嘉義縣民雄鄉三興村大學路一百六十八號。專任教師十七人，單位主管毛文芳。

華梵大學中國文學系所

私立系所。學士班創立於一九九三年，碩士班創立於二〇〇五年。地址：新北市石碇鄉華梵路一號。專任教師十人，單位主管林素玟。

銘傳大學應用中國文學系所

私立系所。學士班創立於一九九四年，碩士班創立於二〇〇〇年，博士班創立於二〇〇八年。地址：桃園縣龜山鄉大同村德明路五號。專任教師十七人，單位主管游秀雲。

暨南國際大學中國語文學系所

公立系所。碩士班創立於一九九五年，學士班創立於一九九六年，博士班創立於二〇〇七年。地址：南投縣埔里鎮大學路一號。專任教師十四人，單位主管鄧克銘。

東華大學中國語文學系所

公立系所。學士班創立於一九九六年，碩士班創立於一九九九年，博士班創立於一九九九年。地址：花蓮縣壽豐鄉志學村大學路二段一號。專任教師十七人，單位主管李正芬。

世新大學中國文學系所

私立系所。此大學原名世界新聞專科學校。學士班創立於一九九八年，碩士班創立於二〇〇三年，博士班創立於二〇〇七年。地址：臺北市文山區木柵路一段十七巷一號。專任教師十二人，單位主管蔡芳定。

元智大學中國語文學系所

私立系所。學士班創立於一九九八年，碩士班創立於二〇〇五年，碩專班創立於二〇〇〇年，博士班創立於二〇〇一年。地址：桃園縣中壢市遠東路一百三十五號。專任教師九人，單位主管鍾雲鶯、鍾怡雯。

玄奘大學中國語文學系所

私立系所。學士班創立於一九九九年，碩士班創立於一九九八年，碩專班創立於二〇〇〇年，博士班創立於二〇〇一年。地址：新竹市香山區玄奘路四十八號。該系曾主辦「靈山文學研討會」。專任教師七人，單位主管張蘭石。

臺北大學中國文學系所

公立系所。學士班創立於二〇〇〇年，碩士班創立於二〇〇五年。地址：新北市三峽區大學路一百五十一號。專任教師十三人，單位主管賴賢宗、馬寶蓮。

佛光大學中國文學與應用學系所

私立系所。學士班創立於二〇〇〇年，碩士班創立於二〇〇〇年，博士班創立於二〇〇一年。地址：宜蘭縣礁溪鄉林美村林尾路一六〇號。專任教師十二人，單位主管蕭麗華。

嘉義大學中國文學系所

公立系所。學士班創立於二〇〇〇年，碩士班創立於二〇〇一年，碩專班創立於二〇〇二年。地址：嘉義縣民雄鄉文隆村八十五號。專任教師十九人，單位主管陳茂仁。

慈濟大學東方語文學系中文組

私立系所。學士班創立於二〇〇一年，碩士班創立於二〇一一年。地址：花蓮市介仁街六十七號。專任教師十八人，單位主管徐信義。

南華大學文學系所

私立系所。原名南華管理學院。學士班創立於二〇〇一年，碩士班創立於一九九七年，碩專班創立於一九九九年。地址：嘉義縣大林鎮中坑里南華路一段五十五號。專任教師十人，單位主管陳章錫。

明道大學中國文學系

私立系所。原名明道管理學院，學士班創立於二〇〇二年，碩士班創立於二〇〇七年。地址：彰化縣埤頭鄉文化路三百六十九號。專任教師七人，單位主管羅文玲，舉辦過文化方面的研討會。

聯合大學華語文學系

公立系所。成立於二〇〇五年，地址：苗栗縣苗栗市恭敬里聯大一號，專任教師十一人，單位主管錢奕華。

臺中科技大學應用中文系

公立系所。成立於二〇〇三年，地址：臺中市北區三民路三段一百二十九號，專任教師十二人，單位主管林翠鳳。

臺中教育大學語文教育學系所

公立系所。學士班創立於一九八七年，碩士班創立於二〇〇一年，博士班創立於二〇〇四年。地址：臺中市西區民生路一四〇號。專任教師十五人，單位主管楊裕貿。

育達商業科技大學華文傳播與創意學系

私立系所，成立於二〇一一年，地址：苗栗縣造橋鄉談文村學府路一百六十八號。專任教師十人，單位主管賴哲信。

文藻外語大學應用華語文系暨華語文教學研究所

私立系所。成立於二〇〇二年，地址：高雄市三民區民族一路九〇〇號。專任教師二十六人，單位主管謝奇懿。

開南大學數位應用華語文文學系

私立系所。成立於二〇一〇年，地址：桃園縣蘆竹鄉開南路一號。專任教師九人，單位主管徐永輝、劉慧娟。

中原大學應用華語文學系所

私立系所。學士班創立於二〇〇三年，碩士班創立於二〇〇七年。地址：桃園縣中壢市中北路二〇〇號。專任教師十三人，單位主管彭妮絲。

僑光科技大學應用華語文學系

私立系所。創立於二〇一二年。地址：臺中市西屯區僑光路一〇〇號。專任教師十一人，單位主管陳惠美。

金門大學華語文學系

公立系所。成立時間二〇一二年，地址：金門縣金寧鄉大學路一號。專任教師五名，單位主管唐蕙韻。

（二）臺灣文學相關系所

真理大學臺灣文學系

私立系所。原名淡水工商管理學院。學士班創立於一九九七年，二〇〇四年遷至臺南縣麻豆鎮。地址：新北市淡水區真理街三十二號；臺南縣麻豆鎮北勢里北勢寮七〇之十一號。專任教師八人，單位主管淡水為陳淩、臺南為張良澤，二〇一五年為蔡造珉。該系設有「臺灣文學牛津獎」，另設有臺灣文學資料館。

新竹教育大學臺灣語言與教學研究所

公立系所。碩士班創立於一九九七年，博士班創立於二〇〇三年。地址：新竹市東區南大路五百二十一號。專任教師七人，單位主管葉瑞娟。

花蓮教育大學鄉土文化學系

公立系所。碩士班創立於一九九九年，學士班創立於二〇〇五年。地址：花蓮市華西路一百二十三號。單位主管吳翎君。

臺南大學臺灣文化研究所

公立系所。創立於一九九六年（原「鄉土文化研究所」，二〇〇三年更名），地址：臺南市中西區樹林街二段三十三號。專任教師五人，單位主管戴文鋒。

臺北大學民俗藝術研究所

公立系所。創辦於二〇〇二年，專任教師四人，所長張勝彥，該所出版有《臺灣民俗藝術匯刊》一書。

臺北教育大學臺灣文化研究所

公立系所。於二〇〇二年八月一日成立，係島內教育大學系統中第一所臺灣文學研究所。二〇〇六年八月一日，增設臺灣文化教學碩士學位班（夜間），二〇〇七年八月一日，更名為臺灣文化研究所，下設文學組及史地組。地址：臺北市和平東路二段一百三十四號。專任教師有應鳳凰等七人，單位主管方真真。

高雄師範大學臺灣歷史文化及語言研究所

公立系所。原名高雄師範學院。創立於二〇〇二年。地址：高雄市苓雅區和平一路一百一十六號。專任教師六人，單位主管王本瑛。

（臺灣）清華大學臺灣文學研究所

公立系所。碩士班創立於二〇〇二年，二〇〇六年起與語言所、人類所共創「臺灣研究教師在職進修碩士學位班」，二〇一〇年開設人社院學士班「文學與創作」課程，二〇一二年增設博士班。地址：新竹市東區光復路二段一〇一號。專任教師八人，單位主管李癸雲。

成功大學臺灣文學系所

公立系所。學士班創立於二〇〇二年，碩士班創立於二〇〇〇年，碩專班創立於二〇〇六年，博士班創立於二〇〇三年。地址：臺南市東區大學路一號。二〇一五年專任教師十八人，歷任單位主管：陳萬益、呂興昌、游勝冠、施懿琳、吳密察，賴俊雄、吳玫瑛、陳昌明、廖淑芳、鍾秀梅。

真理大學臺灣語言學系

私立系所。學士班創立於二〇〇二年。地址：臺南縣麻豆鎮北勢里北勢寮七〇之十一號。專任教師五人，單位主管黃輝爵，二〇〇七年停辦。

臺灣師範大學臺灣語文學系暨臺灣文化及語言文學研究所

公立系所。學士班創立於二〇一一年，碩士班創立於二〇〇三年，碩專班創立於二〇〇六年，博士班創立於二〇〇八年。地址：臺北市和平東路一段一百六十二號。專任教師十人，單位主管林芳玫。

靜宜大學臺灣文學系

私立系所。學士班創立於二〇〇三年，碩士班創立於二〇〇六年。地址：臺中市沙鹿區臺灣大道七段二〇〇號。專任教師十人，單位主管賴松輝。

中山醫學大學臺灣語文學系

私立系所。學士班創立於二〇〇三年。地址：臺中市南區大慶街二段一〇〇號。專任教師七位，單位主管何信翰。該所於二〇〇六年主辦首屆「臺灣語文文化研討會」，二〇一六年停辦。

臺中教育大學臺灣語文學系

公立系所。學士班創立於二〇〇四年。地址：臺中市西區民生路一四〇號。專任教師七人，單位主管方耀乾。

臺灣大學臺灣文學研究所

公立系所。碩士班創立於二〇〇四年，博士班創立於二〇一〇年。地址：臺北市羅斯福路四段一號。專任教師五人，單位主管黃美娥。

中興大學臺灣文學與跨國文化研究所

公立系所。碩士班創立於二〇〇四年，博士班創立於二〇一〇年，地址：臺中市南區興大路一百四十五號。專任教師六人，單位主管李育霖。

中正大學臺灣文學研究所

公立系所。碩士班創立於二〇〇四年，碩專班創立於二〇〇六年，地址：嘉義縣民雄鄉大學路一百六十八號。專任教師八人，單位主管江寶釵。

聯合大學臺灣語文與傳播學系

公立系所。學士班創立於二〇〇四年。地址：苗栗縣苗栗市恭敬里聯大一號。專任教師十人，單位主管孫榮光。

彰化師範大學臺灣文學研究所

公立系所。碩士班創立於二〇〇五年。地址：彰化縣彰化市進德路一號。專任教師五人，單位主管王年雙。

花蓮教育大學臺灣語文學系

公立系所。學士班創立於二〇〇五年。地址：花蓮市華西路一百二十三號。專任教師七人，單位主管李進益。二〇〇八年花蓮教育大學和東華大學合併後，該系於二〇一〇年併入東華大學臺灣文化學系。

政治大學臺灣文學研究所

公立系所。碩士班創立於二〇〇五年，博士班創立於二〇〇八年。地址：臺北市文山區指南路二段六十四號。專任教師五人，單位主管范銘如。出版有半年刊《臺灣文學學報》。

長榮大學臺灣研究所

私立系所。創立於二〇〇五年，二〇一二年專任教師六人，單位主管溫振華。該所和臺灣師範大學合辦過第四屆臺灣文化國際學術研討會。

（三）其他系所

中央大學客家語文暨社會科學學系

公立系所，碩士班成立於二〇一三年，學士班成立於二〇〇三年，博士班成立於二〇一一年，地址：桃園縣中壢市中路三〇〇號。專任教師十三名，單位主管周錦宏。

臺北大學古典文獻與民俗藝術研究所

公立系所，成立於二〇一一年，地址：新北市三峽區大學路一百五十一號，專任教師七名，單位主管林鋒雄。

臺北藝術大學電影創作學系所

公立系所。學士班成立於二〇一〇年，碩士班成立於二〇〇三年。地址：臺北市北投區學園路一號，專任教師六名，單位主管王童。

臺北藝術大學戲劇學系暨劇場藝術創作研究所

公立系所。學士班成立於一九八二年，碩士班成立於一九九〇年，博士班成立於二〇〇三年。地址臺北市北投區學園路一號，專任教師十名，單位主管劉晉立。

臺東大學兒童文學研究所

公立系所。碩士班成立於一九九六年，博士班成立於二〇〇三年。地址：臺東市西康路二段三〇九號，專任教師五名，單位主管杜明城。

臺南大學戲劇創作與應用學系所

公立系所。學士班成立於二〇〇六年，碩士班成立於二〇〇三年。地址：臺南市東區榮譽街六十七號，專任教師九名，單位主管林雯玲。

臺灣大學戲劇學系所

公立系所。學士班成立於一九九九年，碩士班成立於一九九五年。地址：臺北市大安區羅斯福路四段一號，專任教師十二名，單位主管林鶴宜。

臺灣海洋大學海洋文化研究所

公立系所。成立於二〇〇七年，地址：基隆市中正區北寧路二號，專任教師六名，單位主管安嘉芳。

臺灣藝術大學電影學系所

公立系所。學士班成立於一九五五年，進學班成立於二〇〇〇年，碩士班成立於二〇〇五年，碩專班成立於二〇〇六年。地址：新北市板橋區大觀路一段五十九號，專任教師九名，單位主管廖金鳳。

臺灣藝術大學戲劇學系表演藝術研究所

公立系所。學士班成立於一九五五年，碩士班成立於二〇〇六年。地址：新北市板橋區大觀路一段五十九號，專任教師十名，單位主管劉晉立。

（臺灣）交通大學人文社會學系族群與文化研究所

公立系所。學士班成立於二〇〇四年，碩士班成立於二〇〇八年。地址：新竹縣新北市六家五路一段一號，專任教師二十三名，單位主管簡美玲。

東華大學民族語言與傳播學系

公立系所，成立於二〇〇一年。地址：花蓮縣壽豐鄉志學村大學路二段一號，專任教師九名，單位主管董克景。

東華大學族群關係與文化學系所

公立系所。成立於二〇一〇年。地址：花蓮縣壽豐鄉志學村大學路二段一號，專任教師十四名，單位主管羅正心。

金門大學閩南文化研究所

公立系所。成立於二〇〇六年。地址：金門縣金寧鄉大學路一號，專任教師四名，單位主管戚常卉。

屏東科技大學客家文化產業研究所

公立系所。成立於二〇〇六年。地址：屏東縣內埔鄉學府路一號，專任教師四名，單位主管李梁淑。

高雄師範大學客家文化研究所

公立系所。成立於二〇〇四年。地址：高雄縣苓雅區和平一路一百一十六號。專任教師五名，單位主管利克時。

康寧大學文化創意學系

私立系所。成立於二〇〇八年。地址：臺南市安南區安中路五段一百八十八號。專任教師四名，單位主管蔡智恆。

雲林科技大學漢學資料整理研究所

公立系所。成立於二〇〇一年。地址：雲林縣斗六市大學路三段一百二十三號。專任教師八名，單位主管蔡輝振。

聖約翰科技大學數位文藝系

私立系所。成立於二〇〇八年。地址：新北市淡水區淡金路四段四百九十九號。專任教師十名，單位主管吳順治。

嘉南藥理科技大學文化事業發展系

私立系所。成立於二〇〇四年。地址：臺南市仁德區二仁路一段六十號。專任教師九名，單位主管郭珮君。

聯合大學客家語言與傳播研究所

公立系所。成立於二〇〇六年。地址：苗栗縣苗栗市恭敬里聯大一號。專任教師五名，單位主管盧嵐蘭。

十一　作家

齊如山（一八七五～一九六二）

河北保定人，一九四八年底到臺灣。留學歐洲回國後與梅蘭芳等人共組「北平國劇學會」，到臺灣後任「教育部」中國歌劇改革委員會主任委員，在從事戲劇改革和京劇創作方面貢獻良多。出版有《國劇概論》、《京劇之變遷》、《梅蘭芳平劇藝術》、《臉譜之研究》等論述二十五種，《梅蘭芳遊美記》、《北平懷舊》、《北京土話》等散文集十二種，《齊如山回憶錄》等傳記兩種，劇本一種，《齊如山全集》八冊。

林獻堂（一八八一～一九六五）

臺中人，一九二三年後任職《臺灣民報》、《臺灣新民報》和擔任皇民奉公會臺中州支部大屯郡事務長、臺灣省文獻會主委。出版有《海上唱和集》等詩集三種，《灌園先生日記》十二冊，去世後由友人編輯出版了《林獻堂先生紀念集》。

胡　適（一八九一～一九六二）

字適之，原名嗣穈，祖籍安徽徽州。幼年就讀於家鄉私塾，後在哥倫比亞大學留學，師從哲學家杜威。五四期間，在《新青年》發表《文學改良芻議》。一九四五年任北京大學校長，一九四九年赴美講學，至一九五八年返回臺灣，任《自由中國》雜誌發行人，中央研究院院長，倡導「人的文學」和「自由的文學」。胡適逝世時，蔣介石稱其為「新文化中舊道德的楷模，舊倫理中新思想的師表」。出版《胡適文存》、《白話文學史》、新詩《嘗試集》等。在臺灣出版有《什麼是文學》、《胡適演講集》、《胡適言論集》、《嘗試後集》、《乾隆甲戌脂硯齋重評石頭記》、《胡適口述自傳》、《胡適雜憶》、《先秦名學史》、《胡適論中國古典小說》等。

賴　和（一八九四～一九四三）

原名賴河，彰化人。畢業於臺灣醫學校，後在家鄉行醫，行醫之餘積極投入臺灣新文化運動，於一九二一年擔任臺灣文化協會理事，一九二三、一九四一年先後被捕。他積極推行白話文學，其作品多表現弱小民族被壓迫的痛苦，揭露帝國主義的侵略罪惡，真實地反映了日據時期臺灣同胞的生活面貌，是臺灣新文學的奠基者，有「臺灣新文學之父」的美譽。出版有漢詩一冊，小說集四冊，代表作有《鬥鬧熱》、《一桿「秤仔」》、《不如意的過年》以及作於一九三一年的《可憐她死了》，另有《賴和先生全集》。

林語堂（一八九五～一九七六）

福建漳州人，畢業於上海聖約翰大學，後在美國和德國分獲碩士和博士學位。一九三六年移居美國，一九六六年返臺定居陽明山。曾主編《林語堂當代漢英辭典》，任中國筆會會長、國際筆會副會長，一九七五年被列為諾貝爾文學獎候選人。他的一生，「兩腳踏東西文化，一心評宇宙文章」，為中西文化的溝通做了大量的工作。在臺灣的中文著述時期，出版有《無所不談》、《平心論高鶚》、《林語堂文叢》、《美國人》、《湖畔小品》、《魯迅之死》、《人生的腳步》、《金聖嘆之生理學》等。在工具書方面出版有《新開明語堂英語讀本》，並主持編寫《當代漢英辭典》，另有《林語堂全集》三十五冊。

錢　穆（一八九五～一九九〇）

字賓四，江蘇無錫人，歷任燕京大學、北京大學等校教授。一九四九年到香港後創辦「新亞書院」，一九六〇年到耶魯大學主講中國哲學史。一九六七年到臺灣後任教於中國文化學院。出版有《論語文解》、《國學概論》、《中國近三百年學術史》、《中國文化史專論》、《中國思想史》、《人生十論》、《中華文化十二講》、《中國文化特質》、《現代中國學術論衡》等論述八十種，《湖上閑思錄》、《人生之兩面》、《雙溪獨語》、《八十憶雙親·師友雜憶》等散文集五種，《錢賓四先生全集》五十四冊。

曾虛白（一八九五～一九九四）

江蘇常熟人，畢業於上海聖約翰大學，歷任行政院新聞局副局長、國民黨中央改造委員會改造委員兼第四組主任、中國文化學院三民主義研究所所長。出版有《國父思想對時代貢獻》、《談天下事》等論述九種，《東游散記》等散文集八種，《魔窟》等小說集五種，《曾虛白自傳》三冊，《曾虛白自選集》一種。

任卓宣（一八九六～一九九〇）

原名任啟彰，筆名葉青，祖籍四川南充。一九二〇年赴法參加勤工儉學，返國後曾擔任中共重要幹部，叛變後主持《科學思想》旬刊，一九三七年與鄭學稼等創設真理書店，出版有《救國哲學》等反共書籍。一九四九年到臺灣前後任國民黨中央宣傳部部長，後任教於中央幹部學校、政治大學、政治作戰學校。任卓宣從政之餘注重研究著述，尤其是三民主義哲學的建立。他亦以哲學的方法思考文學，文學論著也多以三民主義觀點。出版有《三民主義文化運動論》、《文學和語文》等三種。

張道藩（一八九七～一九六八）

原名張振宗，貴州盤縣人。一九二二年倫敦求學時加入國民黨。一九四二年十一月任國民黨中央宣傳部部長。一九四九年冬到臺灣後，任中國廣播公司董事長、「中華文藝獎金委員會」主任委員、

「中國文藝協會」首席常務理事、《文藝創作》月刊發行人。出版有《我們所需要的文藝政策》、《三民主義文藝論》等論述三種，《密電碼》、《留學生之戀》等劇本十種，傳記一種，《張道藩先生文集》一種。

蘇雪林（一八九七～一九九九）

女，原名蘇小梅，筆名有綠漪等，安徽太平人，畢業於北京女子高等師範學校，曾任東吳大學、安徽大學、武漢大學等校教授。一九五二年到臺灣後任臺灣師範大學、成功大學教授。一九二〇至一九三〇年代末期，是蘇雪林文學創作的高峰期，小說《棘心》、《綠天》當時傳頌極廣。她一生以研究楚辭屈賦為主，寫作《屈賦論叢》等計一百六十餘萬字，出版有《屈原與九歌》、《中國文學史》、《我研究屈賦的經歷及所遵循的途徑》、《二三十年代作家與作品》、《蘇雪林作品集》（十五冊）等多種。

王平陵（一八九八～一九六四）

江蘇溧陽人，一九三〇年提倡民族主義文學，一生致力於右翼文藝運動和新聞事業。一九四九年十一月到臺灣，任中國文藝協會常務理事，一九五六年赴曼谷任《世界日報》總主筆。主編《薰風》月刊，任《創作》月刊社社長。一九六一年七月，應聘為政工幹校專任教授。出版《寫作藝術論》、《王平陵先生論文集》等論述九種，詩集一種，散文集一種，《少女心》、《沙龍夫人》、《六十年代》、《歸舟返舊京》、《殘酷的愛》、《愛情與自由》等小說集二十五種，另有《臺北夜話》等劇本十二種，合集兩種。

易君左（一八九八～一九七二）

原名易家鉞，字君左，湖南漢壽人，畢業於日本早稻田大學。抗戰勝利後鼓吹民族主義文學，創辦《新希望》週刊。一九四九年全家到臺灣，不久又到香港，一九六九年九月回臺灣定居，任政工幹校教授。出版有《中國文學史》等論述八種，《華僑詩話》等詩集五種，《戰後江山》、《香港心影》、《從流亡到歸國》等散文集十七種，小說集三種，傳記十種，合集三種，劇本一種。

游彌堅（一八九九～一九八〇）

原名游柏，臺北人。臺灣總督府國語學校師範科、日本大學政經系畢業。一九四六年出任臺北市長兼臺灣大學教授、臺灣文化協進會理事長，後任以出版兒童讀物著稱的東方出版社董事長，主編「東方少年文庫」等。

洪炎秋（一八九九～一九七一）

彰化人，畢業於北京大學教育學系，曾執教於大陸多所大學。一九四六年回臺灣後，歷任臺灣省國語推行委員會副主委、《國語日報》社長、臺灣大學中文系教授。出版有《文學概論》、《國語日報與國語推廣》、《讀書和作文》等論述四種，《教育老兵談教育》等散文集十五種，兒童文學著作五種。

吳濁流（一九〇〇～一九七六）

原名吳建田，新竹人。畢業於臺灣師範學校，後在臺灣的客家地區任小學教師。一九四一年任南京《大陸新報》記者，返臺後任《臺灣日日新報》、《臺灣新聞報》、《臺灣新生報》記者。一九四九年任臺灣機器工業同業公會專門委員，至一九六五年退休。一九三五年與楊逵創辦《臺灣新文學》時，發表日文處女作小說《水熱》。一九四三年開始寫長篇小說《亞細亞的孤兒》，一九六四年獨立創辦《臺灣文藝》。出版有《先生媽》、《無花果》等小說集十二種，去世後由張良澤為其編了《吳濁流作品集》，共計六冊。

葉榮鐘（一九〇〇～一九七八）

彰化人，畢業於日本東京中央大學經濟系。歷任《臺灣新民報》通信部長、臺中圖書館研究輔導部部長、彰化銀行調查科科長。出版有《中國新文學概觀》、《臺灣民族運動史》等論述兩種，《臺灣人物群像》等散文集四種，身後輯《葉榮鐘全集》九冊由次女葉芸芸總編，晨星出版社出版。

張我軍（一九〇二～一九五五）

原名張清榮，臺北人。一九二一年進北京高等師範學校補習班學習。一九二四年受五四新文化運動的洗禮，寫了〈致臺灣青年的一封信〉，拉開了新舊文學論戰的序幕。回臺灣後發表〈糟糕的臺灣文學界〉。當再度來京學習期間，帶著《臺灣民報》登門向魯迅求教。他也大力推薦大陸的新文學作品，如魯迅的《狂人日記》、《阿Q正傳》等。一九二五年，發表〈新文學運動的意義〉，大力鼓吹白話文的建設和臺灣語言的改造。他的小說《買彩票》，是臺灣新小說的開路作品之一。他後期的代表作為一九五一年寫的散文《春雷》。去世後分別出版有《張我軍文集》、《張我軍全集》。

梁實秋（一九〇二～一九八七）

名治華，字實秋，浙江錢塘人，畢業於清華大學，為新月派理論家。一九四九年到臺灣後任臺灣師範大學英語系主任、文學院院長。在臺灣出版有《梁實秋選集》、《談聞一多》、《關於魯迅》、《雅舍雜文》、《略談中西文化》、《文學因緣》、《梁實秋論文學》、《永恆的劇場——莎士比亞》、《關於魯迅》、《實秋文存》等。主編各種英漢、漢英辭典，並編著《英國文學史》、《英國文學選》，另有《梁實秋文集》十五冊。

臺靜農（一九〇二～一九九〇）

原名傳嚴，安徽霍邱人。一九二〇年代鄉土小說的傑出代表，曾與魯迅過從甚密。在北京大學國學所肄業，先後在輔仁大學、廈門大學、山東大學任教。於一九四八年夏天接任臺大中文系主任職務計二十年，一九八四年獲文藝特殊貢獻獎，一九八九年《龍坡雜文》獲《中國時報》榮譽獎。另出版有《楚辭天問新箋》、《中國文學史》、《我與老舍與酒》、《靜農論文集》、《臺靜農佚文集》、《臺靜農先生輯存遺稿》等。

熊式一（一九〇二～一九九一）

江西南昌人，一九八一年到臺灣。徐志摩稱其為中國研究英國戲劇第一人，一九五四年任新加坡南洋大學文學院院長，一九六二年任香港清華書院校長。退休後在臺灣、香港及英國等地居住，一九八八年重返臺灣定居。出版《天橋》等小說集兩種，《大學教授》等劇本七種。

徐復觀（一九〇三～一九八二）

湖北浠水人，畢業於湖北武昌第一師範學校，後到日本深造。一九四九年五月，在香港創辦《民主評論》半月刊。到臺灣後，歷任臺中省立農學院教授、東海大學中文系教授兼系主任。後到香港任香港新亞研究所導師、《華僑日報》主筆。出版有《學術與政治之間》、《中國思想史論集》、《中國藝術精神》、《中國文學論集》、《中國文學論集續篇》、《中國文學精神》等論述三十三種，《徐復觀雜文》等散文集十種，《徐復觀家書集》等書信集兩種，李維武編《徐復觀文集》五卷。

錢歌川（一九〇三～一九九〇）

原名錢慕祖，湖南湘潭人，畢業於東京文科大學，後到英國留學，回國後任武漢大學教授。一九四七年應聘到臺灣後，歷任臺灣大學教授兼文學院院長以及成功大學、陸軍官校教授。一九六四年任教於新加坡大學和南洋大學，七十歲退休後定居美國。出版有《文藝概論》、《英詩的研讀》、《翻譯的技巧》、《論翻譯》等論述六種，《北平夜話》、《三臺遊賞錄》、《幽默文選》、《秋風吹夢錄》、《籬下筆談》、《也是人生》等散文集二十五種，《錢歌川文集》四冊。

朱點人（一九〇三～一九四九）

原名朱石頭，後來改名為朱石峰，臺北萬華人，老松公學校畢業。一九三三年與王詩琅、郭秋生等組織臺灣文藝協會，發行刊物《先發部隊》，第二次世界大戰後不滿國民政府的統治加入臺灣共產黨地下組織，一九四九年被捕，槍斃於臺北車站。小說有《一個失戀者的日記》、《蟬》、《紀念樹》、《安息之日》、《秋信》、《脫穎》、《長壽會》等。

張深切（一九〇四～一九六五）

南投人，曾在日本求學，後肄業於廣州中山大學法科政治系。一九二七年曾擔任臺中罷學作戰委員會總指揮，後組織「臺灣文藝聯盟」，並任《臺灣文藝》以及《中國文藝》發行人。出版有《在廣東發動的臺灣革命運動史略》等論述兩種，《縱談日本》等散文集兩種，《遍地紅——霧社事件遍地紅》等劇本一種，長篇小說《里程碑》四冊，另有陳芳明等主編《張深切全集》十二卷。

黎烈文（一九〇四～一九七二）

湖南湘潭人，一九二五年參加文學研究會，一九二九年畢業於法國地雄大學。回國後於一九三二年主編《申報》〈自由談〉，一九三〇年代後期與魯迅、茅盾等人過從甚密。一九四六年前往臺灣任《臺灣新生報》副社長，一九四七年任臺灣大學外文系教授。出版有《西洋文學史》、《藝文談片》、《法國文學巡禮》等論述三種，散文集兩種，小說集一種，另有翻譯著作十種。

梁容若（一九〇四～一九九七）

筆名梁盛志，河北行唐人。肄業於北平高等師範，後獲日本東京帝國大學文學院碩士學位。到臺灣後歷任《國語日報》總編輯、東海大學中文系主任，晚年旅居美國。其所著的《文學十家傳》曾獲中山學術文化基金會文學史獎，後被人揭發他是當年的文化漢奸，受到學術界一致聲討。出版有《中國文化東漸研究》、《中國文學史研究》、《現代日本漢學研究概觀》、《中日文化交流史論》、《文學二十家傳》等論述九種，《坦白與說謊》、《談書集》等散文集八種。

楊守愚（一九〇五～一九五九）

原名楊松茂，彰化人，畢業於彰化第一公學校，曾參加「臺灣文藝聯盟」，協助楊逵編輯《臺灣新文學》。光復後，任中學教師並為《臺灣文化》撰稿。出版有《楊守愚日記》，短篇小說集《楊守愚集》，另有《楊守愚作品選集》、《楊守愚作品選集補遺》。

葉公超（一九〇五～一九八一）

原名葉崇智，廣東番禺人。英國劍橋大學文學碩士，歷任清華大學外文系教授、西南聯大外文系主任。早年參與「新月」社文學活動，後來棄文從政。一九五〇年由美國到臺灣，先後擔任「外交部長」「總統府資政」。出版有《葉公超散文集》、《葉遐庵先生書畫選集》，有英文著作若干種，另有素賢次編《葉公超其人其文其事》。

楊　逵（一九〇五～一九八五）

原名楊貴，臺南人。臺南一中畢業後到日本半工半讀，做過電工、泥水工、送報生等。一九二七年返回臺灣後參加「臺灣農民組合」和「臺灣文化協會」，並擔任「農民組合」中央常委，到臺灣各地作鼓吹抗日的演講。一九二九年一月，他還出任「農民組合」教育部長兼組織部長，被殖民當局視為危險分子，將其逮捕十多次。每次重獲自由後，楊逵又義無反顧地投入抗日運動，還創辦過《臺灣新文學》雜誌。出版有《送報伕》、《鵝媽媽要出嫁》等小說集七種，《樂天派》等劇本兩種，《壓不扁的玫瑰》等散文集兩種，另有《楊逵全集》十四冊。

鄭學稼（一九〇六～一九八七）

福州長樂人，畢業於中央大學農學院畜牧獸醫系。一九四九年前後到臺灣，歷任暨南大學、臺灣大學、政治作戰學校、政治大學東亞研究所教授。出版有《由文學革命到革文學的命》、《十年來蘇俄文藝論爭》等論述兩種，《我的學徒生活》等散文集三種，《毛澤東評傳》、《魯迅正傳》、《列寧評傳》、《陳獨秀傳》、《青年馬克思》等傳記十種。

王集叢（一九〇六～一九九〇）

原名王義林，四川南充人，畢業於上海中華藝術大學，歷任重慶《掃蕩報》和《中央日報》社論主筆，帕米爾書店主編，一九四九年九月到臺灣後，任中國文藝協會常務理事、《自立晚報》主筆。出版有《三民主義文學論》（兩冊）、《戰鬥文藝論》、《中共「破立」文藝概論》等論述十四種，另有小說、劇本集各一種。

楊雲萍（一九〇六～二〇〇〇）

原名楊友濂，祖籍福建，臺北士林人。畢業於日本大學二年制預科，歷任臺灣省編譯館臺灣研究組主任、《臺灣文化》主編、臺灣大學歷史系教授。一九二五年與江夢筆合辦臺灣史上第一本白話文學雜誌《人人》。出版有日文詩集《山河》、《臺灣史上的人物》、《臺灣的文化與文獻》等論述三種，中文詩集和小說集各一種。

謝冰瑩（一九〇六～二〇〇〇）

女，原名謝鳴崗，湖南新化人，畢業於北平師範大學。一九四八年九月到臺灣後任教於臺灣師範學院，一九七〇年前期退休後定居美國。出版有《寫給青年作家的信》、《作家與作品》等論述四種，《從軍記》、《軍中隨筆》、《愛晚亭》、《作家印象記》、《舊金山的霧》、《解除婚約》等散文集三十三種，《偉大的女性》、《在烽火中》等小說集十九種，《第五戰區巡禮》、《新從軍日記》、《我在日本》等報導文學集七種，《抗戰女兵手記》等傳記八種，《冰瑩書信》等書簡兩種，《動物的故事》等兒童文學集十一種，合集五種，《謝冰瑩文集》三冊。

杜衡（一九〇七～一九六四）

原名戴克崇，筆名蘇汶，浙江杭州人。肄業於上海震旦大學，一九三〇年代曾與左翼作家發生論戰，編有《文藝自由論戰集》，被魯迅斥為「第三種人」。一九四〇年代後期任《中央日報》編輯主任。一九四九年隨報社到臺灣，先後任《徵信新聞報》、《聯合報》、《新生報》、《大華晚報》主筆。出版有《小說寫作技巧》，另有《紅與黑》等小說集五種，《免於偏見的自由》、《杜衡選集》等散文集兩種。

吳新榮（一九〇七～一九六七）

臺南人，畢業於臺灣總督府商業專門學校，一九二一年赴日本留學，並主編《蒼海》等刊物。一九三二年回臺灣後，把許多精力用在南臺灣的文獻整理工作，並主修《臺南縣志稿》十三卷。出版有《震瀛隨想錄》等散文集三種，傳記一種，另有呂興昌主編《吳新榮選集》三冊。

李曼瑰（一九〇七～一九七五）

女，廣東臺山人，畢業於燕京大學中文系，後到美國三所大學深造，歷任南京政治大學、國立戲劇專科學校教授、江蘇學院英語系主任。一九四九年六月到臺灣後，先後任中國文化大學戲劇系主任、戲劇電影研究所所長以及臺灣師範大學教授。出版有《托爾斯泰研究》、《編劇綱要》等論述三種，《戲中戲》、《時代插曲》、《淡水河畔》、《現代女性》等劇本集十八種。

李辰冬（一九〇七～一九八三）

河南濟源人，畢業於燕京大學國文系，歷任燕京大學、西北師範學院教授，一九四九年到臺灣後在政治大學、臺灣師範大學任教授，主編《中華文藝》月刊、香港《自由報》副刊，並創辦和主持「中華文藝函授學校」，培養了一大批作家。抗戰前參加國民黨文宣工作，參與起草署名張道藩的文章《我們所需要的文藝政策》。著有《紅樓夢研究》、《文學與生活》、《杜甫作品系年》、《李辰冬古典小說研究論文集》等十七種。

唐魯孫（一九〇七～一九八五）

祖籍北京，滿族鑲紅旗人，畢業於北平財政商業專門學校，一九四六年到臺灣，歷任「行政院文建會」研究專員和世界新聞專科學校、東海大學等校教師。出版有《南北看》、《中國吃》、《天下味》等散文集十三種。

王夢鷗（一九〇七～二〇〇二）

福建長樂人，畢業於廈門大學中文系，早年從事電影工作和話劇劇本創作，一九四九年到臺灣後長期任教於政治大學中文系，出版有論述《文藝技巧論》、《文學概論》、《文藝美學》、《傳統文藝論衡》、《中國文學理論與實踐》等十三種，劇本《生命之花》六種，傳記一種。

葛賢寧（一九〇八～一九六一）

江蘇沭陽人，畢業於上海中國公學中文系，一九四九年到臺灣。歷任臺灣省政府秘書、《文藝創作》總編輯、中華文藝獎金委員會委員。出版有《論戰鬥的文學》、《中國詩史》、《民族復興與文藝復興》等論述五種，《常住峰的青春》、《鳳凰的新生》等詩集六種，另與上官予合著有《五十年來的中國詩歌》。

俞大綱（一九〇八～一九七七）

浙江紹興人，畢業於上海光華大學，曾任教於浙江大學，一九五三年由香港到臺灣後任教於臺灣藝術專科學校、臺灣大學中文系、中國文化大學藝術研究所，後為中國文化大學戲劇系首任系主任，為臺灣戲劇現代化的重要推手。出版有《國劇簡介》、《戲劇縱橫談》、《寥音閣詩話》等論述三種，《寥音閣集》詩集一種，另有《俞大綱全集》三冊。

姜　貴（一九〇八～一九八〇）

原名王意堅，山東諸城人。畢業於北平大學管理系，曾參加北伐和抗日，一九四八年到臺灣後從事小說創作，歷任「中央電影公司」編審委員、國際關係研究所兼任研究員。出版有《旋風》、《重陽》、《碧海青天夜夜心》、《白馬篇》、《白棺》、《姜貴自選集》等小說集二十三種，散文集一種。

王詩琅（一九〇八～一九八四）

祖籍福建泉州，生於臺北。畢業於日據時期臺北老松公學校。曾參與臺灣文藝作家協會和臺灣文藝協會，歷任《臺灣新文學》等各類報紙雜誌編輯、主筆、主編，以及臺灣省文獻委員會編纂組長。出版有張良澤編《王詩琅全集》十一卷，內分臺灣民間故事、臺灣歷史故事、臺灣風土介紹、臺灣史論、臺灣史話、臺灣社會、臺灣人物、臺灣文教、文藝創作與批評等內容。

左曙萍（一九〇八～一九八四）

字懿如，別號庶平，筆名麥遜、關外柳，湖南湘陰人，畢業於黃埔軍校第六期，一九五〇年到臺灣，歷任中央電影公司董事、中國文藝協會榮譽理事等職，並創辦《今日新詩》月刊，參與籌建中華民國新詩學會。出版有詩集《紅禍》等四種，回憶錄《西去陽關》一種。

雪　茵（一九〇八～一九八七）

女，原名張雪茵，湖南長沙人，畢業於湖南藝芳大學中文系。一九五〇年二月到臺灣後任中國文藝協會理事、常務理事。出版有《散文寫作與欣賞》，另有《海濱拾夢》、《飄忽的雲影》等散文集十五種，詩集、小說集、合集各一種。

楊熾昌（一九〇八～一九九四）

筆名水蔭萍，臺南人。畢業於臺南第二中學，一九三二年到日本東京文化學院留學，詩作常在日本刊物上發表。一九三三年三月與文友組織「風車」詩社，並創辦《風車詩誌》雜誌。一九三四年回到臺灣，一九三九年加入西川滿主編的《華麗島》詩刊，一九五〇年代前期任《赤崁》詩刊主編。出版有《洋燈的思維》等日文論述兩種，《熱帶魚》等日文詩集三種，《貿易風》等日文短篇小說兩種，《水蔭萍作品集》一種。

陳紀瀅（一九〇八～一九九七）

原名陳奇瀅，河北安國人。就學於北平民國大學、哈爾濱政法大學夜間部。一九二四年在北平《晨報》發表作品，一九四九年八月到臺灣，任中國文藝協會負責人。出版有《文藝新里程》、《文藝運動二十五年》等論述十一種，《荻村傳》、

《赤地》、《賈雲兒前傳》、《華夏八年》等小說集十種，《寂寞的里程》等散文集十五種，戲劇集兩種，《三〇年代作家記》等回憶錄三種。

陳火泉（一九〇八～一九九九）

彰化人，畢業於臺北工業學校，一九四三年發表的日文小說《道》，引起極大的爭議，一九五〇年代參與鍾肇政等人發起的《文友通訊》。一九五四年首次用中文發表作品，一九六八年後退出文壇，一九七八年再度歸來，以散文創作為主。出版有《悠悠人生路》、《青春之泉》、《個性的發揮》、《活在快樂中》等散文集十三種，短篇小說集《憤怒的淡江》一種。

唐紹華（一九〇八～二〇〇八）

安徽巢縣人，畢業於南京中央大學，曾任職國民黨宣傳文藝科、《中央日報》記者，抗戰勝利後在上海電影公司工作。大陸解放後到香港，一九五一年到臺灣任影業公司副總經理，並在政工幹校、中國文化大學等校任教，晚年移居美國。著有《抗戰劇本一百種》、《中國電影史》、《電影藝術入門》、《大陸文壇及其他》、《文壇往事見證》等論述七種，《北風集》等詩集四種，《前線去來》等散文集四種，《祖國》、《碧血黃花》、《十月十日》、《藍狐狸》、《慾海無邊》等劇本十三種，《中共文藝統戰回顧》等報導文學集兩種，小說集一種。

唐君毅（一九〇九～一九七八）

廣東五華人，畢業於南京中央大學哲學系，曾任教於南京中央大學、新亞書院哲學系、香港中文大學哲學系，一九七五年到臺灣任臺灣大學哲學系客座教授。他的作品有深刻的人生思想和哲學思考，出版有《中國之亂與中國文化精神之潛力》、《中國文化之精神價值》、《中西文化之精神價值》、《人文精神之重建》、《哲學概論》、《中國哲學原論》、《說中華民族之花果飄零》、《文化意識宇宙的探索》等論述二十五種，《人生三書》等散文集三種，《唐君毅全集》三十冊。

張文環（一九〇九～一九七八）

嘉義人，畢業於日本東洋大學文科，一九三三年和巫永福等人組織臺灣藝術研究會。一九三八年回臺灣，任《風月報》日文版編輯，一九四〇年加入西川滿等人組建的臺灣文藝家協會，並與黃得時等創辦《臺灣文藝》刊物。一九四二年十月到東京參加第一屆「大東亞文學者大會」，一九四三年以《夜猿》短篇小說獲「皇民奉公會」頒發的首屆臺灣文學獎。在東京出版有日文長篇小說集一種，另有陳萬益主編《張文環全集》八冊，張恆豪編的短篇小說集一種。

黃得時（一九〇九～一九九九）

河南光州人，臺北帝國大學東洋文學科畢業，歷任臺灣文藝聯盟北部負責人、《臺灣新民報》中、日文副刊主編，一九四一年參與創辦《臺灣文藝》季刊，戰後任教於臺灣大學中文系以及淡江大學、輔仁大學等校。出版有《日治時期臺灣文學中的民族意識》、《臺灣歷史之認識》等論述七種，《黃得時詩選》一種，還有散文、兒童文學集等四種。

何　凡（一九一〇～二〇〇二）

原名夏承楹，江蘇江寧人，畢業於北平師範大學外語系，歷任《世界日報》、《華北日報》、《北平日報》編輯。一九四八年十一月到臺灣，任《國語日報》總編輯、《文星》雜誌主編、《聯合報》主筆。他在《聯合報》撰寫的專欄「玻璃墊上」，以社會動態、身邊瑣事、讀書雜感、新知趣事為題材，反映了臺灣三十多年來的發展和變化。出版有《不按牌理出牌》、《何其平凡》等散文集十九種，另有《何凡文集》二十六冊。

胡秋原（一九一〇～二〇一四）

湖北黃陂人，肄業於武昌大學中文系，後入日本早稻田大學政經學部。一九三一年，胡秋原因發表〈勿侵略文藝〉等文，引發了魯迅等人對他的批判。一九三三年冬天，參加「福建事變」，任文宣部主任。一九四九年去香港，一九五〇年五月到臺灣，任「立法委員」。一九六三年八月，創辦《中華雜誌》。一九七七年，在鄉土文學論戰期間保護當時受圍剿的陳映真等人。一九八八年四月，他發起成立「中國統一聯盟」並任名譽主席。同年九月到北京與李先念共商兩岸統一問題，後被國民黨開除黨籍。他一生著述約三千萬字，主要有多卷本《胡秋原文章類編》及《胡秋原選集》、《文學藝術論集（上、下）》。

李升如（一九一一～一九九七）

筆名：小年、浪者、繼昌，別號繼旭，山東泰安人，畢業於山東大學，一九四九年到臺灣，歷任《作家》雜誌社社長、臺灣省文藝協會理事長。出版《復國吟》等詩集四種，散文集和報導文學集三種。

龍瑛宗（一九一一～一九九九）

原名劉榮宗，新竹人。畢業於臺灣商工學校，光復前任《臺灣日日新報》編輯、《文藝臺灣》編委。光復後歷任《中華日報》日文版主任、《合作界》雜誌主編，為日據時期及光復前後最重要的作家之一。出版有《午前的懸崖》、《杜甫在長安》、《夜流》、《濤聲》等小說集七種，論述和散文集各一種，陳萬益主編《龍瑛宗全集中文卷》八冊。

金　軍（一九一一～二〇〇〇）

原名劉鼎漢，河南郾縣人，一九四九年前後到臺灣。畢業於美國陸軍參大特一期，曾任軍長、副司令員，出版有《歌北方》等詩集兩種。

覃子豪（一九一二～一九六三）

四川廣漢人，日本東京中央大學肄業。一九三七年七月返國後，曾主編《前線日報》「讀時代」週刊，一九四六年五月到臺灣兩個月後回大陸，一九四七年重返臺灣任省物資調節委員會專員。一九五〇年代初主編《新詩周刊》。一九五四年春與鍾鼎文等發起創辦藍星詩社。出版有《自由的旗》、《海洋詩抄》、《向日葵》、《畫廊》等詩集十種，散文集《東京回憶散記》一種，《詩的解剖》、《論現代詩》、《詩的表現方法》等詩論集三種，譯詩集《匈牙利裴多菲詩抄》。去世後出版有《覃子豪全集》三冊。

虞君質（一九一二～一九七五）

浙江鄞縣人，畢業於北平清華大學國學研究院，歷任臺灣師範大學、臺灣大學、香港中文大學教授，為一九五〇年代重要的文藝評論家，主編《文藝月報》，參與「戰鬥文藝」理論的建構。出版有《藝術論叢》、《藝術概論》等論述五種，劇本一種。

陳敬之（一九一二～一九八二）

湖南衡山人，畢業於湖南第一師範學校，一九四九年到臺灣後任黨史會副主任委員。出版有《文苑風雲二十年》、《文學研究會與創造社》、《三十年代文壇與左翼作家聯盟》、《中國文學由舊到新》、《中國新文學的誕生》、《首創民族主義文藝的「南社」》、《現代文學早期的女作家》、《中國新文學運動的前驅》、《新文學運動的阻力》、《早期新散文的重要作家》、《「新月」及其重要作家》。

周棄子（一九一二～一九八四）

原名周學藩，湖北大治人，畢業於湖北省立國學館，一九四九年到臺灣。其作品以古典詩為主，周夢蝶曾受其影響。出版有散文集《未埋庵短書》，另有合集《周棄子先生集》。

魏希文（一九一二～一九八九）

湖北通城人，畢業於國防研究班第七期，在上海創辦《中學生》週刊，一九四九年到臺灣後任中國文藝協會理事，出版有《任卓宣學術思想論》兩種，《高連長》、《妾似朝陽》等小說集十種，傳記、散文、合集各一種。

穆中南（一九一二～一九九一）

筆名穆穆，山東蓬萊人，畢業於北平中國大學文學系。一九四八年到臺灣，一九五二年創辦《文壇月刊》並出版「文壇叢書」，歷任中國文藝協會總幹事、文壇函授學校負責人、輔仁大學兼任教授。出版有《中國文學史綱》、《寫作的境界》等論述兩種，《大動亂》、《亡國恨》、《苦難中成長》等小說集九種，劇本一種。

王紹清（一九一二～一九九四）

四川銅梁人，畢業於新加坡萊佛士學院教育心理學系。一九四八年到臺灣，歷任政工幹校戲劇系主任、臺灣藝術館館長。出版有《戲劇工作的理論與實踐》、《美學綱要》等論述三種，長篇小說一種，劇本六種。

喬志高（一九一二～二〇〇八）

原名高克毅，祖籍江蘇，生於美國。畢業於燕京大學，歷任舊金山區《華美週報》主筆、華盛頓《美國之音》中文部副主任、香港中文大學客座高級研究員，晚年旅居美國。出版有《紐約客談》、《金山夜話》、《美語新詮》、《恍如昨日》等散文集十三種。

徐　芳（一九一二～二〇〇八）

女，江蘇無錫人，畢業於北京大學中文系，曾任北京大學文學研究所助理、雲南大學教師。一九四九年到臺灣後專事寫作，著有由胡適指導的北大畢業論文《中國新詩史》，另有合集《徐芳詩文集》。

朱介凡（一九一二～二〇一一）

湖北武昌人，畢業於中央陸軍官校政訓研究班第一期。一九四〇年開始研究諺學，其代表作為《中國諺語論》。一九四九年十二月到臺灣，出版有《武昌起義的前導——彭楚藩、劉復基、楊宏勝傳》，《中國風土諺語釋說》等論述二十二種，與他人合著《五十年來的中國俗文學》，另有《臺灣記游》等散文集十二種，以及小說、兒童文學、自選集各一種。

吳漫沙（一九一二～二〇〇五）

福建晉江人，中學肄業，一九三六年去臺並開始發表作品。出版有小說集《韮菜花》、《桃花江》、《風流女盜》等，傳記《追昔集》，劇本《風殘梨花》。

巫永福（一九一三～二〇〇八）

南投人，畢業於日本明治大學文藝科，一九三二年在東京與文友創辦《福爾摩沙》文學雜誌，一九四一年加盟《臺灣文學》，一九五〇年擔任臺中市政府秘書。一九六七年加入「笠」詩社，一九七七年出任《臺灣文藝》發行人，一九七九年設立「巫永福文學獎」。出版有《愛》、《時光》、《不老的大叔》、《無齒的老虎》、《地平線的失落》等詩集十一種，《風雨中的長青樹》散文集一種，小說集和傳記各一種，另有《巫永福全集》共二十四冊。

紀　弦（一九一三～二〇一三）

原名路逾，原籍陝西扶風縣，生於河北清苑縣。一九三三年用路易士筆名自費出版《易士詩集》，一九四五年開始使用紀弦的筆名。一九四八年到臺灣，歷任《平原日報》「熱風」副刊編輯、成功中學教師、《現代詩》季刊社長，一九五六年發起成立「現代派」，退休後於一九七六年到美國定居。出版有《在飛揚的時代》、《摘星少年》、《飲者詩抄》、《檳榔樹甲集》、《檳榔樹乙集》、《檳榔樹丙集》、《檳榔樹丁集》、《檳榔樹戊集》、《紀弦自選集》、《晚景》、《半島之歌》、《宇宙詩抄》等詩集三十三種，《紀弦詩論》、《新詩論集》、《紀弦論現代詩》詩論集三種，《千金之旅》等散文集四種，《紀弦回憶錄》三部。

趙友培（一九一三～一九九九）

江蘇揚中人，畢業於正風文學院中文系，歷任重慶《文化先鋒》月刊主編，一九四九年到臺灣後任中國文藝協會常務理事，並創辦《中國語文》月刊。出版有《三民主義文藝創作論》、《中國近代百年來的文學》、《思想與語文》等論述十七種，《國語文輔導記》等散文集三種，《文壇先進張道藩》等傳記兩種。

呂赫若（一九一四～一九五〇）

原名呂石堆，臺中人。臺中師範學校、日本東京武藏野音樂學校聲樂科畢業，曾任教師、《人民導報》記者。一九三五年短篇小說處女作在日本獲獎，一九四九年負責共產黨在臺灣的地下組織的宣傳和印刷工作。出版有《清秋》等小說集四種，《呂赫若日記》兩種。

孫　陵（一九一四～一九八三）

原名孫鐘琦，山東黃線人。肄業於哈爾濱政法大學，原為東北愛國作家，一九四八年十一月到臺灣，後創作《保衛大臺灣》軍歌，被稱為「反共文藝」第一聲。一九四九年十一月任《民族報》副刊主編。他的得意之作《大風雪》在臺灣出版後遭查禁，解禁後接著創作《大風雪》第二部《莽原》，另出版有小說集《覺醒的人們》、《女詩人》，自傳性作品《生命的自覺》、《我熟悉的三十年代作家》以及《孫陵自選集》和《論反共文藝精神戰線》、《杜甫思想研究》。

林芳年（一九一四～一九八九）

原名林清繆，臺南人。畢業於麻豆公學校高等科，一九三五年加入臺灣文藝聯盟佳里支部，同年秋天創辦《易多那》文學雜誌，係日據時期鹽分地帶文學先驅者之一。日據時期用日文寫詩三百多首，日本投降後因語言轉換問題擱筆二十年，一九六七年重登文壇。出版有散文集《浪漫的腳印》，另有《林芳年選集》等合集三種。

邢光祖（一九一四～一九九三）

江蘇江陰人，畢業於上海光華大學英文系，歷任上海《新詩刊》主編，一九四八年底到菲律賓，任菲律國《大中華日報》總編輯。一九六八年到臺灣後任教於各大學和研究所，辭世前為中國文化大學英文系主任。出版有《邢光祖文藝論集》、《光祖的詩》，另有散文集兩種。

鄧綏寧（一九一四～一九九六）

原名鄧士銘，遼寧綏中人，畢業於齊魯大學中文系，一九四八年到臺灣，歷任臺灣藝術專科學校影劇科主任及政治作戰學校、中國文化大學等校教師。出版有《導演藝術研究》、《中國戲劇史》、《西洋戲劇思想》、《二十世紀之戲劇》、《中國的戲劇》、《編劇方法論》等論述六種，《疾風勁草》、《紅衛兵》、《書香門第》、《黃金時代》等劇本八種。

王文漪（一九一四～一九九七）

女，江蘇江都人，畢業於南京金陵大學，一九四九年到臺灣後在「革命實踐研究院」第一六期結業，歷任《軍中文摘》、《軍中文藝》、《婦女月刊》主編，國民黨婦女工作委員會總幹事，出版詩集一種，《生命之蓮》等散文集九種，傳記兩種，兒童文學一種。

王琰如（一九一四～二〇〇五）

女，原名王琰，江蘇武進人，畢業於鎮江師範。一九四九年到臺灣後任「中國婦女寫作協會」常務理事。著有小說《長相憶》、《新苗》，散文集《心祭》、《我在利比亞》、《旅非隨筆》、《青山·綠水》、《琰如散文集》、《文友畫像及其他》、《文友畫像及其他續編》、《手足情深》等。

孫觀漢（一九一四～二〇〇五）

浙江紹興人，畢業於浙江大學化工系，一九五九年從海外到臺灣。任臺灣清華大學客座教授兼原子研究所第一任所長。出版有《智慧軟體》、《美國能，中國也能》等散文集十四種，另有柏楊等編《孫光漢》全集十三冊。

鍾鼎文（一九一四～二〇一二）

筆名番草，安徽舒城人，日本京都帝國大學社會學科畢業。一九三〇年開始發表作品，抗戰前任《天下日報》總編輯、國民大會代表。一九四九年到臺灣後，先後任《自立晚報》、《聯合報》主筆，發起組建「世界詩人大會」，為榮譽會長。曾與紀弦、覃子豪創辦《新詩周刊》，後來又參與籌組「藍星詩社」，與紀弦、覃子豪被尊稱為一九五〇年代詩壇「三老」。出版有《三年》、《行吟者》、《山河詩抄》、《白色的花束》、《鍾鼎文短詩選》等十種。

鍾理和（一九一五～一九六〇）

祖籍廣東梅縣，生於屏東。畢業於長治公學，讀私塾時學習漢文，一九三二年協助其父經營笠山農場，一九四〇年與平妹到瀋陽，次年在北平開始寫作，一九四六年攜眷回臺，擔任國文代課老師。一九五三年發表處女作《夜茫茫》，後在貧困中病世，被稱為「倒在血泊裡的筆耕者」。他生前只出過一本《夾竹桃》，其代表作為《笠山農場》，去世後出版有《原鄉人》、《雨》等小說集十二種，另由張良澤整理出版八卷本《鍾理和全集》。

呂訴上（一九一五～一九七〇）

彰化人，畢業於日本早稻田大學政治經濟科，一九三八年自組「臺灣銀華新劇團」巡迴公演皇民劇，一九四七年提倡劇場改革發表〈臺灣演劇改革論〉。一九五〇年籌建「臺語劇團」，在全臺輪流演出十一個月。著有《臺灣電影戲劇史》等論述兩種，話劇作品《女匪幹》等四種。

劉心皇（一九一五～一九九六）

河南葉縣人，畢業於武昌中華大學教育系。歷任鄭州《通俗日報》副刊主編、《民報》社長。一九四九年五月到臺灣後創辦人間書屋，任中國青年寫作協會總幹事、《幼獅文藝》月刊主編。出版有《文壇往事辯偽》、《從一個人看文壇說謊與登龍》、《現代中國文學史話》、《抗戰時期淪陷區文學史》、《魯迅這個人》、《抗戰時期的文學》等論述九種，《人間集》等詩集四種，《島上集》、《郁達夫的愛情悲劇》等散文集十八種，《中俄血債》等小說集八種，《郁達夫與王映霞》、《徐志摩與陸小曼》、《弘一法師新傳》、《張學良進關秘錄》等傳記七種。

林衡道（一九一五～一九九七）

祖籍臺北，生於日本，畢業於日本仙臺東北帝國大學經濟系。一九六六年到臺灣後任教於臺灣大學、東吳大學、藝術學院、高雄醫學院。長期致力於民俗文化研究工作，是有名的「臺灣活字典」和「古跡仙」。出版有《臺灣夜譚》、《臺灣的歷史與民俗》、《臺灣開拓史話》、《臺灣小史》等論述十七種，《臺灣一百位名人傳》等傳記五種，長篇小說《前夜》一種，兒童文學集《絲綢的手帕》一種。

楊乃藩（一九一五～二〇〇三）

上海人，畢業於上海大夏大學教育學院，一九四六年二月到臺灣後歷任臺灣省編譯館編審、《中國時報》社長兼總主筆。出版有《簡明應用文》等論述三種，《行蹤三十年》、《美國雜碎》、《環球見聞》等散文集二十種。

孫如陵（一九一五～二〇〇九）

貴州思南人，一九五〇年二月到臺灣，畢業於政治大學新聞系，歷任「國民大會」代表、《中央日報》副刊主編。出版有《報學研究》、《副刊論——中央副刊實錄》等論述三種，《墨趣集》等散文集九種，《心曲》詩集一種。

夏濟安（一九一六～一九六五）

江蘇吳縣人，為夏志清胞兄。上海光華大學英文系畢業，曾任教於西南聯大、北京大學外文系、香港新亞書院。去臺後任臺灣大學外文系主任、教授。一九五五年到西雅圖美國印第安納大學深造。一九五六年與吳魯芹、劉守宜創辦《文學雜誌》。一九五九年三月再度赴美，到西雅圖華盛頓大學、柏克萊加州大學任教，並從事研究工作。著有《夏濟安選集》《夏濟安日記》等。

吳瀛濤（一九一六～一九七一）

臺北人，畢業於臺北商業學校，光復後兼任《中國週報》中、日文編輯，一九三六年參與發起「臺灣文藝聯盟」臺北支部。一九四四年在香港發表中文詩作，光復後發表中、日文作品，一九六四年參與創辦《笠》詩刊。出版有《生活詩集》四種計十冊，《臺灣民俗》等散文集三種，兒童文學集一種。

言　曦（一九一六～一九七九）

原名邱楠，江西南昌人，一九四九年到臺灣。肄業於美國波士頓大學，歷任中國廣播公司節目部主任、行政院新聞局副局長、《中國時報》主筆。一九五九年底，言曦撰寫的四篇短論組成之《新詩閑話》在《中央日報》刊出後，引起一場大論戰。出版有《言曦短論集》、《言曦五論》、《世緣瑣記》等論述，《言曦散文全集》等四種，劇本一種。

費嘯天（一九一六～一九九五）

原名費雲文，江蘇人，一九四九年前後到臺灣，畢業於陸軍官校，長期在軍政界任職。出版有《中華戲劇史》二冊，《鄭成功平劇本》等劇本集三種，《戴笠新傳》、《民國人物新傳》等傳著有四種。

王昶雄（一九一六～二〇〇〇）

原名王榮生，臺北人。畢業於日本大學齒學系。在日本曾參加《青鳥》雜誌、《文藝草紙》季刊的工作，並在《臺灣新民報》發表作品。回臺灣後做牙科醫師的同時，參與張文環主編的《臺灣文藝》雜誌編務工作。早期用日文寫作，光復後一度中斷創作，一九八〇年代後主要寫回憶性批判性散文。代表作與皇民化運動有關，如《奔流》、《淡水河的漣漪》、《梨園之歌》、《鏡子》。出版有散文集一種、小說集兩種，另有《王昶雄全集》十一冊。

賈亦棣（一九一六～二〇一二）

原名賈耀愷，江蘇南京人。畢業於南京戲劇學校編劇導演表演系，抗戰期間組織抗敵劇團為前線服務。一九六三年五月由香港到臺灣。在香港期間，擔任中國電影學校教授。到臺灣後任中國戲劇藝術中心主任，退休後旅居美國。出版有《表演藝術》、《臺北市兒童劇展評論集》等論述兩種，與人合作《中國話劇史》、《京劇二百年史話》計三冊，《影劇二十年》、《藝文漫談》等散文集兩種，劇本一種。

無名氏（一九一七～二〇〇二）

原名卜乃夫，又名卜寧，江蘇南京人。畢業於北平俄文專科學校，一九三七年開始寫作，最著名的作品是長篇小說《北極風情畫》、《塔裡的女人》，由此成為一九四〇年代中國文壇上空一顆耀眼新星，一九四九年後突然消失，其歷史問題於一九七八年平反。一九八三年，結束三十三年的大陸隱居生活，從香港到臺北定居。出版有《無名氏詩篇》等詩集三種，《一百萬年以前》、《野獸·野獸·野獸》、《金色的蛇夜》、《無名書》等小說集二十一種，《我站在金門望大陸》、《在生命中的光環上跳舞》等散文集二十五種，另有多卷本《無名氏全集》。

趙雅博（一九一七～？）

河北望都人，畢業於北平輔仁大學國文系，一九五四年十一月從西班牙到臺灣，歷任政治大學哲學系主任、《現代學人》雜誌創辦人、《哲學與文化》月刊主編。出版有《抽象藝術論》、《文藝哲學新論》、《靈感與創作之實施》等論述四十二種，《愛在平信徒中》等散文集十二種，報導文學和傳記各兩種。

徐鍾珮（一九一七～二〇〇六）

女，江蘇常熟人，筆名余風。畢業於政治大學前身的中央政治學校新聞系，抗戰時期曾任新聞檢查官，戰後成為《中央日報》駐倫敦特派員，退休後隨丈夫長年旅居海外。除了新聞報導，還出版有《餘音》、《徐鍾珮自選集》、《靜靜的倫敦》、《多少英倫舊事》、《我在臺北》、《追憶西班牙》等。其中《餘音》被譽為四大抗戰小說之一。

寒　爵（一九一七～二〇〇九）

原名韓道誠，河北鹽山人，一九四九年二月到臺灣，畢業於東三省特別區區立法學院經濟系。一九四九年十一月至一九九一年十二月創辦《反攻》半月刊，歷任臺灣編譯館人文社會組主任、《中國時報》主筆。出版有《東北歷史文化研究》等論述兩種，《荒腔走調集》等散文集十種，長篇小說《儒林新傳》八冊。

琦　君（一九一七～二〇〇六）

女，原名潘希真，浙江永嘉人。曾任臺灣中國文化學院、中央大學中文系教授。有散文集、小說集及兒童文學作品三十餘種，主要著作《三更有夢書當枕》、《桂花雨》、《細雨燈花落》、《讀書與生活》等。

司馬桑敦（一九一八～一九八一）

原名王文逖，遼寧金縣人。一九四九年隨部隊到臺灣，歷任哈爾濱《大北新報》文藝副刊主編、臺北《聯合報》駐日特派員。一九七七年移居美國三藩市，一九八一年遷居洛杉磯。出版有《愛荷華秋深了》等散文集三種，《野馬傳》等小說集三種，《從日本到臺灣》等報導文學四種，《張學良評傳》等傳記三種。

吳魯芹（一九一八～一九八三）

本名吳鴻藻，上海人，一九四九年到臺灣。畢業於武漢大學外文系，先後在武漢大學、臺灣師範大學、臺灣大學、政治大學任教，並任臺灣美國新聞處顧問。一九六二年到美國，任密蘇里等大學客座教授，講授比較文學。一九八三年去世後設置「吳魯芹散文獎」，由《聯合報》和《中國時報》的副刊輪流主辦。著有《英美十六家》論述一種，

《雞尾酒會及其他》、《師友·文章》、《瞎三話四集》、《臺北一月和》、《文人相重》、《暮雲集》、《天涯樓夢抄》等散文集十種。

林海音（一九一八～二〇〇一）

女，苗栗人，生於日本。五歲隨雙親到北京居住了二十五年，一九四八年十一月回臺灣，一九五三年出任《聯合報》副刊主編，離開「聯副」後於一九六七年創辦並主編《純文學》月刊，後又創辦純文學出版社。出版有《作客美國》、《剪影話文壇》、《生活者》等散文集十六種，《曉雲》、《城南舊事》、《春風麗日》等小說集九種，劇本一種，兒童文學集十一種，《林海音文集》五冊。

尹雪曼（一九一八～二〇〇八）

原名尹光榮，河南汲縣人，畢業於西北大學，一九四九年左右到臺灣。後到美國密斯里大學新聞學院深造，獲碩士學位。歷任《民國日報》、《香港時報》、《臺灣新聞報》、《中華日報》記者、《臺灣新生報》副刊主編。另任教育部文化局第二處處長，「中華民國」青溪新文藝學會理事長、「中華民國」作家藝術家聯盟會長。著有《二十年來我國的文藝工作》、《中國新文學史論》、《中國現代文學的桃花源》等論述十種，《歷史的鏡子》散文集十二種，《尹雪曼的文學世界》回憶錄五種，《二憨子》等小說集十二種，傳記兩種，合集兩種，另主編《中華民國文藝史》。

魏子雲（一九一八～二〇〇五）

安徽宿縣人，肄業於武昌中華大學中文系。抗戰時期從軍，並任《北方日報》副刊編輯，一九四八年二月隨軍到臺灣，後創辦《青溪月刊》，與尹雪曼等人合辦《文學思潮》，擔任「中國青年寫作協會」總幹事。出版有《戲談》、《西洋名著欣賞》、《〈金瓶梅〉探原》、《〈金瓶梅〉散論》、《中國戲劇史》、《國劇表演概論》、《深耕〈金瓶梅〉逾三十年》等論述三十七種，《藝文與人生》等散文集四種，《潘金蓮——〈金瓶梅〉的娘兒們》、《在這個時代裡——梅蘭》等小說集九種，《魏子雲戲曲》四冊，《八大山人之謎》等傳記兩冊，自選集一冊。

依風露（一九一八～一九九六）

原名依凡，遼寧瀋陽人，畢業於東北大學政治系，一九四九年前後去臺，曾任報社主筆。出版有小說集《漂泊夫人》、《歸國》、《拉薩春夢》、《紅葉溪的故事》，另有散文和劇本創作。

繁　露（一九一八～二〇〇八）

女，原名王韻梅，浙江上虞人，一九四七年隨軍到臺灣，肄業於上海大夏大學。抗戰爆發後任國防部軍事委員會演劇隊隊員，到臺灣後專事寫作，晚年旅居美國。出版有《第七張畫像》、《雲深不知處》、《用手走路的人》、《殘酷的愛》等小說集四十四種。

鳳　兮（一九一九～一九八八）

原名馮放民，江西九江人，畢業於復旦大學經濟系。一九三八年開始發表作品，一九四九年到臺灣後任《臺灣新生報》副刊主編，為中國文藝協會發起人之一。歷任《幼獅文藝》、《中華文藝》主編，並主辦文藝函授學校。出版有《雞鳴集》、《真情集》、《文話》等散文集十一種，短篇小說集一種。

玄　默（一九一九～一九九〇）

原名余延苗，廣東汕頭人。一九四九年前後到臺灣，畢業於汕頭市立第一中學。曾任民權通訊社總編輯、「中國文化學院」大陸問題研究所教授，係臺灣為數不多的大陸文化問題研究工作者，出版有論述和散文集各一種。

孟瑤（一九一九～二〇〇〇）

女，原名揚宗珍，湖北武昌人，畢業於重慶中央大學歷史系，一九四九年到臺灣，歷任新加坡南洋大學中文系教授、中興大學中文系系主任。她一生耕耘在學術、小說、戲劇三大領域。其重要著述《中國小說史》曾被人檢舉抄襲大陸學者的拼湊之作，另出版有《中國戲曲史》（四冊）、《幾番風雨》、《柳暗花明》、《孟瑤讀本》等小說集六十三種和兒童文學集十二種，《秋瑾傳記》一種，散文集一種。

張秀亞（一九一九～二〇〇一）

女，河北滄縣人，畢業於北京輔仁大學西洋語文學系，一九四八年到臺灣後曾在輔仁大學研究所工作，後任中山文化基金會散文評審委員，退休後定居美國。出版有《西洋藝術史》（與雷文炳合著）十一冊，《水上琴聲》等詩集四種，《牧羊女》、《張秀亞散文集》、《人生小景》、《與紫丁香有約》等散文集二十七種，《尋夢草》、《那漂去的雲》等小說集九種，自選集三種，封德屏主編《張秀亞全集》十五冊。

鹿橋（一九一九～二〇〇二）

原名吳納孫，祖籍福建閩侯，生於北平，畢業於西南聯合大學外文系，一九四五年到美國先後獲碩士和博士學位，任教於西南聯合大學、耶魯大學、華盛頓大學等校。一九九〇年代定居美國後，曾回臺灣數十次，是有國際影響的東方藝術史教授。出版有《未央歌》、《人子》、《懺情書》等小說集三種，另有散文集和兒童文學集各一種。

彭邦楨（一九一九～二〇〇三）

湖北黃陂人。畢業於陸軍軍官學校，抗戰時曾率兵赴印度遠征，一九四九年隨軍隊到臺灣。一九五一年在臺灣各報刊發表抒情詩作，一九六九年退役後，與羊令野、洛夫等籌組「詩宗社」。一九七五年赴美，任美國世界詩人大會資料中心主任。一九九一年創辦《詩象》詩叢刊，任發行人。出版有《載著歌的船》、《戀歌小唱》、《花叫》、《清商三輯》、《彭邦楨詩選》等詩集七種，散文集三種，自選集一種，《彭邦楨文集》四卷。

潘人木（一九一九～二〇〇五）

女，原名潘佛彬，遼寧瀋陽人。抗戰時畢業於重慶中央大學外文系，曾任職重慶海關，並在新疆工作三年。一九四九年十二月到臺灣，任臺灣省教育廳兒童讀物編纂小組總編輯。出版於一九五二年的長篇小說《蓮漪表妹》，與紀剛的《滾滾遼河》、王藍的《藍與黑》、徐鍾珮的《餘音》被稱為臺灣四大抗戰小說。另有《如夢記》、《馬蘭的故事》等小說集三種，《小喜鵲捉賊》、《地球是我家》等兒童文學集一〇八種。

王聿均（一九一九～二〇〇七）

山東費縣人。一九四八年到臺灣，畢業於重慶中央大學歷史系，歷任青島《民言報》「藝文週刊」、臺北《公論報》「日月潭副刊」主編，並先後在臺灣師範大學、淡江大學、輔仁大學兼任教授，出版有論述五種，詩集兩種，散文集六種、傳記一種。

郭嗣汾（一九一九～二〇一四）

四川雲陽人，畢業於陸軍官校第十六期，一九四八年三月到臺灣後，歷任海軍出版社總編輯、《中國海軍》主編、中國文藝協會理事長。出版有《細說錦繡中華》、《鹿港》等散文集十四種，《失去的花朵》、《風雪大渡河》、《杜鵑花落》、《旅程》等小說集三十七種，傳記兩種，劇本一種。

劉　枋（一九一九～二〇〇七）

女，祖籍山東濟寧，生於綏城新城，畢業於北平中國大學化學系。一九四九年五月到臺灣，歷任《文壇》月刊主編、臺灣省婦女寫作協會文教組長和高等商業學校國文教師。出版有《千佛山之戀》、《這位和尚這座山》等散文集八種，《小蝴蝶和半袋麵》、《逃婚以外》等小說集十種，傳記和報導文學、劇本計六種，合集一種。

王書川（一九一九～二〇〇七）

山東淄博人，山東洗凡高等學校畢業。曾任中國作家藝術家聯盟副秘書長、臺灣省作家協會秘書長。著有散文集《北雁南飛》、《藍色湖》、《簾裡簾外》、《王書川散文集》、《落拓江湖》，小說集《瑞典之花》、《花箋憶》、《歸夢》等。

羅　蘭（一九一九～二〇一五）

女，原名靳佩芬，河北寧河人。畢業於天津女子師範學院師範部，一九四八年四月到臺灣。曾任廣播電臺節目製作人兼主持人。她出版過散文、小說、評論、劇本等二十多部作品，散文《羅蘭小語》影響最大。另有《飄雪的春天》等小說集六種，傳記散文《歲月沉沙》三冊，劇本一種，合集兩種。

殷張蘭熙（一九二〇～二〇一七）

祖籍湖北枝江，生於北京，成都華西協和大學外文系畢業，一九四九年到臺灣，歷任東吳大學副教授、「中華民國」筆會會長（一九八五～一九九一），《「中華民國」筆會英文季刊》主編（一九七二～一九九二）。是臺灣最早有系統作臺灣文學英譯的學者，著有英文詩集和譯作多種。

于還素（一九二〇～一九九三）

筆名于歸，吉林阿城人，畢業於哈爾濱農業大學，一九四九年前後到臺灣。出版有詩集一種，散文集四種。

王大空（一九二〇～一九九一）

江蘇泰興人，齊魯大學畢業，美國印第安納大學、西拉寇斯大學研究。曾任中國廣播公司節目部新聞部主任、《國語日報》副總編輯、輔仁大學教師。被譽為臺北「四大名嘴」之一。他近六十歲出版第一本著作《笨鳥慢飛》，頓時造成閱讀風潮，成為許多人最喜愛的好書之一。

朱立民（一九二〇～一九九五）

江蘇川沙人，一九五〇年到臺灣。畢業於中央大學外文系，後獲美國杜克大學英美文學系博士學位，歷任臺灣大學外文系主任、文學院院長，淡江大學副校長。一九七〇年代，參與創辦《淡江評論》、《中外文學》，後又創辦《英美文學評論》。出版有《美國文學一六〇七—一八六〇——殖民地時代到內戰前夕》、《愛情、仇恨、政治——哈姆雷特專論及其他》，還有合集一種。

周金波（一九二〇～一九九六）

基隆人，早期皇民文學代表作家之一，畢業於日本大學牙科專科部。一九四〇年代初期投稿《文藝臺灣》，一九四三年代表臺灣出席「第二回大東亞文學者大會」。數次被國民黨逮捕入獄，出版《周金波日本語作品集》、《周金波集》。

鍾　雷（一九二〇～一九九八）

本名翟君石，河南孟縣人，北平中國大學畢業，曾任師政治部主任、參謀長等職。一九四九年到臺灣，任中央電臺大陸廣播組長、《中央月刊》

總編輯、「行政院文建會」第二處處長、中國文藝協會常務理事。出版有《五十年來的中國電影》論述一種，《在青天白日旗幟下》詩集六種，《春華秋實》散文集一種，《江湖戀》等小說集五種，《華夏八年》劇本三十六種，《鍾雷自選集》等合集兩種。

王在軍（一九二〇～二〇〇〇）

湖北自忠人，畢業於成都陸軍官校第二十一期。一九四八年到臺灣，一九六二年七月參與創辦《葡萄園》詩刊，任發行人。出版有三萬行世界史詩《理想世界》，其他詩集四種。

明秋水（一九二〇～二〇〇二）

湖北黃州人，畢業於武昌藝術專科學校和中央軍校第十六期。一九四九年隨軍隊到臺灣，歷任《今日金門》月刊主編、政治作戰學校教授。出版有《駱駝詩集》等五種，小說和劇本各一種。

蕭孟能（一九二〇～二〇〇四）

湖南常寧人，畢業於南京金陵大學經濟系。一九四九年全家到臺灣，二〇〇一年七月移居上海。歷任文星書店社長、《文星》雜誌創辦人，李敖等作家皆在這個雜誌上崛起，出版有回憶錄《出版原野的開拓》。

柏　楊（一九二〇～二〇〇八）

原名郭立邦，後改名郭衣洞，河南開封人。一九四六年畢業於四川的東北大學。一九四九年去臺後任「中國青年寫作協會」總幹事、《自立晚報》副總編輯。在一九五〇年代主要是寫小說，一九六〇年代用雜文的形式指出中國文化是「醬缸文化」。他被投入監牢多年，一九七七年重獲自由後被聘為「中國大陸問題研究中心」研究員。一九八四年，參加美國愛荷華大學「國際作家工作室」。出版有《醜陋的中國人》、《帶箭怒飛》、《醬缸震蕩》、《中國人，活得好沒有尊嚴》、《柏楊品三國》等散文集五十一種，《魔鬼的網》等小說集二十一種，傳記及報導文學各一種，兒童文學集三種，《柏楊版資治通鑑》七十二冊，《柏楊全集》二十八冊。

李佩徵（一九二〇～二〇〇九？）

河南信陽人，一九四九年到臺灣。肄業於臺灣大學，一九六八年開始在《葡萄園》詩刊發表作品。出版有《旅美詩刊》等詩集五種，《紐約湖畔》等散文集兩種。

周介塵（一九二〇～？）

山東文登人，一九四九年前後到臺灣。歷任《半月文藝》、《情報知識》月刊主編。出版《我要征服破音字》等論述四種，《火與血的年代》等小說集七種，岳飛傳記一種。

紀　剛（一九二〇～二〇一七）

原名趙岳山，遼寧遼陽人，畢業於遼寧醫學院。一九四九年到臺灣後任臺南第四總醫院小兒科主任，從醫二十餘年後定居美國。出版有《諸神退位》等散文集兩種，《夜行人》、《滾滾遼河》小說集兩種，其中後一種曾多次再版。另有劇本和書簡各一種。

楚　軍（一九二〇～？）

原名周佐民，湖南衡陽人，一九四九年前後到臺灣。畢業於淡江大學工商管理系，曾任《創作》月刊發行人，後旅居美國。出版有《憤怒的愛》、《落花夢》、《夜遙遙》、《春寒夜》、《夢還暖》、《海戀》等小說集十八種。

墨　人（一九二〇～二〇一九）

原名張萬熙，江西九江人，畢業於陸軍官校第十六期，一九四九年七月到臺灣。歷任報社主筆、海軍總部秘書、東吳大學中文系兼任副教授。出版有《紅樓夢的寫作技巧》、《全唐宋詞尋幽探微》等論述四種，《自由的火焰》、《哀祖國》、《墨人半世紀詩選》等詩集六種，《心在山林》、《大陸文學之旅》、《紅塵心語》、《年年作客伴寒窗》等散文集十種，《白雪青山》、《變性記》、《火樹銀花》、《婆娑世界》等小說集二十六種，代表作有長篇小說《紅塵》三冊、《紅塵續集》，另有傳記一種，合集四種，《墨人博士作品全集》總計六十本。另有兩冊外篇。

周夢蝶（一九二一～二〇一四）

原名周起述，河南淅川人。苑西鄉村師範肄業，後任圖書管理員和小學教員。一九四八年隨「青年軍」去臺，一九五六年退役，做過店員、守墓者等工作，於臺北市武昌街擺書攤二十一年，後因病蟄居新店五峰山下。出版有詩集《孤獨國》、《還魂草》、《周夢蝶世紀詩選》、《十三朵菊花》、《周夢蝶詩文集》等。

鍾梅音（一九二二～一九八四）

女，生於北京，肄業於廣西大學法律系，一九四八年三月到臺灣。一九四九年登上文壇，歷任《婦友》月刊主編、《大華晚報》副刊主編。出版有《海濱隨筆》、《春天是你們的》、《天堂歲月》等散文集十八種，短篇小說集《遲開的茉莉》一種，兒童文學集四種。

陳秀喜（一九二一～一九九一）

新竹人，畢業於新竹女子公立學校。十五歲用日文寫詩，一九六〇年代末用中文寫作。一九六七年仍以日文寫作參加臺北短歌會、俳句社。一九六八年參加「笠」詩社，一九七一年擔任該社社長。出版有《斗室》（日文）、《覆葉》、《樹的哀樂》、《灶》、《嶺頂靜觀》等詩集六種，另有

《陳秀喜全集》十冊。

劉紹唐（一九二一～二〇〇〇）

原名劉宗向，筆名李光裕、吳中佑，祖籍河北蘆臺，畢業於西南聯合大學、北京大學經濟系，歷任《中央日報》記者、編輯。一九五〇年冬經香港去臺灣後任修纂、教授、中國文化學院傳記研究所所長。一九六二年創辦《傳記文學》，任發行人、社長，一九八三年創辦《新書月刊》。出版有《香港屋檐下》、《鐵幕輪廓畫》、《不容青史盡成灰——劉紹唐文集》散文集三種，《紅色中國的叛徒》報導文學集一種。

應未遲（一九二一～二〇〇一）

原名袁睽九，湖南寧鄉人，畢業於陸軍軍官學校第十六期，一九四九年十二月到臺灣，歷任《臺灣經濟時報》副總編輯、《自立晚報》副總主筆、中國廣播公司大陸廣播組主編、中國作家藝術家聯盟副會長。出版有《電視觀》等散文集四種，《南京受降記》等報導文學集兩種，《藝文人物》傳記兩種，合集兩種。

司徒衛（一九二一～二〇〇三）

原名祝豐，江蘇如皋人，一九四八年到臺灣。大學畢業後長期從事教育和編輯工作，歷任《幼獅月刊》主編、《文藝論壇》總編輯、《自立晚報》副刊主編，主編《當代中國新文學大系》全十冊。出版有《書評集》、《書評續集》、《五十年代文學論評》，另有《地下火》、《缺陷中的圓滿》等散文集七種。

詹　冰（一九二一～二〇〇四）

原名詹益川，苗栗人。畢業於臺中第一中學。一九四三年在日本發表詩作，一九四八年參與「銀鈴會」，一九六四年參與創辦《笠》詩刊。出版有《詹冰詩集》等四種，兒童文學集合集各兩種，另有莫渝主編《詹冰詩全集》三冊。

胡品清（一九二一～二〇〇六）

女，浙江紹興人，畢業於浙江大學英文系，一九六二年從法國到臺灣。歷任法國巴黎大學現代文學研究員、中國文化大學法文所所長兼系主任。出版有《人造花》、《玻璃人》、《最後的愛神木》等詩集七種，《水晶球》等散文集二十種，《現代文學散論》、《法國文學簡史》等論述十一種，《夢的船》等合集十種，自選集一種，其他中法對照等著作二十種。

程大城（一九二一～二〇一二）

原名程敬扶，河南夏邑人，畢業於西北大學政治系，一九四八年十二月隨軍隊到臺灣。一九五〇年三月至一九五六年創辦《半月文藝》月刊，任主編兼社長。出版有《三民主義的理論分析》、《文學批評集》、《文學原論》、《文學的哲學》、《文學評論》等論述六種，《媽祖傳》等小說集兩種，詩集一種。

楊　子（一九二一～二〇一一）

原名楊選堂，祖籍廣東梅縣，生於印尼，畢業於暨南大學商學院。一九四七年到臺灣，歷任《中國時報》、《臺灣新生報》主筆、《聯合報》社長兼總主筆。出版有《楊子專欄》、《感情的花季》、《被寵愛的感受》、《回首擁抱那人》等散文集十七種，《變色的太陽》等小說集四種。

夏志清（一九二一～二〇一三）

江蘇吳縣人。上海滬江大學畢業，一九四八年考取北大文科留美獎學金赴美深造，一九五二年獲耶魯大學英文系博士學位。一九六二年應聘為哥倫比亞大學東亞語文系副教授，一九六九年升任為教授，一九九一年榮休後為該校中國文學名譽教授。二〇〇六年當選為中央研究院院士。他原先研究英國古典文學，後因參加編寫《中國手冊》，將興趣轉移到中國文學，出版有英文著作《中國現代小說史》等論著多種。

孫　旗（一九二一～一九九五）

江蘇淮陽人，畢業於民國大學經濟系，一九四九年前後到臺灣。歷任《文藝評論》月刊主編、政治作戰學校藝術系教授，紐約《華美日報》主筆。出版有《論中國文藝的方向》、《藝術概論》、《藝術美學探索》等論述七種，散文集兩種。

崔小萍（一九二二～二〇一七）

山東濟南人，畢業於國立戲劇專科學校。白色恐怖時期，被懷疑為「匪諜」，於一九六八至一九七七年入獄，二〇〇〇年平反。著有自傳《崔小萍獄中記》、《天鵝悲歌》及劇本。

端木方（一九二二～二〇〇四）

原名李瑋，山東利津人。成都中央軍校第二十二期畢業，一九五一年去臺後，長期任教於臺中一中、臺中私立曉明女中。主要作品有《疤勛章》、《四喜子》、《星火》、《拓荒》、《青苗》、《拾夢》、《七月流火》等多種。

楊念慈（一九二二～二〇一五）

山東城武人，西北師範學院肄業。十九歲開始寫作，一九四九年來臺後曾任《自由青年》編輯，後來轉任教職，曾在中央大學中文系任教。他早期寫新詩和散文，後來以小說創作為主，著有散文《狂花滿樹》，小說《殘荷》、《落日》、《陋巷之春》、《廢園舊事》、《黑牛與白蛇》、《少年十五二十時》、《大地蒼茫》等長短篇近二十部。

王　藍（一九二二～二〇〇三）

筆名果之，祖籍河北阜城，畢業於西南大學。一九四九年到臺灣後，歷任《筆匯》半月刊社社長、中國文藝協會常務理事，一九七九年移居美國。早期作品以描寫抗戰為主，《藍與黑》是其成名之作。出版有《師生之間》、《長夜》、《期待》等小說作品。

高　陽（一九二二～一九九二）

原名許晏駢，浙江杭州。因戰亂未能完成大學學業，一九四九年前後隨軍隊到臺灣。曾任《中華日報》總主筆，《中央日報》特約主編。一九五一年起開始寫作，一九六二年成為職業作家，其寫作總量在兩百五十萬字以上。創作以歷史題材著稱，六十多部長篇可分為宮廷系列、將相系列、紅曹系列、青樓系列、商人系列、俠士系列，其中寫清朝統治集團內部矛盾鬥爭的有《慈禧前傳》、《清宮外史》。高陽還善於從民間故事和野史中吸取養料，如《漢宮春曉》、《小鳳仙》、《胡雪岩》。從古典文學中選取素材進行再創造的有《李娃傳》、《紅樓夢斷》。另出版有《高陽說曹雪芹》等論述三種，《高陽講古》等散文集八種，傳記和合集各兩種。

夏鐵肩（一九二二～一九九四）

湖南長沙人，畢業於中央軍官學校十六期，一九四九年到臺灣。歷任《掃蕩報》、《自立晚報》主筆，《今日臺北週報》發行人、《中央日報》主筆兼副刊執行主編、中國文藝協會理事長。出版有《不老的詩心》等散文集兩種，劇本兩種。

姚一葦（一九二二～一九九七）

原名姚公偉，江西南昌人，畢業於廈門大學銀行系，一九四九年到臺灣，任教於藝術學院、政治作戰學校，後任中國文化大學戲劇系主任、藝術研究所教授兼教務長。參與《筆匯》、《現代文學》、《文季》等雜誌的編務。出版有《藝術的奧秘》、《美的範疇》、《論戲劇與文學》、《戲劇原理》、《審美三論》、《戲劇與人生》、《藝術批評》等論述九種，《姚一葦文錄》等散文集兩種，《來自鳳凰鎮的人》、《紅鼻子》、《一口箱子》等劇本十種。

何　欣（一九二二～一九九八）

筆名江森，河北深澤人，畢業於西北師範學院英語系。一九四六年一月到臺灣，歷任《臺灣新生報》文藝副刊、《半月文藝》、《現代文學》主編。出版有《從大學生到草地人》、《中國現代小說的主潮》、《當代臺灣作家論》、《西洋文學史》（上、中、下）等論述十一種，散文集兩種。

桓　夫（一九二二～二〇一二）

原名陳武雄，別號千武，臺中人。畢業於臺中第一中學。日據時期用日文寫詩，光復後封筆十多年，一九五九年開始用中文發表詩作。《笠》創刊後，他是該刊貫穿始終的中心人物之一。出版有《密林詩抄》、《媽祖的纏足》、《安全島》、《陳千武作品選集》、《禱告》等詩集二十四種，《獵女犯》等小說集三種，《現代詩淺說》、《臺灣新詩論集》、《詩文學散論》等論述九種，兒童文學集十種，《陳千武全集》十二冊。

羅　曼（一九二二～？）

原名尹駿，湖北漢陽人，肄業於四川樂山武漢大學中文系，抗戰時參加遠征軍並開始文藝創作，一九四九年前後隨軍隊到臺灣，退休前為國文教師。出版有《藍鷹兵團——中國遠征軍緬印血戰記》、《梅櫻情》等小說集十一種，《林旺的故事》散文集一種。

岳　騫（一九二三～？）

原名何家驊，安徽渦陽人，一九四九年前後到臺灣。一九七一年九月至一九七五年八月在香港創辦《掌故》雜誌，長期任香港中國筆會會長、秘書長。創作以長篇歷史小說和反共小說為主。出版有《水滸人物傳論》、《八年抗戰是誰打的》等論述四種，《瘟君夢》、《紅朝外史》等長篇小說十六種、《抗日戰爭通俗演義》八冊，另有報導文學、傳記文學各一冊。

李　冰（一九二三～二〇一七）

原名李志權，山東招遠人，畢業於陸軍官校，一九四九年十月到臺灣。歷任中國青年寫作協會監事、中國文藝協會南部分會理事。一九七一年十月至一九七八年六月與文友創辦《山水詩刊》，為《高縣青年》主編。出版有詩集《陽光酒》兩種，《仙島風情畫》等散文集八種，《關外風雲》等小說集十四種，另有傳記、合集各一種。

畢　璞（一九二二～二〇一六）

女，原名周素珊，廣東廣州人，肄業於廣州嶺南大學中文系，一九四九年六月到臺灣。歷任《公論報》副刊主編、《婦女月刊》總編輯。出版《春花與春樹》等散文集十二種，《故鄉夢重歸》、《明日又天涯》等小說集十七種，《秋風秋雨愁煞人——秋瑾傳》、《革命筆雄——章太炎傳》等傳記兩種，兒童文學集三種，合集一種。

蓉　子（一九二二～二〇二一）

女，原名王蓉芷，江蘇徐州人，畢業於金陵女子大學服務部實驗科，一九四八年由南京到臺灣籌備國際廣播電臺。一九五一年底開始在《新詩周刊》發表詩作，為「藍星」詩社同仁。一九五五年同詩人羅門結婚，歷任東海大學教師、「中華民國」新詩學會常務理事。著有《青鳥集》、《七月的南方》、《維納麗沙組曲》、《橫笛與豎琴的晌午》、《這一站不到神話》、《蓉子詩選》、《眾樹歌唱》等詩集，《歐遊手記》、《千泉之聲》、《游遍歐洲》等散文集，兒童文學集《童話城》，論述《青少年詩國之旅》。

楚　卿（一九二三～一九九四）

原名胡楚卿，湖南長沙人，畢業於湖北師範學院教育學系，一九四八年到臺灣後長期任中學教師，並為高雄《民眾日報》副刊主編。出版有《生之謳歌》等詩集兩種，《天涯夢》、《不是春天》、《彩色的漩渦》等小說集十六種，另有散文集一種。

羊令野（一九二三～一九九四）

原名黃仲琮，安徽涇縣人，一九四九年到臺灣，畢業於政治作戰學校研究班第十期，歷任國軍戰鬥文藝工作隊詩歌隊隊長、《詩陣地》和《商工日報》「南北笛詩刊」、《青年戰士報》「詩隊伍」主編，《現代詩》復刊後任社長。出版有《叫花的男人》等詩集四種，《見山見水集》、《回首叫雲飛起》等散文集六種，合集一種。

蔡丹治（一九二三～二〇〇〇）

原名蔡偉濂，廣東汕頭人，畢業於北平大學中文系，一九四九年前後到臺灣。歷任公私立中學副校長、大專學校兼任教授、《大陸觀察》月刊社總編輯。出版有《文藝論評》、《文藝評論集》、《中共文藝問題論集》、《中共文藝政策與文藝整風》等論述七種，自選集一種。

艾　雯（一九二三～二〇〇九）

女，原名熊昆珍，江蘇蘇州人。一九四一年登上文壇，一九四九年二月到臺灣。一九五三年出版第一本短篇小說集。著有《青春篇》散文集十二種，《弟弟的婚禮》等小說集十種，另有兒童文學和合集各一種。

東方玉（一九二三～？）

原名陳瑜，浙江余姚人，畢業於上海誠明文學院中文系。一九四九年前後到臺灣，曾任世界詩人大會顧問、香港梅嶺詩社社長，一九六〇年後專門寫作，出版有《七步驚龍》、《珠劍春秋》、《東方傳奇》、《白衣俠》等小說集六十一種，另有詩集兩種。

薛　林（一九二三～二〇一三）

原名龔建軍，四川省萬縣人，肄業於上海法學院經濟系。一九四七年九月到臺灣，陸軍官校畢業後歷任軍職及《布穀鳥》詩歌季刊編輯、《詩壇》社長，後為《小白屋》幼兒詩刊發行人。出版有《現代詩創作與欣賞》、《童稚心靈皆是詩》、《童稚心靈的空間》、《不墜的夕陽——薛林的兒童文學及其評論》等論述四種，《追尋陽光的女孩》等詩集十種，《露珠兒的夢》等童詩和故事九種，合集三種。

丁樹南（一九二三～二〇〇九）

原名歐坦生，福建福州人，暨南大學福建建陽分校畢業。一九四七年二月到臺灣。出版《作品的表現與技巧》、小說集《鵝仔》、合集《丁樹南自選集》，另翻譯有《小小說的寫作與欣賞》。

徐天榮（一九二三～二〇〇九）

筆名天活，籍貫江蘇鎮江。江蘇教育學院肄業，並主編《東南晨報》副刊，一九四八年擔任裝甲兵隨軍記者，一九四九年隨裝甲兵團來臺，就讀政戰學校期間，是李曼瑰教授的得意門生，曾任助教，一九五九年起正式擔任政戰學校影劇系講師。一九六六年出版臺灣第一部《編劇學》。另著有話劇劇本《血影疑雲》等五十餘種。

鄒郎（一九二三～一九九六）

原名鄒龍承，湖北監利人，一九五二年從香港到臺灣。結業於陸軍軍官學校成都分校，曾任軍職，並創辦《文化旗》月刊，後專事寫作。出版有《世界文學史》等論述四種，《二十五號情報網》、《地下司令》等小說集五十一種。

公孫嬿（一九二三～二〇〇七）

原名查顯琳，安徽寧懷人，北平輔仁大學畢業，曾任青溪新文藝學會和「中國作家協會」理事長。著有長篇小說《百合花凋》、《海的十年祭》、《火線上》、《雨中花》、《飄香夢》、《藍扇子》等，短篇小說集有《秋去也》、《花自飄零》、《不銹鋼》等。散文集有《大姐、小姐》、《春雨寒舍花》等，編有《海內外青年女作家選集》十八冊。

林良（一九二四～二〇一九）

筆名子敏、子安、路恆、克山，福建同安縣人。淡江大學英國文學系、臺灣師範學院國文系國語專修科畢業。曾任《國語日報》報社社長、董事長、「中華民國」兒童文學學會第一屆理事長。出版《林良爺爺的七〇〇字故事》、《林良談兒童文學：更廣大的世界》、《綠池白鵝》、《今天真好》等，另有論文集《純真的世界》。

趙滋藩（一九二四～一九八六）

原名趙資藩，祖籍湖南益陽，生於德國，中日戰爭初期回到大陸，畢業於湖南大學法學院，一九六四年由香港到臺灣。歷任香港亞洲出版社總編輯、《亞洲畫報》主編、《中央日報》主筆、東海大學中文系主任。出版有《文學與藝術》、《小說論》、《文學與美學》、《文學原理》等論述七種，《流浪漢哲學》、《情趣大師》、《自由大師》等散文集十七種，《半下流社會》、《蜜月》、《半上流社會》、《海笑》等小說集十二種，詩集和報導文學各一種，《月亮上望地球》等兒童文學集三種。

李　莎（一九二四～一九九三）

原名李仰弼，山西垣曲人，畢業於山西省第一聯合中學高中部，一九四八年到臺灣。一九四二年在大陸登上詩壇，常用筆名有楊碧、李放，在高等法院任書記官。一九五一年，他為《公論報》副刊上新闢的《新詩》週刊供稿。過幾個月後，鍾鼎文在《自立晚報》副刊闢出《新詩周刊》，先後由紀弦、覃子豪主編，自第八十二至八十六期，改由李莎主編。出版有《驪歌》、《太陽與旗》、《帶怒的歌》、《琴》詩集四種，去世後由文曉村等編輯出版《李莎全集》上、下冊。

上官予（一九二四～二〇〇六）

原名王志健，筆名舒林、林翎等，山西五寨人，畢業於臺灣大學政治系。青少年時期開始新詩創作，抗戰前後在武漢等地發表新詩。一九四八年到臺灣，一九五七年任《今日新詩》月刊主編，至一九五七年十一月停刊。出版有論述《五十年來的中國詩歌》、《現代中國詩史》、《三民主義文藝運動》、《中國新詩淵藪》（三冊）等，出版詩集十六種，劇本《林希翎》十一種，另有小說一種，傳記兩種，回憶錄一種。

林亨泰（一九二四～　）

彰化人，畢業於臺灣師範大學教育系。一九四七年加入「銀鈴會」，深受楊逵的影響。這時主要以日文創作，中文作品只有五首。一九五六年加盟「現代派」，為「笠」詩社發起人之一，並任《笠》首屆主編。出版有《林亨泰詩集》、《爪痕集》、《跨不過的歷史》等詩集五種。詩論集有《現代詩的基本精神——論真摯性》、《尋找現代詩的原點》等四種，另有呂興昌主編的《林亨泰全集》共十卷。

葉　泥（一九二四～二〇一一）

原名戴蘭村，祖籍河北滄縣，生於山東棗莊，畢業於濟南師範學校，一九五〇年三月到臺灣。歷任「國家安全會」秘書處科長、《復興文藝》月刊主編，曾參與紀弦組織的「現代派」，與羊令野合編《南北笛》詩刊，翻譯眾多日本詩人的作品和西方詩人的作品與詩論，為早期臺灣現代詩壇提供對超現實主義詩作的欣賞與借鑑，出版有《里爾克及其作品》。

季　薇（一九二四～二〇一一）

原名胡兆奇，浙江杭州人，肄業於浙江之江大學，一九四九年到臺灣。歷任《警光》雜誌主編、《中國時報》通信組副主任，後居美國。出版有《散文研究》、《散文點線面》、《散文的藝術》等論述八種，《藍燕》等散文集六種。

王映湘（一九二四～二〇一〇）

雲南河西人。畢業於蘇州測量學校大學部，一九四九年六月到臺灣。歷任臺中市青溪新文藝學會理事長、《古今藝文》發行人。出版有《新文藝寫作十講》，《鐵漢》小說集十種，詩集一種，另有《王映湘八十自選集》九冊。

黃　仁（一九二四～二〇二〇）

原名黃定成，福建連城人，一九四六年十一月到臺灣，肄業於臺灣大學哲學系，歷任《聯合報》、《民族晚報》、美國《世界日報》影劇版主編、《今日電影》半月刊發行人。出版《電影與政治宣傳》、《悲情臺語片》、《臺灣話劇的黃金時代》、《臺北市話劇史九十年大事記》、《臺灣影評六十年》等論述八種，與人合作《臺灣電影百年史話》兩冊，傳記十一種。

齊邦媛（一九二四～　）

女，遼寧鐵嶺人，畢業於武漢大學外文系，一九四七年到臺灣。歷任中興大學外文系系主任、美國聖瑪麗學院訪問教授、臺灣大學外文系教授、《中華民國筆會英文季刊》總編輯。出版有《千年之淚》、《霧漸漸散的時候——臺灣文學五十年》等論述兩種，《一生中的一天》散文集一種，《巨流河》傳記一種，另譯介臺灣一九四九至一九八五年的文學作品，一九七二年出版有英譯編選《中國現代文學選集》，並編有《中華現代文學大系》〈小說卷〉及英文評論譯述多種。

鄧禹平（一九二五～一九八五）

筆名夏萩、雨萍，四川三台人，畢業於四川省立藝術專科學校，一九四九年到臺灣。一九五四年與余光中等人組織「藍星」詩社，一九八二年中風前任教於中國文化大學。由他填詞的《高山青》為電影《阿里山風雲》插曲，至今傳唱不衰。出版有《藍色小夜曲》、《我存在因為歌，因為愛》等詩集兩種，《大陸之戀》詩劇一種。

張彥勳（一九二五～一九九五）

臺中人，臺中第一中學畢業後長期任小學教師，一九四二年與文友創辦「銀鈴會」，並主編同仁雜誌《緣草》，一九四九年後因語言問題封筆十年，一九五九年重新登上文壇，為「笠」詩社同仁。出版有《芒果樹下》、《淚的抗議》、《鑼鼓陣》等小說集十一種，《阿民的雨鞋》等兒童文學集四種，《寫作教室》論述一種，日文詩集兩種，中文詩集一種。

費　蒙（一九二五～一九九七）

原名李費蒙，祖籍廣東番禺，生於香港，一九四九年九月到臺灣。歷任政工幹校教師、《兄弟畫報》負責人，一九六二年創立「牛家班」漫畫教室，一九八〇年代發起「漫畫清潔運動」。他是臺灣報紙漫畫的先驅，以「牛哥」為筆名，從一九五〇年代起在《中央日報》發表《牛伯伯打游擊》，真實地記錄了一九五〇年代到一九六〇年代臺灣社會的真實面貌。出版有《情報販子》、《巨無霸》、《魔鬼情人》、《奪命遊戲》等小說集四十二種。

嚴友梅（一九二五～二〇〇七）

女，河南信陽人，肄業於山東齊魯大學。一九四九年五月到臺灣，歷任文星書店兒童讀物編輯、《少年文摘》主編、大作出版社發行人，晚年旅居美國。出版有《月亮的背後》、《爸爸的情人》等小說集四種，《國王與寶劍》、《鐵人與皮人》、《小仙人》、《老牛山》、《飛上天》等兒童文學集四十種。

葉石濤（一九二五～二〇〇八）

臺南人。一九四三年畢業於臺南第一中學，同年首次發表作品，長期擔任小學教師。一九四三年加入日本西川滿主編的《臺灣文藝》。一九五一年因閱讀左翼書刊被捕入獄，一九六五年復出文壇開始小說創作，一九九一年退休後專事寫作。葉石濤是日據後期即一九四〇年代初出現的作家，一九六五年他最早提出「臺灣鄉土文學」一詞，在陳水扁主政期間任「文化總會副會長」和「國策顧問」。出版有《葉石濤評論集》、《葉石濤作家論集》、《沒有土地，哪有文學》、《小說筆記》、《臺灣文學史綱》、《臺灣文學的悲情》、《臺灣文學入門》等論述十四種，《陰天與晴天》等小說集二十一種，《一個臺灣老朽作家的五〇年代》等散文集七種，另有《葉石濤全集》。

聶華苓（一九二五～ ）

女，湖北應山人。畢業於中央大學外文系，一九四九年到臺灣，任《自由中國》編委兼文藝版主編。因雷震事件而失業，後在臺灣大學和東海大學任教。一九六四年赴美，參加保羅·安格爾一九六七年的美國愛荷華大學「國際作家工作室」，現旅居美國。出版有《失去的金鈴子》、《一朵小白花》、《臺灣軼事》、《桑青與桃紅》等小說集，《三生三世》等傳記。

王鼎鈞（一九二五～ ）

山東臨沂人，一九四九年五月到臺灣。抗戰末期輟學從軍，到臺灣後歷任中國廣播公司編審、中國電視公司編審組長、《中國時報》「人間副刊」主編。一九五一年起開始創作廣播劇和舞臺劇，後以散文創作為主，現居美國。著有《廣播寫作》、《兩岸書聲》等論述多種，詩集一種，散文《開放的人生》、《人生試金石》、《我們現代人》、《左心房漩渦》、《王鼎鈞散文》多種，小說集一種，《王鼎鈞回憶錄》四種。

夏　菁（一九二五～二〇二一）

原名盛志澄，浙江嘉興人，畢業於浙江大學，一九四七年六月到臺灣。後到美國深造獲碩士學位。歷任《藍星》詩頁、《文學雜誌》和《自由青年》新詩之主編，後旅居美國。出版有《噴水池》、《回到林間去》等詩集九種，《落磯山下》等散文集四種。

金達凱（一九二五～ ）

筆名司徒敏、金聲，安徽英山人，畢業於武昌中華大學歷史系，一九五〇年十月到臺灣，歷任政治作戰學校教授兼系主任、政治大學東亞研究所教授、香港《民主評論》總編輯、《香港時報》社長、香港樹仁學院中文系主任。出版有《左翼文學的衰亡》、《中共文化政策之研究》、《論中共文藝政策及其活動》等論述十二種，《心弦集》等詩集三種。

古之紅（一九二五～二〇一二）

原名秦家洪，生於上海，畢業於江蘇學院中文系。一九四八年七月到臺灣，一九五五年一月至一九五九年六月任《新新文藝》主編。出版有《羅馬魂》等詩集三種，散文集《煙雨江南》一種，《杜鵑》等小說集兩種。

陳之藩（一九二五～二〇一二）

河北霸縣人，一九四八年到臺灣，畢業於天津北洋大學電機系，後在美國和英國分獲碩士和博士學位。曾在臺灣清華大學、臺灣大學講學。一九六二年返回美國，先後任教於波士頓大學、香港中文大學，後旅居美國。出版有《旅美小簡》、《劍河倒影》、《陳之藩散文集》、《散步》等散文集十種，《陳之藩文集》三種，另有《大學時代給胡適的信》以及合集一種。

鍾肇政（一九二五～二〇二〇）

桃園人，畢業於彰化青年師範學校，歷任《民眾日報》副刊主編、《臺灣文藝》雜誌社社長、臺灣筆會會長、臺北市客家文化基金會董事長，陳水扁主政期間任「總統府資政」。一九五一年發表處女作《婚後》，一九五七年創辦過團結省籍作家的《文友通訊》。出版有《臺灣文學十講》等論述三種，《永恆的露意湖——北美大陸文學之旅》散文集，《大肚山風雲》、《插天山之歌》、《濁流三部曲》、《臺灣人》、《高山組曲》、《怒濤》、《歌德激情書》等小說集，《鍾肇政回憶錄》等傳記，《臺灣文學兩地書》等書信集，兒童文學集三種，《鍾肇政全集》三十八冊。

蕭　白（一九二五～二〇一三）

原名周仲勳，浙江諸暨人，結業於新昌簡易師範，一九四八年六月到臺灣。曾任小學教師，抗戰時投筆從戎，一九六七年退役後任黎明文化公司出版部副主任。出版有《葉笛》、《無花果集》、《風吹響一樹葉子》等散文集二十四種，《彩虹上的人們》、《雨季》、等小說集十四種，兒童文學集和合集各一種。

梅　遜（一九二五～二〇一一）

原名楊品純，江蘇興化人。高中畢業，一九四九年二月到臺灣。歷任《文藝創作》月刊、《自由青年》雜誌編輯，並創辦「大江出版社」。出版有《散文欣賞》等論述，《故鄉與童年》等散文集，《野葡萄記》等小說集，兒童文學集一種。

陳香梅（一九二五～二〇一八）

女，祖籍廣東南海，生於北京，一九五〇年到臺灣，畢業於廣州嶺南大學，歷任中央通訊社記者、美國共和黨少數民族委員會主席、美國中央情報局特派員，一九八〇年在臺灣成立《中國時報》新聞獎學金，後任美國國際合作委員會主席、陳香梅教育基金會董事長。出版有《陳香梅時間》、《陳香梅通訊》等論述三種，《半個美國人》、《我看新中國》等散文集五種，《無聲的祝福》、《陳香梅中篇小說選》、《愛之謎》等小說集十種，《陳納德將軍與我》、《陳香梅回憶錄》、《陳香梅自傳》等傳記十八種，合集七種，另有金宏達、于青合編《陳香梅文集》四冊。

侯　健（一九二六～一九九〇）

號健人，山東荷澤人，一九四九年到臺灣，畢業於臺灣大學外文系，後在美國分別獲碩士和博士學位。歷任臺灣大學外文系主任、文學院院長，主編《文學雜誌》、《中外文學》等刊物。出版有《從文學革命到革命文學》、《二十世紀文學》、《中國小說比較研究》等論述四種，並與梁實秋合著《關於白璧德大師》，另有《文學與人生》等散文集兩種。

張繼高（一九二六～一九九五）

河北靜海人，畢業於四川燕京大學新聞系，一九四九年六月到臺灣。歷任《香港時報》臺北辦事處記者、《中國時報》副總編輯、《民生報》總主筆。出版有《從精緻到完美》、《樂府春秋》、《張繼高散文》、《精緻的年代》等散文集五種。

尼　洛（一九二六～一九九九）

原名李明，江蘇東海人，一九四九年到臺灣，畢業於政治作戰學校。曾任「總政治部」第二處副處長、中華電視公司節目部主任、《文藝月刊》發行人兼社長，一九九四年從「中央廣播電臺」退休。長期閱讀馬列毛著作和大陸資料，在《中華日報》等媒體寫的專欄是臺灣人了解大陸的重要參考資料。出版有《近鄉情怯》等小說集十一種，《紅蘿蔔》等報導文學兩種，《王昇》傳記一種。

彭　湃（一九二六～二〇〇一）

原名彭品光，安徽望江人，一九四九年到臺灣。畢業於安徽省立政治學院法律系，歷任《中國海事》月刊主編、《中華日報》主筆、青溪新文藝學會常務理事。出版有《澎湃雜文集》、《澎湃怒潮集》等散文集十一種，《喋血寒江》、《赤子悲歌》等小說集十種，傳記一種，另主編批判鄉土文學的論文集《當前文學問題總批判》。

林太乙（一九二六～二〇〇三）

女，原名林玉如，祖籍福建漳州，生於北京，一九三六年隨父親林語堂到美國，一九六二年隨家人遷居香港，一九八七年與丈夫定居美國。畢業於美國哥倫比亞大學。從一九六四年起，主持《讀者文摘》中文版的編務計二十三年，曾與夫婿黎明共同編纂《最新林語堂漢英辭典》。出版有《明月幾時有》等小說集九種，《林語堂傳》、《林家次女》等傳記兩種，英文日記兩種，散文一種。

馬　各（一九二六～二〇〇五）

原名駱學良，福建南平人，畢業於中央幹部學校，一九四九年到臺灣，歷任《中華日報》南部版「新文藝」週刊主編、《聯合報》副刊主編和副總編輯、《民生報》執行副總編。出版有《提燈的人》、《遲春花》、《春到七美》等散文集六種，另有詩集和小說集、《馬各自選集》各一種。

彩　羽（一九二六～二〇〇六）

原名張恍，湖南長沙人，一九四九年前後到臺灣。曾在軍隊服務多年，歷任《現代文藝》編委、《自由日報》「晨鐘」副刊編輯，曾加入紀弦組織的「現代派」，後為「創世紀」詩社同仁。出版有《上升的時間》、《不一樣的融雪》等詩集三種，《捕虹的天梯》等散文集兩種。

楊光中（一九二六～二〇〇七）

祖籍河南橫川，生於湖北漏口，肄業於上海國防醫學院，任中學職員，一九四九年到臺灣後曾任基隆、淡水外事警察。出版有《我來自飢渴的地方》、《好色賦——楊光中女人詩抄》等詩集六種，《女人隨筆》、《女人札記》、《女人私語》等散文集二十一種，《少婦與少男》等小說集五種，合集兩種。

陳克環（一九二六～一九八〇）

女，湖北黃陂人。成都金陵女子文理學院英國文學系肄業。一九四九年去臺，曾任臺灣桃園空軍基地執行秘書。一九六二年發表第一篇作品《遺囑》，出版有《陳克環散文集》、《陳克環小說集》、《怒瀑集》、《人生之旅》、《吐蕊集》。譯著有《索思尼辛短篇小說與散文詩》。

蔡文甫（一九二六～二〇二〇）

江蘇鹽城人，一九五〇年四月到臺灣。歷任中學教師兼教務主任、《中華日報》副刊主編、九歌出版社發行人、九歌文教基金會董事長。一九八七年另創辦健行文化出版公司、二〇〇〇年創辦天培文化公司。出版有《解凍的時候》、《女生宿舍》、《沒有觀眾的舞臺》、《雨夜的月亮》、《磁石女神》、《霧中雲霓》、《移愛記》、《舞會》、《變調的喇叭》、《船夫和猴子》等小說集十四種，《天生的凡夫俗子——蔡文甫》傳記一種，兒童文學集《中國名人故事》一種。

華　嚴（一九二六～　）

女，原名嚴停雲，福建閩侯人，為嚴復孫女，畢業於上海聖約翰大學中文系。一九四九年到臺灣，一九六一年登上文壇，歷任中山學術基金會審議委員、中國婦女寫作協會監事。出版有《華嚴選集》、《永恆的戀歌》等散文集五種，《智慧的燈》、《生命的樂章》、《玻璃屋裡的人》、《蒂蒂日記》、《不是冤家》、《出牆紅杏》等小說集二十種，《吾祖嚴復的一生》傳記一種。後出版《華嚴影像自選集》和《華嚴短篇小說集》。

郭良蕙（一九二六～二〇一三）

女，河南開封人，畢業於四川大學外文系，一九四九年到臺灣。一九五三年登上文壇，其長篇小說《心鎖》因寫了性心理被當局查禁，並被開除中國文藝協會會籍。曾任郭良蕙新事業公司負責人，出版有《文物市場傳奇》等散文集六種，《禁果》、《聖女》、《黑色的愛》、《午夜的話》、《第四個女人》、《黃昏來臨時》、《嫁》等小說集五十八種，另有《郭良蕙作品集》二十種。

彭　歌（一九二六～　）

原名姚朋，河北宛平人。一九四九年到臺灣。政治大學新聞系碩士畢業，一九六〇年到美國深造。歷任《臺灣新生報》副社長兼總編、《中央日報》總主筆和社長、「中華民國筆會」會長、《香港時報》董事長。曾旅居美國近二十年，最近重返臺灣定居。其論述以新聞為主，其中《不談人性，何有文學》雜文揭開鄉土文學論戰序幕。出版有《文壇窗外》、《新聞文學》、《小小說寫作》等論述，《彭歌自選集》等散文集，《殘缺的愛》等小說集。

田　原（一九二七～一九八七）

原名田源，山東濰縣人，一九五〇年到臺灣。畢業於中國新聞專科學校，曾主編《青年戰士報》，並任黎明文化公司總經理。一九五〇年與文友在宜蘭創辦《駝鈴》詩刊，出版《這一代》、《田原短篇小說集》等小說集三十四種，散文和小說《田原文集》合集一種。

葉慶炳（一九二七～一九九三）

浙江余姚人，一九四七年六月到臺灣，畢業於臺灣大學中文系。歷任該校中文系主任、輔仁大學中文研究所教授。出版有《中國文學史》、《唐詩散論》、《古典小說論評》、《晚鳴軒愛讀詞》等論述八種，《假如沒有電視》、《晚鳴軒的詩詞芬芳》等散文集十種。

朱西甯（一九二七～一九九八）

原名朱青海，山東臨朐人，一九四九年隨軍去臺。肄業於杭州藝術專科學校，長期任軍職，曾任《新文藝》月刊主編、黎明文化事業公司總編輯。出版有《多少煙塵》等散文集五種，《將軍令》等小說集二十八種，《林森傳》等傳記兩種，合集一種。

章君穀（一九二七～二〇〇七）

原名張國鈞，北京人，第十六高中畢業後，任職於上海《申報》。一九四九年到臺灣後任《臺灣新生報》、《自由談》、《作品》雜誌編輯、中國青年寫作協會總幹事。出版有《落花時節》等小說集三十種，《杜月笙》、《吳佩孚傳》、《袁世凱傳》、《徐志摩傳》、《黎元洪傳》等傳記十九種，另有《抗戰史話》。

潘　壘（一九二七～二〇一七）

原名潘承德，又名潘磊，祖籍廣東合浦，生於越南，肄業於江蘇醫學院，一九四九年五月到臺灣，歷任《寶島文藝》月刊主編、臺灣藝術專科學校講師，一九七五年定居香港，獨資創辦華國電影製片廠。出版有《紅河三部曲》、《地獄裡的玫瑰》、《黑色地平線》、《魔鬼樹》、《落花時節》等小說集二十種，合集兩種，電影本一種。

羅　盤（一九二七～　）

原名羅德湛，江西九江人，畢業於陸軍軍官學校，一九五〇年到臺灣。歷任「行政院」人事行政局科長、「行政院」新聞局人事室主任，退休前為「文建會」參事。出版有《小說寫作基本論》、《小說寫作研究》、《紅樓夢的文學價值》、《小說創作論》、《文學之怒——評中國的憤世小說》等論述七種，《高山青》長篇小說一種。

雪　飛（一九二七～二〇一五）

原名孫健吾，四川酆都人，一九四八年九月隨部隊到臺灣，畢業於陸軍衛生學校，歷任康泰診所主治醫師、《秋水》詩刊社副社長、《青溪論壇》社長。出版有《大時代交響曲》、《雪飛世紀詩選》等詩集三種，合集《滑鼠之歌——新存在論》。

姚宜瑛（一九二七～二〇一四）

女，江蘇宜興人，畢業於上海法學院新聞系。一九四九年五月到臺灣，歷任《掃蕩報》、《經濟日報》記者、《中國文選》主編。一九七二年秋天獨資經營大地出版社，一直到一九九〇年轉讓給吳錫清為止。出版有《十六棵玫瑰》等散文集兩種，《明天的陽光》等小說集兩種。

師　範（一九二七～　）

原名施魯生，江蘇南通人，一九四七年到臺灣，畢業於中央大學經濟系，曾任臺灣糖業公司管理工程師、《野風》半月刊主編。出版《文藝生活》等散文集，《沒有走完的路》等小說集。

平鑫濤（一九二七～二〇一九）

江蘇常熟人，畢業於上海大同大學，一九四九年到臺灣。曾任臺灣肥料公司職員、《聯合報》副刊主編。一九五四年創辦《皇冠》雜誌，曾任皇冠文化集團社長。他創辦的《皇冠》推出瓊瑤的言情小說、三毛的旅行文學、高陽的歷史小說、司馬中原的鄉野奇談、於梨華的留學生文學，並刊載張愛玲作品。一九九六年舉辦百萬獎金的「大眾小說獎」，出版有《逆流而上》等散文集三種。

王　幻（一九二七～二〇二二）

原名王家文，山東蓬萊人，畢業於東北大學中文系，一九五〇年五月到臺灣。任香港《萬人日報》臺灣分社副社長、《自由新聞報》採訪主任，曾主編《桂冠》詩刊和《世界論壇報》「世界詩壇」。出版有《鄭板橋評傳》，《時光之旅》等詩集數種，另有散文、傳記合集各一種。

王章陵（一九二七～　）

湖南郴縣人，一九五三年到臺灣。畢業於政治大學東亞研究所，歷任政治大學國際關係研究中心特約研究員、臺灣大學政治系副教授。出版有《中共的文藝整風》、《魯迅與國防文學事件經緯及後遺症》、《三民主義統一中國論》、《大陸文化思潮》等論述十三種，傳記一種。

廖清秀（一九二七～二〇一五）

新北市人，歷任小學教師、中央氣象局專員。從日據時代開始日文創作，光復後成為跨越語言的一代，一九五七年參與鍾肇政發起的《文友通訊》。出版有《能幽默些就好》等散文集兩種，《恩仇血淚記》、《金錢的故事》、《不屈服者》、《第一代》等小說集十種，《三隻小豬》等兒童文學集十種，報導文學集一種。

汪　洋（一九二七～　）

原名王克歧，祖籍山東萊陽，一九四九年前後到臺灣。出版有《風雨故人》等小說集九種，《中國八億人》報導文學集一種。

杜潘芳格（一九二七～二〇一六）

女，新竹人。肄業於臺北女子高等學校。一九六〇年代後期開始登上詩壇，歷任新埔公學校教員、《臺灣文藝》社長、女鯨詩社社長、「笠」詩社同仁，為「跨越語言一代」的代表性詩人。出版有中日文雙語詩集《慶壽》，另有《遠千湖》等詩集，日文傳記一種，合集四種。

童　真（一九二八～二〇一八）

女，浙江慈溪人。上海聖芬濟學院畢業，一九四七年八月去臺。現旅居美國。出版有小說《翠鳥湖》、《古香爐》、《黑煙》、《樓外樓》等。

古　丁（一九二八～一九八一）

原名鄧滋章，湖南瀏陽人，一九四九年到臺灣。畢業於中央防空學校通訊隊，歷任軍職。一九四七年開始寫作，一九六二年與王在軍、文曉村、陳敏華等合辦《葡萄園》詩刊兼任副總編輯，還先後創辦《中國英文詩刊》、《秋水》詩刊、《中國風》等雜誌，獲「國軍新文藝金像獎」長詩獎及理論獎。出版有《新文藝論集》等兩種，《收獲季》、《古丁自選集》等詩集四種，另有《古丁全集》三種。

沙　牧（一九二八～一九八六）

原名呂松林，山東海陽人，一九五〇年六月隨軍隊到臺灣。歷任《創世紀》詩刊編委、《漢聲》雜誌、《電影沙龍》編輯，出版有《永恆的腳印》等詩集三種。

周　錦（一九二八～一九九二）

江蘇東臺人，一九四九年到臺灣。畢業於淡江大學中文系，為智燕出版社發行人，出版有《中國新文學史》、《論〈呼蘭河傳〉》等論述三種，另主編《中國現代文學作品書名大辭典》三冊、《中國現代文學重要作家大辭典》兩冊、《中國現代文學史料述語大辭典》五冊，還主編有《中國現代文學鄉土語彙大辭典》。

文曉村（一九二八～二〇〇七）

河南偃師人。曾參加人民解放軍和志願軍，後被俘轉到臺灣，畢業於臺灣師範大學國文系，任中學國文教師、中國新詩藝術學會理事長、《葡萄園》詩刊名譽社長，主張「明朗、健康、中國」詩風。他多次到大陸訪問，晚年成為兩岸詩歌交流的橋梁。出版有《第八根琴弦》、《一盞小燈》、《水碧山青》、《文曉村詩選》、《九卷一百首》等詩集六種，《新詩評析一百首》、《輕舟已過萬重山》等論述五種，《從河洛到臺灣——文曉村自傳》一種。

姜龍昭（一九二八～二〇〇八）

筆名雷耳，祖籍江蘇蘇州，生於上海，一九四九年一月到臺灣，畢業於政工幹校新聞系第一期。歷任臺灣電視公司編審、中國電視公司製作人，並先後在臺灣藝術專科學校等校任教，曾任「中華民國編劇學會」理事長。出版有《電視劇編寫與製作》、《編劇概論》、《戲劇編寫概要》、《戲劇評論集》等論述十八種，《有緣千里來相會》等散文集兩種，《最後的一面》等小說集四種，《烽火戀歌》、《奔向自由》、《國魂》等劇本集三十四種，傳記二種，自選集和報導文學各一種。

錦　連（一九二八～二〇一三）

原名陳金連，彰化人，畢業於臺灣鐵道講習所中等科及電信科，曾參加戰後的銀鈴會、現代派，為「笠」詩社發起人之一，有「鐵道詩人」之稱。出版有《鄉愁》、《守夜的壁虎》、《海的起源》等詩集，散文集一種。

王　璞（一九二八～二〇一三）

原名王傳樸，筆名沙人，山東鄒平人，畢業於政治作戰學校新聞系，一九四九年到臺灣。歷任《新文藝》月刊主編、新中國出版社總編輯，後為作家錄影傳記創始人、製作人和發行人。出版有《最美的手》等散文集，《一串項鏈》等小說集，合集一種，另編著有《作家錄影傳記十年剪影》。

丁　穎（一九二八～二〇一九）

原名丁載臣，安徽阜陽人，畢業於安徽大學中文系，一九四八年底到臺灣。先後擔任中學教師、編輯、經理等職。後為《世界論壇報》發行人，藍燈文化事業公司董事長。一九七七年與高準等人創辦詩潮社，著有《第五季的水仙》詩集兩種，另有小說、散文、合集。

邱七七（一九二八～二〇二〇）

女，筆名七七、秋雲女士，祖籍湖北興山，生於南京，肄業於南京金陵女子文理學院國文系。一九四九年到臺灣，歷任《臺灣日報》婦女週刊主編、中國婦女寫作協會理事長。出版有《櫻花之旅》等散文集十五種，《但求無愧我心》等傳記三種，另有兒童文學和小說集各一種。

張拓蕪（一九二八～二〇一八）

原名張時雄，安徽涇縣人，一九四七年到臺灣。受過三年半小學教育，然後在部隊服役三十一年，一九七三年退伍後專事寫作。出版有《代馬輸卒手記》、《墾拓荒蕪的士兵傳奇》等散文集，自選集和詩集各一種。

黃靈芝（一九二八～二〇一六）

原名黃天驥，臺南人。肄業於臺灣大學外文系，一九五一年與羅浪等文友組織日文文藝會，一九七〇年與文友創立「臺北俳句會」，發行《臺北俳句集》。出版有《臺北俳句歲時記》等詩集兩種，《黃靈芝小說選集》兩種，另有《黃靈芝作品集》二十一冊。

歸　人（一九二八～二〇一二）

原名黃守誠，河南湯陰人，一九四九年到臺灣，歷任《中華文藝》月刊主編、《筆滙》半月刊主編、花蓮師範學院副教授。出版有《文學初探》等論述五種，《風雨集》、《在懸崖上》等散文集十二種，《弦外》等小說集兩種，報導文學和傳記各一種。

余光中（一九二八～二〇一七）

祖籍福建永春，生於南京。一九五〇年六月由香港到臺灣，一九五二年畢業於臺灣大學外文系，歷任臺灣師範大學、政治大學和香港中文大學教授、高雄中山大學講座教授。出版有《從徐霞客到梵谷》、《井然有序》、《藍墨水的下游》、《余光中談翻譯》、《余光中談詩歌》等論述十二種，《蓮的聯想》、《敲打樂》、《在冷戰的年代》、《白玉苦瓜》、《天狼星》、《與永恆拔河》、《隔水觀音》、《余光中詩選 一九四九—一九八一》、《紫荊賦》、《安石榴》、《雙人床》、《高樓對海》等詩集，《左手的繆思》、《逍遙遊》、《聽聽那冷雨》、《青青邊愁》、《記憶像鐵軌一樣長》、《憑一張地圖》等散文集，另有天津出版的《余光中集》九卷。

羅　門（一九二八～二〇一七）

原名韓仁存，海南文昌人，一九四九年到臺灣。肄業於空軍天行軍官學校，結業於美國民航中心，歷任《藍星詩頁》主編、中國文藝協會詩歌創作班主任、藍星詩社社長。一九五八年夏，羅門脫離「現代派」加盟「藍星」詩社，成為該社最具前衛色彩的詩人。出版有《曙光》、《死亡之塔》、《羅門詩選》、《日月的行蹤》、《整個世界停止呼吸在起跑線上》、《有一條永遠的路》、《誰能買下這條天地線》、《在詩中飛行——羅門詩選半世紀》、《全人類都在流浪》等詩集，《羅門散文精選》一種，《羅門創作大系》十冊。

洛　夫（一九二八～二〇一八）

原名莫運端，湖南衡陽人。一九四九年七月到臺灣，一九七三年六月畢業於淡江大學英文系，有「詩魔」之稱，曾任《創世紀》詩刊總編輯、《創世紀》顧問、加拿大華文作家協會顧問。出版《石室之死亡》、《洛夫自選集》、《因為風的緣故》、《洛夫小詩選》、《洛夫詩抄》、《漂木》、《洛夫禪詩》、《雨想說的》等詩集，《一張午荷》、《洛夫小品選》、《雪樓隨筆》等散文集，《詩人之鏡》、《洛夫詩論選集》、《孤寂中的回響》、《詩的邊緣》、《當代大陸新詩發展的研究》（與張默合作）等詩論集五種，另有《洛夫詩歌全集》四冊。

方　思（一九二八～二〇一八）

原名黃時樞，湖南長沙人。在上海接受大學教育後，於一九四九年到臺灣，不久即赴歐洲留學攻讀社會學，曾在淡江大學和中央圖書館任職。一九五八年移居美國，任美國狄瑾遜大學圖書館館長。一九九一年彭邦楨在美國創辦《詩象》，方思又成為該刊的主要作者。出版有《時間》、《青春之歌》、《夜》、《豎琴與長笛》、《方思詩集》等詩集八種，《文化成長的全型書後》論述一種。

金　筑（一九二八～二〇二一）

原名謝炯，貴州貴陽人，一九四八年到臺灣，畢業於臺灣師範大學，曾任「葡萄園」詩社社長。出版有《金筑詩抄》、《上行之歌》、《金筑短詩選》、《飛絮風華》等詩集。

向　明（一九二八～　）

本名董平，湖南長沙人。一九四九年十月到臺灣，畢業於空軍通信電子學校，美國空軍電子研究中心一九六一年結業。一九五一年開始新詩創作，歷任臺灣《中華日報》副刊編輯、《藍星》主編、《臺灣詩學季刊》社長。出版有《雨天書》、《向明的詩》、《隨身的糾纏》、《向明世紀詩選》等詩集，《新詩五十問》、《我為詩狂》等詩論集，《詩來詩往》等散文集，兒童文學集三種。

畢　珍（一九二九～一九九八）

原名李世偉，祖籍安徽廣德，一九四九年前後到臺灣，長期在新聞界服務，歷任《中國時報》「人間」副刊主編、《商工日報》副總編輯、《自立晚報》撰述委員。出版有《淚湖夢影》、《縱橫長江一書生》、《中國烈女傳奇》等小說集一百六十二種，散文集一種。

張漱菡（一九二九～二〇〇〇）

女，原名張欣求，生於北平，肄業於上海震旦女子文理學院，一九四九年到臺灣。一九五〇年代初期登上文壇，出版有《荷香集》等詩集兩冊，《小樓春回》等散文集五冊，《翠島熱夢》、《花開時節》、《江山萬里心》、《多色的霧》、《櫻城舊事》、《紅塵夢醒》等小說集二十九部，《胡秋原傳——直心巨筆一書生》等傳記三種。

姜　穆（一九二九～二〇〇三）

比名牧野，貴州錦屏人，肄業於貴州錦屏中學。十六歲參軍，一九四九年到臺灣。一九五三年登上文壇，歷任《青年戰士報》、《文藝月刊》編輯及黎明文化公司編輯部副主任。出版有《三十年代作家論》兩種、《三十年代作家臉譜》、《解析文學》等論述，《姜穆雜文集》、《用腳讀美麗山河》等散文集十五種，《奴隸們的怒吼》、《異域烽火》等小說集二十種，《一網打盡》、《今日金門》等劇本集八種，傳記兩種，自選集一種，詩集一冊。

曠中玉（一九二九～二〇〇六）

筆名曠野、江嵐，湖南衡山人，畢業於湖南省立第五師範學校，一九四九年到臺灣。曾任軍職二十年，退役後主編《天龍少年》半月刊、《藍星》詩刊。出版有《復國的旗艦》等詩集兩種，《近代文藝思潮》論述一種。

秦　嶽（一九二九～二〇一〇）

原名秦貴修，河南修武人，一九四九年到臺灣。畢業於臺灣師範大學國文系，參與創辦大地詩社，歷任臺中女子中學國文教師、「海鷗」詩社社長。出版《夏日‧幻想節的佳期》、《井的傳說》、《臉譜》等詩集五種，《雲天萬里情》等散文集三種，論述一種。

管　管（一九二九～二〇二一）

原名管運龍，山東青島人，一九四九年五月到臺灣，畢業於通信兵學校軍官班，長期任軍職。一九七一年與張默等創辦《水星》詩刊，曾任《創世紀》詩刊編委。出版有《荒蕪之臉》、《腦袋開花》、《茶禪詩畫》等詩集多種，《請坐月亮請坐》、《從春天坐著花轎來》等散文集。

張永祥（一九二九～二〇二一）

山東煙台人，一九四八年到臺灣。畢業於政工幹校影劇組第一期，歷任政治作戰學校影劇系主任、《新文藝》月刊主編。出版有《借牛記》、《泥水夫妻》等劇本六種。

侯立朝（一九二九～？）

江蘇睢寧人，一九四九年前後到臺灣。畢業於中興大學經濟系，歷任中國文化大學經濟系教授、《現代》雜誌社社長、《中國月刊》發行人。出版有《文星集團想走哪條路》、《文星與李敖》、《現代蘇俄文學的風潮》、《鄉土吾愛：評鄉土文學爭論》等論述十六種，傳記三種。

潘　皓（一九二九～二〇一七）

安徽鳳陽人，一九五〇年初到臺灣。畢業於臺灣師範大學教育系，歷任《自由青年》編輯、《大道》雜誌社社長、南亞技術學院客座教授。出版有《哲學底視界》等論述，《雲飛處》、《哲思風月》等詩集。

徐世澤（一九二九～？）

江蘇東臺人，一九四九年二月到臺灣。畢業於國防醫學院牙醫系。歷任乾坤詩社副社長、中國詩歌藝術學會理事、「中華民國」新詩學會監事。出版有《詩的五重奏》等詩集，《擁抱地球》等散文集。

王　牌（一九二九～二〇一三）

原名王志濂，湖北廣濟人，一九五〇年到臺灣。畢業於陸軍官校二十四期，創辦《中華民國新詩學會會訊》，為濂美出版社發行人，該社出有《八十年代詩選》。曾任「中華民國新詩學會」常務監事，出版詩集兩種，散文集一種，合集一種。

方祖燊（一九二九～　）

福建福州人，一九四八年十二月到臺灣。畢業於臺灣省立師範學院，歷任《國語日報》「古今文選」主編、臺灣師範大學教授、中國語文學會秘書長、《中國現代文學理論季刊》主編。出版《漢詩研究》等論述，《生活藝術》等散文集，另有小說、傳記、兒童文學四種，一九九六年起出版《方祖燊全集》十三卷。

王　霓（一九二九～　）

原名王發槐，貴州興仁人，肄業於四川華西大學經濟系，一九四八年到臺灣。歷任高雄海洋大學圖書管理員、中國青年寫作協會理事、高雄青溪新文藝協會監事，其作品以海洋為中心，兼及港和島。出版詩集一冊，小說集《愛在臺北》等四冊。

戚宜君（一九二九～二〇〇九）

筆名定遠，河南宜陽人，畢業於政治作戰學校新聞系，一九四九年一月到臺灣。歷任陸軍出版社社長、青溪文藝學會理事。出版《三國歷史的玄機》等論述，《文心詩弦》、《古典的情趣》等散文集，《齊白石外傳》、《張大千外傳》、《胡適傳》等，另有小說和合集各一種。

劉建化（一九二九～？）

筆名丁尼，山東黃縣人，一九四九年前後到臺灣。歷任軍職和《葡萄園》詩刊編委、《桂冠》詩刊主編。出版有《勝利前奏曲》、《故鄉風情畫》、《大陸名勝》、《九歌之旅》、《玫瑰初情》、《詩人雕像》等詩集。

蕭　銅（一九二九～一九九五）

原名生鑑忠，原籍江蘇鎮江。一九四九年五月由上海來臺灣，一九六一年由臺灣到香港。居臺十二年，曾任《自立晚報》、《大華晚報》、《世界影訊》影劇版記者和編輯，他是五十年代潘壘主編的《十人小說選》入選者之一。一九五六年，蕭銅編成《六十名家小說選集》（臺北書局出版）。在臺灣，有新新文藝社出版的小說《哀歌》，環球圖書雜誌出版社出版的《紙醉金迷》（一九六一）、《臥虎溝》（一九六二）等三本。另還有多部散文集和電影劇本。

於梨華（一九二九～二〇二〇）

女，祖籍浙江鎮海，生於上海。一九四七年隨家人到臺灣，一九四九年考入臺灣大學外文系。一九五三年畢業後去美國攻讀碩士學位，後用英文創作小說。出版有《夢回青河》、《又見棕櫚，又見棕櫚》、《考驗》、《帶淚的百合》、《在離去與道別之間》等小說集，另有書信集一種，散文小說集《新中國的女性及其他》和遊記《誰在西雙版納》等。

楊　喚（一九三〇～一九五四）

原名楊森，遼寧興城人，一九四九年隨軍隊到臺灣。曾參與紀弦編的《現代詩》近兩年。出版有《風景》、《楊喚詩集》、《楊喚詩簡集》等詩集四種，散文集一種，另有歸人編輯的兩冊《楊喚全集》。

朱　橋（一九三〇～一九六八）

本名朱家駿，江蘇鎮江人，畢業於鎮江務實中學，一九四九年隨軍隊到臺灣。歷任宜蘭《青年生活》和《幼獅文藝》主編。出版有《畫像》小說集兩種，去世後由友人出版懷念他的文集《碧野朱橋當日事》。

文　心（一九三〇～一九八七）

本名許炳成，嘉義人。畢業於嘉義高級農業學校森林科，一九五七年參加鍾肇政所發起的有鍾理和、陳火泉等人參加的《文友通訊》。一九五〇年代後期登上文壇，十年後以創作電影劇本為主。他是戰後第一代的本土作家，出版有《生死戀》、《泥路》、《黑獄與風流寡婦》、《文心集》等五部小說集，另有劇本、論述、合集四種。

李　牧（一九三〇～二〇〇一）

原名李超宗，江西南城人，一九四八年隨軍隊到臺灣。法國巴黎大學博士，歷任黎明文化公司總編輯、政治作戰學校中文系主任。出版有《三十年代文藝論》、《中共文藝統戰之研究》、《疏離的文學》、《中國現代文學思潮》等論述五種，另有散文《旅歐散記》。

大　荒（一九三〇～二〇〇三）

原名伍鳴皋，安徽蕪為人，一九四九年隨軍隊到臺灣。畢業於臺灣師範學院國文專修科，後擔任中學教師，一九七二年參加「創世紀」詩社。著有《存愁》、《臺北之楓》等詩集五種，散文集和小說集各四種，劇本一種，作品充滿強烈的歷史感和中國古典文學的靈魂。

張　朗（一九三〇～二〇〇六）

湖北孝感人，一九四九年前後到臺灣。畢業於大同工學院機械系，長年任高中教師。出版有《淡水馳情》、《詩話江山勝跡》、《兩岸江山兩岸情》、《詩話中華》等詩集九種。

黃雍廉（一九三〇～二〇〇七）

筆名汨羅、水心，湖南湘陰人，一九四九年隨部隊到臺灣，畢業於政工幹校第一期政治系、淡江大學公共行政學系，曾任華欣文化中心主編、「中華民國」新詩學會總幹事，後移居國外，任澳大利亞悉尼華文作家協會會長。出版有《黃雍廉自選集》、《燦爛的敦煌》、《昆明的事業風暴》等詩集和小說集共九種。

張行知（一九三〇～二〇〇八）

湖南新化人，一九四九年四月到臺灣。畢業於政治作戰學校專修班第一期，歷任出版社編輯、桃園縣《青溪》雜誌發行人。出版有《大陸作家短篇小說評選》等論述兩種，《洪流》、《盧溝橋的炮聲》等小說集十六種，報導文學和合集各一種，散文集兩種。

魯　軍（一九三〇～二〇一二）

原名繆綸，安徽桐城人，一九四九年四月到臺灣。畢業於政工幹部學校政治系第四期。歷任《金門時報》社長、《青年日報》社長、華欣文化中心董事長、賢志文教基金會副董事長。出版有《硝煙集》等散文集，《神劍飛雕》、《金劍干戈》等小說集。

楊　濤（一九三〇～二〇二〇）

筆名海歌、皐陽、劍紅、寒江雪、易文，安徽亳州人，一九四九年到臺灣，畢業於警校第二十三期。歷任葫蘆出版社總編輯、中國文藝協會南部理事長、高雄市文藝協會理事長。出版有《中國人的機智與幽默》等論述，《海歌詩集》三種，《最快樂的哭》等小說集，散文集一種，劇本十四種。

許希哲（一九三〇～　）

福建晉江人，一九五九年十一月從菲律賓到臺灣，歷任《作品》、《野風》雜誌主編、菲律賓馬尼拉天達公司董事長。出版有《空空集》等散文集，《春泥》等小說集，劇本四種，合集六種。

張騰蛟（一九三〇～　）

筆名魯蛟、魯丁，山東高密人，一九四九年十二月到臺灣。畢業於政治作戰學校政治研究班。年輕時加入「現代派」，並創辦《桂冠》詩刊。歷任《精忠日報》副刊主編、「行政院新聞局」主任秘書。出版有《海外詩抄》等詩集，《一串浪花》等散文集，《文學．藝事．外交——葉公超傳》等傳記，另有小說和合集各一種。

丁文智（一九三〇～　）

山東諸城人，一九四九年十一月到臺灣。一九五三年開始發表作品。一九五六年加入紀弦發起的「現代派」，曾任《創世紀》詩刊社社長。出版有《葉子與茶如是說》等詩集，《恩重如山》等小說集。

林鍾隆（一九三〇～二〇〇八）

桃園人，畢業於臺灣師範大學普通科，歷任中小學教師以及《月光光》兒童詩雜誌主編。出版有《愉快的作文課》、《兒童詩研究》等論述，《繁星集》等散文集，《愛的畫像》、《蜜月事件》等小說集，《養鴨的孩子》等兒童文學集，另有詩集一種。

貢　敏（一九三〇～二〇一六）

原名貢宗耀，江蘇南京人。一九五〇年十一月隨軍隊到臺灣，畢業於政工幹部學校第二期影劇系。歷任政治作戰學校影劇系教師、臺灣藝術學院戲劇系副教授、中華戲劇學會監事。出版有《風塵千秋》、《春風又綠江南岸》、《金玉滿堂》等劇本，另有論述一種。

楊昌年（一九三〇～　）

祖籍湖南湘陰，生於上海，一九四七年七月到臺灣。畢業於臺灣師範大學國文系，現為該校兼任教授。出版有《新詩研究》、《現代文學導讀》、《小說賞析》、《話劇的創作鑑賞與批評》、《現代散文新風貌》、《現代小說》等論著，與人合著有《二十世紀中國新文學史》，另有小說集十五種，散文集一種。

麥　穗（一九三〇～　）

本名楊華康，浙江餘姚人。一九四八年十月到臺灣，歷任臺灣省林務局造林伐木現場監工、《林友月刊》主編、《秋水》詩刊編輯委員、《世界詩壇》主編。出版有《鄉旅散曲》、《森木》、《荷池向晚》、《麥穗詩選》、《山歌》等詩集，《詩空的雲煙》論述一種，散文集兩種。

商　禽（一九三〇～二〇一〇）

原名羅燕，四川珙縣人。中學肄業，一九五〇年三月隨軍到臺灣。一九五六年參加紀弦組織的「現代派」，後加入「創世紀」。曾任編輯、碼頭工人，後賣牛肉麵。一九六九年到美國愛荷華大學「國際作家工作室」研究兩年。一九七〇年後擔任《時報週刊》副總編輯，至一九九四年退休。著有詩集《夢或者黎明》、《用腳思想》、《夢或者黎明及其他》、《商禽世紀詩選》等詩集五種，另有《商禽詩全集》。

魯　松（一九三〇～二〇一六）

原名孫宗良，另有筆名鶴田，山東即墨人，一九四九年五月到臺灣。畢業於國防醫學院，歷任

「葡萄園」副社長、《海鷗》顧問。出版有詩集《蒼頭與煙斗》、《銅鑼三響》、《霧鎖陽關》等詩集。

李春生（一九三一～一九九七）

筆名晉丁、艾旗等，山西垣曲人。一九五〇年到臺灣，畢業於高雄師範學院國文系。長期任中小學教師和大學講師，創辦《東海》、《詩播種》、《青蘋果》詩刊，歷任《屏東青年》、《海鷗》詩刊主編。出版有《現代詩九論》、《詩的傳統與現代》，另有《睡醒的雨》等詩集兩種，散文和合集各一種。

葉笛（一九三一～二〇〇六）

原名葉寄民，臺南人。畢業於臺灣師範學校，赴日本先後取得文學學士和碩士學位，任教於東京數所大學，一九九三年返臺，從事臺灣前輩本土作家作品的翻譯工作。曾參與創辦《新地文藝》，主持東京「中國語言學院」，為「笠」詩社同仁。出版有詩集《紫色的歌》《火和海》兩種，《臺灣早期現代詩人論》等論述兩種，散文集一種，《葉笛全集》十八冊。

張默（一九三一～　）

原名張德中，安徽無為人，一九四九年三月到臺灣。一九五四年十月與洛夫在左營發起籌組「創世紀」詩社並任社長。出版有《紫的邊陲》、《上升的風景》、《無調之歌》、《張默自選集》、《陋室賦》、《愛詩》、《光陰·梯子》、《落葉滿階》、《遠近高低》、《張默世紀詩選》、《無為詩帖》等詩集，《雪泥巴與河燈》等散文集，《現代詩的投影》、《無塵的鏡子》、《臺灣現代詩概觀》、《臺灣現詩筆記》等論述，和蕭蕭合編《新詩三百首》，另有《臺灣現代詩編目》，並主編多種年代詩選、詩學選和《創世紀一九五四～二〇〇八圖像冊》。

謝輝煌（一九三一～二〇一八）

江西安福人，一九四九年十月到臺灣，畢業於江西分宜初級中學，歷任軍職、《葡萄園》詩刊同仁、中華民國新詩學會理事。出版有《飛躍的晌午》散文集，另有詩作和詩論散見於各臺灣報刊。

楊耐冬（一九三一～）

湖南宜章人，一九四九年到臺灣。畢業於臺灣大學外文系，退休前為臺灣清華大學外文系教授。出版有《現代小說散論》、《現代詩探討與欣賞》、《現代文學論集》等論述，《種子》等詩集，《從微笑出發》等散文集，《繁華時空》、《溫柔的雲》等小說集。

舒　蘭（一九三一～）

原名戴書訓，江蘇邳縣人，一九四八年到臺灣，中國文化學院中文系畢業，後獲美國東北密大藝術碩士學位，曾任中小學教師、《布穀鳥》兒童詩學季刊主編。出版有詩集《鄉色酒》兩種，論述《五四時代的新詩作家和作品》、《北伐前後的新詩作家和作品》、《抗戰時期的新詩作家和作品》、《中國新詩史話》（四冊），另有《舒蘭童詩選》等兒童文學集四種。

周　鼎（一九三一～二〇一〇）

湖南岳陽人，小學畢業後從軍，一九四九年前後到臺灣。出版有詩集《一具空空的白》。

趙淑俠（一九三一～）

女，祖籍黑龍江肇東，生於北平，一九四九年到臺灣。畢業於臺中女子中學，曾任世界華文作家協會歐洲分會總召集人、歐洲華文作家協會會長，現旅居美國。出版有《海內存知已》、《故土與家園》、《文學女人的情關》等散文集，《我們的歌》、《賽納河畔》、《賽金花》、《愛情的年齡》等小說集，自選集一種。

王祿松（一九三二～二〇〇四）

海南文昌人，畢業於政工幹校，曾任《中央》月刊副總編輯、中國詩歌藝術學會理事長。出版有《偉大的母親》、《鐵血詩抄》、《狂飆的年代》、《唯愛》、《讀月》等詩集十五種，《讀月小品》等散文集七種，《讀雲》等詩畫集七種。

秦　松（一九三二～二〇〇七）

安徽盱眙人，一九四九年隨家人到臺灣，畢業於臺北師範專科學校藝術科。一九六〇年代中期創辦《前衛》文藝雙月刊，並任主編。一九七七年參加愛荷華大學「國際作家工作室」，後居美國。出版有《唱一支共同的歌》等詩集，《很不風景的人》散文集一種，《秦松詩畫集——原始之黑》一種。

王敬義（一九三二～二〇〇八）

江蘇青浦人，畢業於臺灣師範大學英語系，後獲美國愛荷華大學碩士學位。一九五〇代在《自由中國》、《文學雜誌》發表小說，後到香港主編《純文學》、《南北極》雜誌，長期主持香港文藝書屋。李敖一九六七年二月入獄時，「以死相托」王氏，授權他在香港出版李敖的全部著作。王氏首次在香港出版李敖著作，後來兩人結怨。出版有《聖誕禮物》等散文集五種，《康同的歸來》等小說集十種，《搖籃與竹馬》等合集兩種。

吳望堯（一九三二～二〇〇八）

浙江東陽人，一九四六年隨父親到臺灣，畢業於淡江英文專科學校，後到越南經商，一九五二年登上文壇，為「藍星」詩社成員，係二十世紀五〇年代臺灣現代詩壇代表人物之一。一九七七年六月返臺灣，一九八〇年代舉家赴中美洲，晚年旅居洪都拉斯。出版有《靈魂之歌》等詩集五種，另有小說、報導文學、合集共四種。

周嘯虹（一九三二～二〇一二）

筆名蕭鴻，江蘇鹽城人。一九四九年七月到臺灣，當兵十年。一九五三至一九五七在《馬祖日報》任副刊編輯。一九五九年離開軍職後，先後在《青年戰士報》、《成功時報》、《臺灣時報》、《臺灣新聞報》等媒體任採訪部主任和總編輯、高雄市文藝協會理事長。出版有《悲歡歲月》等小說集，劇本一種，《歸鄉拾夢》等散文集，另有三冊《周嘯虹作品集》。

沈君山（一九三二～二〇一八）

浙江余姚人，一九四九年去臺，畢業於臺灣大學物理系，歷任臺灣清華大學校長、國統會研究委員。出版有散文集《天文漫談》、《浮生三記》、《浮生再記》，另有《浮生後記》。

王令嫻（一九三二～二〇一〇）

女，祖籍江西南昌，生於上海，一九四九年九月去臺，畢業於國防醫學院，曾任《國語日報》作文班老師。出版有散文《九點多鐘的晚上》等，小說集有《好一個秋》、《漩渦》、《單車上的時光》等，另有兒童文學《我長大了》等。

劉振強（一九三二～二〇一七）

原籍廣東，上海長大，大陸流亡學生。一九五三年與友人創立三民書局，出版一萬種以上書籍，內容廣及社會科學、自然科學、人文藝術等。為學術，為社會努力，此信念造就了三民書局在臺灣出版史上的特殊地位。

瘂　弦（一九三二～　）

原名王慶麟，河南南陽人，一九四九年八月到臺灣。畢業於政工幹校戲劇系，一九六六年赴美到愛荷華大學參加「國際作家工作室」兩年。一九七八年擔任「創世紀」詩社社長，一九七七年十月至一九九八年六月任《聯合報》副刊主編。退休後旅居加拿大。他前後出版了十一本詩集，但都是不同書名或《深淵》的增刪本或中英對照本，故瘂弦實際上只有一本《瘂弦詩集》。另有《中國新詩研究》、《瘂弦談詩》等論述三種，《聚繖花序》等合集兩種。

晶　晶（一九三二～二〇一六）

女，原名劉自亮，河南羅山人，畢業於杭州女中，一九四九年七月到臺灣，服務軍職多年，歷任《葡萄園》詩刊編委、三月詩會同仁。出版有《星語》、《曾經擁有》詩集，《春回》等小說集。

鄭清文（一九三二～二〇一七）

桃園人，畢業於臺灣大學商學系，曾任職於華南商業銀行，退休後專事寫作。出版有《臺灣文學的基點》、《小國家大文學》等論述，《現代英雄》、《最後的紳士》、《五彩神仙》、《舊金山：一九七二》、《玉蘭花》、《青椒苗》等小說集，兒童文學集、劇本和報導文學各一種，《鄭清文短篇小說全集》七冊。

碧　果（一九三二～　）

原名姜海洲，河北永清人，畢業於河北永清縣中學，一九四九年五月到臺灣。歷任《創世紀》詩刊社長、顧問。出版有《碧果人生》、《一個心跳的午後》等詩集，劇本兩種，散文集和小說集各一種，另有《碧果自選集》。

張作錦（一九三二～　）

江蘇徐州人，一九四九年到臺灣，畢業於政治大學新聞系，歷任美國《世界日報》和臺北《聯合晚報》社社長兼香港《聯合報》社長。出版有《一個新聞記者的評言》等散文集。

張　放（一九三二～二〇一三）

山東平陰人，一九四九年六月到臺灣，畢業於政治作戰學校影劇系。歷任《文藝月刊》總編輯、中國文藝協會秘書長。出版有《中共文藝圈外》、《大陸作家評傳》、《大陸新時期小說論》、《為文學探路》等論述，《大海作證》、《雜花生樹》、《放齋書話》等散文集，《奔流》、《大浪淘沙》、《夢斷青山》、《山妻》、《海魂》、《海客》等小說集，報導文學和傳記文學各一種。

馬　森（一九三二～　）

山東齊河人，一九四九年到臺灣。畢業於臺灣師範大學國文系，先後任教於臺灣師範大學、法國和墨西哥、加拿大、英國以及香港等校，退休前為臺南成功大學中文系教授。出版有《馬森戲劇論集》、《當代戲劇》、《文學的魅惑》、《臺灣戲劇——從現代到後現代》、《中國現代戲劇的兩度西潮》等論述，與皮述民等三人合著《二十世紀中國新文學史》，另有《世界華文新文學史》三冊及《大陸啊！我的困惑》等散文集，《法國社會素描》、《北京的故事》等小說集，《我們都是金光黨》等劇本集，《馬森文集》五冊。

莊柏林（一九三二～二〇一五）

臺南人，畢業於臺灣大學法律系，歷任中國文化大學、警察大學教授，「笠」詩社社長。出版有《莊柏林臺語詩集》、《采莊詩選》等詩集，散文集一種。

楚　戈（一九三一～二〇一一）

原名袁德星，湖南湘陰人，一九四八年到臺灣，畢業於臺灣藝術專科學校美術系。一九五一年登上文壇，後到故宮博物院從事文物鑑定工作，業餘從事繪畫創作。出版有《視覺生活》、《審美生活》等論述，《散步的山巒》、《想像，不需翻譯》、《流浪，理直氣壯》等詩集四種，《再生的火鳥》等散文集，報導文學一種。

路　衛（一九三二～　）

原名周庭奎，山東郯城人，一九四九年七月到臺灣。畢業於屏東師範學院語文系，一九六〇年加入「海鷗詩社」，歷任《臺東青年》、《屏東青年》主編，退休前為小學教師。出版有《履韻》、《訴說的雲山》等詩集，兒童文學集和合集各一種。

薇薇夫人（一九三二～　）

女，原名樂茝軍，祖籍安徽含山，生於南京，一九四九年前後到臺灣。畢業於中國新聞專科學校，歷任《國語日報》文化中心主任、《聯合報》專欄作家、《國語日報》社社長。出版有《生活裡的詩情畫意》、《男人背後的女人》、《一個女人的成熟》、《美麗新生活——樂在退休》等散文集，兒童文學集四種。

蕭　颯（一九三二～二〇一〇）

原名蕭超群，湖南湘鄉人，一九四九年到臺灣，畢業於高雄師範學院國文系。歷任軍職、《文壇》月刊主編。出版有《站在時空的交叉點上》等散文集三種，《故事的結局》等小說集七種，詩集一種。

朱沉冬（一九三三～一九九〇）

原名朱辰東，江蘇南通人，肄業於江蘇省教育學院，一九四八年十月到臺灣後在軍隊服務多年，與文友創辦《現代詩頁》月刊、《山水詩刊》雙月刊、《心臟詩刊》等，曾任《臺灣新聞報》樂府藝苑版主編，並在大中學校任教。出版有《文藝論集》等論述五種，《朱沉冬詩集》、《北美詩抄》等詩集十四種，散文集六種。

梅　新（一九三三～一九九七）

原名章益新，浙江縉雲人，一九四九年隨外祖母到臺灣。畢業於中國文化大學新聞系，歷任《臺灣時報》副刊主編、正中書局副總編輯、《現代詩》社長、《中央日報》副總編輯兼副刊組主任。出版有《再生的樹》、《椅子》、《家鄉的女人》、《履歷表》等詩集五種，《正人君子的閒話》等散文集兩種，《憂國淑世與寫實創新》、《魚川讀詩》等論述兩種，報導文學和自選集各一種。

劉　菲（一九三三～二〇〇一）

本名劉文福，湖南藍山人，一九四九年前後到臺灣。畢業於湖南省立第一師範學校，歷任《秋水》詩刊編委、《世界詩葉》主編、中國文藝協會副秘書長。出版有《長耳朵的窗》、《詩心詩鏡》、《評詩論藝》等論述三種，《花之無果》等詩集兩種。

逯耀東（一九三三～二〇〇六）

江蘇豐縣人，一九四九年到臺灣，畢業於臺灣大學歷史系，曾任教於臺灣大學、香港中文大學、政治大學。出版有《何處是桃源》等史學論述十種，《只剩下蛋炒飯》、《肚大能容》等散文集十三種。

謝鵬雄（一九三三～　）

臺南人，畢業於臺灣大學外文系，歷任政治大學、世新專科學校兼任講師，後為專欄作家。出版有《漫談世紀的媒體文化》、《紅樓夢女人新解》等論述三種，《文學中的女人》、《文學中的男人》等散文集，《螢幕下的喜劇》、《分手的溫柔》等小說集，兒童文學集兩種。

董保中（一九三三～　）

原籍四川，生於北平，一九五一年定居美國。畢業於美國舊金山州立大學，後任教於美國斯坦福大學、普林斯頓大學，一九七七年任臺灣大學外文系客座教授，退休前為美國紐約州立大學教授。他在臺灣期間曾參與鄉土文學論戰，並從事臺灣文學研究。出版有論述《文學·政治·自由》、散文集《蒙古烤肉芭蕾舞》。

楊允達（一九三三～　）

祖籍北平，生於漢口，一九四九年前後到臺灣，畢業於臺灣大學歷史系，曾任臺灣通訊社外文部主任、世界詩人大會秘書長，現旅居法國。出版有《李金髮評傳》等，另有《三重奏》等詩集，《巴黎夢華錄》等散文集。

殷志鵬（一九三三～　）

江蘇南京人，一九四八年十二月到臺灣。畢業於臺灣師範大學國文系，後到英國、美國深造，退休後旅居美國。出版有《紐約筆記》等散文集五種，以及《夏志清的人文世界》論述一種，以及傳記一種。

林文月（一九三三～　）

女，祖籍彰化，生於上海，一九四六年二月到臺灣，畢業於臺灣大學中文系，曾任臺灣大學中文系教授和美國華盛頓大學、捷克查理斯大學客座教授。出版有《中古文學論叢》、《中國文化對日本文學的影響》等論述，《午後書房》、《林文月人生情感散文》、《寫我的書》、《三月曝書》等散文集，《謝靈運》等傳記集，《讀中文系的人》合集一種。

周伯乃（一九三三～ ）

廣東五華人，一九五一年五月到臺灣，畢業於空軍通信電子學校機務科。歷任《中央月刊》、《中央日報》副刊編輯、《世界論壇報》副刊主編、中國詩歌藝術學會理事長、《廣東文獻》總編輯。出版有《二十世紀的文藝思潮》、《現代小說之研究》、《孤寂的一代》、《中國新詩之回顧》、《現代詩的欣賞》、《近代西洋文藝新潮》、《早期新詩的批評》等論述，《又是秋涼季節》等散文集，小說和傳記各一種，與彩羽等人合著詩集一種。

一信（一九三三～二〇二一）

原名徐榮慶，祖籍湖北襄陽，生於漢口。一九四九年八月到臺灣，一九五六年開始發表詩作，一九六四年與綠蒂等人合編《中國新詩》，歷任《道路與安全》月刊主編、《秋水》詩刊編委、《乾坤》社刊編委。出版有《夜快車》、《牧野的漢子》、《一信詩選》、《婚姻有哭有笑有車子》、《一隻鳥在想方向》等詩集，另有論述和散文集各一種。

段彩華（一九三三～二〇一五）

江蘇宿遷人，一九四九年到臺灣，畢業於革命實踐研究學院大眾傳播系。曾任中國青年寫作協會總幹事、《幼獅文藝》主編。著有《五個少年犯》、《屠門》、《流浪的小丑》、《上將的女兒》、《北歸南回》等小說集，《民國第一位法學家》、《轉戰十萬里——胡宗南傳》等散文。

石永貴（一九三三～ ）

遼寧復縣人，一九四九年五月到臺灣。畢業於政治大學新聞系，歷任《臺灣新生報》社社長、《中央日報》發行人兼社長、正中書局董事長。出版有《大媒體現場》、《媒體事業經營》等散文集十七種，曾國藩傳記一種。

朱　羽（一九三三～　）

原名朱譜森，湖北武漢人，一九五一年五月到臺灣。畢業於國防部情報學校第七期。以通俗小說知名，其中民國初年俠義小說系列最有影響。出版有《草莽洞庭》、《鷹落夕陽坪》、《美人局奇案》等小說集近八十種。

司馬中原（一九三三～　）

原名吳延玫，祖籍江蘇淮陰，生於南京，沒有受過正規教育，十六歲當兵後，隨國民黨軍隊撤退到臺灣，在軍中歷任參謀、新聞官。一九六二年從事專業寫作，曾任《中華文藝》月刊社社長、中國青年寫作協會理事長。出版有《荒原》、《狂風沙》、《醫院鬼話》、《斧頭和魚缸》等小說集，《青春行》等傳記，兒童文學集和論述各一種，《雲上的聲音》、《和你聊天》等散文集。

辛　鬱（一九三三～二〇一五）

原名宓世森，浙江慈谿人。一九五〇年六月隨軍隊到臺灣，在陸軍服役二十一年，一九六九年退役。一九五六年曾參加「現代派」，主持十月出版社，參與《人與社會》雜誌編務，擔任國軍詩歌研究會召集人、科學出版基金會執行秘書和「創世紀」詩社同仁。出版有《軍曹手記》、《辛鬱自選集》、《豹》、《因海之死》、《在那張冷臉背後》、《辛鬱世紀詩選》等詩集，散文集一種，《鏡子》等小說集，自選集一種。

鄭愁予（一九三三～　）

原名鄭文韜，祖籍河北，山東濟南人，一九四九年隨父去臺。一九五八年畢業於中興法商學院。一九五〇年代加入「現代派」，一九五八年去美國，歷任美國耶魯大學東亞語文學系教授、金門技術學院閩南文化研究所兼任教授。出版有《夢土上》、《衣缽》、《窗外的女奴》、《鄭愁予詩選集》、《雪的可能》、《鄭愁予詩集Ⅰ（一九五一～一九六八）》、《刺繡的歌謠》、《寂寞的人坐著看花》、《燕人行》、《鄭愁予詩選集》、《鄭愁予詩集Ⅱ（一九六九～一九八六）》等詩集。

顏元叔（一九三三～二〇一二）

湖南茶陵人，一九四九年隨父母到臺灣，一九五六年畢業於臺灣大學外文系。一九五八年赴美攻讀英美文學學位，一九六二年獲威斯康辛州大學英美文學博士學位，後任教於美國北密西根大學。一九六三年返臺後任臺灣大學外文系主任、《中外文學》發行人、臺灣大學教授。出版有《人間煙火》、《臺北狂想曲》、《草木深》等散文集十六種，《文學的玄思》、《文學批評散論》、《文學經驗》、《談民族文學》、《顏元叔自選集》、《文學的史與評》、《何謂文學》、《社會寫實文學及其他》等論文集十二種，小說和日記各一種，自選集一種。

郭楓（一九三三～　）

木名郭少鳴，江蘇徐州人，一九四九年到臺灣，一九五三年畢業於臺南師範學校。一九七七年與高準等合辦《詩潮》，一九八二年參與創辦《文季》，歷任中學教師及《新地文學》主編。出版有《郭楓詩選》、《第一次信仰》、《海之歌》、《諦聽，那聲章》、《攬翠樓新詩》等詩集，《老家的樹》、《山與谷》等散文集，自傳體長篇小說集一種，《民族文學論集》、《美麗島文學評論集》等論述。

邱家洪（一九三三～　）

彰化人，曾任報社特約記者、臺中市政府主任秘書、臺中市代理市長。出版有《落英》、《暗房政治》、《市長的天堂》、《大審判》、《謝東閔傳》、《縱橫官場》、《中國望春風》、《走過彩虹世界》、《臺灣大風雲》、《打造亮麗人生：邱家洪回憶錄》等。

藍雲（一九三三～二〇二〇）

原名劉炳彝，湖北監利人，一九四九年八月到臺灣。畢業於花蓮師範專科學校，歷任中小學教師和《葡萄園》詩刊主編、《乾坤》詩刊創辦人兼總編輯。一九五〇年代開始創作，出版有《萌芽集》、《奇跡》、《海韻》、《方塊舞》、《燈語》等詩集，札記一種。

李喬（一九三四～）

原名李能棋，另有筆名壹闡提，苗栗人。畢業於新竹師範，任中小學教師二十餘年，一九六二年登上文壇，退休後專事寫作。歷任《臺灣文藝》主編、臺灣筆會會長，陳水扁執政期間曾任「國策顧問」。出版有《孤燈》、《寒夜》、《荒村》、《告密者》、《大地之母》等小說集，《小說入門》、《臺灣文化造型》、《文化心燈》等論述，詩集一種，傳記一種，《李喬短篇小說全集》十一冊。

劉紹銘（一九三四～）

筆名二殘，祖籍廣東惠陽，生於香港，一九五六年到臺灣。畢業於臺灣大學外文系，在臺灣讀書期間與白先勇等人創辦《現代文學》雜誌。先後任教於香港、新加坡、美國，現為香港嶺南大學榮休教授。出版有《曹禺論》、《涕淚交零的現代文學》、《文字的再生》等論述，《吃馬鈴薯的日子》、《二殘雜記》、《遺愚衷》、《香港因緣》、《舊時香港》、《文字還能感人的時代》等散文集，《二殘遊記》、《九七香港浪遊記》等小說集，《唐人街的小說世界》等合集六種，《劉紹銘作品系列》四冊。

邵　倜（一九三四～二〇一六）

江蘇南通人，一九四九年到臺灣。畢業於新竹師範專科學校，曾任小學教師三十年，另任《自強月刊》主編。出版有《鄉戀》等散文集，《泡沫泡沫》、《音符碎了》等小說集，《風姐姐來了》等兒童文學集。

李政乃（一九三四～二〇一三）

女，新竹人，畢業於臺北師範專科學校，長期從事小學教育工作，是光復後比較早以白話寫詩的女作家。出版有《千羽是詩》、《李政乃短詩選》。

江澄格（一九三四～　）

四川夾江人，一九四九年四月到臺灣。畢業於中國文化學院，曾任行政院新聞局資料編譯處科長、駐韓國大使館新聞參事處一等秘書。出版有《許地山及其小說之研究》等論述，《高陽評傳》等傳記。

朱學恕（一九三四～　）

江蘇泰興人，一九四九年三月到臺灣。畢業於三軍大學戰爭學院和政治大學海洋學院。歷任海軍上校艦長、高雄海洋科技大學電訊系主任、《大海洋》詩刊發行人。他大力提倡海洋文學，出版有《開拓海洋詩新境界》等論述兩種，《飲浪的人》等詩集，《藍藍的回憶錄》等散文集，《舵手》等小說集，另有合集一種。

秀　陶（一九三四～　）

原名鄭秀陶，湖北鄂城人，一九五〇年到臺灣。臺灣大學商學系畢業後到越南，後移居美國。出版有《秀陶詩集》、《死與美》。

陳冠學（一九三四～二〇一一）

屏東人，畢業於臺灣師範大學國文系，歷任中學教師、高雄三信出版社負責人。出版有《論語新注》、《老臺灣》等論述，《田園之秋》、《藍色的斷想》、《訪草》等散文集，小說集和合集各一種。

陳敏華（一九三四～）

女，山東黃縣人。一九四九年前後到臺灣，肄業於靜宜文理學院，為《葡萄園》詩刊創辦人之一，現旅居美國。出版有《琴窗詩抄》、《晨海的風笛》等詩集四種。

黃　娟（一九三四～）

女，桃園人。戰後接觸中文，曾任中學教師，一九六一年登上文壇，一九六八年移居美國。出版有小說集《小貝殼》、《冰山下》、《愛莎岡的女孩》以及大河小說《楊梅三部曲》。

漢寶德（一九三四～二〇一四）

山東日照人，一九四九年到臺灣。畢業於成功大學建築系，歷任東海大學建築系主任、中興大學理工學院院長、臺南藝術學院校長、「國家文藝基金會」董事長、世界宗教博物館館長。出版有《建築的精神向度》、《建築、社會與文化》、《風情與文物》等論述，《域外抒情》、《漢寶德亞洲建築散步》、《建築筆記》等散文集，傳記一種。

趙淑敏（一九三五～）

女，祖籍興安臚賓，生於北平，一九四九年隨父母到臺灣。畢業於臺灣師範大學歷史系，長期在各類學校任教，退休前為東吳大學教授，現旅居美國。出版有《屬於我的音符》、《乘著歌聲的翅膀》、《短歌行》、《葉底紅蓮》等散文集，《高處不勝寒》、《松花江的浪》等小說集，傳記、兒童文學集、合集各一種。

孟　絲（一九三五～　）

女，江蘇徐州人，一九四九年前後去臺。畢業於臺灣師範大學英語系，後旅居美國。出版有散文《漫游滄桑》，小說集有《生日宴》、《楓林坡的日子》、《情與緣》等。

陳鼓應（一九三五～　）

福建長汀人，一九四九年到臺灣，臺灣大學哲學系碩士，歷任臺灣大學哲學系教授、美國加州大學柏克萊校區研究員、北京大學哲學系教授、中國文化大學哲學系教授。一九六〇年代轟動一時的「小市民心聲」和「臺大哲學系事件」、「鄉土文學論戰」中，陳鼓應都辦演了重要角色。出版有《悲劇哲學家·尼采》、《莊子哲學》、《這樣的「詩人」余光中》、《古代呼聲》、《民主廣場》、《道家易家建構》等論述，傳記一種。

黃春明（一九三五～　）

宜蘭人，畢業於屏東師專，曾任小學教師、記者、廣告企劃，並編輯製作兒童電視及紀錄片，歷任吉祥巷工作室、黃大魚兒童劇團負責人，創辦《九彎十八拐》雙月刊。出版有《兒子的大玩偶》、《鑼》、《莎喲娜拉·再見》、《我愛瑪莉》、《看海的日子》等小說集，其作品代表了臺灣鄉土文學的最高成就，在世界華文文學界亦頗負盛名。他擅長描寫小人物的故事，小說曾多次被改編為電影。另有《等待一朵花的名字》等散文集，兒童文學集數種，重要論文有〈臺語文書寫與教育的商榷〉。

梁丹丰（一九三五～二〇一二）

女，祖籍廣東順德，生於南京，一九四九年七月到臺灣。畢業於杭州藝術專科學校，歷任「中國婦女寫作協會」理事長、銘傳大學副教授、崇右技術學院兼任副教授。出版有《北極圈之旅》、《大美大愛的路上》、《梵義教堂之旅：梁丹丰圖文集》等散文集三十四種。

施明正（一九三五～一九八八）

高雄人，畢業於高雄中學，一九六二年受其四弟施明德「亞細亞聯盟」案影響入獄五年，在牢中開始寫作。其中《喝尿者》、《渴死者》屬政治犯的監獄小說，為臺灣小說史上首創。出版有《魔鬼的自畫像》等小說集三冊，另有林瑞明編的短篇小說集《施明正集》，以及《施明正詩畫集》。

羅　行（一九三五～　）

福建上杭人，一九四九年前後到臺灣，畢業於臺灣大學法律系，歷任《南北笛》、《現代詩》主編、律師，出版有詩集《感覺》。

水　晶（一九三五～　）

原名楊沂，江蘇南通人，一九四九年到臺灣。畢業於臺灣大學外文系，後獲美國愛荷華大學藝術學院碩士、加州大學比較文學研究所博士學位。曾任教於南洋婆羅乃大學、美國洛杉磯州立大學中文系，臺灣淡江大學英文系，後旅居美國。出版有《張愛玲的小說藝術》、《張愛玲未完》、《替張愛玲補妝》，另有《水晶之歌》等散文集及小說集、合集。

尉天驄（一九三五～二〇一九）

江蘇碭山人，一九四九年到臺灣，一九五六年入政治大學中文系，歷任《筆匯》、《文季》、《中國論壇》主編、政治大學中文系教授。出版有論著《民族與鄉土》、《理想的追尋》、《路不是一個人走得出來的》、《第二次大戰後臺灣的社會與文學》、《荊棘中的探索》等，《到梵林墩去的人》短篇小說集一種，《天窗集》、《歲月》、《回首我們的時代》等散文集，兒童文學集兩種，編有《鄉土文學問題討論集》。

李　敖（一九三五～二〇一八）

哈爾濱人，一九四九年四月到臺灣，一九五九年畢業於臺灣大學歷史系。一九六一年發表為胡適辯護的文章《播種者胡適》，從而引發一場中西文化問題大論戰。一九六三年從臺灣大學歷史研究所休學。從一九六六到一九八〇年，他在臺灣全面被封殺。他既是作家又是大「坐牢家」，號稱臺灣文壇第一狂人、第一鬥士，是極富爭議的人物，曾參加總統競選。出版有《胡適研究》、《胡適評傳》、《李敖生死書》、《傳統下的獨白》、《李敖有話要說》等論述一百餘種，其中有九十六本被國民黨查禁。另有《北京法源寺》等小說集，傳記六種，書信集十種，李敖大全集二十冊。

常　茵（一九三五～　）

原名常劍飛，四川梁山人，一九四九年到臺灣。畢業於空車機械學校軍官班，歷任《中市青年》執行編輯、《自強日報》副刊主編。出版有《寫作的藝術》等論述三種，《生命的花朵》、《五四血淚史》等散文集十五種，《茫茫長夜》、《新社會的悲劇》等小說集三十一種。

林宗源（一九三五～　）

筆名幽之，臺南人，畢業於臺南二中，經營養殖、旅社、食品、建築等行業，歷任現代詩社、蕃薯詩社社長、林家詩社社長，現為自耕農。出版有《力的建築》、《食品店》、《嚴寒．凍不死的夢》、《濁水溪》、《大寒．凍不死的日日春（VCD）》、《林宗源臺語詩選》、《無禁忌的激情》、《我有一個夢》等詩集，《臺語讀物》合集一種。

趙天儀（一九三五～二〇二〇）

臺中市人，筆名柳文哲，畢業於臺灣大學哲學系，曾任臺灣大學哲學系教授、靜宜大學文學院院長，「笠」詩社發起人之一。他主持該社編務期間，對《笠》風格的打造起過重要作用。出版有《果園的造訪》、《大安溪畔》、《牯嶺街》、《趙天儀詩集》、《腳步的聲音》、《歲月是隱藏的魔術師》等詩集，《美學引論》、《裸體的王國》、《現代美學及其他》、《臺灣美學的探求》等論述，兒童文學集六種。

唐文標（一九三六～一九八五）

廣東開平人，生於香港，一九五八年定居三藩市，一九七二年回臺灣。畢業於香港新亞書院英文系，一九六六年獲美國伊利諾大學數學博士學位，後在美國任教時參加保釣運動，一九七二年回臺灣後歷任臺灣大學數學系、政治大學應用數學系教授，為張愛玲研究專家和現代詩批判者。出版有《天國不是我們的》、《張愛玲雜碎》、《張愛玲研究》、《古代中國戲劇史初稿》等論述六種，《平原極目》、《唐文標散文集》兩種，另有關博文編《我永遠年輕——唐文標紀念集》。

周腓力（一九三六～二〇〇三）

祖籍四川資中，生於上海，一九四七年隨父母到臺灣，畢業於臺灣大學外文系，曾任琉球美軍翻譯官，晚年旅居洛杉磯。著有《盡情幽默》、《出門靠幽默》等散文集六種，《洋飯二吃》等小說集兩種。

林柏燕（一九三六～二〇〇九）

新竹人，畢業於臺灣師範大學國文系，歷任軍校教官、高中教師、新竹縣文化局縣史館主任。出版有《文學印象》、《文學探索》、《文學廣場》等論述五種，《垂淚的海鷗》等散文集三種，《慰安的女人》等長篇小說四種，另有短篇小說集兩種。

非　馬（一九三六～　）

原名馬為義，祖籍廣東潮陽，生於臺中市。臺北工專畢業後在美國獲機械工程碩士和威斯康辛大學核工博士學位，曾任職美國一家研究所，為「笠」詩社同仁。出版有《在風城》、《非馬詩選》、《白馬集》、《非馬集》、《非馬短詩精選》、《微雕世界》等詩集，散文集一種。

魯稚子（一九三六～　）

原名饒曉明，祖籍廣東潮安，生於廣東，一九四九年前後到臺灣，畢業於臺灣藝術專科學校。歷任《電影評論》雜誌發行人、臺灣省電影製片廠廠長、中國文藝協會理事長。出版有《現代電影導演散論》、《世界電影欣賞》、《現代電影藝術》、《電影藝術漫談》、《電影的構造與映像美學》、《映像文化散論》等論述，《琴韻心聲》等劇本。

鄭貞銘（一九三六～二〇一八）

福建林森人，一九四七年到臺灣。畢業於政治大學新聞系，歷任《中央日報》國際新聞主編、《臺灣新聞報》兼任主筆、《自由青年》總編輯、《中央月刊》社長。出版有《中國大學新聞教育的研究》、《大眾傳播學理》、《美國大眾傳播》、《大眾傳播與現代化》、《二十世紀中國新聞學與傳播學》等論述，《美國見聞錄》、《言論自由的潮流》、《資訊·知識·智慧》等散文集，《百年報人》傳記六冊。

劉文潭（一九三六～　）

吉林扶餘人，一九四九年前後到臺灣。畢業於臺灣大學哲學系，歷任東海大學文學院教授、臺灣大學哲學系教授、政治作戰學校研究部教授、臺灣師範大學美術系兼任教授。出版有《現代美學》、《西洋美學與藝術批評》、《藝術品味》、《中西美學與藝術評論》、《美學新論》等論述。

葉日松（一九三六～　）

花蓮人，畢業於花蓮師範專科學校，歷任中小學教師、《花蓮青年》主編、花蓮青溪新文藝學會理事長。出版有《月夜戀歌》、《關山重重情片片》、《回故鄉看晚霞》等詩集，《煙雨浪花情》等散文集，兒童文學集兩種，合集四種。

黃　用（一九三六～　）

祖籍福建海澄，生於南京，一九四九年到臺灣。畢業於臺灣大學經濟系，為「藍星」詩社同仁，任職於美國。出版有詩集《無花果》等。

徐薏藍（一九三六～　）

女，原名徐恩楣，浙江杭州人，一九四九年前後到臺灣，中興大學合作經濟系畢業後，長期任中學教師。出版有《淡藍的春》、《高曠的天空》、《笑迎陽光》等散文集，《生命的旋律》、《翡翠谷》、《愛的顏色》等小說集，報導文學集一種，傳記兩種。

朱秀娟（一九三六～　）

女，江蘇鹽城人。一九五一年到臺灣，畢業於銘傳商業女子專科學校，在香港和美國服務多年。出版有《紐約有情天》等散文集，《那段時候曾經有你》、《大時代》、《新好女人》等小說集，另有傳記和合集各一種。

朱　炎（一九三六～二〇一一）

山東安邱人，一九四九年五月隨軍隊到臺灣。畢業於臺灣大學外文系，先後在西班牙馬德里大學文哲院、美國加州克萊蒙研究院攻讀博士學位和從事博士後研究。歷任臺灣大學文學院院長、「中華民國」筆會會長、九歌文教基金會董事長、逢甲大學人文社會學院院長。出版有《美國文學評論集》、《期待集》等論述，《我和你在一起》、《情繫文山》等散文集，小說集兩種，合集一種。

沈臨彬（一九三六～二〇一八）

江蘇吳縣人，一九四九年前後左右去臺。畢業於政治作戰學校藝術系，出版有詩集《四重奏》、《春天該去布拉格》（合著），另有詩和散文合集兩種。

胡耀恆（一九三六～　）

湖北安陸人，一九四九年前後到臺灣。畢業於臺灣大學外文系，後獲印第安納大學戲劇系及比較文學系博士學位。歷任《中外文學》雜誌主編兼社長、美國夏威夷大學副教授、澳洲墨爾本大學教授、臺灣大學外文系主任，現為臺灣大學戲劇系名譽教授。出版有《西洋的戲劇》、《戲劇欣賞》等論述。

朱星鶴（一九三六～　）

湖南湘鄉人，一九四九年到臺灣，畢業於政治作戰學校政治系。曾任《中央月刊》經理，後移居美國。出版有《黑塞作品研究》、《漂泊的靈魂》等論述三種，《坐對一山青》等散文集，《海邊的女郎》等小說集，另有《廖仲愷傳》。

黃永武（一九三六～　）

浙江嘉善人，一九五一年三月到臺灣。畢業於東吳大學中文系，後獲臺灣師範大學國文系博士，歷任中興大學和成功大學文學院院長、臺北市立師範學院教授、中國古典文學研究會理事長。出版有《字句鍛煉法》、《詩心》、《中國詩學》（四冊）等論述，另有詩和散文集。

叢　甦（一九三六～　）

女，原名叢掖滋，山東文登人，一九四九年隨父母到臺灣，畢業於臺灣大學外文系，後在美國華盛頓大學獲碩士學位，一九六〇年初期到美國，為國際筆會婦女作家委員會聯合國代表。出版有《生氣吧！中國人》等散文集，《中國人》、《獸與魔》等小說集。

王尚義（一九三六～一九六三）

河南汜水人。一九六三年畢業於臺灣大學醫學系，畢業不久便因肝癌而英年早逝。他的著作有《狂流》、《深谷足音》、《落霞與孤鶩》、《荒野流泉》、《從異鄉人到失落的一代》、《野鴿子的黃昏》和《野百合花》。

高希均（一九三六～　）

江蘇南京人，一九四九年隨雙親赴台，中興大學碩士畢業，一九六四年取得密歇根州立大學哲學博士，之後一直執教於美國威斯康辛大學。一九八一年起先後創辦《天下》雜誌、天下文化出版公司、《遠見》雜誌，現任臺灣天下遠見文化事業群總裁。代表作有：《天下哪有白吃的午餐》、《經濟人、社會人、文化人》、《做一個高附加價值的現代人》、《讀一流書，做一流人》等。

吉錚（一九三七～一九六八）

女，祖籍深澤，一九四九年前後到臺灣。肄業於臺灣大學外文系，一九五五年留學美國，任史丹佛大學漢語教師、《中央日報》駐海外特派員。一九五九年登上文壇，是一九六〇年代「留學生文學」代表作家之一。出版有長篇小說《海那邊》、《拾鄉》，另有短篇小說集《孤雲》。

古龍（一九三七～一九八五）

原名熊耀華，祖籍江西南昌，生於香港，畢業於淡江英專。高中時開始寫作，二十三歲時便有武俠小說問世。崛起於六〇年代中期，寫過一百多部武俠作品，且常被改編成電影。出版《楚留香傳奇》、《蕭十一郎》、《多情劍客無情劍》、《霸王槍》、《借屍還魂》、《游俠錄》等小說集五十六種。

隱　地（一九三七～　）

原名柯青華，祖籍浙江永嘉，生於上海，一九四九年到臺灣，畢業於政工幹校新聞系，歷任《青溪雜誌》和《新文藝》月刊主編、《書評書目》月刊總編，後為爾雅出版社發行人。出版有《隱地看小說》等評論集，《法式裸睡》、《一天裡的戲碼》、《十年詩選》等詩集，《快樂的讀書人》、《心的掙扎》、《作家與書的故事》、《出版心事》、《草的天堂》等散文集，《一千個世界》等小說集，另有傳說《漲潮日》、史料《遺忘與備忘》、《朋友都還在嗎》、《出版圈圈夢》、「年代五書」、日記及合集。

潘雨桐（一九三七～　）

原名潘貴昌，祖籍廣東梅縣，生於馬來西亞，一九五五年到臺灣。畢業於中興大學農學院，歷任小學教師、中興大學園藝系客座副教授，現為馬來西亞農業機構經理。他的小說關注熱帶雨林的生態破壞和原住民文化，以及非法移民等問題。出版有《昨夜星辰》、《靜水大雪》、《野店》、《河岸傳說》等小說集。

白先勇（一九三七～　）

廣西桂林人，係國民黨高級將領白崇禧之子。一九六一年畢業於臺灣大學外文系，在求學期間與同窗創辦《現代文學》雜誌。一九六三年到美國愛荷華大學「國際作家工作室」從事創作研究，後在加州大學聖塔芭芭拉分校任教。出版有《游園驚夢》、《紐約客》、《臺北人》、《孽子》、《玉卿嫂》、《金大班的最後一夜》、《孤戀花》等小說集，《輕歌》、《風樓》等散文集，《明星咖啡館》等合集，傳記《父親與民國》，《白先勇文集》五卷，晚年創作青春版《牡丹亭》。

陳映真（一九三七～二〇一六）

原名陳永善，筆名許南村、石家駒，臺北人，一九六一年畢業於淡江文理學院外文系。一九六八年因閱讀毛澤東、魯迅著作被捕。一九八三年赴美參加愛荷華大學「國際作家工作室」，返臺後創辦人間出版社，一九八八年出任中國統一聯盟創會主席，二〇〇三年獲馬來西亞「花蹤」世界華文文學獎。出版有《夜行貨車》、《趙南棟》、《歸鄉》、《陳映真自選集》等小說集十一種，《陳映真小說集》六卷，《父親》散文集一種，另有《陳映真文選》一冊，《陳映真全集》二十三卷。

李魁賢（一九三七～　）

筆名楓堤，臺北人，畢業於臺北工專化工科，歷任臺灣筆會會長、「國家文化藝術基金會」董事長、《笠》詩刊和《文學臺灣》顧問。一九五六年加入「現代派」，一九六四年加入「笠」詩社。出版有《臺灣詩人作品論》、《詩的反抗》、《臺灣文化秋千》、《詩的挑戰》等論述十一種。《南港詩抄》、《李魁賢詩選》、《溫柔的美感》等詩集，《李魁賢詩集》四冊，《詩的紀念冊》等散文集，長篇小說《天涯淪落人》，《昆蟲詩篇》等兒童文學集，彭瑞金主編《李魁賢文集》十冊。

方　旗（一九三七～　）

原名黃哲彥，臺北人。畢業於臺灣大學物理系，後到美國馬里蘭大學攻讀博士學位後留校任教。出版有《端午》等詩集兩種，小說集兩種計十一冊。

陳錦標（一九三七～　）

花蓮人，畢業於政治作戰學校新聞科，一九五五年開始寫詩，一九六二年與李春生等人創辦「海鷗」詩社，後擱筆二十多年。出版有《玫瑰的神話》、《千眼蒼茫》等詩集兩種。

白　萩（一九三七～　）

原名何錦榮，臺東人，畢業於臺中商職高級部。一九五〇年代前期開始在《藍星周刊》發表詩作，一九五五年以省籍青年身份獲中國文藝協會第一屆新詩獎，曾任《笠》詩刊主編。出版有《蛾之死》、《風的薔薇》、《白萩詩選》、《詩廣場》、《風吹才感到樹的存在》、《觀測意象》等詩集，《現代詩散論》一種。

葉維廉（一九三七～　）

廣東中山人，一九四八年到香港，一九五九年畢業於臺灣大學外文系，一九六三年進美國愛荷華大學詩歌創作班。一九七六年九月起任教於聖地亞哥加州大學。出版有《賦格》、《愁渡》、《醒之邊緣》、《松鳥的傳說》、《三十年詩》、《留不住的航渡》、《葉維廉詩選》、《移向成熟的年齡》等詩集，《現象・經驗・表現》、《秩序的生長》、《比較詩學》、《從現象到表象》、《中國詩學》等論著，《萬里風煙》、《紅葉的追尋》等散文集，兒童文學集三種，合集一種，另有《葉維廉文集》九卷。

林　泠（一九三八～　）

女，原名胡雲裳，廣東開平人。在西安和南京度過童年，一九四九年前後到臺灣。一九五八年畢業於臺灣大學化學系，後赴美獲維吉尼亞大學博士學位，長期任職於美國化學界，主持藥物合成研究。出版有《林泠詩集》、《與頑石鑄情》等詩集三種。

岩　上（一九三八～二〇二〇）

原名嚴振興，嘉義人，逢甲學院畢業後任中小學教師，曾擔任《詩脈季刊》、《笠》詩刊主編，為第一屆吳濁流新詩獎得主。出版有《激流》、《臺灣瓦》、《岩上詩選》、《岩上八行詩》等詩集，《詩的存在》論述一種，《忙碌的布袋嘴》兒童文學集一種。

謝里法（一九三八～　）

臺北人，畢業於臺灣師範大學美術系，一九六八年在美國紐約市學習藝術理論與藝術史，任教於臺灣師範大學美術研究所。他著有多部與臺灣藝術相關的書籍，其中以《日據時代臺灣美術運動史》、《美術書簡：在信中與阿笠談美術》較為知名，亦出版有《臺灣出土人物誌》，小說集有《紫色大稻埕》、《變色的年代》。

高　準（一九三八～　）

江蘇金山人，一九四八年隨家人到臺灣。畢業於臺灣大學政治系，後獲中國文化大學碩士學位，歷任澳洲悉尼大學副教授、《詩潮》詩刊主編。出版有《丁香結》、《七星山》、《高準詩抄》、《高準詩集全編》等詩集，《文學與社會》、《中國大陸新詩評析（一九一六—一九七九）》、《異議的聲音》等論述，另有散文集和合集。

郭松棻（一九三八～二〇〇五）

臺北人，畢業於臺灣大學外文系，歷任臺灣大學外文系助教、《大風》雜誌創辦人，是在臺灣最早介紹存在主義文學思潮的學者之一，曾在聯合國工作，晚年定居美國。出版有《奔跑的母親》等小說集。

桑品載（一九三八～　）

浙江定海人，一九五〇年五月隨軍到臺灣，畢業於政治作戰學校政治科。歷任《中國時報》「人間」副刊主編，《自由時報》、《臺灣時報》、《民眾日報》副總編輯、《中華日報》特約主筆。

出版有《流浪漢》、《兩個自己》等小說集，散文、報導文學、傳記各一種。

姚嘉文（一九三八～　）

彰化人，畢業於臺灣大學法律系。曾任民進黨主席、《美麗島》等雜誌發行人。一九七九年他因美麗島事件入獄，在監獄中完成長篇歷史小說《臺灣七色記》，共計七部十四冊。出版有《黑水》、《青山路》等長篇小說集，《十句話影響臺灣》等散文集。

洪銘水（一九三八～　）

臺中人，畢業於東海大學中文系，後獲美國威斯康辛大學博士學位，一九九四年從紐約大學退休後返回臺灣，歷任東海大學教授兼文學院院長、臺灣文學研究會召集人、東海大學中文系兼任教授。出版有《臺灣文學散論——傳統與現代》等論述。

東方白（一九三八～　）

原名林文德，臺北人，畢業於臺灣大學農業工程系水利組，後在加拿大莎士卡其灣大學工程系獲博士學位，曾任阿伯達省政府水文工程師，退休後旅居加拿大。出版有《神農的腳印》等散文集，《浪淘沙》、《浪淘沙之丘雅信家族》、《浪淘沙之周明德家族》、《浪淘沙之江東蘭家族》等小說集，《真與美》等傳記，與鍾肇政合著《臺灣文學兩地書》。

白浪萍（一九三八～　）

本名蔡良八，高雄人。曾主編《流星》、《山水》詩刊和《藝術》季刊，一九八二年移民貝里斯。出版有《白鷗書》等詩集，合集一種。

黃荷生（一九三八～　）

原名黃根福，臺北人，畢業於政治大學新聞

系，歷任《現代詩》主編，「現代派」、《笠》詩刊同仁、暖流出版社發行人，出版有詩集《觸覺生活》。

邵玉銘（一九三八～　）

東北嫩江人，一九四八年隨父母到臺灣。畢業於政治大學外交系，獲芝加哥大學歷史研究所博士學位，後在美國任教。一九八二年回臺灣後任政治大學外交研究所所長、「行政院新聞局」局長、《中央日報》董事長兼發行人、中國文化大學史學研究所教授。出版有《文學、政治、知識分子》等論述，《漂泊——中國人的新名字》等傳記散文集一種。

瓊　瑤（一九三八～　）

女，湖南衡陽人。畢業於臺北第二女子中學，自一九六三年發表《窗外》開始，出版的作品絕大部分被改編為電視和電影，是海峽兩岸少有的言情小說巨匠。曾任《皇冠》雜誌東南亞版主編、電影公司負責人。出版有《窗外》、《幾度夕陽紅》、《在水一方》、《我是一片雲》、《庭院深深》、《彩雲飛》、《夢的衣裳》、《還珠格格》等小說集，另有散文集數種。

陳若曦（一九三八～　）

女，原名陳秀美，臺北人。畢業於臺灣大學外文系，後赴美國攻讀英國文學，獲碩士學位。一九六六年秋和丈夫一起從加拿大取道歐洲回中國，後在南京華東水利學院教英文。一九七三年離開大陸到香港，一九七六年定居加拿大，以後又到美國加州大學任教，創組「海外華文女作家協會」。一九九五年返回臺灣從事專業創作，現任「中華民國」著作權人協會秘書長。出版有《尹縣長》、《老人》、《歸》、《城裡城外》、《突圍》、《二胡》、《紙婚》等小說集，《文革雜憶》等散文集，傳記一種。

李歐梵（一九三九～　）

河南太康人，一九四七年到臺灣，畢業於臺灣大學外文系，在美國哈佛大學獲文學博士學位，歷任美國普林頓、加州大學洛杉磯分校、哈佛大學東亞語文學系教授、臺灣「中央研究院」人文院士、香港中文大學客座教授。他一直致力於中國現代文學「現代性」的探索，從文學走向文化研究，《上海摩登》便是他集大成的著作。出版有《浪漫之餘》、《中西文學的徊想》、《鐵屋中的吶喊》、《中國現代文學與現代性十講》等論述，《西潮的彼岸》、《狐狸洞話語》、《過平常日子》等散文集，《范柳原懺情錄》、《東方獵手》等小說集。

彭正雄（一九三九～　）

新竹市人，出版家。畢業於高級商校，在學生書局任職十多年後，自營文史哲出版社。到二〇一三年該社已出版學術著作六百多種，僅「南洋史料研究叢刊」就二十六種，語文類則有三十多種，文學叢刊近七十種，包括文學史、文學批評、詩詞曲、騷賦駢散。在臺灣登記在案的出版社中，該社靠學術精品打入市場。現為「中華民國」圖書出版事業協會常務理事，出版有《歷代賢母事略》。

王文興（一九三九～　）

福建福州人，一九四六年隨家人到臺灣，畢業於臺灣大學外文系，留美後回母校任教授。大學時代曾與白先勇等同窗創辦《現代文學》雜誌，一起推動了臺灣現代小說的創作風氣。出版有《龍天樓》、《家變》、《背海的人》等小說集，《家變六講》等論述，合集一種，另有創作談和散文《小說墨餘》、《星雨樓隨想》。

七等生（一九三九～二〇二〇）

原名劉武雄，苗栗人。一九五九年畢業於臺北師範學校，後到偏遠的礦區當小學老師，一九六二年首次登上文壇。出版有《精神病患》、《我愛黑眼珠》、《白馬》、《老婦人》等小說集，另有散文集、詩集、合集及十冊《七等生全集》。

歐陽子（一九三九～　）

女，原名洪智慧，南投人。一九六一年畢業於臺灣大學外文系，係《現代文學》創辦成員之一。後留校任教，一九六二年赴美留學，一九六五年移居德克薩斯州。出版有《魔女》等小說集，《王謝堂前的燕子——〈臺北人〉的研析與索隱》等論述，散文集兩種，自選集一種。

許其正（一九三九～　）

屏東人，畢業於東吳大學法律系，歷任中國青年寫作協會屏東分會總幹事、《臺灣文藝》編輯、《大海洋》詩刊顧問。出版有《半天鳥》等詩集，散文集六種。

林錫嘉（一九三九～　）

嘉義人，畢業於臺北工專機械科，歷任臺灣肥料公司基隆廠工程師、《臺肥月刊》總編輯。八〇年代主編《研究散文選》。出版有《親情詩集》等詩作，《濃濃的鄉情》等散文集和合集，另有評論《耕耘的手——散文的理論與創作》。

朵　思（一九三九～　）

女，原名周翠卿，嘉義人。肄業於嘉義女子中學，一九五三年開始發表作品。出版《飛翔咖啡屋》等詩集，《斜月遲遲》等散文集，《紫紗巾和花》等小說集，童詩一種。

雷　驤（一九三九～　）

安徽五河人，一九四九年夏到臺灣。畢業於臺北師範學校藝術科，歷任小學教師、電視節目製作人、臺北藝術大學兼任教授。出版有《黑暗中的風景》、《捷運觀跡》等散文集，《雷驤極短篇》等小說集。

符兆祥（一九三九～　）

海南文昌人，生於香港，一九五一年從香港到臺灣。畢業於政治作戰學校新聞系，歷任《亞洲華文作家雜誌》總編輯、「文化總會」秘書。一九九二年參與策劃「世界華文作家協會」並任秘書長。出版有《永恆的悲歌》、《天邊一朵雲》等小說集，另有《葉公超傳》和散文集。

簡　宛（一九三九～　）

女，原名簡初惠，臺北人。畢業於臺灣師範大學國文系，一九六九年到美國深造，曾任工藝學院講師、海外華文女作家協會會長，長期旅居美國。出版有《葉歸何處》、《情到深處》、《燃燒的眼睛》、《黃金歲月逍遙游》等散文集，另有小說集和傳記、兒童文學集。

夏　威（一九三九～　）

原名謝信一，彰化人。畢業於臺灣大學外文系，後獲美國柏克萊加州大學語言學博士學位，歷任臺灣清華大學中文系客座教授、臺灣大學外文系兼任教授，美國夏威夷大學東亞語文系教授、《秋水》詩刊編委。出版有《小碼頭》、《無淚船》等詩集兩種。

劉大任（一九三九～　）

江西永新人，一九四八年六月隨父母到臺灣。畢業於臺灣大學哲學系，後到美國深造。歷任美國加州柏克萊大學亞洲研究系講師、《劇場》雜誌編輯、聯合國秘書處審校。出版有《神話的破滅》等論述，《走過蛻變的中國》、《我的中國》、《紐約眼》等散文集，《杜鵑啼血》、《浮游群落》、《秋陽似酒》等小說集，合集一種。

林煥彰（一九三九～　）

宜蘭人，鄉村小學畢業，為《龍族》詩刊創辦人之一，曾任《亞洲華文作家》雜誌主編、《聯合報》系泰國《世界日報》副刊主編、《乾坤》詩刊總編輯。出版有《斑鳩與陷阱》、《林煥彰詩選》、《愛情的流派及其他》、《林煥彰兒童詩選詩》、《詩六〇》等詩集，《做些小夢》等散文集，《妹妹的紅雨鞋》、《走向大自然》、《麻雀的故事》、《夢和誰玩》等兒童文學集。

張良澤（一九三九～　）

彰化人，臺南師範學校畢業後入成功大學中文系，後又赴日本關西大學攻讀碩士學位。曾任成功大學、東吳大學中文系專任講師、日本筑波大學副教授、共立女子大學國際文化學部教授。一九九七年，他擔任了淡水工商管理學院「臺灣文學系」系主任，後又在真理大學主編《臺灣文學評論》。出版有《倒在血泊裡的筆耕者》等論述，《四十五自述》傳記，《生存的條件》等小說集，《張良澤海外集》散文集，書信集一種，另編有吳濁流、鍾理和、王詩琅、吳新榮全集。

張　健（一九三九～二〇一八）

浙江嘉善人，一九四八年九月到臺灣，臺灣大學中文研究所碩士，歷任臺灣大學、中國文化大學教授、馬來西亞新紀元學院客座教授。曾任《藍星》詩頁及詩刊主編、《現代文學》編委。出版有《張健詩選》、《東方水仙》、《兩個太陽》等詩集，《早晨的夢境》、《流金歲月》等散文集，《梅城故事》等長篇小說，《系主任死了》等小說集，《于右任傳》等傳記，《中國現代詩》、《情與韻：兩岸現代詩集錦》、《文學的長廊》等論述，共一百二十多種。

張香華（一九三九～　）

女，福建龍岩人，生於香港，一九四九年隨父親到臺灣。於臺灣師範大學國文系畢業後任中學教師，兼任《草根》執行主編、《文星》雜誌詩頁編輯。一九八五年參加美國愛荷華大學「國際作家工作室」，回國後提前退休，協助丈夫柏楊專事寫作。出版有《不眠的青青草》、《愛荷華詩抄》、《千般是情》、《張香華詩選》、《燃燒的星》、《貓，你喜歡我嗎》、《初吻》等詩集，另有散文集。

王禎和（一九四〇～一九九〇）

花蓮人，畢業於臺灣大學外文系，美國愛荷華大學訪問作家，曾任花蓮中學英語教師，後長期任職於臺灣電視公司影片組。出版有《嫁妝一牛車》、《寂寞紅》、《三春記》、《香格里拉》、《美人圖》、《玫瑰玫瑰我愛你》、《兩地相思》等小說集十二種，劇本兩種，論述和散文集各一種。

楊　牧（一九四〇～二〇二〇）

原名王靖獻，筆名葉珊，花蓮人。畢業於東海大學，美國愛荷華大學碩士，加州大學柏克萊分校博士，後為西雅圖華盛頓大學教授。一九八三年返臺，任臺灣大學客座教授一年。一九九五年任東華大學人文社會學院院長、「中央研究院」中國文哲研究所所長、政治大學臺灣文學所講座教授。出版有《水之湄》、《花季》、《燈船》、《傳說》、《楊牧詩集（一九五六—一九七四）》、《楊牧詩集II（一九七四—一九八五）》、《楊牧詩集III（一九八六—二〇〇六）》、《完整的寓言》、《時光命題》、《介殼蟲》等詩集，《探索者》、《人文蹤跡》等散文集，《傳統的與現代的》、《文學知識》、《文學的源流》、《失去的樂土》等論述。

劉靜娟（一九四〇～　）

女，南投人。畢業於彰化女子商業學校，退休前為《臺灣新生報》主筆。出版有《歲月就像一個球》、《陽光小語》等散文集，《追尋》等小說集，《屋頂上的秘密》等兒童文學集，另有合集一種。

許達然（一九四〇～　）

原名許文雄，臺南人，畢業於東海大學歷史系，後在美國獲碩士和博士學位。歷任《野風》雜誌編輯、《文季》文學雙月刊編委、東海大學歷史系助理教授、美國西北大學亞非系教授。一九八六年八月與郭楓等作家成立新地文學基金會，並於一九九〇年兼任《新地文學》雙月刊主編，現居美國。出版有《含淚的微笑》、《懷念的風景》等散文集，《違章建築》詩集。

丘秀芷（一九四〇～　）

女，原名邱淑女，桃園人。畢業於世界新聞專科學校採編科。曾任《婦友》月刊編委、中國婦女寫作協會理事長、世界女記者女作家協會臺灣分會副理事長。她除寫小說、散文、報導文學、兒童文學外，還經常參與文壇活動及文教公益事項。出版有《小白鴿》等散文集，《江水西流》等小說集，《民族正氣——蔣渭水傳》等傳記，兒童文學集《血濃於水》。

陌上桑（一九四〇～　）

原名郭俊雄，屏東人。畢業於臺中師範專科學校，後到日本神戶大學深造。歷任《臺灣日報》駐日本特派員、《環球日報》總編輯、《民眾日報》藝文組主任。出版有《臺灣抓狂》、《愛國哀國》等論述，《明天的淚》等小說，散文集一種。

施　淑（一九四〇～　）

女，原名施淑女，彰化人。畢業於淡江大學中文系，後到加拿大哥倫比亞大學亞洲研究所博士班就讀，長期任淡江大學中文系教授。出版有《理想主義的剪影》、《大陸新時期文學概觀》、《兩岸文學論集》等論述。

李　藍（一九四〇～　）

女，原名楊楚萍，安徽合肥人，後來隨父母舉家遷往臺灣。從十八歲起就開始發表小說《哀樂人間》。她的長篇小說《紅唇》、《洛陽女兒》、《哭泣的沙漠》、《一個美國移民的故事》先後在臺灣和大陸出版，她還寫過許多散文，諸如《歲月與山河》、《我們看花去》、《沒有故鄉的人》、《在中國的夜》等等。

夐　虹（一九四〇～　）

女，原名胡梅子，臺東人。畢業於臺灣師範大學藝術系，曾赴美國愛荷華大學「國際作家工作室」深造，為藍星詩社同仁，臺北市立詩梵學院、美國西來大學、臺中科技大學教師。出版有《紅珊瑚》、《向寧靜的心河出航》等詩集，兒童文學集一種。

羅　英（一九四〇～二〇一二）

女，湖北赤壁人，一九四九年隨家人到臺灣，臺北市立女子師範專科學校畢業後主持幼稚園，參加「現代詩社」、「創世紀」詩社。出版有《雲的捕手》等詩集，《魚都睡著了》等散文集，《橡樹上的男人》等小說集。

楊青矗（一九四〇～　）

原名楊和雄，臺南人，高中畢業後曾任事務

員、編輯、裁縫師，並任文皇出版社、敦理出版社主持人。一九八五年赴美國愛荷華大學「國際作家工作室」，一九八七年擔任首屆臺灣筆會會長。出版有《在室男》、《連雲夢》、《行出光明路》等小說集，《生命的旋律》、《臺灣意識對抗中國黨》等散文集，劇本、選集和傳記各一種，另編撰有《臺詩三百首》。

林　玲（一九四一～一九九四）

女，浙江人，一九四九年前後到臺灣。畢業於屏東師範學院專科學校語文組，長期任國民小學教師。出版有兒童詩集《房子生病了》，《陽光組曲》、《走在寫作的路上》等散文集四種。

張曉風（一九四一～）

筆名曉風。籍貫江蘇銅山，生於浙江金華。一九四九年到臺灣，畢業於東吳大學中文系，曾執教於該校及香港浸會學院，現任陽明大學教授。二〇一二年作為親民黨候選人當選臺灣地區第八屆「立法委員」。作為第三代散文家中的名家，她出版有《愁鄉石》、《曉風散文集》、《再生緣》、《曉風吹起》等散文集，另有《情歸何處》、《哭牆》等小說集，《武陵人》、《曉風戲劇集》等劇本，還有報導文學集、兒童文學集、自選集數種。

周浩正（一九四一～）

筆名周寧，江蘇嘉定人。一九四九年隨母經香港赴台灣，陸軍官校畢業。歷任《臺灣時報》文藝組主任、《中國時報》副總編輯、時報出版公司副總經理兼總編輯，並主編過《幼獅少年》、《小說新潮》、《新書月刊》等刊物。翻譯作品《成長的極限》，著作有《橄欖樹》、《編輯道》等。

張子樟（一九四一～）

澎湖人，中國文化大學中山學術研究院文學博士，歷任花蓮師範學院教授、《中央日報》特約編撰、臺東大學兒童研究所兼任教授。潛心青少年文學研究編譯、教學等工作，出版有《人性與「抗議文學」》、《走出傷痕：大陸新時期小說探論》、《試論大陸新時期小說》等論述。

鄧藹梅（一九四一～）

女，安徽壽縣人，一九四九年秋隨父母到臺灣，臺灣師範大學英語系畢業後，長期任中學英文教師。出版有《紫色的風》、《雨送黃荒》、《秋水長天》、《愛雲妹妹》、《愛情不是碎碎的夢等小說集。

何懷碩（一九四一～）

廣東潮安人，一九四二年由香港到臺灣。畢業於臺灣師範大學美術系，後獲美國紐約聖約翰大學藝術碩士學位。歷任臺北藝術大學、世界新聞專科學校、臺灣清華大學教授、臺灣師範大學美術系兼任教授。出版有《苦澀的美感》，《中國的書畫》、《給未來的藝術家》等論述，另有散文集。

林佛兒（一九四一～二〇一七）

臺南人，小學畢業，歷任《仙人掌》雜誌主編、《臺灣詩季刊》（一九八三年六月至一九八五年六月）主編，一九八四年創辦《推理》雜誌，任發行人兼社長。一九八六年創辦林白出版社，任《鹽分地帶文學》雙月刊總編輯。出版有《臺灣的心》等詩集，《尋找香格里拉》等散文集，《島嶼謀殺案》等小說集。

林　綠（一九四一～二〇一八）

原名丁善雄，生於馬來西亞，一九七六年到臺灣。畢業於政治大學西語系，後獲美國華盛頓大學比較文學博士學位。歷任臺北《香港英文週報》總編輯、香港大學中文系客座教授、中國文化大學英文系教授兼所長。出版有《隱藏的景》、《文學評論集》等論述，《十二月的絕響》等詩集，《西海岸戀歌》等散文集，另有《林綠自選集》。

曾永義（一九四一～二〇二二）

臺南人，畢業於臺灣大學中文系，後獲該校碩士和博士學位，曾主編《國語日報》「古今文選」二十多年，並到美國、德國、荷蘭以及香港等地講學，歷任世新大學中文系教授、《國語日報》常務董事、中央研究院院士。出版有《中國古典戲劇論集》、《明雜劇概論》、《說俗文學》、《俗文學概論》等論述，《牽手五十年》等散文集。

鍾鐵民（一九四一～二〇一一）

祖籍高雄，生於遼寧瀋陽，一九四六年三月隨父親鍾理和回臺灣，畢業於臺灣師範大學國文系。歷任《純文學》雜誌校對、高中國文教師、「行政院」客家委員會委員、「鍾理和紀念館」負責人。出版有《山居散記》、《鄉居手記》等散文集三種，《雨後》、《月光下的小鎮》、《三伯公傳奇》等小說集，兒童文學集兩種，《鍾理和紀念館暨文學步道解說手冊》傳記。

杜國清（一九四一～ ）

臺中人，畢業於臺灣大學外文系，後獲美國斯坦福大學博士學位，任教於美國加州大學聖塔芭芭拉校園。出版有《蛙鳴集》、《島與湖》、《望月》、《杜國清詩集》、《情劫集》、《杜國清作品選集》等詩集，自選集一種。另翻譯艾略特等人作品，出版《臺灣文學英譯叢刊》。

涂靜怡（一九四一～ ）

女，桃園人，畢業於德育商業職業學校，任職於「法務部」司法官訓練所，長期擔任《秋水》詩刊主編，曾任中國詩歌藝術學會副會長。出版有詩集《織虹的人》、《秋箋》、《畫夢》、《繾綣過後》、《涂靜怡短詩選》等詩集，《師生緣》等散文集，自選集一種。

杏林子（一九四二～二〇〇三）

女，原名劉俠，陝西扶風人，一九四九年隨家人到臺灣。畢業於北投國民小學，一九九七年獲靜宜大學榮譽博士學位。她少年時即患類風濕關節炎，十六歲信基督教後通過文學、戲劇關懷鼓勵他人，同時呼籲重視殘疾人的福利。著有《生命頌》、《杏林子作品精選》等散文集二十八種，《誰之過》等小說集三種，《牧羊兒——于右任傳》等傳記兩種。

曹又方（一九四二～二〇〇九）

女，原名曹履銘，祖籍遼寧岫岩，生於上海，一九四九年隨父母到臺灣。畢業於世界新聞專科學校採編科，歷任拓荒者出版社總編輯、《聯合報》副刊編輯、美國《中報》文藝版主編、海外華文女作家協會會長、中國婦女寫作協會理事長、圓神出版社發行人。出版有《女性的開放》、《超級的夏娃》、《做個全面成功的女人》、《愛上紐約》等散文集三十八種，《捕雲的人》、《碧海紅塵》、《美國月亮》、《天使不做愛》、《春暮杜鵑老》等小說集十七種，《靈欲刺青——曹又方自傳》等傳記兩種。

綠蒂（一九四二～　）

原名王吉隆，雲林人。畢業於淡江大學中文系，曾二度擔任世界詩人大會會長，現為《秋水》詩刊發行人、中國文藝協會會長。出版有《藍星》、《綠色的塑像》、《風與城》、《泊岸》、《沉澱的潮聲》、《綠蒂詩選》等詩集。

亮軒（一九四二～　）

原名馬國光，遼寧金州人。一九四七年隨家人到臺灣。畢業於臺灣藝術專科學校影劇系，後獲美國紐約市立大學廣播電視研究所碩士學位，歷任臺灣師範大學國語教學中心教員、中國廣播公司節目主持人、《聯合報》專欄組副主任、臺灣藝術專科學校廣電科主任、世新大學口語傳播學系副教授。出版有《從散文解讀人生》、《風雨陰晴王鼎鈞》、《邊緣電影筆記》等論述，《說亮話》、《江湖人物》、《不是借題發揮》等散文集，《亮軒極短篇》兩種。

莊永明（一九四二～　）

臺北人，畢業於臺灣藝術專科學校，歷任臺北市文獻會委員、吳三連臺灣史料基金會董事，並任教於臺灣師範大學等校。出版有《臺灣金言玉語——臺諺淺釋》、《臺灣土話心語——臺諺淺釋》、《臺北市文化人物略傳》等散文集，《臺灣第一》等報導文學集，《臺灣百人傳》等傳記。

林　齡（一九四二～　）

原名林義雄，臺南人，畢業於臺南商業高級職業學校，從事紡織業多年，曾任「秋水」詩社社長，出版有詩集《迪化街的秋天》。

宋后穎（一九四二～　）

女，瀋陽人。一九四九年前後到臺灣，畢業於臺灣藝術專科學校美工科，歷任中小學教師和葡萄園詩社副社長，出版有詩集《歲月的光環》。

唐翼明（一九四二～　）

湖南衡陽人。武漢大學中文系碩士，一九八一年赴美深造，係夏志清的博士生。一九九〇年到臺灣，歷任中國文化大學中文系、淡江大學中文系副教授及東海大學中文系、政治大學中文系教授。退休後曾任華中師大國學院院長。出版有《魏晉清談》、《魏晉文學與玄學》、《大陸新時期文學理論與批評》、《大陸「新寫實小說」》、《大陸當代小說散論》等論述。

陳慧樺（一九四二～　）

原名陳鵬翔，生於馬來西亞，一九六四年十月到臺灣。畢業於臺灣師範大學英語系，歷任臺灣師範大學英語系副教授、世新大學英語系教授兼系主任、馬來西亞南方學院客座教授、佛光大學外文系教授兼系主任。創辦《星座》和《大地》詩刊，曾任《海鷗》詩刊主編。出版有《文學創作與神思》、《主題學理論與實踐》等論述，《多角城》、《我想像一頭駱駝》等詩集，合集一種。

楊小雲（一九四二～　）

女，原名鄭玉岫，生於北平，一九四八年隨父母到臺灣。畢業於實踐大學家政系，歷任《今日生活》主編、中國婦女寫作討會理事。出版有《從相愛到相處》、《欣賞別人肯定自己》、《快樂是心靈在跳舞》等散文集，《千里煙雲》、《等待春天》、《那兩個女人》、《找個人浪漫一下》、《天使咖啡》等小說集，還有兒童文學集數種。

劉春城（一九四二～二〇一八）

花蓮人，畢業於臺灣師範大學國文系，歷任中學教師、雜誌編輯，中年以後專事寫作。出版有《臺灣文學的兩個世界》等論述，另有《蓮花韻事》等小說集，《愛土地的人——黃春明全傳》等傳記。

張素貞（一九四二～　）

字雁棠，新竹人，臺灣師大國文系、國立研究所畢業。曾任中學國文教員，後為臺灣師範大學教授。出版有論述《細讀現代小說》、《續談現代小說》、《現代小說啟事》等，另有兒童文學《俠谷人心》等。

三　毛（一九四三～一九九一）

女，原名陳懋平，祖籍浙江定海，生於四川重慶，一九四九年前後隨家人到臺灣。一九六四年入中國文化大學哲學系當旁聽生，曾任教於中國文化大學中文系。出版有《撒哈拉的故事》、《雨季不再來》、《溫柔的夜》、《夢裡花落知多少》、《荷西，我愛你》、《我的快樂天堂》等散文集四十種，《滾滾紅塵》劇本一種。

楊　風（一九四三～　）

原名楊惠南，臺中人。曾任臺灣大學哲學系教授，現代佛教學會理事長。出版有《佛教思想發展史論》、《禪史與禪思》等論述，《禪思與禪詩》等詩集，《生活禪》等散文集。

曾昭旭（一九四三～　）

廣東大埔人，一九五四年九月到臺灣。畢業於臺灣師範大學國文系，歷任中央大學中文系教授兼系主任、《教與學》雜誌主編、淡江大學中文系教授。出版有《文學的哲思》、《孔子和他的追隨者》、《儒家傳統與現代生活》等論述，《人生書簡》、《老子的生命智慧》等散文集。

謝霜天（一九四三～　）

女，原名謝文久，苗栗人。畢業於淡江大學中文系，退休前為臺北市啟聰學校教師。作品以客家生活經驗與鄉土情懷著稱。出版有《清泉淌過我心田》、《重回牛背山畔》等散文集，《虎門遺恨》、《梅村心曲》等長篇小說，《夢回呼蘭河》傳記，自選集一種。

吳宏一（一九四三～　）

高雄人，畢業於臺灣大學中文系，後獲臺灣大學中文系碩士、博士學位，任《海洋詩社》、《中外文學》等刊物主編，曾任教於臺灣大學、臺灣清華大學、中正大學、香港中文大學中文系。出版有《隨園詩話考辨》、《先秦文學導讀》、《清代文學評論集》等論述，《回首》等詩集，《微波集》

等散文集。

胡民祥（一九四三～　）

筆名許水綠，臺南人。畢業於臺灣大學機械系，歷任《臺灣公論報》副刊主編、《臺灣文藝》編委、紐約州立大學熱能研究員、美國西屋電氣公司工程師。出版有合集《胡民祥臺語文學選》，另有散文和詩集，用方言寫成的論述《結束語言二．二八》。

古　月（一九四三～　）

女，原名胡玉衡，湖南衡陽人，一九四九年到臺灣。畢業於基督教協同會聖經書院，在中原大學教務處任職多年。從一九六三年起在《葡萄園》發表詩作，現為《創世紀》詩刊社長。出版有《追隨太陽步伐的人》等詩集，另有散文集、傳記。

辛　牧（一九四三～　）

原名楊志中，宜蘭人。畢業於羅東中學，一九七一年與友人創辦「龍族詩社」，現為《創世紀》詩刊總編輯，出版有《散落的樹羽》等詩集。

亞　媺（一九四三～　）

女，原名郭金鳳，宜蘭人。畢業於省立臺中家商學校。曾任《彰化周刊》副刊主編、臺灣省婦女寫作協會理事。出版有《琉璃花》等合集四冊及《亞媺短詩選》。

秦賢次（一九四三～　）

宜蘭人。畢業於政治大學西洋語文學系，歷任當代文學史料研究社召集人、臺北縣文化中心「北臺灣文學」編委，曾與應鳳凰等人合編《當代文學史料叢刊》四輯。出版有《許南英、張我軍合傳》、《臺灣文化菁英年表集》傳記及《秦賢次評論集》、《抗戰時期文學史料》等。

龔顯宗（一九四三～　）

嘉義人，畢業於中國文化大學中文系，現為高雄中山大學中文系教授。出版有《二三十年代新詩論集》、《歷朝詩話析探》、《現代文學研究論集——詩與小說》、《臺灣文學研究》、《臺灣文學論集》、《臺南縣文學史（上）》等論述，《臺灣文學家列傳》等傳記，詩集《榴紅的五月》。

張　錯（一九四三～　）

原名張振翱，筆名翱翱，祖籍廣東惠陽，生於澳門，一九六二年到臺灣。香港華江英文書院畢業後考進臺灣政治大學西語系，與王潤華、林綠、陳慧樺、淡瑩等人創辦《星座》詩刊，一九七四年起任教於美國南加州大學，退休後回台任教授。出版有《過渡》、《錯誤十四行》、《春夜無聲》、《細雪》、《滄桑男子》、《流浪地圖》、《另一種遙望》等詩集，《從木柵到西雅圖》、《那些歡樂與悲傷的》、《靜靜的螢河》等散文集，《當代美國詩風貌》、《批評的約會——文學與文化論集》等論述。

席慕蓉（一九四三～　）

女，原名穆倫·席連勃，原籍內蒙古，生於四川，一九五四年從香港到臺灣。畢業於臺灣師範大學藝術系，後赴比利時專攻油畫。一九七〇年回臺後，長期在新竹師專美術科任教。舉行過多次畫展，並獲獎牌多枚。出版有《畫師》、《七里香》、《無怨的青春》、《時光九篇》、《河流之歌》、《時間草原》、《我折疊著我的愛》等詩集，《畫出心中的彩虹》、《有一首歌》、《人間煙火》、《童心新集》等散文集，另有傳記、日記和合集。

吳 晟（一九四四～ ）

本名吳勝雄，彰化人。畢業於屏東農專，後任國中教師，一九七五年獲中國現代詩獎，應邀赴美國愛荷華大學「國際作家工作室」訪問。出版有《泥土》、《向孩子說》、《飄搖裡》、《吾鄉印象》、《吳晟詩集》等詩集，《農婦》等散文集。

王 拓（一九四四～二〇一六）

基隆人，畢業於政治大學中文研究所，歷任花蓮中學教師、《文季》雜誌總編輯、《人間》雜誌社社長，並創辦《春風》詩雜誌。一九七六出版第一本小說集《金水嬸》，在鄉土文學論戰中發表《是「現實主義文學」，不是「鄉土文學」》等文。一九七九年捲入「美麗島事件」，被當局以涉嫌「叛亂」的罪名逮捕入獄，在牢中完成第一部長篇《牛肚港的故事》。曾任「立法委員」和民進黨秘書長。出版有《民眾的眼睛》、《黨外的聲音》等論述，《金水嬸》、《牛肚港的故事》等小說集，兒童文學集三種。

張系國（一九四四～ ）

祖籍江西南昌，生於重慶。一九四九年隨父親到臺灣，一九六五年畢業於臺灣大學電機系。一九六六年赴美攻讀電腦學科博士學位，曾在美國數所大學任教，退休前為匹茲堡大學電腦系主任。出版有《旗王》、《香蕉船》、《昨日之怒》、《黃河之水》等小說集，《快活林》、《男人的手帕》等散文集。張氏還是臺灣科幻小說的拓荒者，曾獨資創辦《幻象》季刊，另著有《星雲組曲》、《龍城飛將》等

嚴 沁（一九四四～ ）

女，生於上海，一九四九年前後隨父母到臺灣。臺灣大學外文系畢業後定居香港，現旅居美國。出版有《漫步人生路》等散文集，《愛的

樂章》、《跳躍的音符》、《又見雨虹》、《星火》、《斯人獨憔悴》、《初晴微雨》、《愛的春夏秋冬》、《情在深時》、《餘情未了》、《沒有愛情的故事》、《回首夕陽》、《不是真相》、《夢裡夢外》、《一樣的天空》等小說集一八〇多種，《嚴沁系列小說全集》五十冊。

吳敏顯（一九四四～）

宜蘭人，畢業於政治作戰學校藝術系，歷任《聯合報》、《九彎十八拐》編輯，出版有散文集《青草地》、《老宜蘭的版圖》等，另有詩歌和小說集。

梁景峰（一九四四～）

屏東人，筆名梁德民，畢業於輔仁大學外文系德文組，後獲德國海德堡大學碩士學位。歷任《中國時報》撰述委員、淡江大學德文系副教授。作為二十世紀八〇年代文壇的評論家，他出版有《鄉土與現代——臺灣文學的片斷》、《風景的變遷——德語文學評論選》，還翻譯中外文學著作，出版有德文版《白萩詩集》。

陳祖彥（一九四四～）

女，祖籍廣東梅縣，生於臺北。畢業於中興大學法律系，歷任《張老師》、《幼獅文藝》主編、中國婦女寫作協會秘書長。出版有《世紀姻緣》、《公主復仇記》、《愛戀世紀末》等小說集，另出版有散文集。

旅　人（一九四四～）

原名李勇吉，臺中人。畢業於臺灣師範大學國文系，為「笠」詩社同仁。出版有《中國新詩論史》，另出版有詩集。

孫康宜（一九四四～）

女，祖籍天津，生於北京，臺灣東海大學外文系畢業。一九六八年到美國留學，歷任普林斯頓大學葛斯德東方圖書館館長、耶魯大學東亞語言文學系教授和東亞研究所主任。一九九〇年孫康宜和六十多位美國學者合作，開始了美國漢學界前所未有的翻譯工程：《中國歷代女作家選集：詩歌與評論》的選編和翻譯。著有《陳子龍柳如是詩詞情緣》、《耶魯潛學集》、《古典與現代的女性闡釋》等。

季　季（一九四四～　）

女，原名李瑞月，雲林人。高中畢業後到美國愛荷華大學「國際作家工作室」進修，歷任《聯合報》副刊編輯、《中國時報》「人間」副刊主編、《印刻文學生活志》編輯總監。出版有《夜歌》、《行走的樹——向傷痕告別》等散文集，《月亮的背面》、《誰開生命的玩笑》等小說集，傳記文學一種，另與張子靜合著《我的姐姐張愛玲》。

高信疆（一九四四～二〇〇九）

筆名高上秦，陝西西安人，出生於西安，五歲時隨母親到臺灣。歷任《中國時報》副總編輯兼「人間」副刊主編、《時報週刊》總編輯、時報出版公司總編輯、《中時晚報》社長、香港《明報》集團總編、《京萃週刊》企業顧問等要職，被譽為「紙上風雲第一人」。他在二〇世紀七八十年代有許多創辦副刊的新理念，為臺灣《中國時報》「人間」副刊創下空前的輝煌成就。

沙　白（一九四四～　）

原名涂秀田，屏東人。畢業於高雄醫學院，歷任《現代詩頁》月刊主編、「阿米巴」和「大海洋」詩社社長。出版有《問品》等詩集，散文、傳記各一種，《星星亮晶晶》等兒童文學集。

汪啟疆（一九四四～　）

祖籍湖北武漢，出生於四川瀘州，一九四九年五月隨家人到臺灣，畢業於海軍官校、三軍大學戰爭學院，歷任艦長、海軍學院院長等職。一九七一年一月在《水星》詩刊發表第一首詩，曾加入「創世紀」詩社，並與友人創辦「大海洋詩社」任同名詩刊主編。出版有《海洋姓氏》、《海上的狩獵季節》、《藍色水手》、《人魚海岸》等詩集，《攤開胸膛的疆域》等散文集，另有兒童文學集《到大海去呀，孩子》。

李　渝（一九四四～二〇一四）

女，祖籍安徽，生於重慶。一九四九年前後隨父母到臺灣。畢業於臺灣大學外文系，後獲美國柏克萊加州大學中國藝術史博士學位，任教於美國紐約大學東亞系。出版有《族群意識與卓越風格》等論述，《溫州街的故事》等小說集。

呂秀蓮（一九四四～　）

女，桃園人，畢業於臺灣大學法律系，先後獲得美國伊利諾大學比較法學碩士、哈佛大學法學研究所碩士學位。歷任拓荒者出版社社長、《美麗島》雜誌社副社長、第十和十一屆臺灣地區副領導人、《玉山周報》發行人。出版有《臺灣大未來》等論述，《新女性主義》、《我愛臺灣》等散文集，另有中、短篇小說集《這三個女人》，長篇小說《情》。

殷志鵬（一九四四～　）

江蘇南京人，臺中師範學校畢業，臺灣師範大學國文系學士，政治大學新聞研究所、英國倫敦大學教育研究所研究員，美國紐約哥倫比亞大學文學碩士、教育學博士。一九九五年自紐約教育界退休後便專心著述，所寫多為身邊的人事景物、書札遊記和對社會人生的體悟，已出版《夏志清的人文世界》等論述和散文集，並有兩本外文著作。

蔣　芸（一九四四～　）

女，生於上海，一九四九年隨父母到臺灣，畢業於政治大學中文系。一九九七年定居香港，曾任香港鴻信亞洲公司董事。出版有《香島隨筆》、《一百二十個女人》、《港都夜雨》等散文集，《屬於我的雨季》、《與我同舞》、《蓮花心情》等小說集。

落　蒂（一九四四～　）

原名楊顯榮，嘉義人。畢業於高雄師範學院英文系，任中學教師。歷任《創世紀》詩刊編委、《文學人》雜誌主編。出版有《煙雲》等詩集，散文和傳記各一種，詩論集《兩棵詩樹》、《詩的播種者》、《詩的旅行》、《大家來讀詩》等。

葉芸芸（一九四五～　）

女，臺中人。畢業於實踐大學服裝設計系，一九七三年旅居美國，一九七八年創辦《臺灣雜誌》，一九八三至一九八七年為紐約《臺灣與世界》雜誌發行人，長期關注臺灣現代史以及「二．二八事件」的調查研究。出版有《證言二．二八》等論述，《餘生猶懷一寸心》散文集。

愛　亞（一九四五～　）

女，原名李丌，祖籍北平，生於四川璧山，一九四九年隨母到臺灣，畢業於臺灣藝術專科學校廣播電視科。歷任中國廣播公司節目主持人、皇冠出版社主編、《聯合文學》執行主編、「愛亞小坊」負責人。出版有《喜歡，臺北》、《成長白皮書》、《給亮麗的你》等散文集，《我也寂寞》等小說集，兒童文學集四種，《愛亞作品集》四冊。

施善繼（一九四五～）

彰化人，畢業於某校土木工程科，「龍族」詩社創辦人之一。詩作《小耕周歲》曾入選臺灣國民中學課本。《小耕入學》一九七九年獲「時報文學獎」敘事詩優等獎。一九七○年後半期受蘇慶黎之邀參與《夏潮》雜誌編輯。曾任《人間思想與創作叢刊》編委、《兩岸犇報》專欄作者。出版有《傘季》、《施善繼詩選》、《寶島小遊記》、《返鄉》、《兩顆子彈》、《毒蘋果札記》。

鍾　玲（一九四五～）

女，原籍廣州，五歲時從日本舉家遷往臺灣。一九六六年畢業於東海大學外語系，一九六七年赴美國威斯康辛大學比較文學系留學。一九七二年起在美國紐約州立大學中文系任教。一九八二年起在香港大學任教，一九八九年起任臺灣中山大學、高雄大學教授，二○○三年起任香港浸會大學文學院院長、澳門大學教授。出版有《現代中國繆司——臺灣女詩人作品析論》等論述，《芬芳的海》等詩集，《大地春雨》等散文集，小說集和合集數種。

尹　玲（一九四五～）

女，本名何金蘭，祖籍廣東大埔，生於越南，一九六九年六月到臺灣，臺灣大學文學博士、法國巴黎第七大學文學博士，歷任淡江大學中文系、法文系教授。出版有《當夜綻放如花》、《一隻白鴿飛過》等詩集，《文學社會學》等論述，《旋轉木馬》等兒童文學集。

古添洪（一九四五～）

生於香港，一九六五年夏天到臺灣。畢業於臺灣師範大學國文系，後獲美國聖地亞哥加州大學比較文學系博士學位。曾任教於臺灣師範大學，退休後到慈濟大學任教授，為「大地詩社」核心成員，曾任《海鷗》詩刊主編。出版有《比較文學．現代詩》、《記號詩學》等論述，《背後的臉》等詩集，另有散文及合集。

呂興昌（一九四五～　）

彰化人，畢業於臺灣大學中文系碩士班，歷任臺南成功大學中文系、新竹清華大學中文系教授，退休後為臺南大學國文系兼任教授。曾為老一輩作家楊熾昌、林亨泰、吳新榮等人編纂全集，並建構「臺灣文學研究工作室網站」，提倡「臺語文學」。出版有《臺灣詩人研究論文集》、《民間文學卷》（兩冊），另有兒童文學《中國歷史故事》。

黃碧端（一九四五～　）

女，福建惠安人，一九四九年到臺灣，畢業於臺灣大學政治系，後獲美國威斯康辛大學文學博士學位，曾任高雄中山大學外文系和暨南國際大學語文教學研究中心主任、臺南藝術大學校長、「行政院文建會」主任委員。出版有《期待一個城市》、《月光下．文學的海》等散文集。

拾　虹（一九四五～二〇〇八）

原名曾清吉，南投人。畢業於臺北工專，為《笠》詩刊同仁，出版有《拾虹》、《船》等詩集。

彭鏡禧（一九四五～　）

新竹人。臺灣大學外文系學士及碩士、美國密西根大學比較文學博士。歷任美國維吉尼亞大學客座教授、「中華民國」比較文學學會理事長、中華戲劇學會理事長、「中華民國」筆會會長、臺大文學院院長。現任臺大名譽教授、輔仁大學客座教授，研究領域為莎士比亞與文學翻譯，編、著、譯作品四十餘種，包括《發現莎士比亞：臺灣莎學論述選集》、《細說莎士比亞：論文集》、《哈姆雷特譯注》、《威尼斯商人譯注》、《尋找歷史場景：戲劇史學面面觀》、《與獨白對話：莎士比亞戲劇獨白研究》等。

張漢良（一九四五～　）

山東臨清人，一九四五年前後隨父母到臺灣。畢業於臺灣大學外文系，後到美國紐約翰霍普金斯大學從事博士後研究工作。歷任《中外文學》月刊主編、臺灣大學外語系教授兼系主任，並先後到美國、捷克、希臘等大學任客座教授、復旦大學特聘教授，出版有《現代詩論衡》、《比較文學理論與實踐》、《文學的迷思》等論述，另與蕭蕭共同編著《現代詩導讀》五冊。

張清香（一九四五～　）

臺北人，畢業於臺南高級護理學校，後為《乾坤》詩刊同仁，晚年旅居美國。出版有詩集《流轉的容顏》、《張清香短詩選》。

喻麗清（一九四五～二〇一七）

女，祖籍浙江杭州，生於浙江金華，一九四八年隨父母到臺灣，在臺北醫學大學藥學系讀書時創辦「北極星」詩社，畢業後到美國，一九七〇年回臺灣，一九七二年再度到美國，後在紐約州立大學教中文，曾為北美中華新文藝協會副理事長。出版有《愛的圖騰》等詩集四種，《千山之外》、《流浪的歲月》、《無情不似多情苦》等散文集，《紙玫瑰》、《喻麗清極短篇》等小說集，另有報導文學集、兒童文學集多種，《喻麗清作品集》五冊。

施叔青（一九四五～　）

女，本名施叔卿，彰化人，畢業於淡江大學外文系，後赴美專攻戲劇。一九七八年移居香港，歷任香港藝術中心亞洲節目部主任、亞洲節目策劃顧問。早期作品受超現實主義影響，後期風格發生重大變化，趨向現實主義。一九九四年返臺，現居美國。出版有《西方人看中國戲劇》等論述，《回家，真好》、《藝術與拍賣》等散文集，《約伯的末裔》、《牛鈴聲響》、《倒放的天梯》、《完美的丈夫》、《她名叫蝴蝶》、《遍山洋紫荊》、《寂寞雲園》、《行過洛津》、《三世人》等小說集，傳記兩種。

關　關（一九四六～　）

原名關紹箕，北京人，一九四九年前後到臺灣。畢業於東吳大學中文系，歷任《歷史》月刊總編輯、東海大學社會學系副教授、輔仁大學新聞傳播學系教授。出版有《文學批評集》、《走出符號的迷宮——啟蒙語意學》、《實用修辭學》、《中國傳播思想史》、《後段語言概論》等論述九種，《賭的哲學》、《第三隻耳》、《溝通一百》、《觀察家一百》等散文集十八種，長篇小說集兩種，兒童文學集一種。

陳　列（一九四六～　）

本名陳瑞麟，嘉義人，畢業於淡江大學英文系，曾任東華大學兼任講師，現隱居鄉村。出版有《地上歲月》、《永遠的山》、《人間·印象》、《躊躇之歌》。

曾貴海（一九四六～　）

屏東人，畢業於高雄醫學院醫學系，歷任《文學臺灣》雜誌社社長、臺灣筆會會長、《文學界》雜誌創辦人之一，現為醫師。出版有《戰後臺灣反殖民與後殖民詩學》等論述，《高雄詩抄》、《臺灣男人的心事》等詩集，另有散文集。

南方朔（一九四六～　）

原名王杏慶，江蘇無錫人，一九四九年前後到臺灣。畢業於臺灣大學森林系，歷任《中國時報》副總編輯、《新新聞》總主筆、《亞洲周刊》主筆，是臺灣著名的「民間學者」。出版有《中國自由主義的最後堡壘》、《國民黨無望論》、《李登輝時代的批判》、《臺灣政治的深層批判》、《回到詩》、《新野蠻時代．三——閱讀大師》等論述三十多種。

柯慶明（一九四六～二〇一九）

祖籍南投，生於日本，後隨父母返回臺灣，畢業於臺灣大學中文系。歷任日本京都大學文學部招聘教授、《現代文學》雜誌主編、臺灣大學中文系教授兼文學院副院長。出版有《文學美綜論》、《現代中國文學批評述論》、《中國文學的美感》、《臺灣現代文學的視野》等論述，《出發》等散文集，詩集一種。

陳長慶（一九四六～　）

金門人，初中肄業，現為《金門文藝》發行人。出版有《何日再見西湖水》、《時光已走遠》等散文集六種，《失去的春天》、《烽火兒女情》等小說集九種，報導文學一種，另有《陳長慶作品集》十冊。

王　灝（一九四六～二〇一六）

本名王萬富，南投人。畢業於中國文化學院中文系，曾參加大地詩社、詩脈詩社，歷任《南投青年》編輯、南投中學國文教師。出版有論述和詩集各一種，《臺灣之心》等散文集九種。

林明德（一九四六～　）

高雄人，畢業於輔仁大學中文系碩士班，曾任彰化師範大學國文系教授兼副校長。出版有《唐詩的境界》、《臺灣新詩研究——中生代詩家論》等論述十種，《親近臺灣文學——作家現身》等散文集，《金源文學家小傳》等傳記，《古典寓言笑話的滋味》（與賴芳伶合著）等兒童文學集。

李元貞（一九四六～　）

女，湖北荊門人，生於昆明，一九四九年到臺灣。畢業於臺灣大學中文系，歷任婦女新知基金會董事長，係臺灣婦女運動先驅。一九九八年與文友成立「女鯨詩社」，二〇〇五年從淡江大學退休後一度擔任總統府國策顧問。出版有《女性詩學——臺灣現代女詩人集體研究（一九五一～二〇〇〇）》等論述，《女人詩眼》詩集，《愛情私語》等小說集，散文集一種。

沈　謙（一九四七～二〇〇六）

筆名思謙，江蘇東臺人，一九五七年隨父母從香港到臺灣。畢業於臺灣師範大學國文系，歷任《幼獅月刊》主編、黎明文化公司總編輯、空中大學人文學系主任、東吳大學中文系兼任教授。出版有《期待批評時代的來臨》、《文心雕龍與現代修辭學》、《修辭方法論》、《文學概論》、《獨步散文國——現代散文評析》等論述十六種，《效法蕭伯納幽默》等散文集四種。

李豐楙（一九四七～　）

筆名李弦，雲林人。畢業於臺灣師範大學國文系，曾與詩友創辦「大地詩社」。歷任靜宜大學副教授、政治大學教授、「中央研究院」中國文哲所研究員。出版有《魏晉南北朝文士與道教之關係》、《創世之神——看神話學作文》等論述，《大地之歌》等詩集，散文一種。

李永平（一九四七～二〇一七）

生於馬來西亞，一九六七年到臺灣。畢業於臺灣大學外文系，歷任《中外文學》執行編輯、東吳大學英文系副教授、東華大學英美語文學系教授。出版有《婆羅洲之子》、《大河盡頭》等小說集。

李敏勇（一九四七～　）

筆名傅敏，屏東人。畢業於中興大學歷史系，歷任《笠》詩刊主編、《臺灣文藝》社社長、臺灣筆會會長。出版有《暗房》、《鎮魂歌》、《思慕與哀愁》、《野生思考》、《戒嚴風景》、《傾斜的島》、《一個臺灣詩人的心聲告白》（有聲CD）、《青春腐蝕畫》等詩集，《文化風景》、《詩人的憂鬱》等散文集，《悲情島嶼》、《臺灣戰後文學反思》、《綻放語言的玫瑰》、《臺灣詩閱讀》等論述，小說和合集各一種。

夏祖麗（一九四七～　）

女，生於北平，一九四八年隨父母到臺灣。畢業於實踐家政管理學院，歷任純文學出版社總編輯、《純文學》季刊發行人，現旅居澳大利亞。出版有《看地圖神遊澳洲》等散文集四種，《筆下生輝》等報導文學集，《從城南走來——林海音傳》、《蒼茫暮色裡的趕路人——何凡傳》（與應鳳凰等合著）傳記兩種，另有兒童文學集。

黃維樑（一九四七～　）

廣東澄海人。一九六九年畢業於香港中文大學中文系，一九七六年獲美國俄亥俄州立大學博士學位後，回港任中文大學教授。一九八七後任香港作家協會主席，曾任澳門大學訪問教授。論著有《中國詩學縱橫論》、《中國文學縱橫論》、《中國古典文論新探》、《怎樣讀新詩》、《香港文學初探》、《香港文學再探》、《中國現代文學導讀》、《文化英雄拜會記》、《壯麗：余光中論》等，以及編著《璀璨的五彩筆：余光中作品評論集》。散文集《突然，一朵蓮花》、《大學小品》、《我的副產品》、《黃維樑散文選》等。

黃樹根（一九四七～二〇一〇）

高雄人，畢業於臺南師範專科學校，曾任小學教師，和文友創辦《主流》詩刊，為《笠》同仁。出版有《臺灣悲歌》等詩集，另有散文集《問題老師》、小說《這個人》。

黃勁連（一九四七～　）

本名黃進蓮，臺南人。畢業於中國文化大學中文系，曾任大漢出版社社長、《臺灣文藝》總編輯、《蕃薯詩刊》總編輯、《海翁臺語文學》總編輯。出版有《文學的沉思》，另有《蕃薯兮歌》等詩集，《黃勁連選集》等散文集，合集《黃勁連臺語文學選》。

洪素麗（一九四七～　）

女，高雄人。畢業於臺灣大學中文系，後到美國進修繪畫藝術，一九七二年返回臺灣，再旅居紐約，在從事美術創作的同時寫詩和散文。出版有《黑髮城市》、《臺灣百合》、《綺麗臺灣》等散文集，《盛夏的南臺灣》等詩集。

陳萬益（一九四七～　）

臺南人，臺灣大學中文系博士，歷任臺灣清華大學中文系教授兼系主任、成功大學臺灣文學系兼任教授、清華大學臺灣文學研究所教授兼所長。長期整理日據作家張文環、龍瑛宗等人的全集工作，出版有《晚明小品與明季文人生活》、《於無聲處聽驚雷——臺灣文學論集》等。

陳芳明（一九四七～　）

高雄人。畢業於輔仁大學歷史系，係「龍族」詩社創辦人之一，後任美國《臺灣文化》總編輯、民進黨文宣部主任，現為政治大學臺灣文學研究所講座教授。出版有《鏡子與影子》、《詩與現實》、《臺灣人的歷史與意識》、《典範的追求》、《左翼臺灣》、《後殖民臺灣》、《孤夜獨書》、《臺灣新文學史》等論述，詩集《含憂草》，《受傷的蘆葦》、《掌中地圖》、《昨夜雪深幾許》等散文集。

董崇選（一九四七～　）

臺南人。臺灣大學外文系碩士，歷任中興大學文學院院長兼任高雄中山大學和中興大學外文系教授。出版有《西洋散文的面貌》、《文學創作的理論與班課設計》、《文學創作的理論與教學》等論述，詩集和散文集各兩種，小說集一種。

彭瑞金（一九四七～　）

新竹人，畢業於高雄師範大學國文系，歷任高雄左營高中國文教師、《文學臺灣》主編、靜宜大學副教授。出版《泥土的香味》、《瞄準臺灣作家》、《臺灣文學探索》、《臺灣新文學運動四十年》、《葉石濤評傳》、《臺灣文學五十家》、《高雄市文學史·現代篇》等論述，《鍾理和傳》等傳記，主編《高雄文學小百科》，另編有《臺灣作家全集——戰後第一代》等書。

蕭　蕭（一九四七～　）

原名蕭水順，彰化人。畢業於輔仁大學國文系，後獲臺灣師範大學國文研究所碩士學位，曾任明道大學中文系講座教授。曾參與「龍族」詩社、任《臺灣詩學》社社長。出版有《現代詩導讀》（與張漢良合作，共五冊）、《現代名詩品賞集》、《現代詩學》、《現代詩縱橫觀》、《現代詩創作演練》、《臺灣新詩美學》、《臺灣後現代新詩美學》、《亂中有序》等論述，《蕭蕭世紀詩選》等詩集，《詩話禪》等散文集，另主編《詩魔的蛻變》，與張默合編《新詩三百首》等。

鄭邦鎮（一九四七～　）

彰化人。畢業於輔仁大學，歷任靜宜大學副教授兼中國文學系主任、兼臺灣研究中心主任以及臺灣文學館館長。主要研究明清八股文、小品文與作文方法等，後轉向臺灣文學研究。一九九九年當選第三屆「建國黨」主席，並且於同年八月宣布參選臺灣地區「總統」。他是臺灣文學館第一位副教授級別職稱調任的館長，同時是二〇〇三年開館營運以來，僅有的兩位不是代理的館長（另一位是林瑞明）之一。曾接受「文建會」和所屬臺灣文學館的委託，策劃編纂二〇〇一年到二〇〇四年的《臺灣文學年鑑》。

莫　渝（一九四八～　）

原名林良雅，苗栗人。一九六八年師專畢業後在小學任教，直至一九九八退休。一九七二年進淡江文理學院夜間部法文系進修，著手翻譯法國詩歌，曾任《笠》主編。出版有《無語的春天》、《長城》、《土地的戀歌》、《浮雲集》、《水鏡》等詩集，《走在文學邊緣》、《閱讀臺灣散文詩》、《笠下的一群》、《臺灣新詩筆記》等論述，散文集兩種，兒童文學集三種，另有《莫渝詩文集》五卷。

馮　青（一九四八～　）

本名馮靖魯，江蘇武進、山東青島人，中國文化大學史學系畢業。曾加入創世紀詩社、陽光小集詩社，現專事寫作。出版有《天河的水聲》、《長城》、《雪原奔火》等，小說集《藍裙子》，散文集《秘密》。

羅　青（一九四八～　）

原名羅青哲，祖籍湖南湘潭，生於山東青島，一九四九年到臺灣，畢業於臺灣輔仁大學英文系，歷任臺灣師範大學英語系教授、明道大學應用英語學系教授兼系主任。一九六九年開始發表作品，一九八七年與同好率先創辦被稱為「後現代狀況」的《磁碟雜誌》。出版有《吃西瓜的方法》、《捉賊記》、《不明飛行物來了》、《錄影詩學》等詩集，《七葉樹》、《詩眼造天涯》等散文集，《從徐志摩到余光中》、《詩人之燈》、《詩人之橋》、《什麼是後現代主義》、《詩的照明彈》、《詩的風向球》、《紙上飄清香》等論述，《少年阿田恩仇錄》等兒童文學。

蘇紹連（一九四八～　）

臺中人，筆名小黑吉、米羅．卡索，畢業於臺中師範專科學校，在臺中任小學教師，先後籌組「後浪」詩社、「龍族」詩社，創辦《詩人季刊》，一九九二年又加盟《臺灣詩學季刊》，一九九八年設「現代詩的島嶼」網站，現為「臺灣詩學．吹鼓吹詩論壇」網站站長兼主編。出版有《茫茫集》、《驚心散文詩》、《河悲》、《我牽著一匹白馬》、《草木有情》等詩集，另有兒童文學集。

呂正惠（一九四八～　）

嘉義人，畢業於臺灣大學中文系，歷任臺灣清華大學、淡江大學中文系教授。作為統派評論家，他不僅從事文學批評，還參加反「臺獨」運動，一度出任中國統一聯盟主席、《新地文學》主編、《人間思想與創作叢刊》發行人。出版有《小說與社會》、《戰後臺灣文學經驗》、《文學經典與文化認同》、《殖民地的傷痕——臺灣文學問題》等論述，並和大陸學者共同主編《臺灣新文學思潮史綱》。

廖輝英（一九四八～　）

女，臺中人。畢業於臺灣大學中文系，一九六四年登上文壇，曾主編《世界婦女》雜誌。出版有《油麻菜籽》、《不歸路》、《窗口的女人》、《輾轉紅蓮》、《愛情良民》、《女人香》等小說集，《談情》、《女性出頭一片天》等散文集。

顏崑陽（一九四八～　）

嘉義人，畢業於臺灣師範大學國文系，歷任中興大學中文系教授、東華大學人文社會學院院長、淡江大學中文系教授。出版有《古典詩文論叢》、《莊子藝術精神析論》等論述，《秋風之外》等散文集，另有小說集和詩集。

葉洪生（一九四八～　）

筆名笑傲樓主、石破玉、金玉等，生於江蘇南京，一九四九年隨父母到臺灣，畢業於淡江大學歷史系，歷任《中國時報》大陸研究室主任、《聯合報》副總編輯、《歷史月刊》副總編輯。出版有中篇小說《逼上梁山》，《蜀山劍俠評傳》、《武俠小說談藝錄——葉洪生論卷》等論述，與林保淳合著《臺灣武俠小說發展史》，《二十年一覺飄花夢》、《為明日中國探路》等散文集。

陳明合（一九四八～　）

臺中人，畢業於中國文化大學歷史系，歷任淡江大學日文系副教授、東吳大學中文系兼任教授、中正大學臺灣文學所副教授、臺灣筆會理事。與林央敏、黃勁連……等人組織全臺第一個台語詩社：「番薯詩社」，並發行《番薯詩刊》。出版有《日本戲劇初探》、《臺灣文學研究論集》、《臺中市文學史初稿》等論述，《風景畫》等詩集。

溫小平（一九四八～　）

女，筆名樂慧，江西太庾人，一九四九年到臺灣。畢業於銘傳商專。出版有《今夜有風》、《開開心心做女人》、《愛情，一輩子的學習》等散文集二十六種，《我帶陽光來》、《扭曲的青春》、《臺北新女人》、《從過去愛過來》等小說集二十七種，《小龍新主張》等兒童文學集二十二種，傳記一種。

鄭炯明（一九四八～　）

臺南人，畢業於中山醫學專科學校，歷任《文學界》社長、《文學臺灣》發行人、「笠」詩社社長、臺灣筆會會長、文學臺灣基金會董事長。出版有《悲劇的想像》、《蕃薯之歌》、《最後的戀歌》、《鄭炯明詩選》等詩集，《文化窗景與歷史鏡像》等論述，另有小說、散文、社會評論集。

莊金國（一九四八～　）

高雄人，少年失學，歷任書店老闆、《臺灣時報》記者、《民眾日報》地方新聞組副主任，《笠》詩刊同仁。出版有《鄉土與明天》、《流轉歲月》等詩集。

沙　穗（一九四八～　）

原名黃志廣，籍貫廣東東莞。一九四九年隨父母到臺灣，畢業於空車通信電子學校。曾任《盤古》詩刊社長、《暴風雨》詩刊主編。出版有《風砂》等詩集，《小蝶》等散文集。

李有成（一九四八～　）

生於馬來西亞，一九七〇年八月到臺灣。畢業於臺灣師範大學英語系，歷任「中華民國」比較文學學會理事長、「中央研究院」歐美研究所研究員兼所長、臺灣大學外文系兼任教授。出版有《在理論的年代》、《逾越——非裔美國文學與文化批評》等論述，《時間》等詩集。

陳憲仁（一九四八～　）

南投人，畢業於成功大學中文系，歷任《明道文藝》雜誌社社長、臺灣文學學會理事、明道大學中文系教授。曾任《臺灣日報》「非臺北觀點」專欄作家，編纂《好書書目》、《尤增輝遺作精選集——斜陽之外》、《三毛家書集——我的靈魂騎在紙背上》，出版有論述與散文合集《滿川風雨看潮生》。

曾心儀（一九四八～　）

女，原名曾台生，祖籍江西永豐，生於臺南。畢業於中國文化大學大眾傳播系，歷任《臺灣日報》記者、《民眾日報》編輯、臺灣文化資產搶救協會執行長。出版有《我愛博士》、《一個十九歲少女的故事》等小說集，《又聞稻香》等合集。

林懷民（一九四八～）

嘉義人，畢業於政治大學新聞系，後到美國愛荷華大學獲藝術碩士學位。一九七三年創辦「雲門舞集」，一九八三年任藝術學院舞蹈系主任，現為雲門舞集藝術總監。出版有《說舞》等論述，《變形虹》等小說集。

蔣　勳（一九四八～）

生於陝西西安，一九五〇年到臺灣。中國文化大學歷史系畢業後，赴法國巴黎大學藝術研究所深造，歷任《雄獅美術》月刊主編、東海大學美術系主任、《聯合文學》社社長。出版《齊白石研究》、《寫給大家的中國美術史》、《藝術概論》、《蔣勳藝術筆記》、《寫給大家的西洋美術史》、《孤獨六講》等論述，《少年中國》、《多情應笑我》、《來日方長》等詩集，《島嶼獨白》、《給青年藝術家的信》、《天地有大美》等散文集，《祕密假期》等小說集，傳記四種。

蔡源煌（一九四八～）

嘉義人，畢業於臺灣大學外文系，曾任《中外文學》月刊主編，退休前為臺灣大學外文系教授。出版有《文學的信念》、《當代文學論集》、《從浪漫主義到後現代主義》、《海峽兩岸小說風貌》、《解嚴前後的人文觀察》、《當代文化理論與實踐》等論述七種。

張　堃（一九四八～）

原名張臺坤，廣東梅縣人，一九四九年前後到臺灣。畢業於空軍通信電子學校，從事國際貿易多年，為創世紀詩社同仁，現居美國。出版有《醒・陽光流著》、《風景線上》等詩集。

洪醒夫（一九四九～一九八二）

原名洪媽從，彰化人。畢業於臺中師範專科學校，曾參加「後浪詩社」，協助《臺灣文藝》編務，主編《六十四年短篇小說選》。出版有《黑面慶仔》、《市井傳奇》等小說集四種，合集一種，另有黃武忠、阮美慧主編的《洪醒夫全集》九冊。

吳潛誠（一九四九～一九九九）

原名吳全成，臺南人，畢業於淡江大學西洋語文研究所，後獲美國華盛頓大學比較文學博士學位。歷任清華大學文學研究所兼任副教授、臺灣大學外文系副教授、東華大學英文系主任、《中外文學》總編輯，出版有《詩人不撤謊》等論述五種。

許振江（一九四九～二〇〇一）

高雄人，畢業於高等商業學校，歷任《文學界》雜誌執行編輯、《臺灣時報》副刊主編，並經營派色文化出版社。出版有《新春桃花》等小說集，散文集和兒童文學集各一種。

邱各容（一九四九～　）

河北良鄉人，臺東大學兒童文學研究所碩士。歷任臺灣兒童文學學會秘書長、臺灣靜宜大學通識教育中心兼任講師、富春文化事業公司發行人，曾獲臺灣文藝協會第四十二屆文藝獎章兒童文學史料獎。著有《臺灣兒童文學作家及作品論》、《播種希望的人們——臺灣兒童文學工作者群像》、《回首來時路——兒童文學史料工作路迢迢》、《臺灣近代兒童文學史》等。

劉　墉（一九四九～　）

原名劉鏞，祖籍河北，生於臺北。畢業於臺灣師範大學藝術系，後在美國深造，歷任「中視」駐美記者和製作人，美國丹維爾美術館駐館藝術家、「水雲齋文化事業」董事長。創作以散文為主，其作品在華人地區暢銷千萬冊。出版有《螢窗小語》、《創造自己》、《紐約客談》、《我不是教你詐》、《做個快樂的讀書人》、《那條時光流轉的小巷》、《愛是一種美麗的疼痛》等散文集，《殺手正傳》、《因為年輕所以流浪》、《母親的傷痕》等小說集，合集數種。

傅孟麗（一九四九～　）

女，一九五二年隨父母從香港到臺灣。畢業於淡江大學中文系，歷任《臺灣時報》副刊主編、「好書店」董事長、芳草印刷設計工作室負責人。出版有《水仙情操——詩話余光中》、《茱萸的孩子——余光中傳》等著作。

沈登恩（一九四九～二〇〇四）

嘉義人，為臺灣遠景出版事業公司創始人，在二十多年前的臺灣，李敖、金庸的作品被列為「查禁目錄」不得出版。最終衝破重重阻礙，將他們的著作呈現給讀者的，正是沈登恩。在戒嚴時期，他還扮演本土化的開路先鋒，大規模出版臺灣本地作家的作品。

陳雨航（一九四九～　）

原名陳明順，高雄人。畢業於臺灣師範大學歷史系，歷任中學教師、《中國時報》「人間」副刊主編、《四百擊》電影雜誌主編、麥田出版公司總經理。出版有《策馬入林》、《天下第一捕快》等短篇小說集。

林　野（一九四九～　）

原名溫德生，生於香港，一九五七年到臺灣。畢業於臺北醫學院，歷任中學教師和大學講師、《北極星》詩刊主編、《陽光小集》編輯、明道大學身心保健中心主任兼休閒保健學系副教授。出版有《林野的詩》等詩集兩種，《兩河流域》等散文集六種。

雨弦（一九四九～）

原名張忠進，嘉義人。高雄師範大學國文系博士。歷任高雄市文獻委員會主任委員、臺灣文學館副館長、高雄市中國文藝協會理事長、大海洋詩社社長，並在高雄師大、高雄大學、長榮大學等校擔任講師。曾獲高雄市文藝獎新詩首獎、全國優秀青年詩人獎、國際桂冠詩人協會獎等獎項。出版有《夫妻樹》、《母親的手》、《雨弦詩選》、《機上的一夜》、《因為一首詩》、《生命的窗口》等詩集，《愛情限時批》書信集。

江自得（一九四九～）

臺中人，高雄醫學院醫學系畢業，讀大學時任「阿米巴詩社」社長。歷任「笠」詩社社長、《文學臺灣》副社長。出版《故鄉的太陽》、《那一支受傷的歌》、《遙遠的悲哀》等詩集。

馬叔禮（一九四九～）

河南密縣人，一九四九年隨家人到臺灣。畢業於淡江大學中文系。一九七七年四月至一九八一年八月為「三三集刊」及一九七九年創辦的「三三書坊」負責人之一。歷任《三三集刊》主編、耕莘文教院寫作班主任、臺北網路社區大學人文社會學院講師。出版有《評天龍八部》、《評射雕、神雕、倚天》、《評俠客行》等論述，詩集《有龍來儀》，另有散文和小說集。

高大鵬（一九四九～）

祖籍山東臨朐，生於基隆。畢業於臺灣大學中文系，歷任《聯合文學》總編輯、《中華日報》主筆、東吳大學中文系教授、臺北商業技術學院共同學科教授。出版有《唐詩演變之研究》、《傳遞白話的聖火——少年胡適與中國文藝復興運動》等論述，《文學人語》等散文集，詩集兩種。

高全之（一九四九～　）

祖籍福建長樂，生於香港，一九五三年隨長輩到臺灣。美國紐約州立大學布法羅分校電腦科學碩士，現為美國諾資柔普飛公司資深電腦軟件工程師。出版有《當代中國小說論評》、《王禎和的小說世界》、《張愛玲學——批評・考驗・鉤沉》。

康來新（一九四九～　）

女，祖籍湖北黃陂，生於臺北。畢業於臺灣大學中文系，現為中央大學中文系教授。出版有《紅樓夢研究》、《晚清小說理論研究》等論述，《中國情》等散文集。另編有《陳映真的心靈世界》、《王文興的心靈世界》，同時從事現代短篇小說的選析工作。

連水淼（一九四九～二〇一五）

祖籍廈門，生於基隆。畢業於香港現代中醫學院，曾與沙穗等人共同創辦《暴風雨》詩刊，後加入「創世紀」詩社，曾任智華公司董事長。出版有《生命的樹》、《臺北・臺北》、《在否定之後》等詩集。

琹　涵（一九四九～　）

女，原名鄭頻，祖籍廣東汕頭，生於屏東。畢業於中國文化大學中文系，長期任中學教師。出版有《陽光下的笑臉》、《美如花朵》、《水聲如歌》、《小小茉莉》等散文集，詩集、傳記各一種，兒童文學集四種。

馮輝岳（一九四九～　）

桃園人，畢業於新竹師範學院，參與民間版國語、客語教科書編撰。出版有《兒童文學評論集》、《兒歌研究》、《客家謠諺賞析》等論述八種，兒童文學集二十六種，散文集四種，小說集兩種，合集一種。

薛興國（一九五〇～二〇二〇）

祖籍上海，生於香港，畢業於臺灣大學化工系，歷任《新生報》總編輯、《民生報》副刊編輯、香港《聯合報》副社長，聯合報系香港新聞中心主任。出版有《通宵達旦讀金庸》、《吃一碗文化》、《吃遍中國》等散文集。

謝武彰（一九五〇～　）

臺南人，畢業於復華中學高中部。歷任編輯、編劇、主編，現專事寫作。出版有《人間好顏色》等散文集六種，《動物的歌》等兒童文學集一百四十九種。

馮　青（一九五〇～　）

女，原名馮靖魯，山東青島人，不久隨父母到臺灣。畢業於中國文化大學歷史系，曾加入「創世紀」和「陽光小集」詩社，為臺灣筆會成員。出版有《天河的水聲》、《雪原奔火》等詩集兩種，散文集和小說集各一種。

袁瓊瓊（一九五〇～　）

女，祖籍四川眉山，生於新竹。畢業於臺南商職學校，後參加愛荷華大學「國際作家工作室」。曾任《創作》月刊編輯，現專事寫作。出版有《紅塵心事》、《青春的天空》、《孤單情書》等散文集，《自己的天空》、《蘋果會微笑》、《情愛風塵》、《恐怖時代》等小說集。

宋田水（一九五〇～　）

本名宋樹涼，彰化人，畢業於臺灣大學外國語文學系，曾任遠景出版公司「諾貝爾文學獎全集」翻譯。著有《「吾鄉印象」的鄉土美學——論吳晟》、《宋田水文學評論集》，另有《作家當總統》散文集。

黃武忠（一九五〇～二〇〇五）

臺南人，畢業於東吳大學中文系，後獲高雄中山大學中文系碩士學位，歷任《幼獅文藝》編輯、《幼獅月刊》主編、《文學家》雜誌顧問、「行政院文建會」第二處處長。出版有《親近臺灣文學》等論述，《現實人生》等散文集，《臺灣作家印象記》，另有小說《桃香》，去世後由路寒袖主編《黃武忠紀念文集》。

黃　凡（一九五〇～　）

原名黃孝忠，臺北人。中原大學工業工程系畢業，曾任臺灣英文雜誌社企劃、《聯合文學》特約撰稿人。其小說觸及臺灣政治、社會、文化敏感問題，批判性強，《賴索》小說曾引起廣泛關注，被譽為臺灣最傑出的新世代小說家之一。出版有《黃凡的頻道》等散文集，《傷心賊》、《躁鬱的國家》、《大學之賊》等小說集。

東　年（一九五〇～　）

原名陳順賢，基隆人。畢業於臺北工專，後獲美國愛荷華大學寫作班碩士學位。歷任聯經出版公司副總經理、《歷史月刊》社長兼總編輯、《聯合文學》社務顧問。出版有《失蹤的太平洋三號》、《模範市民》等小說集，另有散文集一種。

周玉山（一九五〇～　）

筆名茶陵，祖籍湖南茶陵，生於臺北。畢業於政治大學東亞研究所，後獲中國文化大學三民主義研究所博士學位。歷任《仙人掌雜誌》主編、《中國時報》特約撰稿人、世新大學口語傳播學系副教授、「考試院」委員。以研究大陸文藝為主，出版有《大陸文藝新探》、《大陸文藝論衡》、《大陸文學與歷史》等論述，《文學邊緣》、《文學徘徊》、《無聲的臺灣》等短論集數種。

阿　盛（一九五〇～　）

原名楊敏盛，臺南人。畢業於東吳大學中文系，歷任《中國時報》綜藝版主編、《時代周報》海外版編輯主任、主持碩人出版社及「文學小鎮——寫作私淑班」、臺灣師範大學人文中心現代文學講師。出版有詩集《臺灣國風》，《行過急水溪》、《散文阿盛》、《阿盛精選集》等散文集，《秀才樓五更鼓》等長篇小說集，另有《作家列傳》與合集。

林雙不（一九五〇～　）

原名黃燕德，雲林人。畢業於輔仁大學哲學系，歷任遠景出版公司編輯、臺灣教師聯盟會長、屏東縣教育局長、核四公投促進會召集人。出版《小說運動場》、《散文運動場》等論述，《臺灣新樂符》等詩集，《山中歸路》、《四樓有風》、《聲聲句句為臺灣》等散文集，《臺灣種田人》、《北美阿里山》、《安安靜靜臺灣人》等小說集，另有報導文學、兒童文學集。

林瑞明（一九五〇～二〇一八）

筆名林梵，臺南人，臺灣大學歷史研究所碩士，日本立教大學研究。歷任成功大學歷史系教授、臺灣文學館館長。出版有《失落的海》等詩集三種，散文集一種，《臺灣文學與時代精神》、《臺灣文學的歷史考察》、《臺灣文學的本土觀察》等論述數種，另編有《臺灣文學史年表》、《楊達對照年表》、《賴和先生年表》。

張　鳳（一九五〇～　）

女，祖籍浙江平湖，生於臺北。臺灣師範大學歷史系畢業，美國密西根州立大學歷史碩士。歷任中學教師、臺北「美國速讀中心」講師、美國哈佛大學燕京圖書館編目組職員、哈佛中國文化工作坊主持、北美華文作家協會理事長。出版有《哈佛心影錄》、《哈佛緣》、《一頭栽進哈佛》等散文集。

陳怡真（一九五〇～　）

女，祖籍浙江余姚，生於臺北。畢業於臺灣大學中文系，歷任《中國時報》「人間」副刊主編、《時報週刊》撰述委員、正中書局總編輯。出版有《澄懷觀道——陳奇祿先生訪談錄》等傳記兩種，另有報導文學和兒童文學集各一種。

郭成興（一九五〇～　）

基隆人，大學畢業後歷任《詩人坊》主編、出版社總編輯、《自由時報》撰述委員、《笠》詩刊編委。出版有《郭成義詩集》等詩集，論述《從抒情趣味到反藝術思想》。

陳永興（一九五〇～　）

高雄人，畢業於高雄醫學院，歷任《臺灣文藝》社社長、高雄市立聯合醫院院長和該院精神科醫師。出版有《醫學與生活》、《拯救臺灣人的心靈——臺灣社會人心的病症》、《診斷臺灣》等散文集，傳記一種。

陳艾妮（一九五〇～　）

女，原名陳蓮涓，祖籍上海，生於臺北。畢業於臺灣大學社會系，曾任職商界和電視節目主持人、《婦女文摘》發行人。出版有《天天生日快樂》等詩集三種，《四季女人》、《親子溝通》、《何必離婚》等散文集八十九種，傳記兩種，合集一種。

廖玉蕙（一九五〇～　）

女，臺中人，畢業於東吳大學中文系，歷任

《幼獅文藝》月刊編輯、世新大學中文系教授、臺北教育大學語言與創作學系教授。出版有《細說桃花扇》等論述，《對荒謬微笑》、《大食人間煙火》等散文集，《賭他一生》等小說集，報導文學集兩種。

應鳳凰（一九五〇～　）

女，臺北人，畢業於臺灣師範大學英語系，後在美國獲碩士和博士學位。《當代文學史料研究叢刊》發起人之一、《新地文學》雜誌顧問，現為臺北教育大學臺灣文化研究所兼任教授。出版有《當代大陸文學概況．史料卷》、《臺灣文學花園》、《五〇年代臺灣文學論集》、《文學風華——戰後初期十三著名女作家》等論述，報導文學一種，編有《鍾理和論述》，並多次參與文學年鑑、作家作品目錄、文壇大事記要等編輯工作。

鄭明娳（一九五〇～　）

女，祖籍湖北漢陽，生於新竹。畢業於臺灣師範大學國文系，歷任淡江大學中文系兼任講師、臺灣師範大學國文系教授、中國青年寫作協會理事長，退休後為東吳大學中文系教授。出版有《現代散文欣賞》、《現代散文縱橫論》、《現代散文類型論》、《現代散文構成論》、《現代散文現象論》、《現代散文》、《現代小品》、《當代文學氣象》、《文藝戲劇十年》、《通俗文學》等論述，《教授的底牌》、《山月村之歌》等散文集。

蕭麗紅（一九五〇～　）

女，嘉義人，嘉義女中畢業，目前專事寫作。曾以《千江有水千江月》獲《聯合報》長篇小說獎。著有《桂花巷》、《桃花與正果》、《白水湖春夢》等。

杜十三（一九五〇～二〇一〇）

姓杜，排行十三，取名黃人和，南投人。畢業於臺灣師範大學化學系，歷任廣告公司企劃、創意指導、《創世紀》雜誌主編、中華書局總編輯。出版有《人間筆記》、《地球筆記（有聲多媒體詩集）》、《嘆息筆記》、《火的語言》、《新世界的零件》等詩集，《愛情筆記》等散文集，《行動筆記》、《杜十三主義》等論述，另有劇本和合集各一種。

簡政珍（一九五〇～）

臺北人，畢業於政治大學西洋語文系，歷任《創世紀》主編、中興大學外文系教授、亞洲大學文理學院院長。出版有《放逐詩學：中國當代文學中的放逐母題》、《空隙中的讀者》、《語言與文學空間》、《詩的瞬間狂喜》、《詩心與詩學》、《臺灣現代詩美學》等論述，《季節過後》、《紙上風雲》、《爆竹翻臉》、《歷史的騷味》、《意象風景》、《當鬧鐘與夢約會》等詩集，合集一種。

台　客（一九五一～）

原名廖振卿，臺北人。畢業於成功大學外文系，大學時期開始創作，後任職於郵局，歷任《葡萄園》詩刊主編、中國詩歌藝術學會秘書長。出版有《生命樹》、《鄉下風光》、《故鄉之歌》、《石與詩的對話》、《見震九·二一》、《台客短詩選》等詩集，《童年舊憶》散文集，論述《詩海微瀾》。另主編有《百年震撼》、《不惑之歌——葡萄園四十年詩選》。

王世勛（一九五一～）

筆名王鶴群，臺中人，臺中商專畢業，曾任《臺灣時報》記者、《首都早報》記者、臺灣省議員、「立法委員」。創辦《臺灣新文學雜誌》（一九九五至二〇〇〇），擔任發行人，著有長篇小說《森林》等。

吳玲瑤（一九五一～ ）

女，金門人，一九五八年八月到臺灣。畢業於高雄師範大學英語系，後獲美國洛杉磯加州大學語言學碩士學位。歷任中學英語教師、加州大學助教、美國電視KTSF「文化麻辣燙」節目主持人、北加州華文作家協會和海外華文女作家協會會長。她的散文幽默風趣，可讀性甚強。出版《不幽默也難》、《愛你愛得很幽默》、《幽默人生》等散文集，合集一種。

羊子喬（一九五一～二〇一九）

原名楊順明，臺南人。畢業於東吳大學中文系，歷任遠景出版公司編輯、自立報系編輯、前衛出版社總編輯，《主流詩刊》負責人、遠流出版公司《臺灣大百科》文學卷主編。另主編《鹽分地帶文選》、《光復前臺灣文學全集》新詩四卷。出版有《蓬萊文章臺灣詩》等論述，《羊子喬三十年詩選》等詩集，《太陽手記》等散文集。

田新彬（一九五一～ ）

女，祖籍北京，生於新竹，畢業於臺灣師範大學社會教育系。歷任《世界日報》副刊執行編輯、《聯合報》副刊組副主任兼美國《世界日報》副刊主編、世新大學世界華文典藏中心顧問，出版有《作家·作品·生活》等報導文學集。

玄小佛（一九五一～ ）

女，原名何隆生，祖籍江西，生於基隆。肄業於世界新聞專科學校，其言情小說迎合市場需要，流傳於海峽兩岸。有二十多部小說改編成電影，現移居上海從商。出版有《又見夕陽紅》、《排行榜上的女人》、《浪漫愛情探險》等小說集。

白　靈（一九五一～　）

原名莊祖煌，祖籍福建惠安，生於臺北。畢業於臺北工專化工科，後在美國紐澤西史蒂文斯理工學院獲化工碩士學位，現為臺北科技大學副教授，歷任《草根》詩刊主編、《臺灣詩學季刊》主編、《葡萄園》同仁。出版有《後裔》、《大黃河》、《沒有一朵雲需要國界》、《白靈世紀詩選》、《愛與死的間隙》、《白靈五行詩及其手稿》等詩集，《一首詩的誕生》、《一首詩的誘惑》、《一首詩的玩法》等論述，《給夢一把梯子》等散文集，《妖怪的本事》等兒童文學集。

丘彥明（一九五一～　）

女，祖籍福建上杭，生於臺南。畢業於中國文化大學新聞系，肄業於比利時布魯塞爾皇家藝術學院油畫系。歷任《中國時報》編輯、《聯合報》副刊編輯、《聯合文學》總編輯。現移居荷蘭，為歐洲華文作家協會理事。出版有《荷蘭牧歌》等散文集，《人情之美》等報導學集。

古蒙仁（一九五一～　）

原名林日揚，雲林人。畢業於輔仁大學中文系，後獲美國威斯康辛大學文學碩士學位。歷任中興大學、中央大學、銘傳大學教師，並任《中國時報》撰述委員、《中央日報》副總編輯、雲林縣文化局局長，「文建會」主委辦公室主任。出版有《作家之旅》等散文集，《雨季中的鳳凰花》等小說集，《黑色的部落》、《失去的水平線》、《臺灣社會檔案》、《臺灣城鄉小調》、《人間燈火》等報導文學集。

宋雅芝（一九五一～　）

女，臺南人。畢業於世界新聞專科學校採編科，歷任《人間福報》副刊主編、《中央日報》藝文版主編和《世界華文作家週刊》主編。出版有

《坐看雲起時》等散文集兩種，《作家身影》等報導文學集兩種，傳記一種。

李勤岸（一九五一～）

原名李進發，畢業於東海大學外文系，後獲美國夏威夷大學語言學系博士學位。歷任《詩人季刊》社長、美國哈佛大學東亞語言文明系教授、臺灣師範大學臺灣文化及語言文學所副教授兼所長、臺文筆會理事長。出版有《臺灣話語詞的變化》，臺語詩集《李勤岸臺語詩選》、《咱攏是罪人》、《母語e心靈雞湯》、《大人囝仔詩》及臺語散文集《哈佛臺語筆記》、《新游牧民族》等。

林載爵（一九五一～）

臺東人，畢業於東海大學歷史系，後到英國劍橋大學歷史系博士班學習。歷任哈佛大學訪問學人、《歷史月刊》總編輯、聯經出版公司總編輯，現為該公司發行人。出版有《東海大學校史（一九五五～一九八〇）》、《臺灣文學的兩種精神》、《譚嗣同》傳記。

孫大偉（一九五一～）

屏東人，畢業於輔仁大學大眾傳播系，歷任「今夜要回家」、力霸友聯「廣告再瘋狂」電視節目主持人、上海偉太廣告總裁，出版有散文集《人欲橫流——孫大偉的異想世界》。

風信子（一九五一～）

女，原名酆台英，祖籍南京，高雄人。畢業於高雄師範學院國文系，歷任技術學校教師、《青年日報》校對組主任、專欄組副主任。出版有《花言花語》、《心情小站》等散文集，短篇小說集《永遠的地標——眷村物語》。

張誦聖（一九五一～）

女，祖籍安徽壽縣，生於屏東。畢業於臺灣大學外文系，後到美國獲碩士和博士學位。歷任臺灣大學外文系客座講師、美國中文及比較文學學會會長、美國德州大學亞洲研究系、比較文學研究所教授。著有《文學場域的變遷》，另有英文著作《現代主義與本土對抗——當代臺灣中文小說》、《當代臺灣文學生態》，另和安卡芙合編《雨後春筍——當代臺灣女作家作品選》。

張雙英（一九五一～）

屏東人，美國亞利桑那大學博士。歷任加拿大多倫多大學客座教授、政治大學中文系教授、中國古典文學研究會秘書長、淡江大學中文系教授。出版有《蓮花千瓣——小說寫作的奧秘》、《中國文學批評的理論與實踐》、《臺灣當代文學研究之探討》、《文學概論》、《二十世紀臺灣新詩史》等論述。

小　野（一九五一～）

本名李遠，祖籍福建，生於臺北。畢業於臺灣師範大學生物系，曾任中華電視公司總經理，現專事寫作。出版有散文《在蘋果樹下躲雨》、《家住渴望村》等，小說《蛹之生》、《試管蜘蛛》等，另有兒童文學集多種。

張開基（一九五一～）

祖籍江蘇，生於花蓮。畢業於中國文化大學中文系，歷任《更生日報》專刊主任、《皇冠》雜誌社採訪主任、《神秘》雜誌社發行人兼社長、花蓮UFO觀察站站長。出版有《三毛的生死簿》、《用另一種心情來花蓮》等散文集十三種，《家在金三角》、《胡不歸靈異檔案》、《鬼妻X情人》等小說集五種，《人的第三隻眼》、《通靈人怪談》、《臺灣首席靈媒與牽亡魂》等報導文學集九種，兒童文學集九種，傳記兩種。

陳銘磻（一九五一～　）

新竹人，畢業於世界新聞專科學校廣播電視科，歷任《愛書人》雜誌社社長兼總編輯、號角出版社發行人、森學苑人文講堂執行長。出版有《作文高手一本通》等論述，《車過臺北橋》、《新竹風華》、《風城游》、《雪落無聲》等散文集，《江湖夜雨》、《騷動男人心》等小說集，《賣血人》、《掌燈人》等報導文學集，另有傳記和合集出版。

愚　溪（一九五一～　）

原名洪慶祐，彰化人。歷任策劃導演、《新原人》季刊創辦人、中國文藝協會理事長兼《文學人》發行人。出版有《愚溪詩集》、《北方詩抄》、《別類物格》等詩集，《天行露》等小說集，另有劇本和兒童文學集數種。

葉樨英（一九五一～　）

女，祖籍浙江，生於臺灣。畢業於臺灣大學中文系，後在美國獲碩士學位，為政治大學國際關係研究中心副研究員，出版有《大陸當代文學掃描》。

舞　鶴（一九五一～　）

原名陳國城，嘉義人。畢業於成功大學中文系，後專事寫作。出版有《拾骨》、《十七歲之海》、《餘生》、《鬼兒與阿妖》、《悲傷》、《舞鶴淡水》、《亂迷第一卷》等小說集。

零　雨（一九五二～　）

原名王美琴，臺北人，畢業於臺灣大學中文系，歷任《國文天地》副總編輯、《現代詩》主編、宜蘭大學人文暨科學教育中心講師。出版有《消失在地圖上的名字》、《關於故鄉的一些計算》等詩集。

宋澤萊（一九五二～）

原名廖偉竣，雲林人。畢業於臺灣師範大學歷史系，後在中學任教，大學時代開始創作。一九八六年結合文友創辦《臺灣新文化雜誌》，一九九五年和王世勛創辦《臺灣新文學雜誌》，二〇〇一年又結合臺語文學陣營創辦《臺灣e文藝》，除了持續小說的創作外，亦對臺語詩的寫作及推廣貢獻心力。出版《打牛湳村》、《廢墟臺灣》等小說集，《禪與文學體驗》、《誰怕宋澤萊》、《臺灣人的自我追尋》、《臺灣文學三百年》等文學評論集，另有詩集數種。

王健壯（一九五二～）

高雄人，畢業於臺灣大學歷史系，後到美國深造。歷任《中國時報》「人間」副刊主編、《中國時報》社長兼總編輯。出版有《我不愛凱撒》、《凱撒不愛我》、《看花猶是去年人》、《我叫他，爺爺》。

李瑞騰（一九五二～）

南投人。畢業於中國文化大學中文系，歷任《文訊》雜誌總編輯、中央大學文學院院長、《臺灣詩學》雜誌社社長、九歌出版社基金會執行長、臺灣文學館館長，現為中央大學教授。出版有《六朝詩學研究》、《詩的詮釋》、《臺灣文學風貌》、《文學的出路》、《文化理想的追尋》、《新詩學》、《館長寫序》等論述，《牧子詩抄》一種，《有風就要停》等散文集，編有《抗戰文學概說》、《中華現代文學大系．評論卷》、《當前大陸文學》等。

李　男（一九五二～）

原名李志剛，祖籍江蘇吳縣，生於屏東，畢業於空軍通訊專修班，曾參加主流、草根詩社，任職於《中國時報》和新聞局資料編譯處，現為「李男設計公司」負責人。出版有《紀念母親》等詩集兩種，散文和小說集各一種。

李　昂（一九五二～　）

女，原名施淑端，彰化人，畢業於中國文化大學哲學系，後赴美攻讀戲劇，回臺後曾任教於中國文化大學中文系。十七歲發表處女作《花季》，涉及性意識性心理的禁區，從此其作品多以兩性關係為題材。出版《外遇》、《貓咪與情人》等散文集，《殺夫》、《暗夜》、《北港香爐人人插》、《看得見的鬼》等小說集，另有報導文學集、兒童文學集數種，及《施明德全傳》。

舒國治（一九五二～　）

祖籍浙江奉化，生於臺北。畢業於世界新聞專科學校電影科，歷任《時報週刊》採訪及撰稿、藝楓廣告製片公司企劃，並參與電影《月光少年》演出。出版有《讀金庸偶得》，另有《臺灣重游》等散文集和傳記。

翁立嫻（一九五二～　）

女，祖籍廣東臺山，生於香港，一九七〇年到臺灣，畢業於臺灣師範大學國文系，後獲巴黎第七大學東方國文系博士學位，歷任《臺灣詩學季刊》編委、中國文化大學中文系副教授、《當代詩學》和《現在詩》編委。專長於現代詩、李白研究、詩經及文藝理論。出版《創作的契機》等論述，另有詩集和散文集《巴黎地球人》。

利玉芳（一九五二～　）

女，屏東人。畢業於高雄商業專科學校，現在「白鵝生態」教育園區從事生態教育工作。出版有《活的滋味》等詩集，另有散文、兒童文學集。

吳　當（一九五二～）

臺東人，畢業於臺灣師範大學國文系，歷任臺東縣中小學教師、《海洋兒童文學研究》雜誌主編、水芙蓉出版社編輯、出版有《兒童文學的天空》、《新詩的智慧》、《拜訪新詩》等論述，《與歲月握手》等詩集，另有散文集及《用新觀念學作文》等兒童文學集。

陳福成（一九五二～）

臺中人，政治作戰學校政治學碩士，歷任空中大學政治系兼任講師、《華夏春秋》雜誌社社長、《青溪論壇》季刊副社長。出版有《尋找一座山》等詩集，《五十不惑》傳記和論述數種。

陳坤崙（一九五二～）

高雄人，自學成才。一九七五年創辦春暉出版社，一九八二年與文友創辦《文學界》雜誌，任發行人和社長，現為《文學臺灣》雜誌社社長。出版有《無言的小草》、《人間火宅》、《陳坤崙》集等詩集。

凌　拂（一九五二～）

女，屏東人，輔仁大學中文系畢業。曾任教職，現專事寫作。創作以散文、兒童文學為主。代表作品有：《世人只有一隻眼》、《臺灣的森林》、《與荒野相遇》、《山童歲月》、《童詩開門》等。

陳育虹（一九五二～）

女，籍貫廣東南海，生於高雄。畢業於高雄文藻外語學院英文系。著有詩集《其實，海》、《河流進你深層靜脈》、《索隱》、《魅》及《關於詩》等多種。

吳念真（一九五二～）

本名為吳文欽，臺北人，畢業於輔仁大學夜間部會計系，導演、作家、編劇、演員、主持人，現任吳念真影像文化事業公司董事長。擁有眾多作品，其中包括導演作品，編劇作品，主持作品，演出作品。書籍作品有《特別的一天》、《臺灣念真情》、《這些人，那些事》等。

張德本（一九五二～）

高雄人，成功大學中文系畢業，曾任高級中學教師，主編「前衛文學叢刊」，經營「筆鄉書屋」，現專事文學創作。著有散文《筆鄉》、《人人都有一個聲響》，詩集《未來的花園》、《沙漏的眼神》、《泅是咱的活海》等。

銀正雄（一九五二～）

祖籍湖南邵陽，生於高雄。畢業於國防管理學院，一九七七年發表《墳地那裡來的鐘聲》，被視為攻擊鄉土文學的首篇文章。他最有名的小說作品《返鄉》與陳若曦、王禎和、施叔青、七等生、黃春明、楊青矗等人的作品並列於該年代的重要作品。還有《藏鏡人》小說集，長詩《瓶中書》。

彭小妍（一九五二～）

女，祖籍廣東紫金，生於雲林。畢業於政治大學西洋語文學系，後獲美國哈佛大學比較文學系博士學位，歷任臺灣大學外文系副教授、中央研究院、中國文哲研究所研究員。出版有《超越寫實》、《歷史很多漏洞——從張我軍到李昂》、《海上說情慾——從張資平到劉吶鷗》等論述，小說集兩種。

曾　焰（一九五二～）

女，生於雲南昆明，一九八三年六月從緬甸、泰國北部到臺灣，畢業於臺灣大學中文系，現為

《青年日報》副刊主編。出版有《為你奏一曲流水》等散文集，《蒼天漠漠》、《我們去看鬼》、《天不老·情悠悠》、《珍奇的結晶》等小說集，報導文學集數種。

應平書（一九五二～　）

女，祖籍浙江，生於臺北。畢業於臺灣大學中文系，歷任《國語日報》主編、《中華日報》副刊主任，現為臺北崑劇團團長。出版有《你一定會瘦》、《激情手記》、《臺北女人》等散文集，《奇奇歷險記》等兒童文學集、報導文學集《學人風範》。

陌上塵（一九五二～　）

原名劉振權，苗栗人，畢業於基隆立德高工電子科，曾與文友創辦《陽光小集》詩刊，和沙穗等主編《暴風雨》詩刊。出版有《長夜漫漫》等小說集，《造船廠手記》等散文集，合集一種。

龍應台（一九五二～　）

女，祖籍湖南，生於高雄。畢業於成功大學，後在美國獲博士學位。一九八三年回臺灣，一九八六年移居瑞士，後又定居德國，一九九九年返臺灣，在香港大學任教後再返臺灣，曾任臺灣「文化部長」。出版有《龍應台評小說》，另有《野火集》、《請用文明來說服我》、《大江大海一九四九》等散文集二十多種。

葉　紅（一九五三～二〇〇四）

女，原名黃玉鳳，祖籍四川，生於臺北。畢業於中國文化大學，歷任中學教師、《旦兮》雜誌主編、耕莘青年寫作會副理事長、河童出版社社長，後患憂鬱症在上海自殺身亡。出版有《紅葉詩集》、《紅蝴蝶》等詩集五種。

履　彊（一九五三～　）

原名蘇進強，雲林人。畢業於陸軍官校及三軍大學。歷任《臺灣時報》社長、亞洲華文作家協會秘書長、臺灣團結聯盟黨主席、《臺灣時報》社長兼總編輯。出版有《做個快樂大兵》等散文集，《無愛》、《兒女們》、《江山有待》等小說集，另有傳記和詩集。

蕭　颯（一九五三～　）

女，原名蕭慶餘，祖籍南京，生於臺北。畢業於臺北市立女子師範專科學校，歷任小學教師和電影電視編劇。出版有《二度蜜月》、《小鎮醫生的愛情》、《皆大歡喜》等小說集。

渡　也（一九五三～　）

原名陳啟佑，嘉義人。中國文化大學中文系博士，曾加入「創世紀」詩社，一九九二年與李瑞騰等人創辦《臺灣詩學季刊》，現為彰化師範大學國文系教授。出版有《分析文學》、《渡也論新詩》、《新詩形式設計的美學》、《新詩補給站》等論述，《憤怒的葡萄》、《不准破裂》、《我是一件行李》、《流浪玫瑰》等詩集，《臺灣的傷口》等散文集，《永遠的蝴蝶》小小說集，另有兒童文學集。

陳信元（一九五三～二〇一六）

臺中人，畢業於中國文化大學中文系，歷任幼獅出版公司總編輯、《出版之友》執行主編、佛光大學文學系副教授。出版有《從臺灣看大陸當代文學》、《中國現代散文初探》、《大陸新時期散文概述》、《出版與文學——見證二十年海峽兩岸文化交流》等論述，另有傳記。

陳幸蕙（一九五三～　）

女，祖籍湖北漢口，生於臺中。畢業於臺灣大學中文系，曾任教於臺北第一女子中學、臺北師範學院和臺灣清華大學中文系，現專職寫作。出版《悅讀余光中——詩卷》等論述，《現代女性的四個大夢》、《樂在婚姻》、《法蘭西巧克力的早晨》等散文集，《陳幸蕙極短篇》等小說集。

仙　枝（一九五三～　）

女，原名林慧娥，宜蘭人，畢業於中國文化大學中文系。曾任中國文化大學出版部、《三三集刊》、三三書坊、《中央日報》編輯。是胡蘭成影響臺灣作家的關鍵人物，其筆名為胡蘭成所取，其唯一的散文集《好天氣誰給題名》書名亦為胡蘭成所定。胡蘭成去世後，從此隱沒文壇。

林清玄（一九五三～二〇一八）

高雄人，畢業於世界新聞專科學校電影技術科。歷任《中國時報》海外版編輯、《工商時報》經濟記者、《時報雜誌》主編。他的創作以散文和報導文學著稱，兼及兒童文學評論。出版有《宇宙的遊子》等論述，《蓮花開落》、《溫一湖月光下酒》、《海岸小品》、《隨喜菩提》、《飛越沙漠的河》、《玄想》等散文集，《城市筆記》、《海的女兒》等報導文學集，《和鬼玩捉迷藏》等兒童文學集，另有傳記和他人合作劇本、合集。

平　路（一九五三～　）

女，原名路平，祖籍山東諸城，出生於高雄市。畢業於臺灣大學心理系，並獲美國愛荷華大學數理統計系碩士學位，歷任《中國時報》和《美洲時報週刊》主筆、《中時晚報》副刊主任，曾在臺灣大學新聞研究所、臺北藝術大學藝術行政與管理研究所任教，擔任過香港光華新聞文化中心主任。出版有《女人權力》、《愛情女人》等論述五種，《讀心之書》等散文集四種，《玉米田之死》、《禁書啟示錄》等小說集，另有陳義芝編《平路精選集》。

方娥真（一九五三～　）

女，祖籍廣東潮陽，生於馬來西亞怡保，一九七四年到臺灣。肄業於臺灣師範大學國文系，讀書期間與溫瑞安組織神州詩社，曾任《青年中國》雜誌編輯，後被臺灣官方驅逐出境，一九七〇年代末移居香港後在《明報》任職，現從事文學與音樂創作。出版有《娥眉賦》等詩集，《日子正當少女》等散文集，《畫天涯》等小說集。

李　潼（一九五三～二〇〇四）

臺中人，畢業於政治大學公共行政系。出版《李潼的兒童文學筆記》等論述三種，《寶貝列傳》等散文集十二種，《望天丘》等長篇小說，《屏東姑丈》等劇本，《風城搶孤專輯》等報導文學集，《臺灣民族運動倡導者——林獻堂傳》傳記，《順風耳的新香爐》等兒童文學集多種。

沈花末（一九五三～　）

雲林人。畢業於臺灣大學中文系，歷任中學教師、《自立晚報》副刊主編。出版有《水仙的心情》等詩集，《關於溫柔的消息》等散文集。

汪笨湖（一九五三～二〇一七）

原名王振瑞，臺南人。歷任電視臺監製和節目主持人。在獄中開始寫作，《落山風》等小說被改編成電影並在國際上獲大獎。出版有《俗諺人生——臺灣心聲》等散文集，《口令·來談戀愛的》、《廈門新娘》等長篇小說集，《男子漢大豆腐》、《第八節課》等中、短篇小說集。

林水福（一九五三～　）

雲林人，畢業於輔仁大學日文系，後獲日本東北大學博士學位。歷任日本東北大學客座研究員、高雄第一科技大學副校長、中國青年寫作協會理事長、「中華民國」臺灣文學協會理事長。出版有《日本現代文學掃描》等論述，《日本文學導遊》等散文集。

封德屏（一九五三～　）

女，祖籍廣西，生於屏東，畢業於淡江文理學院中文系。曾任《愛書人》雜誌編輯、出版家文化公司主編，一九七六年二月至一九七九年四月參與策劃《夏潮》雜誌，現為《文訊》雜誌社社長兼總編輯、臺灣文學發展基金會執行長，多次主持《臺灣文學年鑑》、《「中華民國」作家作品目錄》等大型工具書的編寫工作，出版有散文和報導文學合集《美麗的負荷》。

孫大川（一九五三～　）

巴厄拉邦·德納班，臺東人，卑南族。畢業於臺灣大學中文系。原住民作家，歷任東吳大學哲學系講師、「行政院原住民委員會」副主任、東華大學民族發展研究所所長。一九九三年創辦《山海文化》雙月刊並任總編輯，現為政治大學臺灣文學所副教授。出版有《神話之美——臺灣原住民之想像世界》、《夾縫中的族群建構——臺灣原住民的語言、文化與政治》等論述，《山海世界》等散文集，長篇小說和兒童文學集各一種。

楊子潤（一九五三～　）

原名楊孟煌，雲林人。畢業於高雄師範學院國文系，歷任《風燈》主編、北港中學教師、笨港媽祖文教基金會秘書長。出版有《劍塵詩抄》、《秋興》詩集兩種。

鐘麗慧（一九五三～　）

女，雲林人。畢業於東海大學中文系，歷任《自立晚報》文藝組代主編、大呂出版社發行人。出版有《最昂貴的愛情》、《織錦的手——女作家的素描》等散文集，另有傳記。

鐘順文（一九五三～　）

祖籍廣東梅縣，生於印尼雅加達，一九六〇年隨父母到臺灣，畢業於海軍技術學校，歷任《掌門》、《荷笛》、《門神》詩刊主編、詩元素一〇八詩學社社長兼主編。出版有《六點三十六》、《頭髮和詩》、《刺青的時間》、《空無問答》等詩集，《舞衣》等散文集，報導文學集《浪漫高雄》。

鍾明德（一九五三～　）

屏東人，畢業於臺灣大學外文系，歷任臺灣省電影製片廠編導、紐約《世界日報》影劇專欄作家、臺灣藝術大學戲劇系教授兼戲劇學院院長。出版有《在後現代主義的雜音中》、《現代戲劇講座——以寫實主義到後現代主義》、《繼續前衛——尋找整體藝術和當代臺北文化》、《臺灣小劇場運動史——尋找另類美學與政治》、《神聖的藝術——葛羅托斯基的創作方法研究》等論述，另有詩集、散文集、傳記。

陳義芝（一九五三～　）

祖籍四川忠縣，生於花蓮，畢業於臺灣大學國文系，後獲高雄師範大學中國文學博士學位，曾任《聯合報》副刊組主任，現為臺灣師範大學國文系教授。著有《落日長煙》、《青衫》、《新婚別》、《不能遺忘的遠方》、《不安的居住》、《陳義芝世紀詩選》、《我年輕的戀人》等詩集。另有論述《從半裸到全開——臺灣戰後世代女詩人的性別意識》、《聲納——臺灣現代主義詩學流變》、《現代詩人結構》以及散文集數種。

陳寧貴（一九五四～　）

屏東人，畢業於國防管理學校，曾加入「主流」、「陽光小集」詩社，並任大漢出版社總編輯，現為香音企業公司經理、出版社總編輯、臺灣文學藝術獨立聯盟成員。出版有《劍客》等詩集，《落葉樹》、《人生品味》、《讓生命微笑》等散文集，《魔石》等小說集，另有兒童文學集。

陳　黎（一九五四～　）

原名陳膺文，花蓮人。畢業於臺灣師範大學英文系，後任花蓮花崗國中教師，並任教於東華大學中文系。出版有《廟前》、《小丑畢費的戀歌》、《親密書——陳黎詩選（一九七四—一九九二）》、《給時間的明信片》、《陳黎詩集Ⅰ（一九七三—一九九三）》、《苦惱與自由的平均律》等詩集，另有散文集、傳記、兒童文學集、論述數種。

陳　煌（一九五四～　）

原名陳輝煌，高雄人。畢業於世界新聞專科學校夜間廣電科，歷任《愛書人》雜誌編輯、《陽光小集》創辦人之一、《工商時報》副刊主編、北京《新銳雜誌》策劃總監兼主編。出版有《陽關千唱》、《人鳥之間》等散文集，另有小說、報導文學、兒童文學集。

詹　澈（一九五四～　）

原名詹朝立，彰化人。畢業於屏東農專，任《夏潮》、《鼓聲》、《春風》等雜誌編輯，一九九四年加盟「詩潮」詩社，並任《詩潮》副總編。他長期投身於農民運動，二〇〇六年為「倒扁」副總指揮，曾任《新地文學》總編輯。出版有《土地請站起來說話》、《手的歷史》、《海岸燈火》、《西瓜寮詩輯》、《河流和海浪的隊伍》、《詹澈詩選》等詩集，《海哭的聲音》等散文集，另有報導文學集、兒童文學集、合集。

吳祥輝（一九五四～　）

宜蘭人。七十年代以《拒絕聯考的小子》一書，衝撞臺灣教育體制，而後進入平面媒體從事寫作，並參與黨外運動和選舉公開等政治事務，創辦《民進》週刊。二〇〇〇年，「國家書寫」三部曲《芬蘭驚豔》、《驚嘆愛爾蘭》、《驚喜挪威》開拓臺灣價值典範的新視野。《我是被老師教壞的》敘述臺灣國民教育的新可能性。第二個五年寫作計劃「父子三部曲」首部為《陪你走中國》。

紀蔚然（一九五四～　）

基隆人，輔仁大學英國語文學系畢業，現為國立臺灣大學戲劇學系教授。出版有論述《現代戲劇敘事觀：解構與建構》，散文集《誤解莎士比亞》、《終於直起來》、《嬉戲》，舞臺劇本《瘋狂年代》、《倒數計時》、《影痴謀殺》、《夜夜夜麻》等，電影腳本《紅孩兒》、《絕地反擊》等。小說《私家偵探》獲臺灣二〇一二年臺北國際書展小說類獎。

歐宗智（一九五四～　）

臺北人，中國文化大學中國文學系文藝創作組、東吳大學中國文學研究所畢業，後任臺北縣清傳高商校長。著有：《東方白〈浪淘沙〉析論》、《走出歷史的悲情——臺灣小說評論集》、《橫看成嶺側成峰——臺灣文學析論》、《觀音山下的沉思》、《春衫猶濕》、《仰望自己的天星》、《悲愁的城堡》、《三十歲以後才明白》、《送你一朵花》等。

蘇偉貞（一九五四～　）

女，祖籍黑龍江，生於臺南。畢業於政治作戰學校影劇系，後擔任軍中的「中央電臺」、「國防部」藝工總隊等軍職。退役後，則轉任《聯合報》副刊副主任兼「讀書人週報」主編。後於二〇〇六年七月取得香港大學哲學系博士學位，現為成功大學特聘教授。出版有《孤島張愛玲——追蹤張愛玲香港時期（一九五二—一九五五）小說》、《描紅——臺灣張派作家世代論》等論述，《歲月的聲音》、《私閱讀》等散文集，《紅顏已老》、《人間有夢》、《沉默之島》、《封閉的島嶼》、《倒影臺南》、《時光隊伍》等小說集。

楊　澤（一九五四～　）

原名楊憲卿，嘉義人。畢業於臺灣大學外國語文學系，在美國獲博士學位。曾任《中外文學》執行編輯，並在美國和臺灣等地大學任教，後為《中國時報》「人間副刊」主任。出版有《薔薇學派的誕生》、《彷彿在君父的城邦》、《人生不值得活的》等詩集。

賴聲川（一九五四～　）

祖籍江西會昌，生於美國，一九六六年隨父母到臺灣定居。畢業於輔仁大學外文系，後獲美國加州柏克萊大學戲劇藝術博士學位。一九八三年回臺灣任藝術學院戲劇系教授兼系主任，一九八四年與友人合組「表演工作坊」，退休前為臺北藝術大學戲劇系教授。他創作的劇本給臺灣劇團帶來新的生命，一九八五年導演的舞臺劇《那一夜，我們說相聲》，成為二十世紀八〇年代臺灣劇場創作的經典之作，被香港《亞洲週刊》譽為「亞洲劇場導演之翹楚」。出版有《賴聲川的創意學》，另有《暗戀桃花源》、《回頭是彼岸》、《對照》、《雨夜情》、《世界之音》、《魔幻都市》等。

溫瑞安（一九五四～　）

筆名溫涼玉、舒俠舞，祖籍廣東梅縣，生於馬來西亞，一九七三年到臺灣，肄業於臺灣大學中文系。一九七三年在馬來西亞創辦「天狼星詩社」。到臺灣後，於一九七六至一九八〇年創辦「神州詩社」，後遭到當局鎮壓，被驅逐出境，現居香港。出版有《談笑傲江湖》、《天龍八部欣賞舉隅》等論述，《將軍令》等詩集，《神州人》等散文集，

《四大名捕會京師》、《四大名捕震關東》、《劍氣長江》、《闖蕩江湖》、《溫柔的刀》、《殺了你好嗎》、《傷心小箭》、《長安一戰》、《少年冷血》等小說集。

雪　柔（一九五四～　）

女，原名盧麗鶯，祖籍福建漳州，生於臺北。肄業於世界新聞專科學校採編科，歷任電視節目執行製作、《秋水》詩社社長、臺灣中山媒體中國區總臺長。出版有《春天在旅行》等詩集，《飛夢天涯》等散文集，另有報導文學集。

郜　瑩（一九五四～　）

女，祖籍安徽，生於高雄。畢業於中國文化大學中文系，曾任電視臺及廣播節目製作人兼主持人，一九八九年起隻身走訪祖國大陸五十四個少數民族地區，後為上海浦江之聲節目主持人。出版有《新疆的太陽不睡覺》、《行走在美麗的最深處》等散文集，《原色愛情》等小說集，《游——中國大陸少數民族風情錄》等報導文學集，《歡樂游西南》等兒童文學集。

張芬齡（一九五四～　）

祖籍廣東梅縣，生於臺北，畢業於臺灣師範大學英語系，後長期任中學教師。出版有《現代詩啟示錄》、《詩樂園——現代詩一一〇首賞析》等論述，另有散文集。

張春榮（一九五四～　）

臺南人，畢業於臺灣大學，為該校國文系博士，現為臺北教育大學語文與創作學系教授。出版有《詩學析論》、《修辭散步》、《極短篇的理論與創作》、《現代散文廣角鏡》等論述，《文學創作的途徑》等散文集，《含羞草的歲月》等短篇小說集，另有兒童文學集。

姬小苔（一九五四～　）

女，原名何永怡，祖籍南京，生於臺灣，畢業於復興美工。曾任《電影沙龍》主編，出版有《草語花音》等散文集，《奔放的青春》、《我相信愛情》、《七朵水仙花》、《情歸何處》、《醫生和他的情人》等小說集。

周芬娜（一九五四～　）

女，屏東人，畢業於臺灣大學歷史系，歷任《吃在中國》雜誌特約作家、《聯合報》旅遊版特約作者。出版有《丁玲與中共文學》，另有《新上海美食紀行》、《東京花之旅》等散文集。

方　明（一九五四～　）

祖籍廣東番禺，生於越南，一九七三年十月到臺灣，臺灣大學經濟系畢業，獲巴黎大學貿易研究所榮譽文學博士，讀大學時與廖咸浩、羅智成、苦苓、楊澤等人創辦臺大現代詩社，先後參加創世紀詩社、藍星詩社，曾任《創世紀》詩刊發行人，後創辦《兩岸詩》。出版有《病瘦的月》、《瀟灑江湖》、《生命是悲歌相連的鐵軌》詩集數種。

李利國（一九五四～　）

祖籍山東，生於臺北，畢業於淡江大學歷史系，歷任《仙人掌》雜誌總編輯、《書評書目》主編、《中國時報》記者、《時報新聞周刊》副總編輯、佛光大學未來學系副教授。出版有《遙遠的櫓聲》等散文集，《從異域到臺灣》、《尋找鄉土臺灣》等報導文學集。

李昌憲（一九五四～　）

臺南人，畢業於崑山工專電子專業工程科，歷任《陽光小集》詩雜誌社發起人和總編輯、《也許》詩刊和《綠地》詩刊同仁、《笠》詩刊執行編輯。其作品以反映勞工現象和生態環境變遷著稱，出版有《加工區詩抄》等詩集。

吳錦發（一九五四～）

高雄人，畢業於中興大學社會學系，歷任《臺灣時報》副刊和《民眾日報》副刊主編，《臺灣日報》、《臺灣新聞報》主筆、「行政院文建會」副主委。著有《抓狂政治》論述，《做一個新臺灣人》等散文集，《臺灣無用人》、《青春三部曲》等小說集，另有散文集、《吳錦發政論集》多種。

蔣曉雲（一九五四～）

女，祖籍湖南岳陽，生於臺北，臺灣師範大學教育系畢業，曾任《民生報》兒童版主編，現居美國。二十二歲憑藉短篇小說《掉傘天》拿下聯合報小說獎二獎（首獎空缺），之後又憑藉《樂山行》、《姻緣路》兩次獲得聯合報小說獎。二十世紀八十年代初，蔣曉雲赴美留學後投身科技業，在文壇銷聲匿跡。直到二〇一一年，臺灣《印刻》雜誌發表她的新作《桃花井》。另出版有《隨緣》、《宜室宜家》、《驚喜》、《口角春風》等。

廖炳惠（一九五四～）

雲林人，畢業於東吳大學外文系，後在美國獲比較文學博士學位。歷任美國加州大學文學系助理教授、「中華民國」比較文學學會理事長、「行政院」國科會人文教處長、臺灣清華大學外文系特聘教授。出版有《解構批評論集》、《形式與意識形態》、《回顧現代——後現代與後殖民論文集》、《另類現代情》、《關鍵詞二〇〇——文學與批評研究的通用詞匯編》、《臺灣與世界文學的匯流》等論述，《吃的後現代》散文集。

王添源（一九五四～）

嘉義人，輔仁大學英文系畢業，曾任臺北書林出版公司主編、臺北文鶴出版公司總編輯。著有詩集《如果愛情像口香糖》、《我用贋幣買了一本假護照——王添源的十四行詩》等。

劉小梅（一九五四～ ）

女，祖籍山東，生於臺北。畢業於輔仁大學教育心理系，歷任臺灣藝術大學兼任講師、中國廣播公司節目部編審、《聯合報》副刊編輯、中國詩歌藝術學會理事長。出版有《今夜有酒》、《種植一株寧靜》等詩集，《煮酒話人生》、《人間有愛》、《人生真美》等散文集，另有小說集和報導文學集。

蔡登山（一九五四～ ）

臺南人，畢業於淡江大學中文系。歷任高職國文教師、電影《真情狂愛》製片人，曾任秀威資訊科技公司副總編輯。出版有《往事已蒼老》、《百年記憶》等散文集，《人間四月天》、《人間花草太匆匆》、《傳奇未完張愛玲》、《魯迅愛過的人》、《繁華落盡——洋場才子與小報文人》等傳記，論述《電影問題．問題電影》。

王德威（一九五四～ ）

祖籍遼寧長嶺，生於臺北。畢業於臺灣大學外文系，後赴美攻讀比較文學博士學位。一九八二年回臺後任臺灣大學外文系副教授，一九八六年再度赴美，歷任哈佛大學東亞系助理教授、哥倫比亞大學東亞語言及文化系主任，現為哈佛大學東亞語言及文明系講座教授。出版有《眾聲喧嘩》、《閱讀當代小說》、《小說中國》、《如何現代，怎樣文學》、《現代小說十講》、《歷史與怪獸》、《後遺民寫作》等論述，主編《哈佛新編現代文學史》，另出版有散文集。

王定國（一九五四～ ）

彰化人，畢業於臺中僑光商業專科學校，歷任臺中地檢處書記官、《臺灣新文學》雜誌社社長、國唐建設部董事長。出版有散文《細雨菊花天》、

《企業家，沒有家：一個臺灣商人的愛與恨》、《憂國——臺灣巨變一百天》等，小說集《離鄉遺事》、《沙戲》、《那麼熱，那麼冷》等。

趙衛民（一九五五～　）

祖籍浙江東陽，生於高雄。畢業於中國文化大學中文系，歷任《聯合報》副刊編輯、《藍星》詩刊主編、淡江大學中文系教授。出版有《文學概論》、《新詩啟蒙》、《散文啟蒙》等論述，《猛虎與玫瑰》等詩集，《生命交響樂》等散文集，《燃燒的愛》等小說集，《戴望舒》傳記，另有兒童文學集。

廖咸浩（一九五五～　）

臺北人，畢業於臺灣大學外文系，後獲史丹佛大學比較文學博士學位，歷任哈佛大學訪問學人、臺灣大學外文系教授兼系主任、《中外文學》月刊總編輯兼社長，現為臺灣大學外文系教授、逢甲大學兼任講座教授。出版有《愛與解構——當代臺灣文學評論與文化觀察》、《美麗新世紀——前現代·現代·後現代》等論述，散文集《迷蝶》，編有《八十四年小說選》。另有《紅樓夢》專論、臺灣電影及美國現代詩之學術著作以及中、英文詩歌集。

陳瑞山（一九五五～　）

生於高雄市。中國文化學院英文系文學士、美國愛荷華大學英文系藝術碩士、德州奧斯汀大學比較文學博士。曾任高雄第一科技大學應用英語系主任、口筆譯研究所所長、高雄第一科技大學外語學院專任副教授。出版有：報導文學《第一次印象》，詩集《上帝是隻大蜘蛛》、《地球是艘大航天飛機》、《重新出花》，譯評《東歐當代詩選》，與李美玲共同主編中英雙語詩集《英華初綻》三冊。

林央敏（一九五五～ ）

嘉義人，畢業於輔仁大學中文系，歷任《臺灣文藝》編委、《臺灣新文化》社委、臺灣語文推展協會創會會長、《茄苳臺文》雜誌社社長、靜宜大學中文系兼任講師、《臺文戰線》發行人。出版有《臺語文學運動史論》、《臺語文化釘根書》、《臺語小說史及作品總評》等論述，《駛向臺灣的航路》等詩集，另有散文集、小說集、傳記和合集《林央敏臺語文學選》。

苦 苓（一九五五～ ）

原名王裕仁，祖籍熱河，生於宜蘭。臺灣大學中文系畢業，歷任《明道文藝》、《陽光小集》和《兩岸》詩刊主編。出版《醜陋的臺灣人》等論述七種，《苦苓的政治詩》等詩集，《只能帶你到海邊》、《女性自白書》等散文集，《情色極短篇》、《遇見一〇〇分情婦》、《情·色》等小說集。

周芬伶（一九五五～ ）

女，屏東人。政治大學中文系畢業，曾任《臺灣日報》編輯，現為東海大學中文系教授。出版有《豔異——張愛玲與中國文學》、《聖與魔——臺灣戰後小說的心靈圖像（一九四五—二〇〇六）》等論述，《女阿甘正傳》等散文集，《影子情人》等小說集，另有傳記文學、兒童文學集。

古能豪（一九五五～ ）

高雄人，畢業於高雄海專造船科。一九七二年邁入文壇，一九七八年十月與鐘順文等人創辦掌門詩社，並任社長，現為宏文館圖書公司總編輯。出版有《在這座虛幻的城市》等詩集，《島嶼記事》等散文集，另有短篇小說集和合集。

何 郡（一九五五～ ）

嘉義人，畢業於臺灣警察專科學校行政科系，歷任《工商日報》「掌握詩頁」、《詩潮》主編。一九八二年春天任《掌握詩刊》主編、土城市圖書館館長，出版《人牆與鐵絲網》等詩集。

沈志方（一九五五～　）

祖籍浙江余姚，生於臺北。東海大學中文系碩士，曾加入「創世紀」詩社，任教於靜宜大學，出版有《書房夜戲》詩集一種。

王安祈（一九五五～　）

浙江人，生於臺北，臺灣大學中文博士，現為臺灣大學戲劇學系特聘教授。一九八五年起為郭小莊、吳興國等編劇，二〇〇二年起任國光客席藝術總監，創作有《閻羅夢》（與陳亞先，沈惠如合編）、《三個人兒兩盞燈》（與趙雪君合編）、《金鎖記》（與趙雪君合編，京劇現代戲，張愛玲原著小說）、《王有道休妻》、《青冢前的對話》、《王子復仇記》、《通濟橋》、《陸文龍》等京劇劇本。

李　赫（一九五五～　）

嘉義人，畢業於輔仁大學圖書館學系，歷任遠景出版公司編輯、《愛書人》雜誌主編、《中央月刊》總編輯、稻田出版公司總編輯。出版有《臺語的智慧》、《臺語的趣味》等散文集，《故鄉的月》、《大學之夢》、《變色的河流》等小說集。

張國立（一九五五～　）

祖籍江蘇金壇，生於臺北。畢業於輔仁大學東方語文學系，曾任《時報週刊》社長兼總編輯。出版有《我真的熱愛女人》、《男人終於說實話》等散文集，《謀殺愛情》、《嘿，你到過忠孝東路沒有？》、《哈囉！先生貴姓大名？》、《愛你一萬年》、《清明上河圖》、《十七歲，爽》等小說集。

單德興（一九五五～　）

祖籍山東嶧縣，生於南投。畢業於政治大學西洋語文學系，後獲臺灣大學外文系博士學位。歷任臺灣大學、新竹交通大學外文所兼任教授、「中華民國」英美文學學會理事長、中央研究院歐美研究所研究員。出版有《反動與重演——美國文學史與文化批評》、《銘刻與再現——華裔美國文學與文化論集》、《重建美國文學史》、《「開疆」與「闢土」——美國華裔文學與文化——作家訪談錄與研究論文集》、《邊緣與中心》，另有《對話與交流——當代中外作家、批評家訪談錄》等散文集。

奚　密（一九五五～　）

女，原姓葉，祖籍江蘇宜興，生於臺北。畢業於臺灣大學外文系，後獲美國南加州大學比較文學博士學位，任美國加州大學戴維斯分校東亞語言及文化系教授，兼加州大學環太平洋研究中心主任。出版《現代漢詩：一九一七以來的理論與實踐》（英文）、《現當代詩文錄》、《詩生活》、《誰與我詩奔》、《芳香詩學》、《臺灣現代詩論》，另出版《二十世紀臺灣詩選》。

向　陽（一九五五～　）

原名林淇瀁，南投人。畢業於中國文化大學英語系日文組，政治大學新聞研究所博士班肄業。曾任《自立晚報》副刊主編，先後任教於靜宜大學中文系、中興大學、臺北教育大學教授兼圖書館館長。出版有《銀杏的仰望》、《種子》、《十行集》、《四季》以及《向陽詩選》、《向陽臺語詩選》、《亂》等詩集，《流浪樹》等散文集，《書寫與拼圖》等論述，另有兒童文學集數種。

羅智成（一九五五～　）

祖籍湖南安鄉，生於臺北。畢業於臺灣大學哲學系，後獲美國威斯康辛大學東亞文學研究所碩士學位。參與創辦臺灣大學詩社，歷任《中時晚報》副總編輯、《TO GO》雜誌總編輯及出版公司負責人、香港光華新聞文化中心主任。出版有《畫冊》、《傾斜之書》、《寶寶之書》、《擲地無聲書》、《黑色鑲金》、《夢中書房》、《夢中邊陲》等詩集，《夢的塔湖書簡》、《亞熱帶習作》等散文集，論述一種。

夏　宇（一九五六～　）

女，原名黃慶綺，祖籍廣東五華，生於臺北，畢業於藝專影劇系，曾任職於出版社及電視公司，後專事寫作，獲《創世紀》雜誌三十周年詩創作獎，現旅居法國。出版有《備忘錄》、《腹語術》、《摩擦·無以名狀》等詩集。

馬列雅弗斯·莫那能（一九五六～　）

世稱莫那能，曾用漢名曾舜旺，臺東人，排灣族。畢業於大武國中，因患視弱全盲無法進一步深造，曾應邀到美國愛荷華大學和日本訪問，現為盲人按摩師。他是臺灣原住民運動的首席詩人，出版有詩集《美麗的稻穗——一個盲人一心一點而成的心靈之歌》。

龔鵬程（一九五六～　）

祖籍江西，生於臺北。臺灣師範大學國文系博士，歷任《國文天地》總編輯、佛光人文社會學院校長、北京大學教授。出版有《文學散步》、《文學與美學》、《大俠》、《現代與反現代》、《文化符號學》、《臺灣文學在臺灣》、《美學在臺灣的發展》、《儒學反思錄》、《紅樓夢夢》、《中國小說史論》、《中國文學史》等論述，《我們都是稻草人》、《走出銅像國》、《孤獨的眼睛》等散文集，《四十自述》傳記。

焦 桐（一九五六～ ）

原名葉振富，高雄人，畢業於中國文化大學戲劇系。歷任《文訊》雜誌主編、《中國時報》副刊組執行副主任、中央大學中文系副教授、二魚文化事業群創辦人，出版有《臺灣戰後初期的戲劇》、《臺灣文學的街頭運動（一九七七—世紀末）》等論述，《咆嘯都市》、《完全壯陽食譜》、《焦桐世紀詩選》等詩集，《在世界的邊緣》等散文集，另有兒童文學集。

陳素芳（一九五六～ ）

女，臺灣人。曾參加溫瑞安主持的神州詩社，當時的名字叫陳劍雄。畢業於臺灣大學中文系，現任九歌文化事業公司總編輯，編輯文學書籍逾一千種，包括：《中華現代文學大系》一、二輯，《臺灣文學二十年集》，以及《臺灣文學三十年菁英選》等，曾獲臺灣第二屆「五四獎」文學編輯獎。

林佩芬（一九五六～ ）

女，基隆人，東吳大學中國文學系畢業，任臺灣歷史文學學會副理事長。一九七七年開始寫作，一九九一年發表的作品主要為歷史小說。出版有《努爾哈赤》、《天問》、《遼宮春秋》等五十來部作品。

鍾 喬（一九五六～ ）

原名鍾政瑩，原籍苗栗，生於臺中。畢業於中興大學外文系，歷任《人間》雜誌主編，並與楊渡等人組織「春風詩社」，歷任差事劇團團長、跨界文教基金會董事長。出版有《在血泊中航行》、《滾動原鄉》、《靈魂的口裝》等詩集，《回到人間的現場》、《身體的鄉愁》等散文集，《雨中的法西斯刑場》等小說集，《觀眾，請站起來》、《魔幻帳篷》等劇本，《亞洲的吶喊》等報導文學集，另出版有傳記。

游　喚（一九五六～　）

原名游志誠，祖籍福建南靖，生於南投。畢業於政治大學中文系，現為彰化師範大學國文系教授。出版有《現代名詩賞析》、《古典與現代的探索》、《文學批評的實踐與反思》、《文選學新論》、《文學批評精讀》等論述，與人合作《大專院校現代詩精讀》等教材，《游喚詩稿》等詩集，《老子與東方不敗》等散文集，另有傳記。

高天生（一九五六～　）

臺北人，畢業於中興大學中文系。歷任《臺灣時報》主任、《臺灣文藝》總編輯、《新臺灣週刊》總編輯，曾主編《臺灣作家全集》戰後第三代作家，共計十位，另出版有《臺灣小說與小說家》。

張雪映（一九五六～　）

原名張興源，雲林人，歷任「筧橋」文藝社主編兼社長，《陽光小集》詩雜誌社社長，出版有《放浪小調》、《同土地一樣膚色》等詩集。

張錦忠（一九五六～　）

生於馬來西亞，一九八一年二月到臺灣。畢業於臺灣師範大學英語系，後獲臺灣大學外文系博士學位，曾任高雄中山大學外文系副教授兼華語教學中心主任。出版有《南洋論述——馬華文學與文化屬性》，另著有長篇小說《白鳥之幻》。

張貴興（一九五六～　）

祖籍廣東龍川，生於馬來西亞，一九七六年到臺灣，旅臺馬華作家。畢業於臺灣師範大學英語系，歷任出版社編輯、高中英文教師。出版有《伏虎》、《頑皮家族》等小說集八種。

張守禮（一九五六～　）

祖籍河南通許，生於新竹。畢業於世界新聞專科學校採編科，歷任華視節目部編劇、《大華晚報》專欄作家。出版有《畫中人》、《監獄鬼話》、《太平天國》等小說集二十四種。

李奭學（一九五六～　）

臺北人，畢業於東吳大學中文系，後獲美國芝加哥大學比較文學系博士學位，曾任中央研究院中國文哲研究所副研究員。出版有《中西文學因緣》、《書話臺灣——一九九一—二〇〇三文學映像》、《中國晚明與歐洲中世紀》等論述，《經史子集——翻譯、文學與文化劄記》散文集。

李宗慈（一九五六～　）

女，祖籍天津，生於臺北。畢業於中國文化大學中文系，歷任《文訊》雜誌主編、巨龍文化公司副總編輯。出版有《紙筆人間》等報導文學集，另有散文和傳記。

朱天文（一九五六～　）

女，祖籍山東臨朐，生於高雄。畢業於淡江大學英文系，一九七七年與文友創辦《三三集刊》，曾獲時報百萬小說獎等。代表作有《世紀末的華麗》、《荒人手記》。後來參加電影劇本創作，係臺灣新電影浪潮的代表性人物。出版有《淡江記》、《極上之夢》等散文集，《朱天文電影小說集》、《花憶前身》、《畫眉記》等小說集，《戀戀風塵》、《悲情城市》、《最好的時光》等劇本多種——其中有的是與他人合著拍片筆記、侯孝賢電影記錄或與他人合寫的電影劇本。

王幼華（一九五六～　）

祖籍山東汶上，生於苗栗。畢業於淡江大學中文系，後獲中興大學博士學位，現為苗栗縣聯合大學華語文學系助理教授，並主持苗栗雷社藝文協會。與莫渝合著《苗栗縣文學史》，並出版《當代文學評論集》等論述，《欲與罪》等小說集，另有散文集及《王幼華作品集》六集。

林建隆（一九五六～）

基隆人，畢業於東吳大學英美文學系，獲美國密西根州立大學英美文學博士學位，後為東吳大學英文系副教授。出版有《林建隆詩集》、《玫瑰日記》等詩集，《流氓教授》等小說集。

曹淑娟（一九五六～）

彰化人，畢業於臺灣師範大學國文系，歷任淡江大學中文系、南華管理學院文學所副教授、臺灣大學中文系教授。出版有《夢斷秦樓月——古典詩歌中的閨情》、《漢賦之寫物言志傳統》、《流變中的書寫》等論述，另有散文集。

林宜澐（一九五六～）

花蓮人，畢業於政治大學哲學系，後獲輔仁大學哲學系碩士學位。歷任《中國時報》人間副刊編輯、花蓮慈濟護專講師、大漢技術學院副教授兼通識教育中心主任。出版有《東海岸減肥報告書》散文集，《人人愛喜劇》等小說集。

詹宏志（一九五六～）

南投人，畢業於臺灣大學經濟系，歷任《時報週刊》總編輯、《中國時報》藝文組主任，一九九六年成立城邦出版集團並任董事長，二〇〇〇年退出後另組PChome網路家庭國際資訊公司並任董事長。出版有《兩種文學心靈》、《閱讀的反叛》等論述，與人合著《小說之旅》，另有散文集《人生一瞬》，還主編過爾雅版年度小說選。

張　讓（一九五六～　）

女，祖籍福建漳浦，生於金門。畢業於臺灣大學法律系，現旅居美國。出版有散文集《當風吹過想像的平原》、《高速風景》、《兩個孩子兩片天》等，小說集《不要送我玫瑰花》。

林　彧（一九五七～　）

原名林鈺錫，南投人，畢業於世界新聞專科學校採編科，歷任《芙蓉坊》雜誌主編、《時報週刊》企劃組副主任、《中國時報》影視版主編。出版有《單身日記》、《戀愛遊戲規則》等詩集，《快筆速寫》等散文集。

廖莫白（一九五六～　）

原名廖永來，彰化人，畢業於臺中師範專科學校，為《詩人季刊》、「春風」詩社同仁，從政期間做過臺中縣長、「行政院」中部辦公室執行長。出版有《臺灣的愛》、《你在我最深的內心——縣長的詩生活》等詩集。

張大春（一九五七～　）

筆名大頭春，祖籍山東濟南，生於臺北，畢業於輔仁大學中文系。歷任《中時晚報》「時代」副刊主編、輔仁大學中文系教師，現專事寫作。出版有《大說謊家》、《撒謊的信徒》、《野孩子》、《少年大頭春生活週記》、《聆聽父親》、《城邦暴力團》等小說，《小說稗類》等論述，《認得幾個字》等散文集。

夏曼·藍波安（一九五七～　）

漢名施努來，蘭嶼人，達悟族。淡江大學法文系、臺灣清華大學人類學研究所畢業。曾任臺北市原住民會委員、「驅除惡靈」運動總指揮，目前專事寫作。出版小說《八代灣神話》、《黑色的翅膀》，散文《冷海情深》，合集《海浪的記憶》。

張國治（一九五七～　）

金門人，一九七五年到臺灣，畢業於臺灣師範大學美術系。歷任中學教師、《新陸》現代詩誌主編、「創世紀」詩社同仁、臺灣藝術大學視覺傳達設計學系專任副教授。出版有《憂鬱的極限》、《雪白的夜》、《帶你回花崗岩島》、《末世桂冠》、《戰爭的顏色》等詩集，另有《家鄉在金門》、《藏在胸口的愛》等散文集，論述《金門藝文鈎微》。

初安民（一九五七～　）

祖籍山東牟平，生於韓國，一九七七年到臺灣。畢業於成功大學中文系，歷任中學教師、《聯合文學》社社長兼總編輯、《INK印刻文學生活誌》雜誌總編輯。出版有《往南方的路》等詩集。

林盛彬（一九五七～　）

雲林人，畢業於淡江大學西班牙語文學系，後獲西班牙馬德里大學拉丁美洲文學系博士學位。歷任《笠》詩刊主編、淡江大學西班牙語文學系副教授。出版有《家譜》、《風從心的深處吹起》等詩集。

邱貴芬（一九五七～　）

女，臺中人，畢業於臺灣大學外文系，後獲美國華盛頓大學比較文學博士學位，歷任中興大學外文系主任、臺灣清華大學臺灣文學研究所教授、「中華民國」比較文學學會會長、中興大學臺灣文學研究所所長。出版有《仲介臺灣·女人——後殖民女性觀點的臺灣閱讀》、《後殖民及其外》，另有散文集《訪談當代臺灣女作家》。

江寶釵（一九五七～　）

女，高雄人。畢業於臺灣師範大學國文系，後又在該校獲碩士、博士學位。曾任中正大學中文系臺灣文學研究所所長、教授。出版有《嘉義地區古典文學發展史》、《白先勇與臺灣當代文學史的構成》等論述，《四十花開》等散文集。

陳玉慧（一九五七～ ）

女，祖籍廣東，生於臺中。畢業於中國文化大學中文系，法國高等社會科學研究院歷史系，文學系碩士，文學系博士班畢業，現移居德國。著有《徵婚啟事》、《海神家族》等暢銷小說，屢獲新聞及文學獎項，為二〇〇六年第一屆紅樓夢獎（世界華文長篇小說獎）決審團獎得主。另有戲劇作品《戲螞蟻》、《離華沙不遠》。

黃恆秋（一九五七～ ）

原名黃子堯，苗栗人，畢業於輔仁大學中文系，歷任《客家雜誌》總編輯、寶島客家廣播電臺臺長、臺北縣客家公共事務協會理事長、臺灣客家筆會會長。出版有論述《臺灣文學與現代詩》、《臺灣客家文學史概論》、《客家民間文學》，以及客語詩《擔竿人生》數種。

陳昭瑛（一九五七～ ）

女，嘉義人。先後畢業於臺灣大學中文系、哲學所和外文所，歷任美國哈佛大學燕京學社訪問學者、臺大人文社會高研院特約研究員、臺灣大學中文系教授，是有名的「統派」學者。出版有《臺灣詩選注》、《臺灣文學與本土化運動》、《臺灣與傳統文化》、《臺灣儒學——起源、發展與轉化》、《臺灣儒學的當代課題——本土性和現代性》、《儒家美學與經典詮釋》、《荀子的美學》等論著多種，短篇小說集《江山有待》一種，馬克思主義美學文章多篇。

鄭寶娟（一九五七～ ）

女，雲林人。畢業於淡江大學中文系，曾任

《中國時報》藝文記者，後旅居法國。出版有《本城的女人》、《遠方的戰爭》、《無苔的花園》等散文集八種，《青春作伴》、《短命桃花》、《有一個女人》、《他們，她們》、《異國婚姻》、《樹梢上的風箏》、《極限情況》等小說集。

莊華堂（一九五七～　）

桃園人。臺北高工畢業，曾任優劇場編劇兼行政總監、社區大學講師、採茶文化工作室負責人，專事客家地方文史工作。出版有小說集《土地公廟》、《吳大老和他的三個女人》、《大水柴》、《巴賽風雲》、《慾望草原》，主編《鍾肇政口述歷史》。

楊　平（一九五七～　）

原名楊濟平，河南新鄉人，生於臺北。畢業於淡江大學中文系，歷任《新陸》詩誌主編、《創世紀》詩雜誌主編、《雙子星》詩刊總編輯、詩之華出版社發行人。出版有《清唱》、《探索者》、《空山靈雨》、《年輕感覺》、《永遠的圖騰》、《我孤憐地站在世界邊緣》、《雲遊四海》等詩集，另有論述和散文集。

劉克襄（一九五七～　）

臺中人，一九七九年畢業於中國文化學院新聞系，先後在多家報紙任職。出版《河下流》、《松鼠班比曹》、《飄鳥的故鄉》、《在測天島》、《小鼯鼠的看法》等詩集，《小鳥飛行》等小說集，《天空最後的英雄》等散文集，《隨鳥走天涯》等報導文學集，兒童文學集數種。

阮慶岳（一九五七～　）

祖籍福建，生於屏東。畢業於淡江大學建築系，後為建築師，現專事寫作。出版有《重見白橋》、《凱旋高歌》等小說集，《男人真好笑》等散文集，《以建築為名》等論述，另有《林秀子的一家》獲香港《亞洲週刊》二〇〇四年度華文十大好書獎。

廖鴻基（一九五七～　）

花蓮人，畢業於花蓮高中，一九八六年開始出海，一九九一年成為職業出海人，然後推出一系列散文、小說及報導文學描寫討海人與海洋魚群間因緣錯綜、情致雋永的作品。出版有《討海人》、《漂流監獄》、《來自深海》、《海洋遊俠》、《飄島》等。

方耀乾（一九五八～　）

臺南人，成功大學臺灣文學博士，歷任《臺灣文藝》主編、《臺文戰線》發行人、菅芒花臺語文學會理事長、臺中教育大學臺灣語文學系專任教授。出版有臺語詩集《阮阿母是航天員》、《將臺南種佇詩裡》、《臺窩灣擺擺．Tayouan Paipai》等，臺語劇本《妒婦津》等，學術論著《臺語詩人的臺灣書寫研究》、《臺語文學的觀察與省思》、《臺語文學的起源與發展》等。

侯吉諒（一九五八～　）

嘉義人，畢業於中興大學食品科學系，歷任《時報週刊》編輯、《創世紀》主編、《聯合報》副刊編輯、海風出版社企劃顧問，並成立「有聲文字工作坊」。出版有《城市心情》、《星戰紀念》、《難免寂寞》、《詩生活》、《如畫》、《情詩手稿》等詩集，《江湖滿地》、《那天晚上的雨聲》、《數位文化》等散文集。

吳明興（一九五八～　）

臺中人，畢業於空中大學人文學系、社會科學系雙主修，後在佛光大學獲博士學位。歷任象群詩社社長、《葡萄園》詩刊主編、圓明出版社總編輯，出版有詩集《蓬草心情》。

鄧榮坤（一九五八～）

桃園人，畢業於臺北醫學院，歷任《創作》雜誌總編輯、《向心力》雜誌主編，後任職於北臺灣文史工作室。出版有《有線電視解讀》等論述兩種，《下午茶》等詩集，《客家語的智慧》《螃蟹海岸》等散文集，《流浪的季節》、《與阿甘對話》、《臺北咖啡》等小說集，《臺灣新客家人》報導文學集。

蔡詩萍（一九五八～）

祖籍湖北應山，生於桃園。畢業於臺灣大學政治系，歷任《中國論壇》月刊總編輯、電視臺節目主持人、《聯合晚報》總主筆。出版有《誰怕政治》、《騷動島嶼的論述反抗》，另有《不夜城市手記》、《三十男人手記》、《你給我天堂，也給我地獄》等散文集，另有小說集。

劉還月（一九五八～）

原名劉魏銘，新竹人。肄業於泰北高中夜間實習學校，歷任《三臺雜誌》總編輯、台原出版社社長兼總編輯、臺灣平埔族學會暨原住民文化公司理事長。出版有《處處為客處處家》、《臺灣客家族群史》等論述，《回首看臺灣》等散文集，《臺灣民俗誌》、《臺灣土地傳》、《臺灣民間信仰小百科》、《臺灣地平線之淡北海岸的甦醒》等報導文學集，另有兒童文學集。

朱天心（一九五八～）

女，祖籍山東臨朐，生於高雄。從高中時開始創作，畢業於臺灣大學歷史系。一九七七年，與朱天文、丁亞民等人創辦《三三集刊》，並任三三書坊業務經理，現專事寫作。出版有《小說家的政治週記》、《二十二歲之前》、《江山入夢》等散文集，與朱天文、朱天衣合著散文集《三姐妹》，另有《方舟上的日子》、《想我眷村的兄弟們》、《漫游者》等短篇小說集，《未了》、《古都》等中篇小說。

唐　諾（一九五八～　）

原名謝材俊，宜蘭人。畢業於臺灣大學歷史系，曾任臉譜出版社總編輯。出版有《唐諾看NBA》、《球迷唐諾看球》、《讀者時代》、《文字的故事》、《閱讀的故事》、《讀者時代》、《人間孔子》、《鏡子一樣的歷史——細嚼〈說苑——編給皇帝看的歷史故事〉》、《唐諾推理小說導讀選I》、《唐諾推理小說導讀選II》，小說集《芥末黃殺人事件》。

陳文茜（一九五八～　）

女，宜蘭人。畢業於臺灣大學法律系，歷任《中國時報》美洲版副刊主編、民進黨文宣部主任，現為亞洲大學資訊傳播學系講座教授、電視和電臺節目主持人。出版有《文茜小妹大》、《只怕陳文西》、《文茜語錄》等散文集。

路寒袖（一九五八～　）

原名王志誠，臺中人，畢業於東吳大學中文系，歷任《中國時報》「人間副刊」編輯、《臺灣日報》副總編輯、《文化視窗》月刊總編輯、高雄市文化局局長。出版有《路寒袖臺語詩選》等詩集，《歌聲戀情》等散文集，兒童文學集三種。

黃　梁（一九五八～　）

原名黃漢銓，臺北人。歷任《傾向》人文雜誌責任編輯、《雙子星人文詩刊》、《現在詩》、《文化快遞》月刊主編、唐山出版社總編輯、青銅詩學學會會長。出版有《龍應台與臺灣的文化迷思》等論述，《瀝青與蜂蜜》詩集，並主編「大陸先鋒詩叢」十冊。

游乾桂（一九五八～　）

　　宜蘭人，畢業於政治大學心理學系，歷任《父母親月刊》總編輯、《民生報》編輯、孩子兒童劇團發展顧問。出版有《心理的掙扎》、《兒童心智門診》等散文集，另有兒童文學集。

楊　渡（一九五八～　）

　　原名楊炤濃，臺中人。畢業於輔仁大學中文系，歷任《中國時報》執行副總主筆、中國國民黨文傳會主委、「中華文化總會」秘書長。出版有《解體分裂的年代》、《日據時期臺灣新劇運動（一九二三～一九三六）》、《穿梭兩岸的密使：兩岸關係秘史　一九四九～一九八〇》等論述，《南方》詩集，《三兩個朋友》等長篇小說，另有報導文學和散文集，《永恆的追思——一代報人余紀忠》等傳記，家族史《水田裡的媽媽》。

楊錦郁（一九五八～　）

　　女，彰化人。畢業於中國文化大學中文系。歷任《聯合報》副刊編輯兼召集人，《人間福報》藝文組主任、《聯合報》家庭婦女版主編。出版《記憶雪花》、《遠方有光》、《好時光》等散文集，《嚴肅的遊戲——當代文藝訪談錄》、《用心演出人生》等報導文學集，另有傳記。

丁亞民（一九五八～　）

　　祖籍江西雩都，生於臺灣。畢業於淡江大學建築系，一九七七年與朱天心、朱天文合辦《三三集刊》，後為編劇導演。出版有散文《追尋人間四月天》等，小說集《青青河畔草》等，劇本《像我們這樣一個家》等。

吳　鳴（一九五八～　）

　　原名彭明輝，花蓮人。畢業於東海大學歷史

系，歷任《聯合文學》主編、《聯合報》新聞編輯、政治大學歷史系教授。著有《政治大學校史（一九八七—一九九六）》等論述，《湖邊的沉思》等散文集。

梅家玲（一九五八～　）

女，臺北人。畢業於臺灣大學中文系，歷任香港中文大學、美國哈佛大學訪問學人、臺灣大學中文系臺灣文學所教授兼所長，現為臺灣大學教授。出版有《漢魏六朝文學新論——擬代與贈答篇》、《性別還是家國——五〇與八、九〇年代臺灣小說論》等論述。

張典婉（一九五八～　）

女，苗栗人，畢業於世新大學社會發展所，歷任《臺灣日報》副刊編輯、《自立晚報》副刊主編，並為推動客家文化的發展盡力。出版有《臺灣客家女性》、《苗栗山水》等散文集。

賴益成（一九五九～　）

雲林人，畢業於亞東工專工業管理科，歷任中國詩歌藝術協會秘書長、《葡萄園》詩刊發行人、詩藝文出版社發行人。出版有《臨溪詩草——賴益成詩集》，另有兒童文學詩集《罰》。

陳　燁（一九五九～二〇一二）

女，本名陳春秀，臺南人，臺灣師範大學國文系畢業。之後任教於建國中學夜間補校，曾以「做愛或打手槍的感覺」作為中學生的作文題目，被媒體稱為「麻辣教師」。著有《藍色多瑙河》、《飛天》、《烈愛真華》等小說。一九九〇年代曾受作家施寄青號召投入婦女運動，兩人還合作出版了《女人治國》。

劉亮雅（一九五九～　）

女，祖籍金門，生於臺北。畢業於臺灣大學外文系，歷任《中外文學》編委、中國青年寫作協會理事、臺灣大學外文系教授兼系主任。出版有《慾望更衣室——情色小說的政治與美學》、《情色世紀末——小說、性別、文化、美學》、《後現代與後殖民——解嚴以來臺灣小說專論》。

潘麗珠（一九五九～　）

女，臺北人。畢業於臺灣師範大學國文系，歷任中學教師、臺北廣播電臺節目主持人、《國文天地》副總編輯、臺灣師範大學國文系教授兼人文教育研究中心主任。出版有《現代詩學》、《臺灣現代詩教學研究》等論述，《青春雅歌》散文集。

孟　樊（一九五九～　）

原名陳俊榮，嘉義人。政治大學政治研究所碩士，臺灣大學三民主義研究所博士。歷任揚智出版公司總編輯、臺北教育大學語文與創作學系主任和教授。出版有《後現代併發症》、《臺灣文學輕批評》、《當代臺灣新詩理論》、《臺灣後現代詩的理論與實際》、《文學史如何可能——臺灣新文學史論》、《臺灣中生代詩人論》、《臺灣新詩史》（與楊宗翰合作）等論述，《SL和寶藍色筆記》等詩集，《喝杯下午茶》等散文集，另與林燿德合編《世紀末偏航》、《流行天下——當代臺灣通俗文學論》，主編《當代臺灣文學評論大系·新詩批評》。

歐銀釧（一九六〇～　）

女，澎湖人。畢業於東海大學中文系，歷任《皇冠》雜誌編輯、《民生報》資深記者、星州媒體集團駐臺灣特派員。出版有《野狼情人》、《寂寞的戀人》等散文集，《夏天裡的十二月》、《城市傳奇》、《城市飛行》等小說集。

琹　川（一九六〇～　）

女，原名洪嘉君，臺南人。畢業於輔仁大學中文系、臺灣師範大學國文所結業，歷任臺北縣高中教師、《秋水》詩刊執行編輯。出版有《飲風之蝶》、《在時間的蚌谷裡》、《凝望時光》等詩集，另有散文集和小說、評論集。

曾美玲（一九六〇～）

女，雲林人。畢業於臺灣師範大學英語系，歷任高中教師、《葡萄園》詩刊編委。出版有《囚禁的陽光》、《曾美玲短詩選》等詩集。

田雅各（一九六〇～）

原名拓拔斯·塔瑪匹瑪，南投人，布農族。畢業於高雄醫學院醫學系，現為臺東縣長濱鄉衛生所主任兼醫生。出版有臺灣第一部山地小說《最後的獵人》、短篇小說集《情人與妓女》，另出版有散文集《蘭嶼行醫記》等著作。

朱天衣（一九六〇～）

女，祖籍山東臨朐，生於高雄。肄業於臺北工專化工科，曾與朱天文、朱天心創辦「三三書坊」，現為兒童作文教師和動物保護協會會員。與朱天文、朱天心合著散文《三姐妹》、《下午茶話題》，另有小說集和兒童文學集數種。

林俊穎（一九六〇年～）

彰化人。政治大學中國文學系畢業，紐約市立大學Queens College大眾傳播碩士。曾任報社、電視臺、廣告公司。小說《我不可告人的鄉愁》曾獲得《中國時報》開卷十大好書獎和二〇一一年臺北書展大獎。

許俊雅（一九六〇～）

女，臺南人。畢業於臺灣師範大學國文系，現為該校國文系教授。出版有《臺灣文學散論》、

《日據時期臺灣小說研究》、《臺灣寫實詩作之抗日精神研究》、《臺灣文學論——從現代到當代》、《日據時代臺灣小說選讀》、《島嶼容顏——臺灣文學評論》、《見樹又見林——文學看臺灣》、《我心中的歌——現代文學星空》、《黑暗的追尋——櫟社研究》、《臺灣文學家年表六種》等論述。

王浩威（一九六〇～　）

南投人，畢業於高雄醫學院醫學系。歷任臺灣醫生聯盟《醫學》雜誌總編輯、《島嶼邊緣》雜誌發行人、《南方雜誌》、《臺灣新文化》、《海峽》編委、臺灣筆會副會長。出版有《臺灣文化的邊緣戰鬥》等論述，另有詩集、散文集。

汪成華（一九六〇～　）

女，臺北人。畢業於世界新聞傳播學院編輯採訪科。歷任《小說創作》、《偵探》雜誌社發行人、《第一家庭》和《移居上海》雜誌社總編輯。出版有《有些夢應該是真的》等散文集，《同床共枕》等小說集，《黑色蕾絲——臺灣第一本女同性戀發展現況書》報導文學集。

傅月庵（一九六〇～　）

本名林皎宏，臺北工專畢業，臺灣大學歷史研究所肄業。曾任出版社編輯、主編、副總編輯。著有《蠹魚頭的舊書店地圖》、《天上大風》、《生涯一蠹魚》等，另與應鳳凰合著《冊頁流轉》。

紀丹農（一九六〇～　）

女，原名邱珍琬，花蓮人。畢業於臺灣師範大學教育心理系，現為屏東師範學院教育心理與輔導學系教師。出版有《簡簡單單的生活哲學》、《完美的分手》、《要愛，不要傷害》等散文集，《年輕的寂寞》等小說集。

藍博洲（一九六〇～　）

祖籍廣東蕉嶺，生於苗栗，畢業於輔仁大學法文系，曾任雜誌主編、人間出版社、大學駐校作家與中華兩岸和平發展聯合會主席。從一九八〇年代中期開始，他用報導文學披露受難者的證言。出版有《幌馬車之歌》、《消失在歷史迷霧中的作家身影》、《麥浪歌詠隊》、《沉屍、流亡、二・二八》，還有長篇小說《藤纏樹》和報告文學作品《臺灣好女人》等。另在北京出版有六卷本《藍博洲文集》。

葉姿麟（一九六〇～　）

女，屏東人。畢業於臺灣大學動物系，歷任臺灣大學醫院臨床醫學研究所研究助理、《臺北評論》編輯、《自立晚報》編輯、紅色文化公司總編輯。從一九八五年開始登上文壇，出版《都市的雲》、《陸上的魚》、《愛，像一隻貓行走在屋頂》等小說集，另有散文集，兒童文學集。

張啟疆（一九六一～　）

祖籍安徽桐城，生於臺北。畢業於臺灣大學商學系，歷任《自立早報》、《自由時報》副刊主編、中國青年寫作協會副理事長。出版有《商戰極短篇》、《選戰極短篇》、《愛情張老師的秘密日記》等散文集，《如花初綻的容顏》、《俄羅斯娃娃》、《一直說不的男人》、《阿拉伯——臺灣第一部樂透小說》、《哈囉!總統先生》等小說集。

張小虹（一九六一～　）

女，祖籍安徽，生於臺北。畢業於臺灣大學外文系，後獲美國密西根大學英美文學系博士學位，歷任「中華民國」比較文學學會副理事長、臺灣大學外文系特聘教授。出版有《後現代/女人——權力、慾望與性別表演》、《性別越界——女性主義文學理論與批評》、《慾望新地圖——性別．同志學》、《情慾微物論》、《怪胎家庭羅曼史》、《絕對衣性戀》等論述，《自戀女人》等散文集。

張曼娟（一九六一～）

女，祖籍河北，生於新竹。畢業於東吳大學中文系，現為該校教授、廣播電臺主持人。二〇〇五年創辦「張曼娟小學堂」，從事兒童語文教學。出版有《百年相思》、《幸福號列車》、《永恆的傾訴》、《人間好時節》、《天一亮，就出發》散文集，《我的男人是爬蟲類》、《喜歡》、《芬芳》、《張曼娟妖物誌》等小說集，《我看七十二變》等兒童文學集。

余昭玟（一九六一～）

女，屏東人。成功大學中文系博士，現為屏東大學中國語文學系教授。她以研究戰後第一代臺灣作家為主，出版有《語言跨越到文學建構》。

瓦歷斯．諾幹（一九六一～）

泰雅人，漢名吳俊傑，臺中人。畢業於臺中師範專科學校，一直在臺中縣任小學教師，兼任中興大學中文系技術講師。一九八五年開始發表推廣原住民文化的文章，並創辦《獵人文化》雜誌。與人合著《臺灣原住民史》，出版詩集《當世界留下二行詩》、《伊能再踏查：記憶部落族群的泰雅詩篇》、《山是一座學校》、《泰雅孩子．臺灣心》。散文《迷霧之旅》、《番人之眼》、《戴墨鏡的飛鼠》、《想念族人》、《荒野的呼喚》、《番刀出鞘》、《永遠的部落》，以及多種報導文學和評論作品。

林明理（一九六一～）

女，雲林人，畢業於屏東師範學院，後獲法學碩士學位，曾任大學講師、專欄作家、中國文藝協會理事。著有《秋收的黃昏》、《夜櫻——

林明理詩畫集》、《山楂樹》、《新詩的意象與內涵——當代詩家作品賞析》、《湧動一泓清泉》、《回憶的沙漏》等，另有詩文散見於美國、菲律賓、泰國及大陸各報刊。

林芳玫（一九六一～）

女，臺北人，畢業於臺灣大學外文系，後在美國獲博士學位。歷任政治大學新聞系教授、臺灣師範大學臺灣文化及語言文學研究所教授、臺灣女性學學會理事長、「行政院」青年輔導委員會主任委員、「行政院」北美事務協調委員會主任委員。出版有《解讀瓊瑤愛情王國》、《色情研究》等論述，《權力與美麗》等散文集。

許佑生（一九六一～）

祖籍浙江，生於臺北。畢業於臺灣大學中文系，歷任《文星》雜誌編輯、《自立晚報》副刊主編、《臺北人》月刊副總編輯。出版有《總統大人，請問你穿什麼內褲？》、《優秀男同志》等散文集，《懸賞浪漫》、《花樣年華》等小說集，《同志族譜》等傳記。

簡　媜（一九六一～）

女，原名簡敏媜，畢業於臺灣大學中文系，歷任《聯合文學》雜誌編輯、遠流出版公司大眾讀叢書副總編輯，現專事寫作，出版有《夢遊書》、《月娘照眠床》、《七個季節》、《女兒紅》、《老師的十二樣見面禮》等文集，《跟阿嬤去買掃帚》兒童文學集。

游勝冠（一九六一～）

雲林人，畢業於東吳大學中文系，歷任淡江大學中文系兼任講師、靜宜大學中文系副教授、《島語——臺灣文化評論》季刊總編輯、成功大學臺灣文學系主任，現為成功大學副教授，出版有《臺灣文學本土論的興起與發展》。

陳克華（一九六一～ ）

祖籍山東汶上，生於花蓮。畢業於臺北醫學院，曾任復刊後的《現代詩》執行編輯，現為榮總眼科醫師。出版有《騎鯨少年》、《星球紀事》、《我撿到一顆頭顱》、《欠砍頭詩》、《因為死亡而經營的繁複詩篇》等詩集，《愛人》、《夢中稿》等散文集，《愛上一朵薔薇男人》等小說集，另出版有話劇劇本。

蔡珠兒（一九六一～ ）

女，南投人，畢業於臺灣大學中文系，當過記者，三十歲那年到英國讀碩士，一九九七年隨丈夫移居香港。出版有關於廚房的文學書籍《花從腹語》、《從南方絳雪》、《雲吞城市》、《紅燜廚娘》、《饕餮餐》、《種地書》等。

侯文詠（一九六二～ ）

嘉義人，畢業於臺北醫學院醫學系，歷任臺灣大學、萬芳醫院麻醉主治醫師、臺北醫學大學副教授、「飛碟」和「臺北之音」廣播主持人、電視連續劇製作人。目前是專職作家，代表作品《大醫院小醫師》、《危險心靈》、《白色巨塔》。

林燿德（一九六二～一九九六）

原名林耀德，廈門人，生於臺北。畢業於輔仁大學法律系，曾任中國青年寫作協會秘書長。著有詩集《銀碗盛雪》、《都市終端機》、《都市之甍》等詩集六種，《一九四九以後》、《不安海域》、《重組的星空》、《世紀末現代詩論集》等論述八種，《一座城市的身世》等散文集四種，《惡地形》、《一九四七高砂百合》、《大東區》、《時間龍》等小說集八種，與人合著劇本兩種，楊宗翰編《林燿德佚文選》五種。

巴 代（一九六二～ ）

漢名林二郎，臺東人，卑南族。臺南大學臺灣文化研究所碩士。從事寫作之前為職業軍人、教官。著有《巫旅》、《白鹿之愛》、《吟唱祭儀：大巴六九部落之祭儀歌謠》、《馬鐵路：大巴六九部落之大正年間》、《走過：一個臺籍原住民老兵的故事》、《斯卡羅人》，短篇小說集《姜路》、《笛鸛：大巴六九部落之大正年間》、《最後的女王》等。

林黛嫚（一九六二～ ）

女，南投人，畢業於臺灣大學中文系。歷任小學教師，《中央日報》副刊主編、三民書局副總編輯、「中華民國」全球華人文藝協會理事長、臺北教育大學兼任講師。出版有《時光迷宮》等散文集，《鋼琴師和她的情人》等小說集，《奇奇的磁鐵鞋》等兒童文學集，《我心永平——連戰從政之路》等傳記，另有論述著作。

徐望雲（一九六二～ ）

原名徐嘉銘，祖籍廣東焦嶺，生於嘉義。畢業於輔仁大學中文系，歷任新陸現代詩社社長、海風出版社總編輯、溫哥華《星島日報》記者。出版有《瘂弦、鄭愁予詩歌欣賞》等論述，《望雲小集》等詩集，《決戰禁區》等散文集。

黃秋芳（一九六二～ ）

女，高雄人。畢業於臺灣大學中文系，歷任漢光文化公司、《國文天地》編輯，現為黃秋芳創作坊負責人。出版有論述《兒童文學的遊戲性》，散文集《盛夏之雪，》、《黃秋芳小說集》十多種，報導文學集《黃秋芳文學筆記》三種，另有兒童文學集多種。

曾淑美（一九六二～　）

女，南投人。輔仁大學哲學系畢業。長期任職國際廣告公司執行創意總監。曾任《人間》雜誌採訪記者，二〇〇一年與鴻鴻、夏宇、零雨、阿翁在臺北共同成立「現在詩」社。二〇一〇年擔任楊牧紀錄片《朝向一首詩的完成》企劃編劇。出版有《墜入花叢的女子》、《青春殘酷物語》。

張瑞芬（一九六二～　）

女，臺南人，畢業於東吳大學中文系博士班，現為逢甲大學中文系教授。出版《未竟的探訪——瞭望文學新版圖》、《五十年來臺灣女性散文·評論篇》、《臺灣當代女性散文史論》等。

張堂錡（一九六二～　）

新竹人，畢業於臺灣師範大學國文系，歷任《中央日報》專刊組長、中國古典文學研究會秘書、政治大學中文系副教授。出版有《黃遵憲及其詩研究》、《清靜的熱鬧——白馬湖作家群論》、《跨越邊界——現代中文文學研究論叢》、《邊緣的豐饒》等論述，與他人合著《現代文學》、《中國現代文學概論》，《青春作伴》等散文集，《生命風景》等報導文學集，另有小說集和合集。

洪淑苓（一九六二～　）

女，臺北人，畢業於臺灣大學中文系，現為該校教授。出版有論述《民間文學的女性研究》、《現代詩新版圖》、《思想的裙角：臺灣現代女詩人的自我銘刻與時空書寫》等，詩集《合婚》、《預約的幸福》、《洪淑苓短詩選》等，散文《誰寵我，像十七歲的女生》等，主編《聚焦臺灣：作家、媒介與文學史的連結》。

許秀禎（一九六三～　）

女，高雄人。畢業於中國文化大學中文系，現為臺北市立教育大學語文教育學系教授，出版有《臺灣當代小說縱論——解嚴前後（一九七七—一九九七）》。

莊雲惠（一九六三～　）

女，新竹人，畢業於致理商業專科學校，歷任《臺灣新生報》秘書、中國詩歌藝術學會理事，現主持藝文工作室。出版有《紅遍相思》、《綠滿年華》、《莊雲惠詩選》等詩集，《花開的聲音》等散文集。

蔡素芬（一九六三～　）

女，臺南人，淡江大學中文系畢業，美國德州大學聖安東尼奧雙語言文化研究所進修。歷任《自由時報》副刊主編、影藝中心副主任，兼林榮三文化公益基金會執行長。主要作品有長篇小說《鹽田兒女》、《橄欖樹》、《姐妹書》，短篇小說集《臺北車站》，編有《九十四年小說選》、《臺灣文學三十年菁英選：小說三十家》及譯作數種。

路　痕（一九六三～　）

原名李茂坤，嘉義人。畢業於嘉義農業專科學校，曾任《興農》雜誌主編。出版《路痕》等詩集，《時空之殤》等小說集。

楊　照（一九六三～　）

原名李明駿，臺北人，畢業於臺灣大學歷史系，歷任民進黨中央黨部國際事務部主任、《新新聞》週刊副社長。出版有《異議筆記——臺灣文化情境》、《痞子島嶼荒謬記事》、《文學的原像》、《文學、社會與歷史想像——戰後文學史散論》、《夢與灰燼——戰後文學史散論二集》、《十年後的臺灣》、《困境臺灣——我們還能怎麼辦？》等論述，《場邊楊照》、《為了詩》等散文集，《蓮花落》、《紅顏》、《背過身的瞬間》等小說集，另有劇本。

陳斐斐（一九六三～　）

女，臺中人，中國文化大學中文系畢業，曾在《人間雜誌》、《自立晚報》、《中時晚報》等媒體擔任記者和編輯。出版有詩集《陳斐斐詩集》、《貓蚤札》等。

吉　也（一九六三～　）

原名張信吉，雲林人。畢業於輔仁大學中文系，歷任《臺灣文藝》編委、《雲林評論》雜誌發行人、《草根》詩刊主編，現職臺灣文學館副研究員兼組長。一九八四年加入笠詩社，戰後第二代代表性詩人之一。出版有署名張信吉記錄整理的作品合集《詩與臺灣現實》，另有《家的鑲嵌畫》等詩集及散文、報導文學集。

安克強（一九六三～　）

祖籍山東，基隆人。畢業於臺灣大學中文系，歷任《中央日報》副刊編輯、《時報週刊》編輯，現任《Esquire君子雜誌》總編輯。出版有《紅太陽下的黑靈魂——大陸同性戀現場報導》，另有《我的美麗與哀愁》等長篇小說，《你走後的天空很藍》等短篇小說集。

陳璐茜（一九六三～　）

女，臺北人。畢業於輔仁大學大眾傳播學系，後到日本進修書畫。一九九二年開辦「陳璐茜想像力開發教室」，為中國文化大學推廣教育部兼任教師。出版有《想像的天空》等論述，《夢在走路》、《咖啡杯裡的微笑》等散文集，《和你的故事相遇》、《一半一半的戀愛》等小說集，《皇后的尾巴》等兒童文學集。

羅任玲（一九六三～　）

女，祖籍廣東大埔，生於屏東。畢業於臺灣師範大學國文系，歷任《中央日報》副刊中心組長、《聯合報》系記者。出版有《逆光飛行》等詩集，論述有《臺灣現代詩自然美學——以楊牧、鄭愁予、周夢蝶為中心》，另有散文集。

黃美娥（一九六三～　）

女，新竹人，輔仁大學中文系畢業，曾任臺灣大學臺灣文學研究所所長兼教授。出版有《重層現代性鏡像——日治時代臺灣傳統文人的文化視域與文學想像》、《古典臺灣：文學史．詩社．作家論》等論述，編著有《張純甫全集》、《梅鶴齋吟草》、《聽見樹林頭的詩歌聲》以及《日治時期臺北地區文學作品目錄》。

鴻　鴻（一九六四～　）

原名閻鴻亞，祖籍山東即墨，生於臺南。畢業於藝術學院戲劇系，歷任《中時晚報》電影記者、《現代詩》雜誌主編、《表演藝術》編輯、黑眼睛文化公司負責人。出版有《當代劇場的發現之旅》等論述，《黑暗中的音樂》、《土製炸彈》等詩集，《可行走的房子可吃的船》等散文集，另有小說集、劇本集、報導文學和合集。

楊　明（一九六四～　）

女，臺中人，父親為楊念慈，祖籍山東武縣。畢業於東海大學中文系，歷任《文訊》雜誌編輯、《自由時報》副刊編輯、《中央日報》藝術記者、四川樂山師範學院中文系副教授。出版有《現代愛情趨勢》、《我想結婚，你呢？》、《抓住愛情的滋味》等散文集十八種，《在陽光下道別》、《關於愛情的三十種遊戲》、《口袋裡的糖果樹》等小說集二十三種，報導文學集一種。

彭樹君（一九六四～　）

女，祖籍湖南湘潭，生於桃園。畢業於東吳大學中文系，歷任《自由時報》副刊編輯、《皇冠》雜誌採訪主任、《自由時報》副刊主編。出版有《水雲間》、《想戀愛的女人請舉手》等散文集，《蝴蝶日記》、《花雨淋濕了我的影子》、《飲食男女》、《惡女告白》、《愛情糖果屋》等小說集，另有報導文學集。

吳淡如（一九六四～　）

女，宜蘭人。畢業於臺灣大學法律系，歷任《自由時報》副刊、《時報周刊》、《中央日報》編輯。出版有《非常誠實有點毒》、《性格決定幸福》等散文集，《青春飛行》、《試婚》等小說集，另有傳記。

宇文正（一九六四～　）

女，原名鄭瑜雯，祖籍福建，生於基隆。畢業於東海大學中文系，後獲美國南加州大學東亞語言與文化研究所碩士。歷任《中國時報》文化版記者、漢光文化公司編輯部主任、《聯合報》副刊主任。出版有《永遠的童話——琦君傳》、《這是誰家的孩子》等散文集，《臺北下雪了》等小說集，另有兒童文學集。

田運良（一九六四～　）

祖籍河南封邱，生於臺南。畢業於陸軍軍官學校機械系，曾參加「四度空間」、「地平線」詩社，歷任《聯合文學》總經理、《INK印刻文學生活誌》總經理。出版有《個人城市》等詩集，《有關情愛的種種美麗》等散文集。

劉裘蒂（一九六四～　）

女，祖籍福建南平，生於高雄。畢業於臺灣大學外文系，曾任耶魯《法學與人文》期刊主編，現旅居美國。出版有詩集《雨的卷帙》。

郭強生（一九六四～　）

祖籍北京，生於臺北，畢業於臺灣大學外文系，東華大學英美語文學系教授。出版有小說《掏出你的手帕》、《希望你可以這樣愛我》、《惑鄉之人》、《斷代》等，散文《作伴》、《就是捨不得》等，劇本《非關男女》等。

蘇逸平（一九六五～　）

南投人。畢業於美國西雅圖華盛頓大學電機系，歷任舞臺工作者、電視製作人、有線電視主持人。出版有《西雅圖睡不著》等散文集，《我要離家出走》、《綁架總統》、《永遠的艾琳娜》、《星艦英雄傳說》、《封神時光英豪》、《炫光時空學院》、《楚星箭戰記》、《四十超人學院》、《牛頭馬面》、《鬼使神差》等小說集。

凌　煙（一九六五～　）

女，本名莊淑楨，嘉義人。高雄高工畢業，二十歲時進入歌仔班，二十六歲時以在戲班的經歷著成第一本長篇小說《失聲畫眉》，並榮獲自立報系百萬小說獎，另著有《泡沫情人》、《蓮花化身》、《養蘭女子》等短篇小說集，並有《幸福田園》散文集。

陳玉玲（一九六五～二〇〇四）

女，宜蘭人。畢業於輔仁大學中文系，歷任臺北師範學院臺灣文學所副教授、女鯨詩社成員。出版有《臺灣文學的國度——女性、本土、反殖民論述》，主編《臺灣文學讀本》二冊，另有詩集《月亮的河流》。

李進文（一九六五～　）

高雄人，曾任職未來書城總編輯。著有詩集《一枚西班牙錢幣的自助旅行》、《不可能，可能》、《長得像夏卡爾的光》、《除了野薑花，沒人在家》等，散文集《蘋果香的眼睛》，圖文詩集《油菜花寫信》，動畫童詩繪本《騎鵝歷險記》。

袁哲生（一九六六～二〇〇四）

祖籍江西瑞金，生於高雄，畢業於中國文化大學英文系。歷任《自由時報》副刊編委、《FHM男人幫》雜誌總編輯，後自殺身亡。出版有《寂寞的遊戲》、《秀才的手錶》等小說集三種，《倪亞達》等兒童文學集六種，合集一種。

陳寶順（一九六六～　）

桃園縣人，臺灣藝專廣電科畢業。一九九五年開始創作「臺語文學」，一九九八年創刊《島鄉臺語文學》雜誌並擔任主編。二〇〇三年主編《臺語詩新人選》，二〇〇五年十二月參與創辦《臺文戰線》並首任執行主編。著有詩集《島鄉詩情》、《思念飛過嘉南平原》、《一欉文學樹》和散文集《賴和價值一千箍》。

許悔之（一九六六～　）

原名許有吉，桃園人。畢業於臺北工專化工科，歷任《自由時報》副刊主編、《中時晚報》副刊編輯、「地平線詩社」創辦人之一、《聯合文學》月刊總編輯及聯合文學出版社總編輯。出版《陽光蜂房》、《遺失的哈達》等詩集，《我一個人記住就好》等散文集，另有兒童文學集。

鍾文音（一九六六～　）

女，雲林人。畢業於淡江大學大眾傳播系，歷任《聯合報》和《自由時報》記者，現專事寫作。出版有《臺灣美術山川行旅圖》、《孤獨的房間》、《三城三戀》等散文集，另有小說集《女島紀行》、《在河左岸》、《豔歌行》等。

朱少麟（一九六六～　）

原籍湖北孝感，生於嘉義，輔仁大學法文系畢業，現專事寫作。出版有《傷心咖啡店之歌》、《燕子》、《地底三萬呎》、《誰在遠方唱歌？》。

須文蔚（一九六六～　）

祖籍江蘇，生於臺北。東吳大學法律系畢業，政治大學新聞系博士。曾任《創世紀》詩刊主編、《詩路——臺灣現代詩網路聯盟》主持人、東華大學中文系教授兼數位文化中心主任。以詩歌創作為主，出版有詩集《旅次》，另主編《文學的合影》，專著《臺灣數位文學論》、《臺灣文學傳播論》。

方　群（一九六六～　）

原名林于弘，臺北人。畢業於臺北師範學院語文教育系，獲臺灣師範大學國文系博士學位，現為臺北教育大學語文與創作學系教授、《臺灣詩學學刊》主編。著有詩集《進化原理》、《文明併發症》、《航行，在詩的海域》、《縱橫福爾摩沙》、《海外詩抄》、《經與緯的夢想》，論述《臺灣新詩分類學》、《群星熠熠——臺灣當代詩人析論》，另編有《現代新詩讀本》、《臺灣一九六〇世代詩人論文集》及《金門詩選》、〈戰爭卷，風景卷〉等。

徐錦成（一九六七～　）

彰化人，畢業於淡江大學中文系，歷任風雲時代出版公司編輯、九歌出版社特約主編、佛光人文社會學院世界華文文學研究中心研究員。出版有《臺灣兒童詩理論批評史》，另有《快樂之家》等小說集。

吳　亮（一九六七～　）

福建金門人，畢業於高雄中山大學財務管理系，後就讀東吳大學中文系碩士班，歷任《時代週刊》編輯、《幼獅文藝》主編，有多次獲獎記錄。出版有《我愛搖滾》等散文集，《三個人的愛情遊戲》等小說集。

黃錦樹（一九六七～　）

祖籍福建南安，生於馬來西亞，一九八六年到臺灣。畢業於臺灣大學中文系，現任暨南國際大學中文系教授。曾獲《中國時報》「文學獎短篇小說首獎」、馬來西亞《星洲日報》「花蹤推薦獎」等。著有論文集《馬華文學與中國性》、《謊言或真理的技藝》、《文與魂與體》，小說集《夢與豬與黎明》、《烏暗暝》、《刻背》、《土與火》、《由島至島》。

駱以軍（一九六七～　）

祖籍安徽無為，生於臺北。畢業於中國文化大學中文系，歷任《中國時報》開卷版書評委員、臺北市立師範學院兼任講師、出版社編輯，現專事寫作。出版有《紅字團》、《妻夢狗》、《第三個舞者》、《月球姓氏》、《遠方》、《我們》、《我未來次子關於我的回憶》、《西夏旅館》、《遺悲懷》等小說集，另有詩集、散文集、兒童文學集。

張萬康（一九六七～　）

臺北人，中國文化大學美術系西畫組畢業。先後從事過記者、教師、編輯等各種職業，同時從事文學創作。網路衝浪者兼古典戲曲迷，「以流浪漢之姿在無人知曉的民間雜語世界浸泡了十年」，文風具魔幻現實主義風格。出版長篇小說《道濟群生錄》、《摳我》、《ZONB——張萬康短篇小說選》、《笑的童話：跳樓與跳舞》。其中《道濟群路》二〇一一年獲臺灣文學獎「金典獎」百萬長篇小說首獎。

陳淑瑤（一九六七～　）

女，澎湖人，輔仁大學歷史系畢業，現專事寫作。一九九七年，以第一篇小說《女兒井》獲得中國時報文學獎小說首獎，並兩度獲得聯合報文學獎小說獎。一九九九年出版短篇小說集《海事》。二〇〇三年作品《沙舟》獲吳濁流文學獎。二〇〇四年出版短篇小說集《地老》，並獲中國時報開卷好書獎中文創作類十大好書。二〇〇六年出版散文集《瑤草》。二〇一〇年創作首部長篇小說《流水賬》，獲二〇一〇年臺北國際書展年度之書。

丁旭輝（一九六七～　）

高雄人。高雄中山大學中文系博士，歷任高雄應用科技大學文化創意產業系教授、《臺灣詩學》季刊社社務委員。學術專長為現代詩、現代詩之古典傳承與開創、現代散文、消費文化、文化創意產業。著有《臺灣現代詩圖像技巧研究》、《現代詩的風景與路徑》、《臺灣現代詩中的老莊身影與道家美學實踐》等六本。

朱國珍（一九六七～　）

女，祖籍河南禹縣，臺北出生，臺灣清華大學中文系畢業，英國李斯特大學碩士，曾任華視新聞主播、廣播電臺節目主持人。出版有散文《貓語錄》，小說《夜夜要喝長島冰茶的女人》，另有飲食書《離奇料理》。

劉正偉（一九六七～　）

苗栗人，佛光大學文學博士。歷任《乾坤》詩刊編委、野薑花詩社顧問、「中華民國」新詩學會監事。臺北大學中文系、育達商業科技大學兼任助理教授、江西上饒師範學院副教授。著有詩集：《思憶症》、《夢花莊碑記》、《遊樂園》、《我曾看見你眼角的憂傷》、《新詩絕句一百首》。編著有：《覃子豪詩研究》、《早期藍星詩史》、《新詩播種者——覃子豪詩文選》、《臺灣詩人選集——覃子豪集》。

藍玉湖（一九六八～一九九一）

原名朱偉欽，高雄人。畢業於高苑工商美工科，曾任出版社編輯。出版有《貧血的青春》、《全是對你的記憶》、《花雨》、《三種男人的情思》等詩集六種，《薔薇刑》等小說集四種，《相愛的肩膀》散文集一種。

成英姝（一九六八～）

女，祖籍江蘇興化，生於臺北。畢業於臺灣清華大學化學工程系，歷任電視電影編劇、電影節目主持人、臺視文化公司《In-time》雜誌總編輯，現專事寫作。出版有《女流之輩》等散文集，《公主徹夜未眠》等短篇小說集，《男姐》等長篇小說。

紀小樣（一九六八～）

原名紀明宗，彰化人。畢業於臺北商專附設空中商專企業管理科，曾任作文老師，現為自由撰稿人，出版有《熱帶幻覺》等詩集。

師瓊瑜（一九六八～）

女，籍貫雲南緬寧，生於桃園，畢業於中國文化大學中文系文藝創作組。曾任中國文化大學中文系兼任講師、《People雜誌》記者、中天電視臺節目組編導。著有《秋天的婚禮》、《離家出走》、《尋找臺北青鳥：陽明山在地游》、《假面娃娃》、《寂靜之聲》等。

薛仁明（一九六八～）

臺南人，臺灣大學歷史系、佛光大學藝術學研究所畢業。二〇〇九年起，開始在臺灣《中國時報》〈人間副刊〉及《聯合報》〈聯合副刊〉登載文章，也經常在兩岸各地進行中國文化的相關講座。著有《胡蘭成．天地之始》、《萬象歷然》、《論語隨喜》、《教養，不惑》等。

陳　謙（一九六八～　）

本名陳文成，彰化人，佛光大學文學博士，現任臺北教育大學語創系助理教授。出版有詩集《山雨欲來》、《臺北的憂鬱》、《島》、《給臺灣小孩》等，並有散文集《滿街是寂寞的朋友》等，短篇小說集《燃燒的蝴蝶》，論述《文學生產、傳播與社會：解嚴後詩刊選題策略析論》、《反抗與形塑：臺灣現代詩的政治書寫》、《詩的真實：臺灣現代詩與文學散論》等。

顏艾琳（一九六八～　）

女，臺南人，畢業於輔仁大學歷史系，歷任聯經出版公司主編、九歌出版社副總編輯、聯經出版公司文學主編。為女詩人中最早有計劃創作情色詩者，也因此激起許多探討。出版有《讓詩飛揚起來》等論述，《黑暗溫泉》、《顏艾琳的秘密口袋》、《骨皮肉》、《點萬物之名》等詩集，《已經》等散文集，另有兒童文學集。

唐　捐（一九六八～　）

原名劉正忠，祖籍南投，生於嘉義。畢業於高雄師範大學國文系，後獲臺灣大學中文系博士學位。歷任臺灣大學臺灣文學所助理教授、清華大學中文系助理教授、《藍星詩刊》主編。出版有《意氣草》、《暗中》、《無血的大戮》等詩集，另有散文集《大規模的沉默》。

邱妙津（一九六九～一九九五）

女，彰化人，畢業於臺灣大學心理系，後赴法國巴黎第八大學心理學系深造。歷任張老師心理輔導中心輔導員、《新新聞》雜誌社記者，作品著重表現同性戀者所面臨的生存環境和認同危機，後在巴黎自殺身亡。出版有《鬼的狂歡》、《鱷魚手記》、《寂寞的群眾》、《蒙馬特遺書》等小說集四種。

郝譽翔（一九六九～　）

女，祖籍山東平度，生於高雄。畢業於臺灣大學中文系，後獲該校博士學位，現為臺北教育大學語文與創作學系教授。出版有《情慾世紀末——當代臺灣女性小說論》、《大虛構時代——當代臺灣文學光譜》等論述，《衣櫃裡的秘密旅行》等散文集，《上海教父一九二〇》等長篇小說，另有劇本集。

賴香吟（一九六九～　）

女，臺南人，臺灣大學經濟系畢業，日本東京大學總合文化研究科碩士，曾任職於誠品書店、臺灣文學館籌備處、成功大學臺灣文學系。一九八七年登上文壇，曾獲《聯合文學》小說新人獎中篇小說首獎、吳濁流文學獎小說獎佳作、臺灣文學獎短篇小說首獎，九歌出版社年度小說獎等。出版有小說《散步到他方》、《霧中風景》、《島》、《其後》，另主編《邱妙津日記》，譯作有《蔣經國與李登輝》、《日蝕》。

柳書琴（一九六九～　）

女，花蓮人，臺灣清華大學中文系博士，曾任臺灣清華大學臺灣文學研究所所長、教授。「日據時期臺灣文學」、「殖民主義與文學生產」、「東亞殖民地比較文學」是其研究專長。著有《荊棘之道：旅日青年的文學活動與文化抗爭》，韓文專著有《殖民地文學的生態系：雙語體制下的臺灣文學》，與邱貴芬合編《後殖民的東亞在地化思考：臺灣文學場域》，與石婉舜、許佩賢合編《帝國裡的「地方文化」》，與張文薰合編：《臺灣現當代作家研究資料匯編．張文環捲》，與李卓穎、趙慶華等人合著《涉大川：紀剛口述傳記》，另主編

《日治時期臺灣現代文學辭典》。

陳大為（一九六九～　）

生於馬來西亞，一九八八年到臺灣。畢業於臺灣大學中文系，現為臺北大學中文系教授。出版有《治洪前書》、《靠近羅摩衍那》、《巫術掌紋》等詩集，《流動的身世》、《木部十二劃》等散文集，《亞洲閱讀：都市文學與文化》、《馬華散文史縱論》、《風格的煉成：亞洲華文文學論集》、《中國當代詩史的典律生成與裂變》等論文集。

林慶昭（一九六九～　）

嘉義人，畢業於世新學院電視廣播科，歷任《翡翠》雜誌採訪記者、電臺節目主持人、大慶文化公司總編輯。出版有《朋友，來自真心》、《心靈花園》、《愛上男人的酷酷》、《春天在手裡》、《給自己換個愛迪生的腦袋》等散文集，《臺北惡男》、《愛戀情書》、《幸福的感覺》等中、短、極短篇小說集多種。

林群盛（一九六九～　）

臺北人，畢業於光武工專機械科，後到美國和日本深造。歷任「薪火」、「地平線」詩社同仁，曾為數位遊戲公司企劃。出版有《聖記豎琴座奧義傳說——林群盛詩集》，另有「超時空時資料節錄集」五種。

蔡智恆（一九六九～　）

筆名痞子蔡，嘉義人。畢業於成功大學水利及海洋工程學系，現為立德大學資源環境學系助理教授。出版有《第一次的親密接觸》、《愛爾蘭咖啡》、《雨人》等小說集，《十二次的拒絕》、《綠島小夜曲》、《洛神紅茶》、《香水》等散文集，《夜玫瑰》等小說被拍成電影。

鍾怡雯（一九六九～ ）

女，祖籍廣東梅縣，生於馬來西亞，一九八八年到臺灣，畢業於臺灣師範大學國文系，現為元智大學中國語文系教授。出版《亞洲華文散文的中國圖像》、《無盡的追尋：當代散文的詮釋與批評》、《靈魂的經緯度：馬華散文的雨林和心靈圖景》、《馬華文學史與浪漫傳統》、《內斂的抒情》等論文集，《河宴》、《垂釣睡眠》、《陽光如此明媚》、《麻雀樹》等散文集。

陳　雪（一九七〇～ ）

女，臺中人。畢業於中央大學中文系，作品以描繪女同性戀為主。出版有《只愛陌生人》等散文集，《惡女書》、《愛上爵士樂女孩》、《愛情酒店》、《鬼手》等小說集，與人合著傳記兩種。

黃國峻（一九七一～二〇〇三）

臺北人，父親是知名作家黃春明。畢業於淡江高中，曾獲《聯合文學》小說新人獎、短篇小說推薦獎。其語法不同於老一輩的風格而接近翻譯體，以實驗性著稱，後自殺。出版有《麥克風試音》散文集一種，《水門的洞口》等小說集四種。

洪　凌（一九七一～ ）

女，原名洪泠泠，臺中人。畢業於臺灣大學外文系，後在英國薩克斯大學獲英國文學碩士學位。歷任《島嶼邊緣》編委、《自由時報》漫畫版主編。擅長酷兒文學、科幻與跨性別創作、動漫畫與電影評論。著有《魔鬼筆記》、《妖聲魔色》、《魔道御書房——科幻作品閱讀筆記》等論述六種，《異端吸血鬼列傳》、《魔鬼的破曉》等小說集十三種。

褚士瑩（一九七一～）

高雄人，肄業於臺灣大學政治系，後獲美國哈佛大學碩士學位。曾主持電視及廣播節目，後為慈善團體管理顧問。出版有《關懷臺灣》、《大陸，遠足》等散文集二十六種，《吃向日葵的魚》、《裸魚》等小說集六種，另有報導文學、傳記文學各一種。

陳建忠（一九七一～）

嘉義人，畢業於輔仁大學中文系，歷任靜宜大學臺灣文學系助理教授、臺灣筆會理事、臺灣清華大學臺灣文學所副教授。出版有《書寫臺灣·臺灣書寫——賴和的文學與思想研究》、《日據時代臺灣作家論——現代性、本土性、殖民性》、《被詛咒的文學——戰後初期（一九四五—一九四九）臺灣文學論集》，另與人合著《臺灣的文學》。

蔣為文（一九七一～）

高雄人。淡江大學機械系畢業後，獲美國德州大學語文專業博士學位，現為成功大學臺灣文學系教授、臺語文測驗中心主任。出版有論著《全民臺語認證導論》、《全民臺語認證語詞分級寶典》、《語言、文學kap（和）臺灣國家再想像》、《語言、認同與去殖民》等。

吳明益（一九七一～）

桃園人，畢業於輔仁大學大眾傳播系，現為東華大學華文文學系副教授，出版有論述《以書寫解放自然》系列三部曲，小說集《睡眠的航線》、《複眼人》、《天橋上的魔術師》，散文集《迷蝶誌》、《蝶道》等。

王聰威（一九七二～）

高雄人，臺灣大學藝術史研究所畢業，曾任

臺灣《明報週刊》副總編輯、《Marie Claire》執行副總編輯、FHM副總編輯，現任《聯合文學》總編輯。著有小說《戀人曾經飛過》、《濱線女兒——哈瑪星思戀起》、《複島》、《稍縱即逝的印象》、《中山北路行七擺》、《臺北不在場證明事件簿》等。

朱嘉雯（一九七二～　）

臺北人。中央大學中文系博士，現為東華大學華語文中心主任、臺灣「紅樓夢研究學會」會長。著有《文學是什麼》，「朱嘉雯青春經典講堂系列」三種，「朱嘉雯私房紅學」二種。

紀大偉（一九七二～　）

臺中人，畢業於臺灣大學外文系，獲美國加州大學洛杉磯分校比較文學博士學位，歷任美國任康乃迪克大學外語系駐校助理教授、政治大學臺灣文學研究所助理教授。出版有《感官世界》、《戀物癖》等小說集，《晚安巴比倫——網路世代的性慾、異議與政治閱讀》、《同志文學史：臺灣的發明》論述。

李永松（一九七二～　）

桃園人，泰雅人作家，原名得木·阿漾，畢業於元智大學，歷任專業汽車修護技師、桃園縣大興高中教師。出版有長篇小說《雪國再見》。

甘耀明（一九七二～　）

苗栗人，東海大學中文系畢業，東華大學創作與英語文學碩士。歷任小劇場工作者、記者、中學教師、靜宜大學兼任講師、兒童創意作文班老師，著有短篇小說集《神秘列車》、《水鬼學校和失去媽媽的水獺》、《喪禮上的故事》，長篇小說《殺鬼》，與李崇建合著《沒有圍牆的學校：體制外的學習天空》。

高翊峰（一九七三～　）

苗栗人，畢業於中國文化大學法律系，歷任《野葡萄文學誌》主編、《GO》雜誌副總編輯。作品以客家人為主題，在開拓客語小說方面做出新成績。出版有《雪地裡的星星》等小說集，另有散文集。

胡長松（一九七三～　）

高雄人，畢業於清華大學資訊科學系，歷任《臺灣e文藝》、《臺文戰線》總編輯，出版有小說《燈塔下》、《槍聲》、《金色島嶼之歌》、《大港嘴》及臺語詩集《棋盤街路的城市》。

林　岸（一九七四～　）

女，原名莊瓊花，嘉義人。畢業於空中大學文學系，歷任《自由時報》美術編輯、《皇冠》雜誌主編，出版有《寂地之光》短篇小說集一種。

許榮哲（一九七四～　）

臺南人，畢業於中興大學水土保持學系，歷任臺灣大學農工所研究助理、《聯合文學》月刊主編、耕莘青年寫作協會文藝總監。出版有《神探作文》等論述，《吉普車少年的網交生活》等小說集，另有劇本。

藤井樹（一九七六～　）

原名吳子雲，高雄人，臺灣網路作家。畢業於勤益技術學院工業工程與管理系，現為咖啡館負責人。出版有《我們不結婚，好嗎？》、《這是我的答案》、《有個女孩叫Feeling》、《B棟十一樓》、《這城市》、《十年的你》、《寂寞之歌》等長篇小說集，《從開始到現在》短篇小說集。

楊宗翰（一九七六～　）

臺北人，中國文化大學中文系文藝創作組學

士，佛光大學中文系博士，臺北教育大學副教授。著有評論集《臺灣文學的當代視野》、《臺灣現代詩史：批判的閱讀》、《臺灣新詩評論：歷史與轉型》。另和楊松年合著《世界華文詩歌賞析》，和孟樊合著《臺灣新詩史》並主編《文學經典與臺灣文學》、《臺灣文學史的省思》、《林燿德佚文選（五冊）》。

鯨向海（一九七六～　）

桃園人。長庚大學醫學系畢業，現為精神科住院醫師。曾獲臺灣學生文學獎詩首獎、大專學生文學獎、PC Home Online網路文學獎首獎等。著有詩集《通緝犯》、《精神病院》、《犄角》等。

吳岱穎（一九七六～　）

花蓮人，臺灣師範大學國文系畢業，現任教於臺北市立建國高中。曾獲時報文學獎新詩首獎、語文競賽中學教師組作文第一名。著有詩集《冬之光》、《明朗》，與凌性傑合著散文《找一個解釋》、《更好的生活》。

孫梓評（一九七六～　）

高雄人，東華大學創作與英語文學研究所畢業，現為文字編輯。著有詩集《如果敵人來了》、《法蘭克學派》及多部小說、散文集。

林婉瑜（一九七七～　）

女，本名林佳諭，臺中人。臺北藝術大學戲劇系畢業，主修劇本創作。作品曾入選《中華現代文學大系II：詩卷》、《二〇一四臺灣詩選》年度詩獎、《現在詩》、《譯叢》（Renditions）等中外刊物，現為出版社編輯。出有詩集《索愛練習》、《剛剛發生的事》等。

徐嘉澤（一九七七～　）

高雄人，屏東師院特殊教育研究所畢業，臺北耕莘青年寫作會成員，現為高職綜合職能科教師。擅長寫同性戀作品，為新生代主力作家之一。著有短篇小說《窺》、《大眼蛙的夏天》、《不熄滅的房》，長篇小說《類戀人》、《詐騙家族》、《第三者》等。

解昆樺（一九七七～　）

苗栗人，中正大學中文所碩士，後獲臺灣師範大學國文所博士學位，現為中興大學中文系助理教授。研究範圍包括文學典律史，知識分子、現代文學等，亦從事現代詩、散文創作。出版有《心的隱喻——文學場域中知識分子的書寫意識》、《臺灣現代詩典律的建構與推移——以創世紀詩社與笠詩社為觀察核心》、《青春構詩》、《詩不安》、《詩史本事》。

林德俊（一九七七～　）

臺中人，網路暱稱兔牙小熊。長居臺北。政治大學社會學碩士。歷任《聯合報》副刊組編輯、臺灣藝術大學講師。著有詩集《成人童詩》，編有《保險箱裡的星星：新世紀青年詩人十家》、《詩次元：詩路二〇〇一網路詩選》（與須文蔚合編）、臺灣e世代情詩選《愛情五味》等。

童偉格（一九七七～　）

臺北人。臺灣大學外文系畢業，臺北藝術大學戲劇碩士，後讀臺北藝術大學戲劇學系博士班。《暗影》獲二〇〇〇年全國大專學生文學獎短篇小說獎，《躲》獲二〇〇〇年臺灣省文學獎短篇小說優選，《我》獲一九九九年臺北文學獎短篇小說評審獎。著有短篇小說集《王考》、長篇小說《無傷時代》、《西北雨》、舞臺劇《小事》。

伊格言（一九七七～　）

原名鄭千慈，筆名來自知名加拿大籍導演艾騰·伊格言。臺灣大學心理系、臺北醫學院醫學系肄業，淡江大學中文碩士。二〇〇三年出版第一本小說《甕中人》，後出版有《噬夢人》、《拜訪糖果阿姨》。

楊佳嫻（一九七八～）

女，新竹人，畢業於政治大學中文系，現為臺灣清華大學中文系兼任助理教授。出版有《你的聲音充滿時間》等詩集兩種，《海風野火花》等散文集兩種。

九把刀（一九七八～）

原名柯景騰，彰化人。一九九九年開始寫作，出版有《樓下的房客》、《上課不要看小說》、《殺手，流離尋岸的花》、《後青春期的詩》等六十多種。不少作品被改編成電視劇、電影和在線遊戲。二〇〇八年導演電影短篇《三聲有幸》，二〇一〇年導演電影長片《那些年，我們一起追的女孩》。

黃麗群（一九七九～）

女，臺北人，政治大學哲學系畢業，曾獲時報文學獎短篇小說評審獎、聯合報文學小說評審獎、短篇小說首獎、林榮三文學獎短篇小說二獎（首獎從缺），現任職媒體。以「九九」筆名出版過《八花九裂》、《跌倒的小綠人》等書，另有小說《海邊的房間》。

許婉姿（一九八〇～）

女，臺北人，畢業於東吳大學中文所碩士班，出版有散文集《天臺上的月光》。

賴志穎（一九八一～）

臺北人，臺灣大學生物與生化學研究所碩士，後在加拿大攻讀自然資源科學博士學位，小說作品曾獲寶島文學獎，著有小說集《匿逃者》。

黃崇凱（一九八一～）

諢名黃蟲，雲林人，臺灣大學歷史學研究所畢業，為《聯合文學》雜誌編輯。曾獲《聯合文學》小說新人獎、林榮三文學獎、全國學生文學獎、「國藝會」創作補助、《中國時報》「開卷好書獎」等。著有小說集《靴子腿》、《黃色小說》

吳妮民（一九八一～）

女，臺北人，成功大學醫學系畢業，為醫師。曾獲林榮三文學獎、全國學生文學獎、「國藝會」創作補助、時報文學獎等。著有散文集《私房藥》、《暮至臺北車停未》。

敷米漿（一九八二～）

本名姜泰宇，臺北人，畢業於臺灣輔仁大學日文系，臺灣網路小說作家。二〇〇三年八月，推出《你轉身，我下樓》，被媒體稱為「痞子蔡的接班人」、「在臺灣銷量超過韓寒，擁有六個月突破十萬本的銷售實力」。出版作品《開水冰》、《別讓我一個人撐傘》、《風中的琴聲》、《如果沒有那場雨》、《愛·琉璃》、《你那邊，幾點？》、《如歌》等。

言叔夏（一九八二～）

原名劉淑貞，高雄人，畢業於東華大學中文系、政治大學中文所。為政治大學臺灣文學研究所博士生。曾獲花蓮文學獎、臺北文學獎、全國學生文學獎。著有散文集《白馬走過天亮》。

黃信恩（一九八二～）

女，臺南人，畢業於高雄醫科大學藥學系，曾獲臺北文學獎、全臺灣學生文學獎等。出版有《體膚小事》。

江凌青（一九八三～二〇一五）

女，臺中人，畢業於臺灣師範大學美術系，曾獲梁實秋文學獎、全臺灣學生文學獎等。出版有拼貼創作文集《公寓男孩》。

陳柏青（一九八三～　）

臺中人，畢業於臺灣大學臺灣文學研究所碩士。作為代表作的《手機小說》，二〇〇七年曾獲《中國時報》文學獎小說首獎。

神小風（一九八四～　）

女，原名許俐葳。畢業於中國文化大學中文系文藝組，後就讀東華大學創作與英語文學研究所，曾任耕莘青年寫作會總幹事，《聯合文學》主編。著有小說集《背對背活下去》、散文集《故事書》等。

湯舒雯（一九八六～　）

女，臺北人，畢業於政治大學外交系，曾獲青年世紀文學獎、全臺灣學生文學獎等，作品入選《九十一年散文選》。

趙文豪（一九八六～　）

臺灣師範大學臺灣語文學系博士，現為《創世紀》編委，著有《遷居故事》等詩集，論文集《典律的錨準：二〇〇五——二〇一三年三大報詩獎研究》，傳記《這世界需要傻瓜：美力臺灣３Ｄ行動電影車的誕生奇蹟》。

楊富閔（一九八七～　）

臺南人，東海大學中文系畢業，後就讀臺灣大學臺灣文學研究所。作品入選《九十七年度小說選》、《九十八年度小說選》。著有短篇小說集《花甲男孩》、散文集《故事書》等。

林佑軒（一九八七～　）

臺中人，臺灣大學畢業，曾獲臺灣大學文學獎首獎，短篇小說《女兒命》獲《聯合報》文學獎，出版有小說集《崩麗絲味》。